VERLIEBT IN COLORADO

Aus Der Serie: Wings of the West (Buch 5)

KRISTY MCCAFFREY

Übersetzt von
ANJA RITTER

Bücher von Kristy McCaffrey in englischer Sprache

Wings-of-the-West-Serie

The Wren

The Dove

The Sparrow

The Blackbird

The Bluebird

The Songbird (Novella)

Echo of the Plains (Short Story)

The Starling

The Canary

The Nighthawk

The Swan

The Falcon

Weitere Romane

Into the Land of Shadows

Deep Blue

Cold Horizon

Ancient Winds

Sapphire Waves

Kurzromane

The Crow Brothers Collection

The West: A Romance Collection

Bücher von Kristy McCaffrey auf Deutsch

Wings-of-the-West-Serie

Verliebt in Texas

Verliebt in New Mexico

Verliebt am Grand Canyon

Verliebt in Arizona

Verliebt in Colorado

Wiedersehen in Texas

Echo über der Prärie

Verliebt in den Rockies

Rezensionen der Wings-of-the-West-Serie

Verliebt in Texas

„... McCaffreys Westernromane zeichnen sich durch ein realistisches Setting und die detailgetreue Darstellung historischer Ereignisse aus." ~ Romantic Times BOOKclub

„Ich bin ein großer Fan von Western-Liebesromanen, und dieses Buch ist wirklich außergewöhnlich. Ein schöner Auftakt zu einer tollen Serie." ~ The Romance Studio

„Attraktive, verwegene Helden, starke Heldinnen und eine ausgezeichnete Story machen diesen Roman zum bleibenden Lesegenuss." ~ The Best Reviews

Verliebt in New Mexico

„... eine wundervolle Beschreibung des Sangre-de-Cristo-Gebirges, von Las Vegas im späten 19. Jahrhundert und der Ranch der Ryans. Die Rezensentin fühlte sich beim Lesen in diese Zeit und an die beschriebenen Orte versetzt." ~ Love Romances

„Ms McCaffrey schreibt aus dem Herzen … definitiv eine Leseempfehlung." ~ The Romance Studio

„Wenn Sie Liebesromane, die im Wilden Westen spielen, mögen, dann sollten Sie dieses Buch lesen." ~ Romance Junkies

Verliebt am Grand Canyon
„Die Leser werden die Geschichte lieben …" ~ RT BookReviews

„McCaffreys Geschichten sind historisch akkurat … ein phänomenaler Lesegenuss, ich lege das Buch allen ans Herz, die historische Liebesromane mit dem gewissen Extra mögen." ~ Jonel Boyko, Reviewer

„Die Legenden der Hopi und Havasupai haben in McCaffrey eine neue Stimme gefunden. Ihr mitreißender Stil machte die mystische Reise ihrer Protagonistin in ein anderes Reich glaubhaft. Ich konnte das Buch nicht mehr aus der Hand legen und habe es an einem Abend gelesen." ~ City Sun Times

Verliebt in Arizona
„Fiese Bösewichte, jede Menge Action, eine starke Heldin, überraschende Wendungen, ein sexy Cowboy und eine sinnliche Liebesgeschichte – dieser historische Western-Liebesroman bietet von allem und für alle etwas." ~ Janna Shay, InD'tale Magazine

„… ergreifend und fesselnd … kaum aus der Hand zu legen." ~ Chanticleer Book Reviews

Verliebt in Colorado
„… rasant erzählt mit tiefgründigen Charakteren und einer Geschichte, die mich von der ersten bis zur letzten Seite in ihrem Bann hielt …" ~ Jo, Romance Junkies

„… vollgepackt mit Abenteuer und atemberaubender Action … ein fantastisches Buch … ich konnte es nicht mehr aus der Hand legen!" ~ Maia, The Silver Dagger Scriptorium

„So spannend, dass ich wie gefesselt war … ein unterhaltsames Leseerlebnis!" ~ Belinda Wilson, InD'tale Magazine, a Crowned Heart review

Wiedersehen in Texas

„Fesselnd von Anfang bis Ende! Eine großartige Ergänzung zu einer wunderbaren historischen Western-Romance-Serie. Es geht um Geheimnisse, Liebe, indianische Legenden und den unerschütterlichen optimistischen Einfallsreichtum einer Gruppe unvergesslicher Kinder. Als ich einmal angefangen hatte zu lesen, konnte ich das Buch nicht mehr aus der Hand legen." ~ Edwina Bailey Brown, BookBub-Rezension

Verliebt in den Rockies

„Kates und Henrys Geschichte war eine perfekte Mischung aus Romantik, Abenteuer, Verbrechensbekämpfung, Erlösung und dem Lernen, wieder zu vertrauen. Ich habe es genossen und empfehle das Buch sehr!" ~ Goodreads-Rezensent

Für Kevin ~
voller Liebe und Dankbarkeit

„Die Liebenden finden sich nicht irgendwo am Ende. Sie lebten, der eine in dem anderen, von Anfang an."

—*Rumi*, persischer Dichter des 13. Jahrhunderts, Theologe und Sufi-Mystiker

Kapitel Eins

Jake McKenna stellte einen Fuß auf die Holzbank vor dem Gemischtwarenladen, als die entschlossene Gestalt von Miss Molly Rose Simms die unbefestigte Straße überquerte und Berthas Saloon betrat. Obwohl er sie bisher noch nicht kennengelernt hatte, beobachtete Jake die Schwester seines Partners, seit sie gestern in Creede angekommen war. Er lehnte sich nach vorn und stützte die Unterarme auf sein Knie.

Was hat sie jetzt wieder vor?

Jake rückte die Krempe seines Hutes zurecht, um die Abendsonne abzuschirmen, und schritt über die Hauptstraße von Upper Creede, wobei er einer Kutsche und mehreren Pferden auswich. Es würde seinem eigenen Ruf kaum schaden, wenn er Berthas Saloon noch vor Sonnenuntergang betrat. Bei Miss Simms verhielt sich das jedoch ganz anders.

Sie sollte sich in solchen Etablissements überhaupt nicht sehen lassen.

Jake besuchte selten derlei Lokale, aber Robert – Miss Simms' Bruder – hatte das sehr wohl getan, zumindest am Anfang ihrer Bekanntschaft. Er vermutete, dass Miss Simms auf der Suche nach Robert war.

Das war Jake auch.

Er betrat den Saloon mit einer raschen Bewegung. Eine Glocke an der Glastür klingelte, als er sie schloss.

Eine Frau erschien, in ein seidenes Gewand gehüllt und mit rosig geschminkten Wangen. „Wir haben noch nicht geöffnet."

Jake nahm seinen Hut ab. „Ich weiß. Ich bin auf der Suche nach der Frau, die gerade eingetreten ist."

„Ist sie Ihre Frau?"

„Nein."

Die Frau zog eine Augenbraue hoch und musterte ihn eingehend. „Warten Sie hier." Ihr üppiger Busen und ihre breiten Hüften wogten unter dem dünnen Stoff, als sie sich entfernte.

Jake ließ seinen Blick durch den Raum schweifen, der mit noblen gepolsterten Sofas und polierten Tischen ausgestattet war. Das Berthas war gehobener, als er gedacht hatte. Vielleicht hatte Robert ja doch einen guten Geschmack.

Jake fingerte an der Krempe seines Hutes herum, bis seine Frustration überhandnahm. Warum dauerte das so lange? Er schob den Vorhang beiseite, der den Korridor verbarg. Von seiner Gastgeberin war nichts zu sehen, also schlich er von Tür zu Tür und lauschte auf eine Spur von Miss Simms.

Er verharrte, als Stimmen im Flur widerhallten, und schlüpfte durch die nächstgelegene Tür in einen Raum, der ein Bett, einen freistehenden ovalen Spiegel und aufreizende Fotografien von Frauen in verschiedenen Stadien der Entkleidung enthielt. Das verzierte eiserne Bett war mit roten Decken bezogen. Dieser Raum war eindeutig für fleischliche Vergnügungen gedacht.

Bevor Jake sich verstecken konnte, stürmte eine Dame herein und schloss die Tür. Dann wirbelte sie herum und prallte direkt mit ihm zusammen.

Nun, das Glück war auf seiner Seite. Seine Beute hatte ihn gefunden.

„Oh", keuchte sie. „Verzeihen Sie bitte."

Jake hielt sie an den Schultern fest, um sie zu stützen.

„Ich habe mich im Zimmer geirrt", fügte sie hinzu.

„Warten Sie." Er versuchte, sie festzuhalten, aber sie entglitt seinen Handen und ging auf die Tür zu.

Die Tür öffnete sich erneut, bevor Miss Simms den Knauf ergreifen konnte. Auf der Schwelle stand Charles Henderson, der Vorsitzende der First National Bank.

Miss Simms wich zurück und stieß wieder mit Jake zusammen. Als sie ihn anfunkelte, nahm die Farbe ihrer Augen ihn gefangen. Das Blau erinnerte ihn an einen Pfau, den er einmal in Shanghai gesehen hatte.

Jake hob seinen Blick zu Henderson und lächelte über das offensichtliche Unbehagen des Mannes, der so gut wie mit heruntergelassenen Hosen erwischt worden war. Der aufgeblasene Wichtigtuer hatte Jake und Robert letztes Jahr die Finanzierung verweigert, als sie versucht hatten, die Lucky-Dog-Ader zu erschließen, obwohl die Proben 250 Unzen Silber ergaben. Sie hatten den Claim schließlich für 15.000 Dollar verkauft. Er überlegte, ob er Henderson die Sache noch einmal unter die Nase reiben sollte.

„Wie geht es Ihrer Frau, Charles?", fragte Jake.

Die Gastgeberin erschien und wandte sich an Henderson: „Es tut mir leid, Sir. Ich habe Sie in das falsche Zimmer geschickt."

Henderson, korpulent und mit einem buschigen Bart und Schnauzer, schaute Jake mit zusammengekniffenen Augen an. „Das Mädchen ist in Ordnung. Ich mag sie zierlich."

Miss Simms straffte die Schultern. „Das ist lächerlich. Ich bin hier, um Mabel zu besuchen. Ich stehe nicht zum Verkauf."

„Das ist ein Jammer", erwiderte Henderson. „Aber ein gut gemeinter Rat: Ich würde mich auf jeden Fall von *ihm* fernhalten." Henderson deutete auf Jake.

Ein Anflug von Wut durchfuhr Jake, als Henderson seine

Augen über Miss Simms Vorzüge gleiten ließ. Er war kurz davor, Mrs Henderson zu sagen, was ihr Mann im Schilde führte. „Die Hurerei steht Ihnen, Charles."

„Ich muss doch sehr bitten", warf die füllige Gastgeberin ein. „Diese Art von Gerede dulde ich hier nicht."

Miss Simms hatte sich versteift. Vielleicht war er vor den anwesenden Damen zu weit gegangen. „Ich bitte um Verzeihung, Ma'am."

Die Gastgeberin wandte sich an Henderson. „Die Verwechslung tut mir furchtbar leid. Ich werde Ihnen sofort ein anderes Mädchen suchen." Als sie den Bankpräsidenten wegführte, warf sie Jake einen verärgerten Blick zu. „Sie sollten doch im Salon warten."

„Ich bin recht ungeduldig." Jake grinste. „Und dieses Mädchen ist genau die Richtige."

„Ich stehe nicht zum Verkauf", wiederholte Miss Simms verärgert.

Als die irritierte Gastgeberin den Raum verlassen hatte, um sich um ihren Ehrengast zu kümmern, drehte sich Miss Simms um und sah ihn an. „Ich muss Sie bitten, zu gehen."

„Wir müssen uns unterhalten." Er griff um sie herum und schloss die Tür, damit sie ungestört waren.

„Worüber? Ich weiß nicht einmal, wer Sie sind."

„Jake McKenna."

Das Aufblitzen des Erkennens auf ihrem Gesicht gefiel ihm.

„Sie sind Roberts Partner?"

Nicht mehr, aber er würde mitspielen. „Ja."

„Ich hatte vor, Sie als Nächstes aufzusuchen."

„Dann ist es ja ein Glück, dass wir uns hier getroffen haben. Auch wenn die braven Bürger dieser Stadt entrüstet wären, wenn sie wüssten, dass unser erstes Treffen in einem Bordell stattfindet."

Aus der Nähe war die Ähnlichkeit zwischen Miss Simms und ihrem Bruder noch deutlicher zu erkennen, beide hatten dasselbe dunkle Haar und ähnliche Augen, und das Funkeln darin erinnerte ihn an das von Robert, wenn er begeistert von einem Claim sprach. In der Tat war sie eine weibliche Version ihres Bruders, nur verdammt viel hübscher.

„Wissen Sie, wo Robert ist?", fragte sie.

„Nein, leider nicht. Wusste er nicht, dass Sie kommen?"

Sie runzelte die Stirn. „Doch, aber als ich gestern ankam, war er nicht am Bahnhof, um mich abzuholen, und er war auch nicht in seiner Pension."

„Ich weiß."

„Nun, wenn Sie so viel wissen, warum wissen Sie dann nicht, wo er ist?", fragte sie.

Ihr Ausbruch erwischte ihn unvorbereitet. Bevor er antworten konnte, ging die Tür wieder auf. Es war gut, dass er und Miss Simms nicht mit der für diese Art von Etablissement üblichen Tätigkeit beschäftigt waren – er bezweifelte, dass er so schnell sein konnte.

Die Gastgeberin stand in der Tür. „Mabel wird Sie jetzt empfangen", sagte sie zu Miss Simms, dann blickte sie Jake an. „Aber Sie nicht. Wenn Sie nicht für ein Mädchen zahlen wollen, dann müssen Sie gehen."

„Danke", sagte Miss Simms. Sie drehte sich wieder zu ihm um. „Mister McKenna, es war mir ein Vergnügen, Sie kennenzulernen ...", sie schüttelte seine Hand, „... nehme ich an." Und dann war sie verschwunden.

Was zum Teufel war gerade passiert?

Molly Rose Simms war ganz anders, als er erwartet hatte.

DIE FÜLLIGE FRAU, die sie in Berthas Saloon empfangen hatte – war sie Bertha selbst? –, führte Molly zu einem Schlafzimmer im hinteren Teil des Gebäudes. Eine junge Frau mit kaffeefarbenen

Locken empfing sie an der Tür. Ihre hellblauen Augen vermittelten Neugierde, aber ein Hauch von Zynismus umgab sie.

„Das ist Mabel. Bleiben Sie nicht zu lange. Wir werden bald Gäste haben."

Molly wollte fragen, warum die Männer schon jetzt hier auftauchten, wenn sie doch noch nicht geöffnet hatten, aber sie behielt die Frage für sich. Zweifellos war dieser Charles ein Mann von Format und wurde bevorzugt behandelt. Sie verspürte noch immer leichtes Unbehagen aufgrund seiner Annahme, dass sie mit ihm das Bett teilen würde.

Und was war mit Jake McKenna? Er war ihr nicht zu nahe getreten, aber einen Moment lang hatte er sie angesehen, als wolle er ihr die Kleider vom Leib reißen und sie an Ort und Stelle nehmen. War er gegangen oder hatte er sich ein anderes Mädchen gesucht?

„Hallo." Molly streckte ihre Hand aus. „Ich bin Molly Rose, die Schwester von Robert Simms."

„Nett, Sie kennenzulernen, Molly Rose", sagte Mabel langsam und mit wachsamem Blick.

Sie legte ihre Handfläche in Mollys, die Berührung war kühl, ein krasser Gegensatz zur Wärme von Mister McKennas großen Händen, die sie noch vor wenigen Minuten umschlossen hatte. Molly verdrängte den Gedanken an die aufsteigende Hitze, die sie bei der kurzen Begegnung mit dem großen Mann gespürt hatte – ausgerechnet in einem Bordell. Sie war nur wegen ihres Bruders hier.

Mabel trat zurück und bot Molly einen Platz auf einem Hocker an, während sie selbst sich aufs Bett setzte, über dessen Tagesdecke berüschte Kleidungsstücke drapiert waren. Es schien weit weniger zu sein als das, was eine Frau tragen sollte. Mollys Blick blieb auf einem Foto an der Wand hängen und sie erstarrte. Eine Frau stand da, die Hände in die Hüften gestemmt, mit nichts weiter als einem Paar Unterhosen bekleidet, ihre bescheidenen Brüste aufreizend nach vorne gestreckt, so nackt, wie es nur ging.

Molly richtete ihren Blick wieder auf Mabel und bemerkte verlegen, dass ihr der Mund offen stand. Sie schloss ihn rasch und verbarg ihre Beschämung, indem sie ihre Hände ineinander verschränkte und sie auf ihrem grauen Rock platzierte.

Sie verspürte den Drang, sich zu erkundigen, ob Mabel gefiel, was sie tat, aber sie schwieg. Das wäre unhöflich. Sicherlich hatte die Frau keine andere Wahl.

Mabel zog das Revers ihres Morgenmantels zu, ließ dann die Hand sinken und seufzte. „Was kann ich für Sie tun?"

„Ich bin gestern angekommen, um Robert zu besuchen, aber er hat mich nicht abgeholt und ich mache mir Sorgen. Ich weiß nicht, wo ich sonst suchen soll." Molly räusperte sich. „Ein Mann in dem Hotel, in dem ich wohne, hat erwähnt, dass Robert manchmal hierherkommt. Er hat mir Ihren Namen genannt." Sie fügte eilig hinzu: „Ich hoffe, das war in Ordnung. Ich hatte gehofft, dass Sie vielleicht etwas wissen."

Mabel senkte ihren Blick.

„Kennen Sie meinen Bruder?", drängte Molly.

Die Frau nickte. „Ja, ich kenne Robbie."

Mabel sah auf und Molly wand sich ein bisschen unter ihrem prüfenden Blick.

„Was immer Sie mir mitteilen, ist vollkommen vertraulich, das versichere ich Ihnen", platzte Molly heraus.

Mabel raffte den Saum ihres Gewandes und zog die Schärpe an ihrer Taille fest. „Ihr Bruder war in letzter Zeit nicht hier, aber andere Männer, mit denen ich verkehre …"

Molly wartete und traute sich nicht zu sprechen, um die Frau nicht zu verschrecken. Sie hatte schon daran gedacht, sich an die örtliche Polizei zu wenden, aber als sie den Hotelangestellten nach dem stellvertretenden Marshal gefragt hatte, hatte seine Antwort mehr Zweifel als Zuversicht in ihr geweckt. Diese Stadt hatte etwas Wildes an sich, das kaum zu übersehen war. Es erschien ihr wenig sinnvoll, in einem Bordell nach Informationen zu suchen – waren Frauen wie Mabel überhaupt vertrauenswürdig? –, aber Molly war mit ihrem Latein am Ende. Ihre Mutter hatte sie gewarnt, nicht immer so impulsiv zu handeln, aber ihr Herz hatte ihr gesagt, sie solle die Prostituierte aufsuchen.

Mabels Gesichtsausdruck wurde so ernst und aufrichtig, dass sich Mollys Inneres zu einem eisigen Knoten verkrampfte.

„Es tut mir leid, Miss Simms, aber Robert ist tot."

Kapitel Zwei

Jake hätte Miss Simms fast nicht wiedererkannt, als sie auf die Holzplanken trat, die als Veranda für Berthas Saloon dienten. Die lebhafte, entschlossene Frau, der er gerade begegnet war, war verschwunden, und an ihre Stelle trat eine beinahe geisterhafte Erscheinung.

Mit ein paar Schritten war er an ihrer Seite und hielt sie am Ellbogen fest.

„Sind Sie krank?", fragte er und führte sie zu Coras Restaurant. Sie mussten sich unterhalten, und Miss Simms brauchte eindeutig eine Tasse starken schwarzen Kaffee.

Sie schüttelte den Kopf und sank gegen ihn. Er umfasste ihre Taille, um zu verhindern, dass sie zu Boden stürzte.

„Ich nehme an, es lief nicht gut mit Mabel." Er führte sie die Holztreppe hinauf und ins Restaurant, wo er sie an einen ruhigen Tisch bugsierte. Er hängte seinen Hut an einen Haken und setzte sich ihr gegenüber. „Was ist passiert, Miss Simms?"

Sie schüttelte den Kopf und unterdrückte ein Schluchzen. „Robert ist tot", flüsterte sie und richtete einen düsteren, entsetzten Blick auf ihn.

Fassungslos fragte Jake: „Wer hat Ihnen das gesagt? Mabel?"

Sie nickte, während eine Träne über ihr Gesicht lief.

Jake griff in seine Jacke, holte ein Taschentuch heraus und reichte es ihr. „Woher weiß sie das?" Er kannte Mabel nicht persönlich, aber Robert hatte eine Zeit lang für ein Mädchen im Berthas geschwärmt. Das musste sie gewesen sein.

„Sie sagte, ein Mann namens James Winston habe ihr erzählt, Robert sei für immer verschwunden."

Jake fluchte leise vor sich hin.

„Kennen Sie diesen Mann?", fragte sie.

„Ja." Er lehnte sich vor. „Hören Sie. Ich glaube nicht, dass Robert tot ist."

Hoffnung erhellte ihre Züge. „Warum?"

„Es gibt viele Gründe, aber ich würde nicht viel darauf geben, was diese Mabel weiß. Sie hätten einfach zu mir kommen sollen." Aber er befürchtete, dass es einen Grund gab, warum sie das nicht getan hatte. Deshalb war er nicht gleich auf sie zugegangen.

Er lächelte herzlich, als Cora, die ältliche Wirtin, an ihrem Tisch erschien und sich die Hände an der Schürze abwischte, die ihre schlanke Taille umschloss. Sie zwinkerte ihm zu. „Sie hatten noch nie eine junge Dame bei sich, Jake. Was kann ich Ihnen beiden bringen?"

„Abend, Cora. Kaffee und Kuchen."

„Ich habe Apfel, Pfirsich oder Kirsche."

„Ich nehme Apfel." Er sah Miss Simms erwartungsvoll an.

„Oh, nein, danke. Ich bin nicht hungrig."

„Ich denke, Sie sollten etwas essen", beharrte er. „Wie wäre es mit Pfirsich?"

„Ich bringe von beiden ein Stück", sagte Cora. „Es ist wirklich schön, Sie mit einer Dame zu sehen, Jake."

„Sie wissen, dass ich ganz Ihnen gehöre, Cora. Miss Simms und ich unterhalten uns nur."

„Simms?", rief Cora aus. „Sind Sie mit Robbie verwandt?"

Miss Simms nickte und wieder stiegen ihr die Tränen in die

Augen. Verflucht sei diese Mabel, die so leichtfertig Nachrichten überbrachte, die vielleicht gar nicht stimmten.

„Sie haben ihn in letzter Zeit nicht gesehen, oder?", fragte Jake die ältere Frau.

„Nun, lassen Sie mich überlegen." Sie stemmte die knochigen Hände in die Hüften. „Ich glaube, er war letzte Woche hier, aber heute Morgen habe ich gehört, wie Ivan erwähnte, dass er ihm in den Bergen begegnet sei."

„Wann?"

„Ich glaube, es müsste gestern gewesen sein."

Ein anderer Kunde gab Cora ein Zeichen, woraufhin sie nickte und wegging.

„Da haben wir's", sagte Jake. „Robert ist nicht tot." *Zumindest noch nicht.*

Miss Simms wischte sich mit dem Tuch die Nässe auf den Wangen weg und ihre Gesichtszüge verhärteten sich. „Würden Sie mir bitte sagen, in was Robert verwickelt ist, das so gefährlich sein könnte?"

Mit hübschen Schwestern umzugehen, war nichts, das Jake je angestrebt hatte. Er hatte keine Lust, der jungen Frau zu erklären, was Robert vorgehabt hatte. Das war Roberts Sache und er sollte es ihr selbst sagen.

„Ich glaube nicht, dass er in Gefahr ist." Höchstwahrscheinlich sprach Jake die Wahrheit. Zumindest redete er sich das ein. „Robert und ich haben diese Gegend schon viele Male erkundet. Ich schätze, er hat in den Bergen einfach das Zeitgefühl verloren. Das kommt vor. Ich denke, wenn Sie sich gedulden, wird er bald hier sein."

Cora kam mit einem Tablett zurück, auf dem Tassen, Untertassen und eine Kanne mit dampfendem Kaffee standen. Sie setzte jedem von ihnen einen Teller mit Kuchen und eine Gabel vor. „Jake trinkt seinen Kaffee schwarz, wie ich weiß, aber möchten Sie Sahne und Zucker, Miss Simms?"

Sie nickte. Cora stellte beides auf dem Tisch ab. „Sagen Sie Bescheid, wenn Sie noch etwas brauchen."

„Danke", antwortete Miss Simms.

Jake stürzte sich auf seinen Kuchen. Er hatte seit der Mittagsmahlzeit nichts mehr gegessen. Molly Rose Simms im Auge zu behalten, hatte den größten Teil seiner Zeit in Anspruch genommen. Er war sich nicht ganz sicher gewesen, ob sie nicht vielleicht doch wusste, wo Robert sich aufhielt, weshalb er anfangs Abstand gehalten hatte. Und natürlich wegen des Geldes. Seit Robert sich mit Bridget Lannigan zusammengetan hatte, war Jake sich Roberts Loyalität nicht mehr gewiss, und diese Unsicherheit übertrug sich auf seine Schwester.

Miss Simms gab einen Klecks Sahne und einen halben Teelöffel Zucker in ihren Kaffee und rührte das Gebräu langsam um. „Wie lange kennen Sie Robert schon?"

„Ich bin letztes Jahr in die Gegend gekommen, und Robert und ich haben uns sofort gut verstanden."

„Und Sie suchen mit ihm in den Bergen nach Silberadern?"

„Ja, so ungefähr." Er hob seine Tasse hoch und nahm einen großen Schluck Kaffee.

Miss Simms stocherte in ihrem Essen herum und Jake beäugte ihr Stück Kuchen. Sie musste es bemerkt haben, denn sie schob es ihm über den Tisch. Er nickte dankend und steckte sich einen großen Bissen in den Mund. „Sie sollten wirklich etwas essen", sagte er kauend. „Cora macht einen ziemlich guten Eintopf."

„Reden Sie immer mit vollem Mund?" Sie zog die Augenbrauen zusammen. „Sie machen sich also überhaupt keine Sorgen, dass Robert etwas zugestoßen sein könnte?"

Er lächelte leicht über die Zurechtweisung. „Man soll die Eier nicht zählen, bevor sie ausgebrütet wurden. Ich werde weiter nach ihm suchen. Warum gehen Sie nicht zurück in Ihr Hotel und ruhen sich aus? Ich sage Ihnen Bescheid, wenn ich etwas in Erfahrung bringe."

Sie beobachtete ihn, als wäre er derjenige, der die Eier gelegt hatte. Nach einem Schluck Kaffee verschränkte sie die Arme über ihrer elfenbeinfarbenen Bluse und lehnte sich in ihrem Stuhl zurück.

Cora tauchte wieder auf und räumte die leeren Kuchenteller ab. „Möchten Sie beide noch etwas?"

„Miss Simms?", fragte Jake.

„Nein, ich hatte definitiv genug."

MOLLY LAG auf der unebenen Matratze in ihrem Hotelzimmer, die dicke Tagesdecke ruhte schwer auf ihr. Das Gefühl zu ersticken veranlasste sie schließlich dazu, sich in den Schaukelstuhl in der Ecke zu setzen. Während sich die Nacht in die Länge zog, schaukelte sie vor und zurück und hörte immer wieder Mabels Worte, die in ihrem Kopf umherflogen wie verirrte Kugeln. Ihre Augen füllten sich erneut mit Tränen.

Verzweifelt klammerte sie sich an die Aussage von Mister McKenna. *Robert ist nicht tot.*

Es musste wahr sein; die Alternative war zu schrecklich, um sie in Betracht zu ziehen.

Sie erhob sich und ging auf und ab, wobei der Saum ihres Nachthemdes ihre Fußrücken kitzelte.

Aber warum wusste Mister McKenna dann nicht über Roberts Aufenthaltsort Bescheid? Immerhin waren sie Partner. Ihr Bruder hatte Jake McKenna zwar ein paar Mal in Briefen erwähnt und schien mit der Partnerschaft zufrieden zu sein, aber in Wahrheit kannte sie den Mann nicht, und sie musste sich fragen, ob er etwas mit Roberts Verschwinden zu tun hatte.

Sie war schon dreimal in Roberts Pension gewesen, um nach ihm zu fragen, aber jetzt drängte sich ihr der Gedanke auf, dass sie sein Zimmer durchsuchen sollte. Und sie zog es vor, dies zu tun, ohne dass jemand davon erfuhr, am wenigsten der Besitzer der

Pension, ein schroffer Mann, der jedes Mal verärgert war, wenn sie sich erkundigte, ob ihr Bruder wieder da war.

Mabels Stimme flüsterte ihr ins Ohr und Molly unterdrückte ein Schaudern. Sie betete, dass Mister McKenna Recht hatte – dass Robert einfach nur in den Bergen abgelenkt worden war und ihre Ankunft vergessen hatte. Er konnte nicht tot sein. Das konnte einfach nicht sein. Wie sollte sie diese Nachricht ihren Eltern überbringen? Ihre Mutter würde untröstlich sein.

Ein Schluchzen kroch Mollys Kehle hinauf. Ihre Mutter wäre nicht die Einzige.

Sie und Robert hatten sich immer sehr nahe gestanden. Ihr zwei Jahre älterer Bruder war ihr ständiger Begleiter gewesen, zumindest bis er sauer wurde, weil sie ihm immer hinterherlief. Als sie älter wurden, tolerierte er sie, weil sie bewiesen hatte, dass sie genauso zäh war wie die anderen Jungs in der Stadt. Sie hatte gelernt, zu schießen, das Lasso zu werfen und zu reiten wie jeder gute Cowboy. Das hatte ihren Vater stolz gemacht, während ihre Mutter über Mollys Sturheit nur den Kopf geschüttelt hatte. Zum Glück hatte ihre Mutter noch Evelyn, die Jüngste und um einiges niedlicher und hübscher als Molly.

Molly fasste einen Entschluss. Schnell zog sie ihr dunkelstes Gewand an – einen schwarzen Rock und eine dunkelbraune Bluse – und band sich eine ebenso dunkle Haube ums Kinn, deren breite Krempe die blasse Haut ihres Gesichts verbarg. Sie schlüpfte aus ihrem Zimmer und verließ Zangs Hotel durch den Vordereingang, wobei sie darauf achtete, die Tür so leise wie möglich zu schließen.

Ein Blick die Straße hinauf und hinunter zeigte ihr, dass sie leer war, obwohl in mehreren Lokalen Licht brannte, wie es aussah allesamt Saloons.

Schlief diese Stadt denn nie?

Sie überquerte die Straße und bahnte sich einen Weg zwischen zwei Gebäuden hindurch, um hinter den Häusern am Ufer des Willow Creek entlangzugehen. Das Wasser floss lebhaft, gespeist vom frisch geschmolzenen Schnee des Winters. Weiter hinten ragten steile Felswände auf, die dem ohnehin schon dicht gedrängten Minencamp eine bedrückende Atmosphäre verliehen. Roberts Pension war nicht weit entfernt. Er hatte ihr ein Zimmer im Hotel reserviert, weil es sich ganz in der Nähe befand.

Sie hielt sich die Nase zu, als ihr der Gestank von Urin entgegenschlug, und dann noch einmal, als der Geruch von verfaultem Essen diesen ablöste. Sie beeilte sich, aus dem Umkreis zu entkommen, und schnappte nach Luft. Dann zählte sie die Gebäude, um sicherzugehen, dass sie das richtige gefunden hatte, denn von hinten sahen sie alle ähnlich aus. Schon früher am Tag war ihr in den Sinn gekommen, dass ein solcher Ausflug notwendig sein könnte, und so hatte sie die Gegend vor ihrem Besuch bei Mabel – und der anschließenden Kaffeepause mit dem rauen Jake McKenna – ausgekundschaftet.

Sie schüttelte den Gedanken an ihn ab – was spielte es für eine Rolle, dass sie seine muskulöse Gestalt auf eine seltsame Weise anziehend fand –, spähte um das Gebäude herum, um sich zu vergewissern, dass es sich um die richtige Pension handelte, und schlich dann zurück zum Seitenfenster. Als sie am Nachmittag hier gewesen war, hatte sie ein Fenster im Flur von innen entriegelt. Erst jetzt bemerkte sie, dass das Fenster von außen höher lag, als sie erwartet hatte. Sie sah sich nach etwas um, auf das sie sich stellen konnte. Bei einer Durchsuchung des Hinterhofs – in der Nähe des üblen Gestanks, den sie gerade passiert hatte – fand sie eine Holzkiste.

Sie trug sie zum Fenster und rückte sie zurecht, damit sie so gerade wie möglich stand. Dann stellte sie sich vorsichtig darauf. Eine Weile bemühte sich Molly vergeblich, das Fenster anzuheben, bis es schließlich mit einer plötzlichen Bewegung nach oben schnellte. Im selben Moment brach die Kiste unter ihr zusammen und sie klammerte sich mit in der Luft hängenden Füßen am Fensterrahmen fest.

Sie versuchte, sich mit den Fersen an der Hauswand abzustützen, ohne dabei ein Geräusch zu verursachen. Die

Muskeln in ihren Armen begannen zu schmerzen. Ihr blieb nicht mehr viel Zeit, bevor sie gezwungen sein würde, sich fallen zu lassen.

Mit einem leisen Ächzen stemmte sie sich in die Höhe und schaffte es, sich so weit hochzuziehen, dass sie ein Knie auf den Holzrahmen schwingen konnte. Sie hievte ihren Oberkörper in die Pension und fiel mit dem Kopf voran zu Boden. Auf dem Rücken liegend und kurzzeitig benommen, holte sie mehrmals tief Luft, bevor sie auf ihre wackeligen Beine kam. Sie lauschte nach jemandem, den sie möglicherweise alarmiert hatte. Als die Luft rein zu sein schien, schob sie das Fenster runter und schloss es.

Der Eingangsbereich der Pension war dunkel, nur einige Möbelstücke waren zu erkennen. Auf Zehenspitzen schlich sie die Treppe in den zweiten Stock hinauf und zuckte bei jedem Quietschen der Holzstufen zusammen.

Drei Türen weiter befand sich Roberts Zimmer. Es würde verschlossen sein, aber sie hatte dem Besitzer den Zweitschlüssel gestohlen, als sie am Nachmittag hier gewesen war.

Ihre Mutter wäre gar nicht glücklich über ihre Machenschaften. Robert ebenfalls nicht, obwohl sie es für ihn tat.

Sie zog den eisernen Schlüssel aus ihrer Rocktasche und schloss die Tür so leise wie möglich auf. Als sie drinnen war, lehnte sie sich mit einem Seufzer der Erleichterung gegen die Tür. Dieses ganze Herumschleichen war überaus strapaziös für die Nerven.

Um richtig suchen zu können, brauchte sie Licht. Sie fingerte an dem schweren Vorhang herum, der über dem Fenster festgenagelt war, und zog die Ränder zu. Auf dem Nachttisch suchte sie nach einem Streichholz und zündete damit die Öllampe an. Sofort drehte sie den Docht herunter und stellte die Lampe vorsichtig auf den Boden.

Wo sollte sie anfangen? Bei den letzten drei Malen hatte sie sein Zimmer nicht betreten. Aber dies war mit Sicherheit Roberts Zimmer. Ihr Bruder war immer noch ein Schlendrian. Ein Haufen dreckiger Kleidung lag in einer Ecke. Auf einem schmalen

Holztisch befanden sich eine Vielzahl von Erzproben und verschiedene Schürfhacken. Die Bettbezüge waren in Unordnung und Molly fand auf dem Boden unter seinem Bett ein halbes vertrocknetes Brot. Wenn ihr Wiedersehen wie geplant verlaufen wäre, hätte sie hier drin für ihn aufgeräumt, anstatt nach einem Hinweis auf sein Verschwinden zu suchen.

Als sie den Deckel eines Koffers öffnete, kamen weitere Kleidungsstücke, mehrere Bücher und Briefe von ihr und Evie sowie ihrer Mutter zum Vorschein. Sie hielt *Eine Geschichte aus zwei Städten* von Charles Dickens hoch. Ein langweiliges Buch. Das Einzige, was Molly daran gefallen hatte, waren die Beschreibungen von London und Paris, Orte, die sie eines Tages zu besuchen hoffte. Aber Robert hatte sich immer zu solchen moralischen, existenziellen Geschichten hingezogen gefühlt. Ihre Tante Tess hatte ihnen bereits in jungen Jahren *Sir Gawain und der grüne Ritter* nahegebracht. Molly bevorzugte eher Abenteuergeschichten. *Zwanzigtausend Meilen unter dem Meer* gefiel ihr besser, oder *Alice im Wunderland*. Besonders liebte sie die Geschichten von Ali Baba, Sindbad dem Seefahrer und Aladin und seiner Wunderlampe aus *Tausendundeine Nacht*. Sie warf den Roman zurück in den Koffer.

Dann untersuchte sie den Tisch mit den Erzproben, aber es war wirklich nicht mehr als eine Ansammlung von Steinen. Selbst die schmutzige Wäsche hob sie auf, um zu sehen, ob sich etwas darunter befand. Nichts. Sie rümpfte die Nase über den Geruch und ließ die Wäsche wieder auf den Boden fallen.

Molly warf einen Blick auf das vertrocknete Brot und ging auf die Knie, um es hervorzuziehen. Es war so hart wie die Erzklumpen. Robert hatte Glück, dass er noch keine Ameisen hatte.

Als sie sich wieder auf die Fersen setzte, streifte ihre Hand den staubigen Teppich unter ihr. Sie schob eine Ecke zurück und bemerkte, dass die Bodenbretter darunter nicht exakt zueinander passten. Sie rückte die Öllampe näher heran und zog den Teppich ganz beiseite. Als sie mit den Händen über das Holz fuhr, bemerkte sie eine Unebenheit, aber der Versuch, eine der Kanten mit den Fingerspitzen aufzuhebeln, erwies sich als vergeblich. Sie nahm die kleinste Spitzhacke, die sie auf Roberts unordentlichem Tisch finden konnte, und verkeilte das Ende in der Lücke zwischen den Brettern. Nach mehreren Versuchen sprang schließlich eines heraus.

Sie zog es weg und schaute in die entstandene Öffnung, konnte aber nichts erkennen. Sie zerrte an einer anderen Diele, die sich nach einigem Hin- und Herwackeln löste, nahm die Öllampe in die Hand und spähte in den Spalt.

Ein kleiner Metallkasten war weiter hinten versteckt. Sie setzte die Lampe ab, streckte den Arm aus und griff nach der Beute, um sie aus ihrem Versteck zu ziehen.

Es erinnerte sie an eine Geschichte, die ihre Tante Molly ihr erzählt hatte. Diese hatte einst eine ähnliche Kiste in der Nähe ihrer Ranch in Texas versteckt, in der Nacht, als ihre Eltern – Molly Roses Großeltern – ermordet worden waren. Es war eine düstere Geschichte, die ihre Tante nur ein einziges Mal mit ihr geteilt hatte. Damals war Molly Rose elf Jahre alt gewesen und für einen Sommer auf der Ranch von Tante Molly und Onkel Matt zu Besuch.

Tante Molly hatte in ihrer Kiste wichtige und geheime Dinge versteckt, darunter eine Steinschleuder, die sie Zaunkönig genannt hatte. In jenem Sommer hatte Molly Rose ihre eigene Schleuder gebaut, um der Tante nachzueifern, nach der sie benannt worden war.

Molly fragte sich, was sie wohl in der geheimen Schatztruhe ihres Bruders finden würde, als sie den Deckel öffnete. Goldklumpen? Geld? Eine handgefertigte Waffe ähnlich der ihrer Tante?

Der Anblick eines Stapels Papiere erfüllte sie mit einem Anflug von Enttäuschung.

Sie begann, die Dokumente zu überfliegen. Es waren Bergbauansprüche, und sie schienen allesamt auf Robert und

Mister McKenna zu lauten. Das letzte Dokument jedoch überraschte sie.

Jake McKenna und Molly Rose Simms waren die stolzen Besitzer der Chigger-Ader.

Jake beobachtete aus dem Schatten eines Gebäudes heraus, wie Miss Simms aus dem Fenster von Roberts Pension kletterte. Er war beeindruckt gewesen, wie sie sich ins Haus hineingehievt hatte, nachdem die Kiste unter ihr den Geist aufgegeben hatte. Sie hatte genau die Proportionen, die er an einer Frau mochte, und jetzt bewunderte er auch ihre Kraft.

Er hätte ihr vielleicht geholfen, aber außer ihm lauerte noch ein anderer Mann in der Nähe. Und dann war da natürlich noch die Frage, warum sie überhaupt hier herumschlich. War sie auf der Suche nach Hinweisen auf ihren Bruder oder heckten die beiden etwas aus? Vielleicht hatte es etwas mit den fünftausend Dollar zu tun, die Jake vermisste.

Jake hatte nicht vorgehabt, ihr nachzuspionieren. Als er sie nach ihrem wenig ergiebigen Treffen bei Cora zum Hotel zurückgebracht hatte, hatte er ihr gesagt, er würde sich melden, sobald er etwas wüsste. Von dort aus war er in den *Orleans Club* gegangen, um eine Nacht mit Faro und seinem Lieblingswhiskey zu verbringen. In dem Saloon mit Spielhalle wurden die Gäste regelmäßig über den Tisch gezogen, aber Jake hielt es trotzdem für lohnenswert, weil er so vielleicht Informationen über Robert erhalten würde. Er war leer ausgegangen.

Nach Verlassen des Etablissements hatte er einen Weg eingeschlagen, der ihn direkt zum Hotel von Miss Simms führte. Er konnte nicht genau sagen, warum – wenn er weibliche Gesellschaft gebraucht hätte, hätte er im *Orleans Club* eine Menge williger Mädchen gefunden –, aber er war zum Hotel gegangen.

Und dann hatte er eine dunkle Gestalt gesehen, die über die

Straße huschte. Er hatte sofort gewusst, dass sie es war. Er vergaß nie eine gute Figur, und ihre gehörte zu den besten.

Miss Simms sprang aus dem Fenster. Ihre Füße kollidierten mit der zerbrochenen Kiste und ein erstickter Schrei entkam ihr. Ohne nachzudenken, trat Jake einen Schritt vor, um ihr zu helfen, und hielt dann inne. Wenn er sich offenbarte, konnte er den anderen Mann vielleicht nicht aufhalten, falls er angreifen wollte. Jake war noch nicht in der Lage gewesen, die dritte Partei in diesem heimlichen Tanz zu identifizieren.

Miss Simms befreite ihre Füße aus der Kiste, stand auf und strich mit den Händen über ihren pechschwarzen Rock. Dann warf sie einen Blick nach oben und Jake verstand ihr Dilemma. Sie würde das Fenster nicht schließen können. Sie blieb einen Moment lang stehen und dachte über ihre Situation nach. Jake beobachtete den anderen Mann, dessen Anwesenheit sich in den Schatten nur andeutete.

Ein Geräusch im Inneren des Hauses ließ sie zusammenzucken. Sie flüchtete erneut hinter das Gebäude und ließ das offene Fenster, wie es war. Der andere Mann folgte ihr und Jake erhaschte einen besseren Blick auf ihn. Ein Tuch verdeckte das Gesicht des Mannes und er hatte seinen Hut tief in die Stirn gezogen, aber Jake wusste, dass es Chip Westfield war. Chip und James Winston waren die Handlanger von Shep Lannigan.

Das wurde ja immer schöner.

Jake blieb in Deckung, während er sich die Creede Avenue entlangbewegte und zwischen den Gebäuden nach Anzeichen von Miss Simms Ausschau hielt. An einem Mietstall hielt er an und wartete, den Rücken gegen die Wand gedrückt. Sie ging direkt an ihm vorbei und Jake hielt den Atem an. Wenn sie ihren Kopf noch ein wenig weiter drehte, würde sie ihn sehen, aber die Haube, die sie trug, schirmte ihn vor ihrem Blick ab. Sie überquerte die Straße, eilte die Hoteltreppe hoch und betrat das Gebäude.

Jake blieb in seinem Versteck und wartete auf den Mann, der sie verfolgte. In einem Zimmer im Obergeschoss, das zur Straße hinausging, leuchtete ein Licht auf – zweifellos das Zimmer von Miss Simms. Nachdem einige Zeit vergangen war, umrundete Jake den Mietstall und nahm den gleichen Weg zurück, auf dem er gekommen war, um nach Westfield zu suchen. Jake zog seinen Colt aus dem Hüftholster und schlich weiter von Gebäude zu Gebäude, wobei er zuerst die Vorderseite umrundete.

Am Ende fand er nichts.

Der Mann war verschwunden.

Jakes Magen krampfte sich zusammen wie ein ungestümes Pferd. Er steckte seine Waffe ein, betrat Miss Simms' Hotel und schlich die Treppe hinauf. Inzwischen war das Licht gelöscht worden. Als er an der Schwelle des Zimmers lauschte, von dem er annahm, dass es ihres war, hörte er lautes Schnarchen.

Er hoffte inständig, dass das nicht Miss Simms war.

Er ging zum nächsten Zimmer und klopfte leicht an die Tür.

Nach einer langen Pause öffnete sich die Tür einen Spalt breit.

„Was wollen Sie?", flüsterte sie.

„Jemand verfolgt Sie."

Ihre Augen verengten sich. „Da haben Sie wohl recht, und ich vermute, es ist nicht das erste Mal, dass Sie das tun."

„Nicht ich. Na ja, nicht nur." Jake blickte nach links und rechts, um den Korridor zu überprüfen. „Darf ich reinkommen?"

„Wie soll mein Ruf das überleben?", brummte sie, aber sie trat zurück und ließ ihn eintreten, wobei sie die Tür hinter ihm schloss. „Haben Sie Neuigkeiten von Robert?"

Sie hatte ihre dunkle Tarnkleidung abgelegt und trug nun einen Umhang über dem, was ihr Nachtgewand sein musste.

„Nein", antwortete er. „Aber ich nehme an, Sie haben welche."

„Wie kommen Sie darauf?"

„Hören Sie, mir ist klar, dass Sie mir nicht wirklich vertrauen, aber ich weiß, dass Sie heute Abend in Roberts Zimmer waren." Er hob die Hand, als Zorn in ihren Augen aufblitzte und sie den Mund öffnete. „Ja, ich habe Sie beobachtet, aber ich bin im Moment Ihre geringste Sorge. Jemand anderes ist Ihnen gefolgt."

„Wer?"

„Ein Mann, der für Shep Lannigan arbeitet, und Robert ist mit denen irgendwie verstrickt."

„Dann sollte ich vielleicht mit ihnen sprechen."

Jake schüttelte den Kopf. „Nein, das sollten Sie nicht. Zumindest nicht, bis wir Ihren Bruder gefunden haben und wissen, in was er da hineingeraten ist."

„Wovon reden Sie?"

„Hören Sie, wir sollten aus der Stadt verschwinden."

Ungläubig lachte sie auf. „Jetzt?"

„Ja, jetzt. Ich kenne einen Ort, an den wir gehen können."

„Sie sind ja nicht ganz bei Trost. Wir haben uns gerade erst kennengelernt. Soweit ich weiß, könnten Sie derjenige sein, der es auf Robert abgesehen hat, falls es wirklich das ist, was gerade hier abläuft."

Jake hielt inne und betrachtete die Tigerin vor ihm. Warum hatte Robert ihm nie gesagt, dass seine schöne Schwester vor Eigensinn und Temperament nur so sprühte? „Ich versichere Ihnen, dass ich Ihnen nicht wehtun werde. Robert ist wie ein Bruder für mich. Auch wenn wir nicht immer einer Meinung waren, betrachte ich es als meine Pflicht, auf seine Schwester aufzupassen. Und wenn Sie in der Stadt bleiben, befürchte ich, dass Sie zumindest belästigt, wenn nicht gar übel zugerichtet werden."

„Von wem? Von diesem Shep?"

„Vielleicht denkt er, Sie wüssten, wo Ihr Bruder ist." Jake hob seinen Hut und fuhr sich mit der Hand durch die Haare. „Wir sollten uns davonmachen und sie von Ihrer Fährte abbringen."

Er hatte nicht wirklich erwartet, dass sie ihm freudig zustimmen würde, und war daher überrascht, als sie nickte.

„Treffen Sie mich in einer Stunde hinter dem Hotel", sagte er. „Nehmen Sie nicht zu viel mit."

Er ging, bevor sie ihre Meinung ändern konnte.

Kapitel Drei

In den frühen Morgenstunden ritt Molly auf einem freundlichen Braunen namens Cinnamon aus Creede hinaus in die umliegenden Berge, gefolgt von Mister McKenna auf seinem temperamentvollen schwarzen Wallach Fernando.

Sie überlegte, ob sie ihm wirklich vertrauen konnte. Zweifellos waren sie und Mister McKenna Geschäftspartner. Sie war sich nicht sicher, ob sie es ihm gegenüber erwähnen sollte; vielleicht wusste er es bereits, aber die Tatsache, dass Robert das Dokument in einer Metallbox im Boden versteckt hatte, deutete darauf hin, dass McKenna es wahrscheinlich nicht wusste. Fürs Erste würde sie diese Information für sich behalten.

Es beunruhigte sie, dass sie beobachtet wurde. Sie befürchtete, dass Robert sich in etwas verstrickt hatte, dem er nicht gewachsen war, und nun steckte auch sie mittendrin in dem Schlamassel, nur weil sie seine Schwester war.

Hinzu kam, dass sie mit einem Mann, den sie kaum kannte, in die Berge floh. Sie beschloss, darauf zu vertrauen, dass alles gut gehen würde, und falls nicht, hatte sie den handlichen Colt Derringer, den Robert ihr vor zwei Jahren geschenkt hatte, in der

Tasche ihres Hosenrocks verstaut. Er erlaubte nur einen Schuss, aber sie war überzeugt, dass einer ausreichen würde.

Sie lobte ihre Voraussicht, die Waffe heimlich in ihr Gepäck geschmuggelt zu haben, als sie allein zu ihrem ersten Abenteuer aufgebrochen war. Die Reise mit Kutsche und Zug vom Arizona-Territorium nach Creede, um ihren Bruder zu besuchen, war das Aufregendste, das sie in ihrem kurzen Leben unternommen hatte. Hoffentlich würde es nicht das Letzte sein.

Ein leichter Sprühregen setzte ein. McKenna führte Fernando zu ihr zurück und bot ihr einen Regenmantel an, den sie dankbar entgegennahm, obwohl sie wegen der morgendlichen Kühle bereits in einen Wollmantel und einen Schal gehüllt war. Innerhalb weniger Minuten wurde der Regen zu einem regelrechten Wolkenbruch und durchnässte sie beide.

Sie setzten ihren Weg in die Wildnis fort. Die Pferde traten vorsichtig auf, da der Regenguss die Erde in Schlamm verwandelt hatte. Endlich, als ein grauer Dunst den Himmel langsam aufhellte, kam eine Hütte in Sicht, eingerahmt von einem Kiefernhain und umgeben von hohen Felswänden.

McKenna blieb vor dem Häuschen stehen, stieg ab und gab ihr ein Zeichen, es ihm gleichzutun. Ihre Stiefel landeten in einer dicken Schlammpfütze.

„Ich kümmere mich um die Pferde", sagte McKenna mit erhobener Stimme, um das Regenrauschen zu übertönen. „Sie können reingehen."

Molly nickte, nahm das Gepäck entgegen, das er ihr reichte, und trug es zum Eingang der Hütte.

Als sie an der Schwelle stand, hielt sie inne, um das Wasser von sich abtropfen zu lassen, damit sie später nicht die ganze Behausung reinigen musste. Die einfache Unterkunft bestand nur aus einem Raum, der mit zwei Schlafstätten, einem Kanonenofen, einem Tisch mit zwei Stühlen und einem Kochbereich ausgestattet war. Auf einem Regal über dem Fenster standen Kochgeschirr und Tassen.

Molly legte die Ausrüstung auf den Boden, zog den Regenmantel aus und hängte ihn an einen Haken neben der Tür, dann beugte sie sich hinunter, um ihre Stiefel aufzuschnüren und sie von den Füßen zu ziehen.

Nur mit Strümpfen bekleidet tappte sie weiter in den Raum hinein und entdeckte einen Holzstapel unter der Arbeitsplatte. Sie holte mehrere kleine und ein großes Holzscheit heraus und machte sich daran, ein Feuer im Ofen zu entfachen. Als Jake zurückkam, loderten die Flammen bereits kräftig.

Seine große Gestalt füllte die Hütte aus und sie straffte die Schultern, weil sie sich plötzlich des engen Quartiers, in dem sie sich befanden, nur zu deutlich bewusst wurde.

„Sie haben Feuer gemacht." Jake grinste, nahm seinen Hut ab und hängte ihn an einen der Stühle, bevor auch er seinen Regenmantel und Mantel auszog.

„Gibt es einen Grund, warum ich das nicht hätte tun sollen?" Vielleicht wollte er ihre Anwesenheit nicht verraten.

„Nein, das ist schon in Ordnung. Wir werden die Wärme brauchen."

Aus irgendeinem Grund kam ihr diese Bemerkung seltsam vor und ihr Puls beschleunigte sich.

Mochte sie Mister McKenna eigentlich?

Um ihre Reaktion zu verbergen, setzte sie sich auf die Kante der nächstgelegenen Pritsche und hielt ihre Hände in Richtung des Ofens, um sich ein wenig zu wärmen. „Wessen Hütte ist das? Sie ist sehr gepflegt."

McKenna schnappte sich einen Stuhl und stellte ihn in die Nähe des Ofens. Er setzte sich, die Ellbogen auf die Knie gestützt. „Es ist meine. Ich lebe hier, wenn ich bei der Schürfarbeit bin. Auf diese Weise muss ich nicht so oft in die Stadt."

„Sie haben zwei Betten. Wohnt Robert auch hier?"

McKenna nickte. „Das hat er."

„Meinen Sie, er würde versuchen, hierher zurückzukehren?"

„Der Gedanke ist mir auch schon gekommen, aber es scheint

niemand hier gewesen zu sein. Der Stall hinterm Haus wurde auch nicht benutzt."

McKennas tiefschwarzes Haar kräuselte sich am Kragen seines Hemdes, und auf seinem kräftigen Kinn lag ein kohlefarbener Schatten. Als er seinen Blick auf sie richtete, erinnerten seine Augen sie an dunklen Honig. Molly kaute auf ihrer Unterlippe und wandte den Blick ab. McKenna sollte sie nicht beim Starren erwischen.

Sie schüttelte ihre Faszination ab und fragte: „Wie haben Sie Robert kennengelernt?"

„Bei einem Pokerspiel."

Molly schnappte nach Luft. „Robert pokert?"

McKenna lachte leise. „Sie waren doch schon in einem Puff. Wenn Sie unschuldig bleiben wollten, hätten Sie nicht nach Creede kommen sollen."

Ihr Rücken versteifte sich. „Ich bin nicht naiv, was weltliche Dinge angeht."

Ein weiteres Grinsen erhellte sein Gesicht. Ihr Atem stockte und ihr Herz pochte noch stärker. Sie konnte tatsächlich nicht wegsehen. Sie hatte von Menschen gelesen, die einen Charme besaßen, der die Massen in seinen Bann zog und Türen mit einem einzigen Blick öffnete, aber sie hatte noch nie eine solche Person getroffen.

Wie lautete das Wort, das ihr begegnet war? Charisma, das war es. In diesem Moment wurde die Bedeutung für sie kristallklar.

„Was immer Sie sagen, Miss Simms. Warum sind Sie nach Creede gekommen?"

„Um meinen Bruder zu besuchen, natürlich."

„Sie sind den ganzen Weg von Tucson allein gereist?"

„Meine Eltern glaubten, dass Robert hier sein würde, um mich abzuholen."

Er nickte und seine freundliche Miene geriet ins Wanken. Sie holte tief Luft, um den Knoten in ihrem Magen zu beruhigen, der sich nie ganz löste. *Hoffentlich geht es dir gut, Robert.*

„Meine Eltern dachten, dass Robert auf mich aufpassen würde", fügte sie hinzu. Ihre Stimme klang gedämpft, da der Regen weiterhin auf das Dach der Hütte prasselte. „Aber ich versichere Ihnen, dass ich auf mich selbst aufpassen kann."

„Daran zweifle ich nicht. Trotzdem stehe ich Ihnen zur Verfügung."

„Wofür?"

„Zu Ihrem Schutz."

Er hielt ihren Blick fest und ein Schauer durchfuhr sie. Sie richtete ihren Blick auf den Ofen. Sie war nicht den ganzen Weg gereist, um sich in den erstbesten rauen Kerl zu verlieben, der ihr über den Weg lief, Charisma hin oder her. Sie hatte Wichtigeres mit ihrem Leben vor.

„Woher kommen Sie, Mister McKenna?"

„Sie können mich Jake nennen. Ich wurde in San Francisco geboren."

„Genau wie ich."

Er hob eine Augenbraue. „Vielleicht sind wir uns mal auf der Straße begegnet."

„Wahrscheinlich nicht. Meine Eltern waren nur dort, um meine Tante Emma zu besuchen. Nach meiner Geburt kehrten sie ins Arizona-Territorium zurück."

„Sie und Robert sind also in Tucson aufgewachsen, im Land der Apachen."

„Und meine jüngere Schwester Evie."

Als die Flammen im Ofen größer wurden, schloss Jake die gusseiserne Tür und verriegelte sie. „Wie hat Robert nur zwei jüngere Schwestern überlebt?", neckte er.

„Wie viele Geschwister haben Sie denn?"

„Keine." Er rieb sich mit einer Hand über die Wange. „Meine Eltern starben, als ich noch sehr klein war. Ich bin in einem Waisenhaus aufgewachsen."

„Das tut mir sehr leid."

„Wieso? Das Leben ist, wie es ist."

„Sie hatten also nie ein Zuhause oder eine Familie?"

Er schüttelte den Kopf. „Als ich fünfzehn war, habe ich mich auf einen Dampfer nach Asien geschlichen und nie zurückgeblickt."

„Das haben Sie getan?" Fasziniert starrte sie ihn an.

„Ich musste schnell erwachsen werden."

„Sie haben also die Welt gesehen?"

Er lehnte sich im Stuhl zurück, streckte die Beine aus und verschränkte die Arme vor der Brust. „Das kann man wohl so sagen."

„Ich habe Französisch gelernt und hoffe, eines Tages Paris zu sehen."

Er schenkte ihr ein schiefes Lächeln. „Sind Sie auch so ein rastloser Geist?"

„So etwas in der Art. Ich würde gerne reisen und darüber schreiben. Ich hatte gehofft, Robert davon überzeugen zu können, mich nach San Francisco oder sogar New York City zu begleiten." Ihr Tonfall war heiter, aber ihre Schultern sanken angesichts der möglichen Realität herunter.

„Wir werden ihn finden, Molly Rose."

Ihr Blick flog zu ihm, während der Klang ihres Vornamens noch immer in der Luft hing. Ihre Kehle war zugeschnürt, also nickte sie lediglich.

McKenna stand auf. „Ich kann eine Kanne Kaffee kochen und ich habe hier irgendwo eine Dose Pfirsiche fürs Frühstück."

Molly hatte gar nicht an Essen gedacht. „Ich fürchte, ich habe keine Lebensmittel dabei. Was glauben Sie, wie lange wir hier sein werden?"

„Hoffentlich nicht länger als ein oder zwei Tage. Ich habe Vorräte in meinen Satteltaschen. Wir werden schon zurechtkommen, aber es wird keine Gourmetküche sein."

Molly kam ebenfalls auf die Beine. „Es wäre gut, etwas zu tun zu haben. Zeigen Sie mir, was Sie haben."

JAKE SAH NACH DEN PFERDEN, vor allem, um Molly eine Auszeit von den beengten Verhältnissen zu gönnen, die sie in solche Nähe zueinander zwangen. Vielleicht war es auch er, der eine kleine Atempause brauchte. Er hatte noch nie eine Frau hierhergebracht. Dafür hatte es keinen Grund gegeben. Und wenn er eine verführen wollte, war dies nicht der richtige Ort dafür.

Nicht, dass er vorhatte, mit Miss Simms anzubandeln.

Er schüttelte den Kopf. Seine Gedanken schweiften heute ganz schön umher.

Der warme Geruch von Gebäck begrüßte ihn, als er in die Hütte zurückkehrte. „Haben Sie gebacken?"

Sie blickte über ihre Schulter. „Ich habe es geschafft, ein paar sehr flache Brötchen zu machen, indem ich eine Pfanne abgedeckt und auf den Ofen gestellt habe." Sie zuckte mit einer Schulter in Richtung des Tisches. „Dann gibt es also Brötchen, Pfirsiche und Kaffee zum Frühstück."

„Ich beschwere mich nicht." Er nahm seinen Hut und den Regenmantel ab und setzte sich. Seine Stiefel troffen noch immer vor Regen und Schlamm, aber er ließ sie an. Er würde gleich wieder nach draußen gehen und es war zu mühsam, jedes Mal, wenn er die Hütte betrat, das Schuhwerk auszuziehen. Andererseits hatte er normalerweise keine Frau im Haus, die ihm eine Mahlzeit zubereitete.

Er hoffte, sie würde ihm seine Manieren nicht übelnehmen.

Molly stellte mithilfe eines Handtuchs die Kaffeekanne auf den Tisch. Sie hatte bereits die Pfirsichdose geöffnet und platzierte nun zwei Tassen mit Kaffee daneben. Sie setzte sich ihm gegenüber.

„Ich denke, ich kann später einen Eintopf aus den Kartoffeln und dem Trockenfleisch machen, das Sie mitgebracht haben."

„Ich schätze, ich hätte schon früher eine Frau mitbringen sollen. Das hellt die ganze Atmosphäre auf."

„Freut mich, wenn ich helfen konnte." Sie schlürfte einen Pfirsich von ihrem Löffel.

„Sehr damenhaft", bemerkte er.

Sie warf ihm einen verärgerten Blick zu, aß aber weiter, worüber er froh war.

„Warum sind Sie mir gestern ins Berthas gefolgt?", fragte sie. „Oder haben Sie dort Gesellschaft gesucht, wie dieser andere Mann?"

Es überraschte ihn, dass er sich wie ein kleiner Junge fühlte, der mit der Hand in der Keksdose erwischt worden war. „Ich war nicht als Kunde da", verteidigte er sich. „Ich wollte Sie nur im Auge behalten."

„Warum sind Sie nicht einfach zu mir gekommen und haben sich vorgestellt?"

Jake zögerte, entschied sich dann aber, die Wahrheit zu sagen. „Ich war mir nicht sicher, ob ich Ihnen trauen kann."

Sie brach ein Stück des Gebäcks ab und stopfte es sich in den Mund. „Aber jetzt sind Sie es?", fragte sie beim Kauen.

„Man sollte nicht mit vollem Mund reden."

Sie warf ihm einen irritierten Blick zu.

„Und Vertrauen muss man sich verdienen", antwortete er wahrheitsgemäß.

Sie schluckte. „Das sehe ich genauso. Dann nehmen Sie es mir sicher nicht übel, wenn ich *Ihnen* nicht ganz vertraue."

Belustigt aß er seine Pfirsiche auf. „Wenigstens verstehen wir uns."

Nachdem sie zwei Brötchen, eine Schale Pfirsiche und eine volle Tasse Kaffee verzehrt hatte, lehnte sich Molly im Stuhl zurück und verschränkte die Arme unter dem Busen. „In was für Schwierigkeiten steckt Robert?"

Sein Blick wanderte zu der elfenbeinfarbenen Bluse, die sich nun straff über ihre Brüste spannte, und für einen Moment vergaß er die Frage. Ein heftiger Regenguss schreckte ihn auf. Es trommelte auf das Blechdach, als hätten Schulkinder einen Eimer Murmeln darüber ausgeschüttet.

„Ich habe Ihnen bereits von Shep Lannigan erzählt. Es genügt zu sagen, dass er ein ziemlich zwielichtiger Typ ist. Shep hat eine Tochter namens Bridget, von der Robert ziemlich angetan ist." Er erwähnte nicht, dass Bridget zunächst versucht hatte, Jakes Aufmerksamkeit zu erregen, und sich erst Robert zugewandt hatte, nachdem sie gescheitert war. „Robert und ich haben uns danach ein wenig zerstritten."

„Warum?"

„Weil er immer mehr Zeit mit den Lannigans verbrachte und das gefiel mir nicht. Robert war nicht mehr zugänglich für vernünftige Argumente, und so war ich in den letzten Monaten allein mit der Schürfarbeit."

Ein Donnerschlag ließ Molly zusammenzucken, aber sie fing sich schnell wieder. „Und Robert sucht jetzt auch allein?"

„Nein, ich glaube, er sucht nach neuen Claims für Lannigan."

„Robert hat in seinen Briefen nach Hause nie etwas davon erwähnt."

Jake trank den letzten Schluck seines Kaffees aus. „Weshalb ich mich frage, wie tief er eigentlich schon in der Sache drinsteckt. Ich finde es sonderbar, dass einer von Lannigans Männern Sie beobachtet hat. Ich kann mir nur vorstellen, dass sie dachten, Sie würden sie zu Robert führen."

„Wenn dieser Shep einfach nur gefragt hätte, hätte ich ihm sagen können, dass ich nicht weiß, wo Robert ist."

„Vielleicht weiß er auch nicht, wo Robert ist, und dachte, Sie könnten ihn zu ihm führen." Er richtete seinen Blick auf die attraktive Miss Simms. Er musste sich sicher sein. *„Wissen Sie, wo Ihr Bruder ist?"*

Sie warf ihm einen kühlen Blick zu. „Nein." Ihre Antwort verriet einen Hauch von Verärgerung.

„Sie haben gestern Abend Roberts Zimmer durchsucht. Haben Sie etwas gefunden?" Er beobachtete sie aufmerksam, wartete auf eine Reaktion, ein Zucken, das darauf hindeuten könnte, dass sie log.

Mit angewidertem Gesichtsausdruck sagte sie: „Sie tun so entrüstet darüber, dass Lannigan mich verfolgen ließ, und dabei haben Sie selbst das Gleiche getan." Sie stand auf, hockte sich neben ihre Reisetasche und kramte darin herum, bis sie ein Stück Papier fand. Als sie zum Tisch zurückkehrte, faltete sie es auseinander und warf es vor ihm hin.

Jake las das Dokument über den Bergbauanspruch – ähnlich wie Dutzende andere, die er sowohl allein als auch mit Robert ausgefüllt hatte –, aber dieses hier ergab keinen Sinn.

Die Chigger-Ader. Besitzer: Jake McKenna und Molly Rose Simms. Eingereicht: 15. April 1892.

Was zur Hölle?

Der Claim lag in einem Gebiet, das er und Robert nie ausgekundschaftet hatten.

„Warum sollte Robert das tun?", fragte er laut.

„Ich schätze, er dachte, Sie und ich wären die perfekten Partner."

Aber der wahre Grund ließ in Jakes Kopf die Alarmglocken schrillen. Robert steckte in Schwierigkeiten und versuchte, einen wahrscheinlich sehr wertvollen Claim zu verbergen, indem er ihn im Namen einer anderen Person anmeldete. Aber warum sollte er Molly mit auf das Dokument setzen? Er hätte es auch einfach auf Jakes Namen ausstellen können.

Offensichtlich wollte Robert sich absichern und, indem er seine Schwester miteinbezog, Jake in Schach halten. Jake konnte es ihm nicht verübeln, aber das Misstrauen, das diese Handlung implizierte, traf ihn tiefer, als er gedacht hätte. Jake schloss Freundschaften nicht leichtfertig, und Robert war dem Bruder, den er nie gehabt hatte, am nächsten gekommen. Als Robert einer Frau den Vorzug vor Jake gegeben hatte, war Jake frustriert und mehr als nur ein wenig verärgert gewesen.

Doch in Anbetracht von Jakes Streitigkeiten mit Shep

Lannigan zeugte es von einem gewissen Maß an Vertrauen, dass Robert Jakes Namen überhaupt auf den Claim setzte.

Was auch immer Robert ihm aufhalsen wollte, Jake konnte damit umgehen, aber diese Erzader würde wahrscheinlich das Interesse von Lannigan wecken, und das bedeutete, dass Molly jetzt ebenfalls ins Visier dieses Mannes gerückt war.

Verdammt, Robert.

Kapitel Vier

N achdem die Sonne untergegangen war und sie einen Kartoffeleintopf gegessen hatten, überlegte Molly, wie sie mit der Schlafsituation umgehen sollte. Schließlich legte sie sich vollständig bekleidet auf eines der Betten. Sie ließ sogar ihre Stiefel an, nachdem sie den Schlamm von den Sohlen gewischt hatte, als sie vom Abort zurückgekehrt war.

Die kleine Hütte hatte sich durch das beständige Feuer in dem winzigen Ofen beträchtlich erwärmt, sodass sie keine Decke brauchte.

Sie lag auf dem Rücken, schloss die Augen und faltete die Hände auf dem Bauch.

Die Tür öffnete sich und Jake trat ein, schon wieder durchnässt. Es regnete unaufhörlich, sodass Molly sich nervös und eingesperrt fühlte.

„Sie sehen aus, als wären Sie für Ihre eigene Beerdigung aufgebahrt", sagte er.

Sie öffnete ein Augenlid. „Das beschreibt perfekt, wie es sich anfühlt, mit Ihnen zusammen zu sein."

Er lachte, setzte sich auf einen Stuhl und zog seine Stiefel aus.

Sie schloss die Augen wieder und fragte sich, wie weit er sich wohl noch entkleiden würde. Bald hörte sie, wie er sich auf dem gegenüberliegenden Bett niederließ. Als sie wieder hinsah, hatte er das Licht gelöscht.

„Ich könnte im Stall bei den Pferden schlafen." Seine tiefe Stimme erfüllte den Raum.

Der Regen prasselte immer noch auf die Hütte, als hätte er es darauf abgesehen, sie den ganzen Tag und nun auch die ganze Nacht über zusammen einzusperren.

Molly dachte über sein Angebot nach. Sie würde sich sicherlich wohler fühlen, aber wenn ihre Mutter jemals herausfinden würde, dass sie und Jake sich ein Zimmer geteilt hatten …

„Nein. Ich bin alt genug. Und ich schätze, im Stall ist es nass und kalt."

„Cinnamon und Fernando haben sich kaum beschwert." Nach einem Moment des Schweigens sagte er: „Ich habe mich gefragt, warum Robert den Claim, den er uns überschrieben hat, Chigger genannt hat. Hat das eine Bedeutung für Sie?"

„Das war sein Spitzname für mich, als wir jung waren. Ich habe ihn immer gejagt und ihn *Chicken* genannt, weil wir Hühner hatten und ich fand, er sähe ihnen ähnlich. Das hat ihm nicht besonders gefallen, also hat er es mir mit gleicher Münze heimgezahlt. Mit der Zeit wurde es dann zu *Chigger*."

Jake lachte, leise und tief. In der undurchdringlichen Dunkelheit der Hütte wurde ihr die intime Lage, in der sie sich befanden, noch deutlicher bewusst.

Um ihr Unbehagen zu bekämpfen, zwang Molly erst ihre Schultern und Arme, sich zu entspannen, dann ihre Beine und Füße. Das tat sie oft, um besser einschlafen zu können, vor allem in Nächten, in denen sie sich an den Schrecken erinnerte, den ein Vorfall an einem Brunnen vor langer Zeit in ihr ausgelöst hatte und den sie nie wirklich vergessen konnte. Außerdem trank sie reichlich Weidenrindentee, ein natürliches Beruhigungsmittel. Warum hatte sie nicht daran gedacht, etwas davon aus Tucson mitzubringen?

Einige tiefe Atemzüge halfen ihr über die Frustration hinweg, ihren Tee vergessen zu haben.

Ich werde in Creede welchen auftreiben.

„Gute Nacht, Molly."

Da sie sich nicht dazu durchringen konnte, seinen Vornamen auszusprechen, antwortete sie: „Gute Nacht, Mister McKenna."

MOLLY ERWACHTE mit dem aufkeimenden Licht des Tages. McKennas Schlafplatz war leer. Sie schwang ihre Füße auf den Boden und blieb einen Moment lang sitzen, um ganz wach zu werden. Das allgegenwärtige Prasseln des Regens dämpfte ihre Laune. Sie hatte gehofft, heute Morgen ein wenig frische Luft zu bekommen. Sie löste ihren verworrenen Haarknoten, der seine ursprüngliche Form längst aufgegeben hatte, und fuhr mit den Fingern durch die verfilzten Strähnen, um sie zu glätten, dann flocht sie sich schnell einen Zopf und warf den dicken Strang auf ihren Rücken.

Da sie bereits angezogen war und ihre Stiefel trug, ging sie hinüber zur Kaffeekanne, aber Jake war ihr zuvorgekommen: Das Gebräu köchelte bereits auf dem heißen Herd vor sich hin. Er hatte auch einen Eimer Wasser ins Haus geholt – die Pumpe befand sich draußen – und ihn auf der Arbeitsfläche abgestellt. Sie fand ein Stück Seife und einen Lappen und begann, das Geschirr vom Vortag abzuwaschen.

Die Tür öffnete sich hinter ihr. „Danke, dass Sie Kaffee gemacht haben", sagte sie, ohne aufzublicken.

„Wer zum Teufel sind Sie?"

Mit einem Schrei ließ sie die Blechtasse los, die laut scheppernd zu Boden fiel.

„Mensch, Boom", sagte Jake hinter dem riesigen Mann, der die Türöffnung ausfüllte. „Willst du meinen Gast erschrecken?"

„Verzeihung." Der große Mann nahm seinen Hut ab und betrat die Hütte, wobei er ein wenig verlegen aussah.

Molly beugte sich hinunter und hob die Tasse auf. Ihr Herz raste.

Jake kam herein und schloss die Tür hinter sich. „Boom, das ist Molly Rose Simms."

„Sind Sie Robbies Frau?", fragte er sichtlich verblüfft.

„Nein, seine Schwester." Sie kämpfte damit, ihren Atem zu beruhigen, während sie dem Mann, der sie mit Leichtigkeit in zwei Hälften teilen könnte, die Hand reichte.

Er ergriff sie unbeholfen, ließ sie dann aber schnell wieder los. Er nickte und lächelte, und sie atmete aus.

„Setz dich", wies Jake den Mann an. „Du bist größer als die meisten Bäume. Ich glaube, du machst Miss Simms nervös."

Molly räusperte sich. „Möchten Sie einen Kaffee, Sir?"

Der Riese lachte laut und herzlich, dann schüttelte er den Kopf. „Sie brauchen mich nicht Sir zu nennen. Hier draußen nennt mich niemand so. Sie sind zu freundlich. Ich freue mich, Robbies Schwester kennenzulernen. Sie sehen ihm sehr ähnlich."

„Ich würde sagen, sie ist hübscher als Robert." Jake warf ihr einen Blick zu, bevor er sich auf die Kante seiner Pritsche setzte.

Das Kompliment ließ ihr Gesicht glühen und sie machte sich daran, die frisch gewaschenen Tassen mit dem dunklen Getränk zu füllen und sie den Männern zu bringen.

„Danke", sagte Boom.

Als McKenna ihr die andere Tasse abnahm, berührten seine Finger die ihren. Sie tat so, als wäre nichts passiert, und zog stattdessen den anderen Stuhl näher an den Herd, als ob ihr kalt wäre. In Wahrheit wollte sie McKenna und diesem Mann einen Anschein von Privatsphäre lassen. Sie wäre nach draußen gegangen, aber es regnete immer noch in Strömen.

„Gibt es etwas Neues?", fragte McKenna.

„Ich habe den Rauch gesehen und dachte mir, dass du hier bist. Ich wollte nur nachsehen, ob es Neuigkeiten gibt."

„Wissen Sie zufällig, wo Robert ist?", platzte Molly heraus. So viel dazu, sich aus dem Gespräch herauszuhalten.

„Nein. Suchen Sie ihn?"

Molly nickte.

„Sie sind extra hierhergekommen, um ihn zu besuchen, und jetzt können Sie ihn nicht finden?", fragte Boom.

Molly stimmte wieder schweigend zu.

„Hm. Das klingt nicht nach Robbie."

„Nein, tut es nicht", gab Jake zu. „Ich dachte, er wäre in den Bergen."

Boom überlegte eine Minute lang. „Ich habe ihn vor etwa zehn Tagen gesehen. Er war mit diesem Winston-Typen zusammen und einem anderen, ich glaube, er hieß Jones. Das sind Lannigan-Männer."

„Ja, ich weiß." Jake nahm einen Schluck Kaffee.

„Glaubst du, er steckt in Schwierigkeiten?" Boom sah ihn erwartungsvoll an.

„Vielleicht."

„Du solltest zu Pedro gehen."

Ein spöttisches Schnauben entfuhr McKenna. „Das letzte Mal, als ich diesen verrückten Mexikaner gesehen habe, hat er versucht, mich zu erschießen."

„Wer ist dieser Pedro?", fragte Molly, die in ihrem Bemühen, sich nicht einzumischen, kläglich scheiterte.

„Er wohnt auf der anderen Bergseite", antwortete Boom. „Vielleicht weiß er, was im Hinterland los ist. Er mag nur den Schakal nicht."

„Wer ist der Schakal?"

Boom nickte in Richtung Jake und grinste. „Er."

Sie sah McKenna an. „Warum werden Sie so genannt?"

„Lange Geschichte. Vielleicht erzähle ich sie Ihnen irgendwann mal." Er richtete seine Aufmerksamkeit auf Boom. „Du kannst gerne die Nacht im Stall verbringen."

„Mit dir?" Booms Augen weiteten sich und er schüttelte gespielt empört den Kopf.

Mollys Gesicht erhitzte sich erneut. Sie stand auf und widmete sich dem Geschirr, den Kartoffeln, was immer sie finden konnte. Würde Jake zugeben, dass sie beide in der vergangenen Nacht seine Hütte geteilt hatten?

„Ja", meinte Jake langgezogen, „mit mir."

Hatte Molly sich seine zögerliche Antwort nur eingebildet? Und warum erfüllten seine Worte sie mit Enttäuschung? Sie versuchte, die Tatsache zu verdrängen, dass die Nacht mit Mister McKenna – für eine anständige junge Frau ein absolutes Tabu – eine aufregende Erfahrung gewesen war. Sie stellte sich vor, wie sie ihren Freundinnen Ellen und Polly in Tucson alle Einzelheiten erzählte. Sie würden die Augen aufreißen und alles ganz genau wissen wollen, aber es war eigentlich gar nichts vorgefallen. Mister McKenna war ein perfekter Gentleman gewesen, und sie konnte höchstens davon berichten, dass er schnarchte. Schließlich hatte sie ihm in die Seite piksen müssen, damit er aufhörte.

Sie musste das Gute daran sehen. Wenigstens würde sie gut schlafen können, wenn der Schakal mit Boom im Stall war.

JAKE WAR FROH, als der Regen am Nachmittag endlich aufhörte. Boom bot ihm seine Hilfe dabei an, eine undichte Ecke im Stall zu reparieren.

Boom hob ein Brett vom Boden auf und reichte es Jake. „Du hast noch nie eine Frau hierhergebracht."

Jake kniete auf dem leicht schrägen Dach, auf das Boom ihm geholfen hatte. Er nahm das Brett entgegen und setzte es in die Lücke ein. „Ich glaube, Lannigan lässt sie beschatten. Ich habe mir Sorgen um ihre Sicherheit gemacht."

Die Pferde drinnen wieherten, während sie am Heu knabberten.

„Sie ist ziemlich hübsch", bemerkte Boom.

Jake nahm einen Nagel aus seinem Mundwinkel und schlug ihn mit zwei Schlägen ein. Er nickte und gab einen unverbindlichen Laut von sich.

„Ist sie schon vergeben?" Boom senkte seine Stimme ein wenig, offenbar besorgt, dass Miss Simms oder vielleicht die Pferde ihn hören könnten.

Jake schnitt eine Grimasse. „Ich weiß es nicht." Verdammt, darüber hatte er überhaupt nicht nachgedacht.

„Nun, es kommen nicht viele nette Ladys in diese Gegend. Ich überlege schon länger, ob es vielleicht an der Zeit wäre, mir eine Frau zu suchen. Sie ist jung und robust, und hübsch anzusehen ist sie auch. Wenn du ein gutes Wort für mich einlegen könntest … es sei denn, du denkst, Robbie wäre sauer."

Jake schlug einen weiteren Nagel ein, dann noch einen, jeden mit nur einem Schlag. Die Worte *Hände weg!* lagen ihm auf der Zunge, aber er schluckte sie hinunter. „Ich bin sicher, sie hat einen Verehrer zu Hause, Boom. Ich würde mir keine großen Hoffnungen machen."

Er zuckte mit den Schultern. „Da hast du wahrscheinlich recht."

Jake musste das Dach noch mit Leinsamenöl und Terpentin abdichten, aber das würde warten müssen, bis er wieder in die Stadt kam und Nachschub holen konnte. Es würde zweifellos noch mehr regnen, aber hoffentlich würde jetzt weniger Wasser durchsickern. Er und Boom würden sich vorsichtshalber auf der anderen Seite des Schuppens einquartieren.

Eigentlich zog er es vor, mit Miss Simms in der Hütte zu bleiben, so unschicklich das auch war. Dort war es definitiv wärmer, trockener und bequemer. Und tatsächlich sollte er in ihrer Nähe sein, falls es irgendwelche Schwierigkeiten gab.

Aber es war nicht richtig, es vor Boom zu tun, zumindest nicht für Miss Simms' Ruf. Obwohl Boom ein guter Kerl war und Jake und Robert schon aus mehr als einer Notlage geholfen hatte, wollte er den stämmigen Russen nicht dabei erwischen, wie er mit der jungen Frau anbändelte.

AN DIESEM ABEND hockte Jake auf einer Ecke der Pritsche, die heute Nacht leer bleiben würde, während Boom und Molly am Tisch saßen. Sie aßen einen Kartoffel-Rindfleisch-Eintopf und noch mehr von den flachen Brötchen, die Molly vorbereitet hatte.

„Warum werden Sie Boom genannt?", fragte Molly. „Ist das Ihr richtiger Name?"

„Nee. Ich heiße Boris Orlov."

„Sind Sie tatsächlich aus Russland gekommen?", fragte sie mit einem ehrfürchtigen Gesichtsausdruck.

Jake wollte gerade erwähnen, dass er auch schon in Russland gewesen war, aber stattdessen schob er sich einen weiteren Löffel Eintopf in den Mund.

Boom nickte. „Das bin ich. Es ist einige Jahre her. Ich stamme aus einer Stadt namens Kislovodsk am Fuße des mächtigen Mount Elbrus, einem Ort, der sich nicht sehr von dem hier unterscheidet. Ich bin nach Amerika aufgebrochen, um mein Glück zu suchen."

„Und haben Sie dieses Glück gefunden?", erkundigte sich Molly.

Boom lachte schallend. „Zum Teil, aber ich kann immer mehr gebrauchen. Ich würde mir gerne bald eine Frau suchen ...“

Jake hustete laut, stand auf und nahm sich ein weiteres Brötchen vom Tisch.

„Ist alles in Ordnung?" Molly fixierte Jake mit besorgtem Blick, und ihre blaugrünen Augen schimmerten wie tiefe Seen aus Jade.

Er schlug sich zweimal mit der Faust auf die Brust. „Mir geht's gut."

Sie wandte ihre Aufmerksamkeit wieder dem Russen zu, der sie ohne ihr Wissen zu umwerben versuchte. „Gibt es eine Frau, die Sie mögen?"

„Wenn Sie mich so fragen –“

Jake ließ seine Blechtasse fallen. Der Aufprall ließ alle zusammenzucken und verteilte Kaffee über dem Boden.

Molly sprang auf, schnappte sich einen Lappen und kniete sich vor ihn, um die Sauerei zu beseitigen. Er hob seine Tasse auf und stieß dabei gegen ihre Schulter.

Sie blickte zu ihm auf. „Ich hoffe, Sie werden nicht krank.“

„Nur ungeschickt“, murmelte er und zuckte mit den Schultern.

„Wenn mich jemand bitten würde, Sie zu beschreiben, wäre das nicht das Wort, das ich wählen würde.“ Ihre Augen trafen sich und einen Moment lang hielt er ihren Blick fest, erfreut über das scheinbare Kompliment. Verwirrung huschte über ihr Gesicht und sie brach den Kontakt ab. Sie stand auf, legte den Lappen auf die Arbeitsplatte und widmete sich wieder ihrem Essen. „Sie haben mir noch nicht erzählt, woher Sie den Spitznamen ‚Boom‘ haben“, sagte sie zu Boris.

Er schmunzelte und kratzte sich am Kinn. „Nun, ich bin sehr geschickt im Umgang mit Dynamit.“ Seine Augen blitzten auf, während seine Hände eine Explosion nachahmten. „Ka-bumm.“

Molly verkrampfte sich. „Das klingt gefährlich. Verwendet Robert viel Dynamit?“

„Nein“, mischte sich Jake ein. „So gut wie gar nicht.“ Das stimmte zwar nicht ganz, aber es gab keinen Grund, sie unnötig zu beunruhigen. „Wir finden eine Menge Claims mit Spaten und Spitzhacke.“

Sie nickte, wirkte aber nicht ganz überzeugt.

„Warum nennt man Sie den Schakal?“, fragte sie.

„Er sieht doch aus wie einer, oder?“, sagte Boom und klopfte Jake auf die Schulter.

„Danke.“ Jake fuhr mit dem Löffel durch seine Schüssel, um ein paar Kartoffelstücke aufzusammeln, die am Rand klebten. Er schluckte den letzten Rest seiner Mahlzeit hinunter und wischte sich mit dem Handrücken über das Gesicht, für den Fall, dass er sich beschmiert hatte. Aus irgendeinem Grund machte Molly Rose Simms ihn nervös.

„Ich war in einer Karawane, die von Marrakesch aus in die Sahara zog", sagte er.

„Wo ist Marrakesch?", fragte Molly und Interesse funkelte in ihren Augen.

„Marokko", antwortete er und fügte dann hinzu: „Nordafrika."

Ihr Gesicht zeigte Erkenntnis.

„Wir waren gerade durch das Hohe Atlasgebirge gekommen, als ein Sandsturm aufzog. Irgendwie wurde ich in dem Durcheinander von allen anderen getrennt. Als sich der Staub endlich gelegt hatte, war ich allein."

„Was haben Sie getan?", fragte sie.

„Ich bin losgelaufen, aber in die falsche Richtung, sodass der Suchtrupp mich nicht finden konnte. Am Ende war ich über zwei Wochen lang auf mich allein gestellt."

„Wie haben Sie überlebt?"

„Die Schakale. Ich bin auf eine Meute gestoßen und habe angefangen, sie zu verfolgen. Gelegentlich gelang es mir, etwas von ihrer Beute zu stehlen, und sie wussten, wo man Wasser finden konnte. Als die Karawane mich fand, behaupteten die anderen Männer, ich sei zu einem der Tiere geworden."

„Die Tiere haben Sie akzeptiert?"

„So würde ich es nicht ausdrücken. Sie haben mich toleriert."

„Sie sind also ein verträglicher Schakal", neckte sie.

„Meistens schon", murmelte er und erfreute sich an dem verwirrten Blick in ihren meergrünen Augen.

„Wie ist es so in Marokko?"

„Es gibt viele alte Dörfer mit Einheimischen, die Berber genannt werden, Unmengen von Dattelbäumen und dem unglaublichen Duft von Rosenplantagen."

„Was essen sie gerne?"

„Es gibt ein altes Berbergericht namens Tajine, das ich oft

gegessen habe – Lammfleisch, das in einem flachen Tontopf gekocht und mit Gewürzen abgeschmeckt wird."

„Klingt köstlich. Wie leben die Frauen dort?"

„Aus religiösen Gründen bleiben sie von Kopf bis Fuß bedeckt. Frauen dürfen nichts alleine machen. Ihr Vater kontrolliert ihr Leben, bis sie heiraten, dann hat ihr Mann die Kontrolle über sie."

Molly runzelte die Stirn. „Sie haben kein Mitspracherecht in ihrem Leben?"

„Nein. Es ist ganz anders als für die Frauen hier."

„Wir haben immer noch kein Wahlrecht, außer in Wyoming, und ich kenne nicht viele Frauen, die dorthin gehen wollen."

„Warum sollte eine Frau wählen wollen?", fragte Boom. „Scheint mir eine ziemliche Zeitverschwendung zu sein."

Jake schaute Molly an und bemerkte die Veränderung ihrer Haltung und die Anspannung, die plötzlich in der Luft hing.

„Wir haben auch eine Meinung, Mister Utkin", sagte sie schlicht und leise, „und im Gegensatz zu dem, was manche Männer glauben mögen, haben wir auch ein Gehirn im Kopf."

Boom lachte wieder. „Oh, nehmen Sie's mir nicht übel. Ich mag kluge Frauen."

Sie schien sich zu entspannen, aber nicht vollständig.

Jake konnte nicht anders, als zu hoffen, dass Booms Versuch, Miss Simms den Hof zu machen, offiziell gescheitert war. Und das machte ihn in der Tat sehr glücklich.

„Wir gehen jetzt besser schlafen", sagte Jake.

Molly stand auf und sammelte das Geschirr ein. Jake stapelte die Teller und trug sie zum Tresen.

„Ich kann Ihnen einen Eimer Wasser bringen", bot er an.

„Danke." Sie wuselte um ihn herum. „Ich werde etwas davon auf dem Herd erwärmen und alles abspülen."

„Vielen Dank für das Abendessen, Miss Simms", sagte Boom.

„Gern geschehen." Molly nickte knapp.

„Ich sehe mal nach den Pferde." Boom verließ die Hütte.

„Kommen Sie hier allein zurecht?", fragte Jake.

„Natürlich." Sie schob das schmutzige Geschirr auf einen Haufen.

Er ging nach draußen zur Pumpe, füllte den Eimer und brachte ihn ins Haus.

Molly wischte gerade den Tisch ab, als er eintrat.

„Brauchen Sie Hilfe?", fragte Jake.

„Nein." Sie hielt inne, die Hände in die Hüften gestemmt und atmete heftig. „Nur um das klarzustellen – ich werde Ihnen nicht zur Last fallen. Ich kann kochen und putzen und sogar nähen, wenn es sein muss. Ich kann mich um ein Pferd kümmern und so gut schießen wie jeder Mann. Ich erwarte nicht, dass man mich verhätschelt."

Jake unterdrückte ein Lächeln. „Ich verstehe. Kein Verhätscheln. Ihr Verehrer ist ein sehr glücklicher Mann."

„Ich habe keinen Verehrer." Sie ließ die Arme sinken, stemmte die Hände dann wieder in die Hüften und trat von einem Fuß auf den anderen. „Nun denn." Sie nickte, um ihren Worten Nachdruck zu verleihen. „Ich sehe Sie und Boom morgen früh."

„Schlafen Sie gut, Molly Rose."

„Gute Nacht, Jake." Sie wagte einen kurzen Blick auf ihn, wandte sich dann aber sofort wieder ab. Eine leichte Röte überzog ihre Wangen.

Es war das erste Mal, dass sie ihn beim Vornamen genannt hatte, und der Klang erfüllte seine Brust und ließ ein unbestimmtes Gefühl darin anschwellen.

Ich habe keinen Verehrer.

Draußen angekommen, konnte er sich das Grinsen nicht verkneifen.

Kapitel Fünf

Molly ritt hinter Jake her, auf der Suche nach diesem Pedro, den Boom erwähnt hatte. Jake zufolge hatte der Mann eine Hütte hinter dem nächsten Bergrücken.

Boom hatte sie früh an diesem Morgen verlassen. Sie mochte den großen russischen Mann, aber sie vermutete, dass sie ihn mit ihrer etwas schroffen Bemerkung in Bezug auf das Frauenwahlrecht abgeschreckt hatte. Molly war inmitten starker Frauen aufgewachsen, von ihrer Mutter über ihre Tante Tess bis hin zu ihren Tanten Molly, Emma und Claire.

Ihre Eltern legten großen Wert auf Bildung, und als die Plaza School in Tucson eröffnet wurde, als sie zehn Jahre alt war, hatte Molly pflichtbewusst die Schule besucht und Literatur, Geschichte, Latein, Algebra und Buchhaltung gelernt sowie die Natur von alkoholischen Getränken und Betäubungsmitteln und ihre Auswirkungen auf den menschlichen Organismus untersucht.

Molly hatte es geschafft, ihre Eltern davon zu überzeugen, Französischunterricht bei einer Frau in der Stadt nehmen zu dürfen. Die kluge und gebildete Mrs Haynes, die Europa ausgiebig bereist hatte, hatte Mollys Neugier auf die große weite Welt geweckt. Mrs Haynes hatte Molly ermutigt, Bücher wie John

Richard Greens lange *Geschichte des englischen Volkes*, Gedichte von Elizabeth Barrett Browning und *Silas Marner* von George Eliot zu lesen.

Wenn Frauen intelligent genug waren, um zu reisen und Bücher über die Welt um sie herum zu schreiben, dann besaßen sie sicherlich auch ein gesundes Urteilsvermögen, um sich in ihren Gemeinden an der Wahl zu beteiligen.

Sie fragte sich, ob Jake über ihr Verhalten verärgert war, aber er war den ganzen Morgen über sehr zuvorkommend gewesen.

Der blaue Himmel und der Sonnenschein waren nach all dem Regen ein willkommener Anblick. Trotz der Kälte war sie von Herzen froh, draußen zu sein. Sie vermutete, dass Cinnamon ebenfalls froh war, sich die Beine zu vertreten.

Molly atmete die saubere, frische Luft ein, die nach Kiefern und den ersten Anzeichen des Frühlings duftete. Es war Ende April und der Winter hatte hier und da noch vereinzelte Flecken harten Schnees hinterlassen. Dennoch hing bereits die üppige Vorfreude auf neues Leben über allem. Die mit Felsbrocken übersäten Hänge zogen sich bis zu den schroffen Berggipfeln und Molly staunte über die Schönheit dieser Landschaft. Sie konnte gut verstehen, warum so viele Menschen hierher strömten, denn abgesehen von den Reichtümern an Silber und Gold, die das Land zu bieten hatte, herrschte auch ein fast unbegreiflicher Reichtum der Natur.

War Wyoming nur halb so schön wie Colorado? Wenn ja, sollte sie vielleicht in Erwägung ziehen, eines Tages dort zu leben, und sei es nur, um das Recht zu erfahren, ihre Meinung in Form einer Wahl kundzutun. Allerdings gab es Gerüchte, dass die Verantwortlichen dieses Recht nur gewährten, um Frauen in den Staat zu locken. Offenbar hatten die Männer in diesem wilden Land Schwierigkeiten, eine Frau zu finden.

Molly rümpfte die Nase. In Wyoming hatte sie vielleicht das Wahlrecht, aber sie würde unter Druck gesetzt werden, zu heiraten. Natürlich hätte sie das gleiche Problem, wenn sie im Arizona-Territorium bliebe. Und im Moment passte eine Ehe nicht in ihre Pläne – nicht wenn sie hoffte, an Orte wie Marokko zu reisen.

Wo war Jake sonst noch gewesen?

Sie konnte viel von ihm lernen.

Am Nachmittag, nach einem steilen Abstieg in ein benachbartes Tal, bogen sie um eine Kurve und Molly sah eine baufällige Hütte, die direkt in den Berghang gebaut war. Jake zog das Gewehr, das er in einer Satteltasche aufbewahrte, und legte es über seine Oberschenkel. Molly blickte sich angespannt um. Er war zu weit voraus, als dass sie ihn hätte fragen können, ob er Probleme erwartete. Sie hatte ihre Derringer, aber die würde nur bei einer Begegnung aus nächster Nähe nützlich sein.

Jake zügelte sein Pferd. Als Molly ihn einholte, öffnete sich die Tür der Hütte. Ein drahtiger Mexikaner mit Schlapphut erschien und richtete eine Schrotflinte auf sie.

„Bleib, wo du bist, McKenna!"

Jake hob eine Hand und legte die andere auf sein Gewehr. „Ganz ruhig, Pedro. Ich bin nur zum Reden hier. Du kannst die Waffe weglegen."

„Du willst dich für deinen Diebstahl entschuldigen?" Pedro sprach mit schwerem Akzent.

„Ich habe deine Ausrüstung letzten Monat in Landry's Valley nicht gestohlen. Und du solltest besser den Mund halten. Du bedienst dich ständig an den Sachen anderer Leute."

„Du hast ja keine Ahnung, wovon du redest."

„Können wir uns darauf einigen, unsere Differenzen für eine Weile beiseite zu lassen? Ich muss mit dir reden."

„Wer ist das Mädchen?" Pedro winkte mit dem Lauf der Waffe in ihre Richtung.

„Sie ist die Schwester von Robert Simms. Wir sind auf der Suche nach ihm. Hast du ihn gesehen?"

Pedro knurrte mehrere klangvolle Verwünschungen auf Spanisch und da sie in Tucson aufgewachsen war, verstand Molly jedes einzelne Wort. Er ließ seine Waffe sinken und sie begann wieder zu atmen.

Pedro schüttelte den Kopf und lenkte ein. „Ich habe ihn vor ein paar Tagen in einem Tal westlich von hier gesehen. Er war mit Winston unterwegs, aber ich nehme an, das weißt du schon."

Jake sprang mit dem Gewehr in der Hand von Fernando und ging zu Molly. Er gab ihr ein Zeichen, abzusteigen, und sie gehorchte. Er trat dicht an sie heran, sodass sie gegen Cinnamon stieß. Die Krempe seines Hutes warf einen Schatten auf sie beide. „Möchten Sie lieber hier draußen bleiben?"

„Nein, das ist schon in Ordnung." Aus dieser Nähe war ein schwacher goldener Schimmer um die Ränder seiner dunkelbraunen Augen zu erkennen.

„Wenn ich ihn wirklich für gefährlich halten würde, hätte ich Sie nicht hierhergebracht. Er ist ein ziemlicher Aufschneider."

Sie nickte und versuchte, so zu tun, als ob die Nähe zu einem Mann wie McKenna sie nicht im Geringsten beeinträchtigte.

„Aber trotzdem", fuhr er fort, „bleiben Sie in meiner Nähe."

So nah, wie Sie mir jetzt sind?

Da sie ihrer Stimme im Moment nicht traute, gab sie erneut ihre stumme Zustimmung.

Er warf ihr noch einen letzten Blick zu, bevor er sich abwandte, und Molly fühlte sich, als wäre sie gerade von einer Windböe durchgeschüttelt worden.

Sie führte Cinnamon zur Pferdestange und band ihn neben Fernando an, dann stieg sie die zwei unebenen Stufen zu Pedros Hütte hinauf. Drinnen angekommen, musste sie einen Bogen um das Durcheinander machen, das sie empfing und das sie an Roberts Zimmer in der Pension erinnerte. Waren alle Schürfer so schlampig?

Jakes Hütte war nicht so heruntergekommen gewesen. Der verträgliche Schakal war offenbar ordentlicher als seine Kameraden.

„Du weißt wirklich, wie man Ordnung hält, Pedro", bemerkte Jake.

„Ich habe keinen Besuch erwartet." Der Mexikaner – er war genauso groß wie Molly – hatte Fältchen in den Augenwinkeln, aber aus der Nähe betrachtet war klar, dass er nicht alt sein konnte. Tatsächlich fand Molly seine Gesichtszüge recht ansehnlich. Er streckte ihr die Hand entgegen. „Ich bin Pedro Elizondo."

„Ich freue mich, Sie kennenzulernen. Ich bin Molly Simms."

„Roberts *hermana*, hm?"

„Ja."

Jake räumte einen Hocker ab und bot ihr an, sich darauf zu setzen. Sie ließ sich nieder, während Jake den Steinhaufen betrachtete, der in einer Ecke der Hütte lag. „Was gefunden?"

„Glaub bloß nicht, dass du von mir irgendetwas über meine Claims erfährst." Pedros finsterer Blick wich einer freundlicheren Miene, als er sich ihr wieder zuwandte. „Was ist mit Robert passiert?"

„Wir hatten gehofft, Sie wüssten es", antwortete Molly. „Er sollte mich vor drei Tagen am Bahnhof abholen, als ich zu Besuch kam. Können Sie genau sagen, vor wie vielen Tagen Sie ihn gesehen haben?"

Pedro dachte einige Augenblicke lang nach und kratzte sich an der Nase; seine Fingernägel waren mit schwarzem Schmutz umrandet. „*Lo siento*. Ich kann mich nicht genau erinnern." Er blickte zu Jake, der sich hinkniete und einige der Erzstücke berührte. „Du bist verdammt lästig, du Schakal."

„Diese Exemplare sind Mist. Warum hast du sie?"

„Ich muss dir gar nichts erklären."

Draußen wieherten die Pferde aufgeregt. Molly registrierte das Geräusch einer gespannten Flinte, während gleichzeitig ein Mann schrie: „Elizondo, du Dreckschwein. Wir können die Pferde sehen. Wir wissen, dass du da drin bist. Beweg deinen Arsch hier raus."

Jake packte Molly am Oberarm, riss sie vom Hocker und zog

sie zur Rückseite der Hütte, wo sie in die Hocke gingen. „Bleiben Sie unten."

Er schob sich an der Wand entlang und spähte aus dem Fenster. „Was hast du jetzt wieder angestellt, Pedro?", murmelte er.

„Such's dir aus. Es war eine ereignisreiche Woche." Pedro schnappte sich seine Schrotflinte.

Jake bereitete sein Gewehr vor. „Es sind Winston und Jones. Sie wurden zuletzt mit Robert gesehen."

„Wir wissen, dass du Erz von unserem Claim gestohlen hast", schrie einer der Männer. „Komm heraus und entschuldige dich wie ein Mann!"

„Du lügst", brüllte Pedro, dessen Körper vor Wut bebte. „Das war mein Claim und das weißt du!"

„Bleib gefälligst da, wo du hingehörst, du kleiner mexikanischer Abschaum. Sag nicht, wir hätten dich nicht gewarnt!"

Gewehrfeuer ertönte.

Pedro und Jake ließen sich auf die Knie fallen, als Kugeln in die Wand einschlugen und Splitter flogen. Molly hielt sich die Ohren zu und kauerte sich noch tiefer zu Boden. Verzweifelt hielt sie Ausschau nach einem Fluchtweg, aber der einzige Weg nach draußen war die Vordertür. Jake und Pedro erwiderten das Feuer durch das einzige Fenster.

Ihre Derringer war nutzlos, also suchte Molly in dem Stapel von Erz und Bergbauwerkzeugen nach einer Waffe.

Nichts.

Auf dem Bauch liegend versuchte sie, nach rechts zu robben, aber der Läufer unter ihr blieb an etwas hängen. Sie rollte sich auf die Seite und zerrte an dem zerschlissenen Webstoff. Er löste sich und legte einen Metallriegel frei.

Schürfer und ihre geheimen Verstecke.

Sie schlug den Teppich ganz zurück und entdeckte eine Falltür.

„Wo führt die hin?", fragte sie mit leiser Stimme, damit die Männer draußen nicht mithören konnten.

Pedro warf ihr einen Blick zu. „Oh, verdammt, nein."

Jake starrte Pedro an. „Jetzt weiß ich, wie du verschwunden bist, nachdem du letzten Monat meinen ganzen Whiskey getrunken hast. Kommen wir da raus?"

Pedro presste die Lippen zusammen. „*Sí.*"

Molly entriegelte die Tür und zog sie nach oben. Der Geruch von feuchter Erde umhüllte sie, als sie in das schwarze Nichts hinunterstarrte. Panik stieg in ihr auf, die nichts mit den Kugeln zu tun hatte, die das Holz über ihrem Kopf durchschlugen. Splitter flogen ihr ins Gesicht, sodass sie sich wiederholt ducken musste, aber sie konnte sich nicht bewegen.

„Gehen Sie, Molly", befahl Jake. Er drehte sich um und schoss weiter.

„Ich kann nicht", sagte sie in heiserem Flüsterton.

Sie versuchte, ihre ausgetrocknete Kehle anzufeuchten, und leckte ihre trockenen Lippen, aber ihre Zunge schien sich in Watte verwandelt zu haben. Ihr Herz schlug so heftig, dass sie glaubte, es würde jeden Moment explodieren.

„Molly, gehen Sie!"

Die Wut in Jakes Stimme riss sie aus ihrer Erstarrung. Mit zitternden Gliedern schwang sie ihre Beine in die Öffnung und suchte mit ihren Füßen nach der Holzleiter. Die Zeit zog sich in die Länge wie Honig, der von einem Löffel tropft, und ein Ende ihres Schreckens war nicht in Sicht. Ihr Stiefel verfing sich in einer Querstrebe. Langsam ließ sie sich Sprosse für Sprosse hinunter, wobei ihre Arme bei jedem verzweifelten Handgriff zu versagen drohten.

Als sie endlich unten ankam, trat sie einen Schritt zurück und blickte nach oben.

Die Tür fiel krachend zu und tiefe Finsternis umhüllte sie.

JAKE SCHLOSS die Falltür über sich und stieg die Leiter hinunter. Im Stockdunkel tastete er sich an den Holzsprossen entlang, bis seine

Füße den Boden berührten. Pedro war in der Hütte geblieben – der verrückte Kauz bestand darauf, dass er noch wichtige Sachen zusammensuchen musste, und er wollte nicht, dass Jake dabei war.

Wo ist Molly?

Und wo war das Licht? Pedro hatte gesagt, es gäbe Kerzen und Streichhölzer im Tunnel. Jake zögerte; die Luft hier unten war stickig und schwer.

Ein Wimmern kam von seiner rechten Seite.

„Molly?"

Er hörte ihre Antwort kaum. In der Dunkelheit streckte er eine Hand nach der Tunnelwand aus und seine Finger trafen auf feuchte Erde. Seine Füße stießen gegen etwas Weiches. Er beugte sich hinunter und zog sie hoch. Sie zitterte in seinen Händen wie ein verängstigtes Tier.

„Was ist los?"

Er hörte nur ein Keuchen.

Jake hatte das schon einmal erlebt – diese unkontrollierbare Panik bei Männern, die mit einer lebensbedrohlichen Situation konfrontiert waren. Wenn das Gehirn vor Schreck erstarrte, gab es kein Denken mehr. Die Schießerei hatte sie völlig aus dem Gleichgewicht gebracht.

In dem Versuch, sie zu beruhigen, strich er mit seinen Händen über ihre Arme und umfasste dann ihr Gesicht, während er seine Stirn an die ihre lehnte. „Es wird alles gut werden. Ich werde nicht zulassen, dass Ihnen etwas zustößt."

Aber seine Worte hatten wenig Wirkung auf sie.

Da sie in der völligen Dunkelheit des Tunnels nichts sehen konnten versuchte er instinktiv, sie durch Berührungen zu besänftigen.

Er beugte sich vor und küsste sie.

Sie wurde ganz still. Er legte seine Lippen auf ihre und spürte, wie ihre Angst langsam verebbte, doch dann versteifte sie sich und Besorgnis keimte in ihm auf. Er war sich sicher gewesen, dass sie denselben Funken zwischen ihnen gespürt hatte wie er.

Er hatte sich geirrt.

Er begann, sich zurückzuziehen.

Da bewegte sie sich auf ihn zu und drückte ihren Mund auf seinen; ihre Lippen waren hungrig, suchend und verzweifelt. Jake hielt sich nicht mehr zurück und als er den Kontakt zwischen ihnen vertiefte, versank die Welt um ihn herum und er nahm nur noch die Weichheit ihrer Lippen wahr.

Verlangen flammte in ihm auf, heftig und intensiv, und er drückte sie fester an sich. Mit der Kraft eines Sandsturms fegte die Begierde durch ihn hindurch und zwang ihn fast in die Knie.

Mein Gott! Er hatte nicht geahnt, was sich hinter seiner Faszination für sie verborgen hatte.

Er hatte das seltsame Gefühl, dass es *schon immer sie* gewesen war.

Licht ergoss sich über ihnen. Molly zuckte zusammen und starrte ihn mit großen Augen an.

„Lauft, ihr *idiotas*!", brüllte Pedro.

Mit schwirrendem Kopf ließ Jake sie los und suchte den Boden nach den Kerzen ab. Er kniete nieder und schlug ein Streichholz an. Pedro, dem ein Rucksack über der Schulter hing, riss den Teppich nach vorn, während er die Falltür schloss, um sie zu verstecken, und kletterte dann die Leiter hinunter. Er nahm Jake die Kerze ab und huschte voran.

Jake blickte zurück zu Molly, deren benommenen Gesichtsausdruck er im schwindenden Licht der Kerze erkennen konnte. Er versuchte, das akute Bedürfnis seines Körpers zu ignorieren, das allein durch den Kuss ausgelöst worden war.

Er ergriff ihre Hand. „Wir müssen gehen."

„Jake", flüsterte sie. „Ich kann nicht."

„Warum? Was ist los?"

„Ich erstarre in engen Räumen."

Er legte ihr eine Hand an die Wange. „Ich wünschte, wir müssten das nicht tun, aber wir haben keine andere Wahl. Atme tief durch und halte dich an mir fest. Wir werden das gemeinsam durchstehen."

Er musste sie regelrecht hinter sich herschleifen, um das Licht einzuholen, das Pedros Kerze ausstrahlte.

Der Tunnel verengte sich und zwang Jake auf die Knie. Da er Mollys Hand loslassen musste, schob er sie vor sich her. Wenn er es nicht tat, so befürchtete er, würde sie einfach stehen bleiben und sich weigern, weiterzugehen.

Er nahm seinen Hut ab. Dreck rieselte in sein Haar. Molly duckte sich und legte einen Arm über ihren Kopf, als der Tunnel um sie herum schrumpfte. Schließlich verließen sie die enge Passage und Sonnenlicht begrüßte sie, nur durch den dunklen Umriss von Pedros Körper verdeckt.

Sie hatten das Ende erreicht.

Pedro zwängte sich aus der Öffnung und zog Molly heraus.

Kaum hatte Jake einen willkommenen Atemzug frischer Luft eingesogen, erstarrte er.

Winston, Jones und drei weitere Männer hatten sie umzingelt, die Waffen im Anschlag.

„Dein Tunnel ist kein großes Geheimnis, Pedro", spottete Emmett Jones.

Kapitel Sechs

M olly saß auf einem Stuhl, die Arme auf dem Rücken und die Beine an den Knöcheln gefesselt. Winston und seine Männer hatten sie zu einer offenbar verlassenen Hütte in einem breiten Tal gebracht.

Gegenüber von ihr saßen Jake und Pedro ebenfalls verschnürt auf Stühlen.

Jedes Mal, wenn sie Jake in die Augen sah, wurde ihr warm ums Herz. Sie spürte, dass er immer noch bemüht war, sie zu beruhigen, wie er es schon im Tunnel versucht hatte.

Er hat mich geküsst.

Ihr Magen überschlug sich bei der Erinnerung.

Noch schockierender war, wie sie den Kuss erwidert hatte – wie eine halb verdurstete Irre in der Wüste. Sie hatte keine Zeit gehabt, ihre Angst zu erklären, ihre Panik … und er hatte ihr ein Gefühl der Sicherheit und Ablenkung geboten.

Ihr Herz pochte heftig – sowohl wegen der plötzlichen starken Verbindung zu Jake als auch wegen der gefährlichen Lage, in der sie sich jetzt befanden.

„Ich hoffe, du weißt, was du tust, Winston", murmelte einer der Männer.

Mollys Blick richtete sich auf den hellhäutigen, rothaarigen Mann, der eindeutig das Sagen hatte. Winston warf seinem Kollegen einen drohenden Blick zu.

Das musste James Winston sein, der Mann, der Mabel erzählt hatte, Robert sei tot.

Sie war erschüttert gewesen über die grobe Behandlung bei ihrer Ergreifung und den Haufen Waffen, den die fünfköpfige Bande besaß, aber jetzt war sie wütend. „Wie ich hörte, waren Sie kürzlich mit meinem Bruder Robert Simms zusammen."

Winston sah sie mit zusammengekniffenen Augen an. „Sie sind Roberts Schwester?"

Sie hatte den Verdacht, dass er das bereits wusste. „Das bin ich, und ich halte diese Festnahme für absolut inakzeptabel."

Winston täuschte Überraschung vor. „Dann sollten Sie sich nicht mit Männern wie McKenna und Elizondo abgeben."

„Lasst sie gehen", schaltete sich Jake ein. „Sie hat nichts mit dem zu tun, was immer ihr uns vorwerft."

„Sagen Sie mir, was mit meinem Bruder passiert ist", verlangte Molly.

Winston zuckte mit den Schultern. „Woher soll ich das wissen? Vielleicht ist er abgehauen und hat sich dem Zirkus in Denver angeschlossen."

Daraufhin kicherten Winstons Kameraden.

Winston wandte sich an Jake. „Ich weiß, dass du es warst, der ins Amt eingebrochen ist, juristische Dokumente vernichtet und Geld gestohlen hat."

„Und welche Beweise hast du?" Jakes Blick war unerschütterlich.

„Man hätte dich verhaften sollen, aber der Marshal war ein Feigling. Und jetzt finden wir dich hier in Gesellschaft dieses Abschaums." Er nickte in Richtung Pedro. „Was hast du zu deiner Verteidigung zu sagen, Elizondo? Du betrittst Claims, die dir nicht gehören, und bestiehlst gute, hart arbeitende Schürfer wie diese Männer hier." Er machte eine den Raum umfassende

Geste mit einem Arm. „Und du bringst Charlie gefälschte Erzproben."

„Wer ist Charlie?", fragte Jake.

Winston öffnete den Mund, um zu antworten, drehte dann aber seinen Kopf in Richtung des Geräusches eines herannahenden Reiters. Er zog seine Pistole aus dem Halfter, trat hinaus und schloss die Tür hinter sich. Als der Reiter ankam, waren gedämpfte Stimmen zu hören, die sich schnell zu einem Streit hochschaukelten.

Plötzlich betrat Winston das Haus, gefolgt von einem hochgewachsenen älteren Mann mit Schnurrbart, grauen Haaren, die sich unter der Hutkrempe abzeichneten, und einem kleinen Bauch, über den sich eine enge Weste spannte. Er trug eine Jacke aus feiner Wolle und war weitaus besser gekleidet als die fünf Rüpel, von denen sie derzeit als Geiseln festgehalten wurden. Sein Blick schweifte über Jake und Pedro, blieb aber an Molly haften.

„Wie ich höre, sind Sie Roberts Schwester. Ich muss mich für dieses Missverständnis entschuldigen. Ich bin Shep Lannigan." Er streckte ihr die Hand entgegen.

Sie starrte ihn an und machte keine Anstalten, ihre Skepsis zu verbergen. Wie sollte sie ihm die Hand schütteln, wenn ihre Handgelenke gefesselt waren?

„Binden Sie Miss Simms los", forderte Lannigan.

Einer der Männer trat hinter sie und sägte mit einem Messer an dem Seil, bis ihre Hände frei waren. Er kniete sich vor sie und tat dasselbe mit den Fesseln an ihren Knöcheln.

Molly rieb sich das rechte Handgelenk, das am meisten schmerzte. „Wo ist mein Bruder?"

„Er muss das Zeitgefühl verloren haben, während er in den Bergen war. Ich habe keinen Zweifel, dass er bald wieder auftauchen wird. Ich bestehe darauf, Sie als Gast auf meine Ranch einzuladen. Meine Tochter Bridget wird sich sehr freuen, eine weitere junge Frau bei sich zu haben. Sie können zusammen auf

Roberts Rückkehr warten. Es ist nur eine Frage der Zeit, bis Robert und Bridget ihre Verlobung bekannt geben."

Winston verkrampfte sich. Warum störte ihn diese Aussage?

Jake hatte Molly erzählt, dass sie von einem Mann verfolgt worden war, der für Shep Lannigan arbeitete. Wenn Lannigan glaubte, sie wüsste, wo Robert war, dann hatte er selbst offensichtlich keine Ahnung. Ihr Blick begegnete Jakes. Sie kannte ihn erst seit kurzer Zeit, aber sie konnte bereits seinen Gesichtsausdruck deuten. *Sag nichts.*

Molly hob ihr Kinn ein wenig an. „Ich weiß Ihr Angebot zu schätzen, aber ich fürchte, ich werde Jake und Pedro nicht verlassen."

„Ich würde mich nicht mit diesen beiden abgeben", sagte Lannigan und wandte sich Jake zu. „Sie sind mir ein Dorn im Auge, McKenna, stecken Ihre Nase immer in Angelegenheiten, die Sie nichts angehen."

„Das Gleiche könnte ich von Ihnen behaupten", erwiderte Jake.

„Sie haben versucht, mir meinen Claim zu klauen, wissen Sie noch?"

„Blödsinn. Ich habe den Shanghai zuerst angemeldet, dann haben Ihre Männer ihn neu abgesteckt."

„Sie können jederzeit einen Anwalt engagieren, um Ihre erfundene Version der Ereignisse zu untermauern."

Ein Muskel in Jakes Wange zuckte. „Wenn Sie genug Männer herumschubsen, werden sie sich irgendwann gegen Sie auflehnen."

„Leere Drohungen von einem verzweifelten Mann. Und jetzt schleppen Sie eine unverheiratete Frau mit sich durch die Gegend." Shep gestikulierte in Mollys Richtung. „Wie typisch für Sie, dass Sie die Regeln der zivilisierten Gesellschaft ignorieren."

„Creede kann man kaum als zivilisiert bezeichnen", entgegnete Jake grinsend. „Männer wie Sie sorgen dafür."

„Männer wie ich versuchen, Aufklärung und Kultur zu verbreiten. Wer baut denn die Schulen und die Kirchen?"

„Zu welchem Preis? Sie betrügen und ruinieren die Menschen und fegen sie dann beiseite wie einen lästigen Haufen Ameisen."

„Und ein Mann wie Sie ist die Antwort?" Lannigan schüttelte den Kopf. „Sie glauben, Sie könnten die Dinge selbst in die Hand nehmen, und das macht Sie zu einer der gefährlichsten Sorte. Wie werden Sie noch mal genannt? Der Schakal? Ich kann mir gut vorstellen, welche heimtückischen Taten Ihnen diesen Namen eingebracht haben."

„Sie haben ja keine Ahnung." Die unverhohlene Drohung in Jakes Stimme jagte Molly einen Schauer über den Rücken.

Lannigan trat wieder an Mollys Seite, die Lippen unter seinem Schnurrbart zu einem Lächeln verzogen. „Ich weiß, dass Frauen McKenna sehr charmant finden. Ich kann Ihnen versichern, dass das alles nur gespielt ist, Miss Simms. Sie wären nicht die erste Frau in dieser Stadt, die darauf hereinfällt. Ich empfinde es als meine Pflicht, mich um Sie zu kümmern, als wären Sie meine eigene Tochter." Er streckte ihr eine Hand entgegen.

Sie ergriff sie nicht. „Ich kenne Sie nicht, Sir."

„Ich verstehe", erwiderte Lannigan. „Ihr Jungs könnt doch für mich bürgen, oder?" Er wandte sich den fünf Männern zu, die sie als Geiseln festhielten.

„Ja, Sir", sagte Winston, und die anderen stimmten zu.

Molly wollte Lannigan seine Worte entgegenschleudern. Sie war kein Dummchen. Die Verlogenheit der ganzen Situation erstickte sie fast, aber die Angst hielt sie im Zaum.

„Ich kann in der Stadt auf meinen Bruder warten." Sie sprach leise, um ihre Nervosität zu verbergen.

„Das könnten Sie", stimmte Lannigan zu, „aber Roberts erster Halt wird zweifellos meine Ranch sein. Er wird Bridget bei der ersten Gelegenheit sehen wollen, die sich ihm bietet, und natürlich auch Sie. Ich weiß, dass er froh sein wird, wenn ich Ihnen eine Unterkunft anbiete."

Obwohl Lannigan versuchte, das Gespräch ungezwungen zu halten und den Eindruck zu erwecken, dass Molly eine Wahl hatte, spürte sie den eisernen Befehl, der sich hinter seinen Worten verbarg. Shep Lannigan hatte nicht die Absicht, sie gehen zu lassen.

Ihr Magen krampfte sich zusammen und sie hoffte, dass er ihre letzte Mahlzeit nicht wieder hergeben würde.

„Was wird mit Mister Elizondo und Mister McKenna geschehen?", fragte sie.

Lannigan rückte seinen Hut zurecht. „Oh, um die beiden brauchen Sie sich keine Sorgen zu machen. Meine Männer werden dafür sorgen, dass sie sich für ihre Missetaten verantworten und sie dann nach Hause geleiten."

„Und was sind das für Missetaten?", fragte sie. „Ich glaube, das ist mir im Verlauf unseres Gesprächs noch nicht ganz klar geworden." Sie spürte Jakes Blick auf sich. Er wollte, dass sie schwieg. Ging es um ihre eigene Sicherheit, oder war er wirklich so zwielichtig, wie Lannigan andeutete?

„Das sind keine angemessenen Themen für eine kultivierte junge Frau." Lannigan nickte Winston zu, der hinter ihr stand.

Der Mann besaß die Unverfrorenheit, seine Hände unter ihre Achseln zu schieben und sie auf die Füße zu ziehen.

Sie keuchte auf und riss sich von Winston los. „Fassen Sie mich nicht an. Ich verlange, dass Sie sie gehen lassen." Sie nickte in Richtung Jake und Pedro.

„Ich verstehe Ihre leidenschaftliche Reaktion", sagte Lannigan zu ihr, als wäre sie ein Kind, „aber Sie haben keine Ahnung, welchen Ärger die beiden verursacht haben. Halten Sie sich am besten da raus, Miss Simms." Seine grauen Augen hielten sie gefangen wie in einem stählernen Schraubstock. „Darauf muss ich wirklich bestehen."

Zum zweiten Mal lief Molly ein Schauer über den Rücken, aber sie versuchte, die Fassung zu wahren, denn sie wollte keinem von ihnen zeigen, wie sehr sie all das ängstigte.

„Molly, du solltest gehen." Jakes Stimme durchbrach die Spannung, die sie wie angewurzelt an Ort und Stelle hielt.

Nein.

„Ich komme dich in ein paar Tagen besuchen", fügte er hinzu.

Lannigan schüttelte den Kopf, sagte aber nichts.

Molly nickte steif. „Gut." Sie zupfte am Saum ihrer taillierten Jacke, um sie zu glätten. „Ich komme mit – unter einer Bedingung."

„Und welche wäre das?", fragte Lannigan, als wäre er gewillt, nachsichtig mit ihr zu sein.

Molly hatte den Verdacht, dass er das nicht sein würde, aber sie musste es versuchen. „Ihre Männer werden Jake und Pedro nichts antun. Denn ich werde es herausfinden. Und ich werde zum Marshal gehen und ihm alles berichten." Sie drehte sich um und fixierte James Winston mit festem Blick. „Ich weiß, wie Sie aussehen." Sie ließ ihren Blick zu Emmett Jones wandern, dessen langes Gesicht von einem Schweißfilm überzogen war. „Und Sie." Sie musterte die anderen drei Männer – sie brauchten nicht zu wissen, dass sie ihre Identität nicht kannte. „Sie alle."

Lannigan lachte gezwungen. „Meine Männer sind keine Verbrecher, Miss Simms. Wir ziehen nicht mordend und plündernd umher. Es tut mir leid, wenn wir diesen Eindruck erweckt haben, aber Sie müssen verstehen, dass wir mit diesen Kerlen noch eine Rechnung offen haben. Es gibt keinen Grund, dass Sie daran teilhaben müssen. Meine Männer haben Ihr Pferd eingefangen. Es wird Zeit, dass wir uns auf den Weg machen."

Molly warf einen Blick auf Pedro – der Mexikaner ließ den Kopf hängen und murmelte Obszönitäten vor sich hin. Dann blieb ihr Blick an Jake hängen. Einen unkontrollierten Moment lang wollte sie ihn küssen, lang und tief, aber es war ihr nicht entgangen, dass er genauso gefährlich sein konnte wie Shep Lannigan.

Sie würde gut daran tun, keinem von ihnen zu trauen.

Sie verließ die Hütte.

Kapitel Sieben

J ake beobachtete, wie Molly ging.

Es war besser so.

Wenn es Ärger geben sollte – und den würde es geben –, sollte sie nicht mittendrin sein.

Er bedachte Lannigan mit einem kühlen Blick. „Wenn Sie ihr auch nur ein Haar krümmen, werden Sie sich vor mir dafür verantworten müssen."

Shep tat so, als würde er Staub von den Ärmeln seiner Jacke klopfen. „Ich habe mich nie und werde mich nie vor Ihnen verantworten, McKenna." Er wandte sich ab, um die Hütte zu verlassen, hielt dann aber an der Schwelle inne. „Und nur damit das klar ist: Bluebird gehört mir."

Darum ging es also, um die geheimnisvolle Bluebird-Ader. Jake hatte wie fast jeder andere Schürfer in der Stadt nach der von Legenden und Mythen umwobenen Erzader gesucht, aber Lannigan hatte das ganze Gebiet um sie herum abgesteckt und war sogar so weit gegangen, sich Claims anderer unter den Nagel zu reißen. Allerdings hatte Jake kaum Beweise. Jemand hatte den Shanghai-Claim manipuliert, den er vor zwei Monaten angemeldet hatte. Lannigan deswegen vor Gericht zu bringen, würde sich als sinnlos erweisen, und Lannigan wusste das.

Das war ein weiterer Punkt, der Jake und Robert entzweit hatte.

„Niemand weiß, wo der Bluebird liegt, *estúpido*", warf Pedro ein.

„Ich werde es herausfinden. Und zwar bald." Lannigan entfernte sich mit siegesgewisser Miene.

Niemand sprach oder bewegte sich, bis das dumpfe Klopfen der Hufschläge verklang.

Winston grinste Jake an. „Zeit für die Abrechnung."

„Geht es um das Geld, das du vor einiger Zeit im *Orleans* verloren hast?" Jake hatte es geschafft, Winston eines Abends am Blackjack-Tisch einen schönen Batzen Geld abzunehmen.

„Oh, darum habe ich mich schon gekümmert", erwiderte Winston mit selbstgefälligem Tonfall.

Jake begriff. *Das ist also mit meinem Geld passiert.*

Es war nicht Robert, der es gestohlen hatte. Winston war der Dieb.

Jake ließ sich seine Genugtuung nicht anmerken, als er spürte, wie das Seil, das seine Handgelenke fesselte, nachgab. Während seiner Zeit als Schmuggler in China hatte er sich angewöhnt, eine kleine, gezackte Klinge in einer speziell angefertigten Tasche in seinem Stiefel aufzubewahren. Bevor Lannigans Männer ihn gefesselt hatten, hatte er sie herausgeholt und in seiner Hand versteckt. Den ganzen Nachmittag über hatte er unablässig an seinen Fesseln gesägt.

Als Winston auf ihn zukam, ließ Jake die Fesseln von seinen Handgelenken gleiten und wartete, bis der Mann fast bei ihm war. Während er Winston mit der rechten Handfläche ins Gesicht schlug, zog er mit der linken Hand eine der Pistolen aus dessen Hüftholster, spannte den Hahn und schwenkte sie in einem Halbkreis. Die anderen Männer blieben wie angewurzelt stehen.

„Du Mistkerl!" Winston lag auf dem Rücken und hielt sich die Nase. Blut sickerte durch seine Finger.

„Man hat mich schon schlimmer beschimpft." Jake betrachtete seine Gegner. Seine Füße waren immer noch gefesselt. Ein kurzer Moment der Ablenkung, wenn er versuchte, sich loszumachen, und sie würden sich alle auf ihn stürzen. Und Pedro war immer noch gefesselt. Er musste ihn ebenfalls befreien. „Lasst eure Waffen fallen, Jungs", befahl er.

Einen Moment lang tat keiner von ihnen etwas.

Jake richtete seine Waffe nacheinander auf jeden von ihnen. Wahrscheinlich hatte er nicht genug Kugeln, um sie alle zu erledigen, und es widerstrebte ihm auch, das zu tun. Das Ergebnis würde ihn nur in den Knast bringen. Aber er wollte auch nicht tot enden.

Er nahm Emmett Jones ins Visier, der nach Winston der nächste in der Rangfolge war. Mit angewidertem Blick zog Jones seine Waffe und legte sie auf den Boden. Die anderen taten es ihm langsam nach.

„Du auch, Winston", sagte Jake.

Der Mann schob auch seine zweite Waffe über die glatten Holzplanken auf Jake zu. In seinen Augen blitzte tödliche Wut auf, das Einzige, was in seinem blutigen Gesicht zu sehen war.

„Zurück jetzt, Jungs." Jake wedelte mit dem Revolver, um seine Worte zu unterstreichen.

Sie taten, wie ihnen geheißen, aber Jake wusste, dass es nicht mehr lange dauern würde, bis sie sich auf ihn stürzten. Er rutschte mit seinem Stuhl zur Seite und ein wenig zurück, in der Hoffnung, einen Blick auf die Klinge zu erhaschen, die er fallen gelassen hatte.

Immer noch mit einem Auge bei den Männern lehnte sich Jake nach rechts und fuhr mit der Hand über den Boden, bis er auf die scharfe Waffe traf. Er packte sie und arbeitete damit hastig an den Fesseln um seine Knöchel. Als er frei war, ging er zu Pedro, machte die Hände des Mannes los und reichte ihm die Klinge. Der

Mexikaner befreite sich von den letzten Fesseln und stand auf. Er schnappte sich zwei Pistolen, während Jake eine weitere aufhob.

Pedro spannte beide Hämmer und richtete die Waffen auf zwei der Männer. „Lass sie mich erschießen, bevor wir gehen."

„Sie sind es nicht wert, *amigo*", sagte Jake finster. „Aber hol noch mehr Seile. Ich würde mich gern revanchieren."

DER RITT mit Shep Lannigan hatte nicht so lange gedauert, wie Molly gedacht hatte. Er hatte sein Pferd hart angetrieben und sie musste sich konzentrieren, um ihn nicht zu verlieren, sodass es wenig Gelegenheit zur Konversation gegeben hatte.

Sie hoffte, dass sie das Richtige tat.

Sie wünschte sich inständig, dass Robert bald wohlbehalten auftauchen würde.

Robert hatte ihr Heim in Tucson vor zwei Jahren verlassen, achtzehn Jahre alt und begierig darauf, seinen eigenen Weg zu gehen. Ihre Mutter hatte geschwiegen, aber Molly wusste, dass sie nicht wollte, dass er ging. Ihr Vater hatte ihn ärgerlicherweise unterstützt.

Molly war untröstlich gewesen. Robert war ihr Bruder, ihr Freund, ihr Lieblingsfeind gewesen. Sie war mit dem Wunsch aufgewachsen, sich seine Anerkennung zu verdienen, während sie gleichzeitig gegen seine manchmal kontrollierende Art aufbegehrt hatte.

Als er ihnen mitteilte, dass er sich in Colorado niedergelassen hatte, schmiedete sie sofort einen Plan, um ihn zu besuchen. Sie hatte aus Rücksicht auf ihre Eltern gewartet, bis sie selbst achtzehn war, und es war ein harter Kampf gewesen, sie davon zu überzeugen, dass sie allein kommen durfte.

Sie hatten zugestimmt, nachdem ihre Hartnäckigkeit und ihr unablässiges Betteln sie zermürbt hatten, aber mit der Auflage, dass Robert auf sie aufpassen musste.

Und jetzt war er nirgends zu finden.

Ihr Körper spannte sich an. Sie würde ihrer Mutter bald schreiben müssen. Sie konnte es nicht mehr lange aufschieben. Was sollte sie sagen?

Bitte sei am Leben, Robert.

Das war der Satz, den sie immer wieder vor sich hersagte.

Wenn Robert wirklich in Lannigans Tochter verliebt war, dann war es sicher das Beste und Vernünftigste, zur Lannigan-Ranch zu kommen, um ihren Bruder zu finden.

Aber Jake …

Die Sorge nagte an ihr und vergrößerte ihr Unbehagen.

Als die Sonne tief über dem Horizont stand, kam eine große Ranch in Sicht. Das flache, offene Land südlich von Creede lag in der Nähe eines Stadtteils, der als Jimtown bezeichnet wurde. Molly schüttelte den Kopf über diesen einfallslosen Namen. Warum nannten die Stadtbewohner nicht die gesamte Gegend Creede? Wahrscheinlich hatten sich einige Männer nicht einigen können.

Ein Reiter begrüßte sie an einem Tor, auf dessen Bogen der Name SHEPHERD'S PASS in dunkelgrauen Metalllettern geschrieben stand. Kaum waren sie hindurch, verriegelte der Mann das Tor und schloss es ab. Das verhieß nichts Gutes.

Ihr Pferd folgte Lannigans Reittier, während sie eine große Koppel und verschiedene Gebäude zu ihrer Rechten passierten. Das Haupthaus kam in Sicht und Molly konnte nicht umhin, beeindruckt zu sein. Lannigans Reichtum war an dem großen zweistöckigen Gebäude und der breiten Veranda deutlich abzulesen.

Ein sehr junger Mann trat durch die Vordertür und begrüßte sie.

„Hallo, Pa."

„Archie, das ist Miss Simms. Sie ist Roberts Schwester und sie wird bei uns wohnen. Bitte hilf ihr mit ihren Sachen und bring dann ihr Pferd in den Stall."

Molly stieg ab. Der Junge nickte und kam auf sie zu. Sein Kopf wippte ständig auf und ab und er lächelte etwas zu breit. Die Stimme ihrer Mutter hallte in ihrem Kopf wider – *Menschen wie er sehen die Welt mit einer anderen Geschwindigkeit als wir.*

Sie streckte ihre Hand aus. „Es ist schön, dich kennenzulernen, Archie."

Er nahm sie und schaute zur Seite, bevor er einen kurzen, schüchternen Blick in ihre Augen wagte. Er konnte nicht älter als fünfzehn oder sechzehn sein und war ein bisschen klein für einen Jungen dieses Alters. Archie hatte weder die Größe seines Vaters noch dessen dunkle Erscheinung geerbt. Sommersprossen bedeckten sein Gesicht und ein Schopf strohblonder Haare stand in wildem Wirrwarr von seinem Kopf ab.

„Ich bringe Ihre Sachen rein." Archies Blick blieb nach unten gerichtet.

Trotz ihrer Vorbehalte gegenüber Shep Lannigan konnte Molly nicht anders, als seinen Sohn zu mögen. „Danke."

„Ist deine Schwester hier?", fragte Lannigan Archie.

Der Junge nickte, und das tat er noch immer, als er mit den Pferden wegging.

Molly folgte Lannigan die breiten Stufen zur Veranda hinauf und trat durch eine kunstvoll verzierte Glastür ein. Der Eingangsbereich war mit poliertem dunklem Holz und weichen Teppichen ausgelegt.

„Bridget?", rief Lannigan in keine bestimmte Richtung, bevor er seinen Hut abnahm und ihn an einen Haken hängte.

„Bin gleich da", antwortete eine Frauenstimme.

Eine junge Frau mit kastanienbraunem Haar und schlanker Figur kam die Treppe hinunter, wobei ihr knöchellanger, karierter Rock auf mehreren Lagen von Unterröcken wippte. Sie blieb vor ihnen stehen und sah Molly aus ihren blauen Augen wachsam an.

„Das ist Roberts Schwester, Molly Simms."

Bridgets Blick hellte sich auf. „Ich freue mich, dich endlich kennenzulernen." Sie zog Molly in eine kurze, unbeholfene Umarmung. „Bist du den ganzen Weg von Arizona gekommen?"

„Ja."

„Allein?"

Molly nickte, überrascht von Bridget Lannigans Freundlichkeit.

Bridget lachte. „Du bist so mutig. Weiß Robert, dass du hier bist?"

„Es sieht nicht so aus", unterbrach Lannigan sie. „Bring Miss Simms bitte in einem der Gästezimmer unter. Sie wird erst einmal bei uns bleiben."

„Natürlich", antwortete Bridget.

Während Molly Bridget nach oben folgte, kam sie sich in ihrem dunklen Wollrock, der Baumwollbluse und der verstaubten Jacke, die dringend gewaschen werden musste, ein wenig fehl am Platz vor. „Weißt du, wo Robert ist?"

Die Fröhlichkeit wich ein wenig aus Bridgets Miene. „Ich fürchte nicht."

Sie gingen einen langen Flur entlang, vorbei an mehreren Türen, bis Bridget sie schließlich in ein Schlafzimmer führte.

Das Zimmer war nicht groß, aber edel eingerichtet mit breitem Himmelbett, hohem Mahagonischrank und Sofa. Molly trat ein und seufzte hörbar. „Dein Haus ist wunderschön", sagte sie leise.

Sie war noch nicht viel gereist – hauptsächlich nach Texas, um ihre Tante Molly und ihren Onkel Matt zu besuchen, obwohl sie manchmal auch bei Tante Em und Onkel Nathan wohnte.

„Danke", erwiderte Bridget. „Du musst müde sein. Hat Papa dich am Bahnhof abgeholt?"

„So ähnlich." Molly wusste nicht, wie viel von Shep Lannigans Vorgehensweise sie vor seiner Tochter preisgeben sollte. „War Robert mit James Winston zusammen?"

Bridgets Augen weiteten sich vor Überraschung. „Du kennst James?"

„Nur flüchtig."

„Nun, ja, manchmal schickt mein Pa Robert und James zusammen los." Sie zog ihre Brauen zusammen. „Ich weiß wirklich nicht, warum Robert sich diesmal so verspätet." Sie rang die Hände und blickte zur Seite.

Molly spürte deutlich Bridgets Unbehagen. Sie wartete darauf, dass die Frau, die angeblich Roberts Liebste war, noch etwas sagte.

„Ich bin sicher, er hat nur vergessen, dass du kommst", sagte Bridget, aber es klang halbherzig. „Er wird bestimmt sehr bald eintreffen."

„Wie lange seid ihr schon …"

Bridget wirkte verlegen, was Molly irgendwie beruhigend fand. Es ließ die Frau realer erscheinen. Sie hasste den Gedanken, dass Robert sich in eine herzlose Person verliebt hatte.

„Nicht lange. Erst ein paar Monate."

„Ich fürchte, er hat dich in seinen Briefen nach Hause nie erwähnt, sonst hätte ich schon früher versucht, dich zu kontaktieren." Eine kleine Notlüge, aber hätte sich Jake McKenna nicht eingemischt – und wäre Molly nicht verfolgt worden, wahrscheinlich von einem der Lannigan-Männer –, hätte sie es vielleicht getan.

„Wie hast du denn von uns erfahren?"

„Jake McKenna."

Bridget gab einen verhaltenen Laut von sich. „Nur ein Wort der Warnung. Ich würde nicht unbedingt alles glauben, was Jake sagt."

Jake? Der Klang seines Vornamens aus Bridgets Mund ärgerte Molly. „Soll das heißen, dass er über Robert und dich gelogen hat?"

„Nein, nein." Ihre Stimme klang angespannt. „Weißt du, ich bin die Erste, die zugibt, dass Jake sehr faszinierend ist, aber er nutzt das aus, um sich Vorteile zu verschaffen."

Mollys Ärger wuchs und ihr Herz hämmerte in ihrer Brust. Es hörte sich fast so an, als hätten Jake und Bridget eine amouröse Vergangenheit, und allein der Gedanke daran brachte sie in Aufruhr. War Bridget nicht nur eine Rivalin um die Zuneigung ihres Bruders, sondern auch um die von Jake?

„Mister McKenna hat mich nicht ausgenutzt", antwortete Molly. Aber hatte er das wirklich nicht? Er hatte sie in Pedros Tunnel geküsst, als sie nicht in der Lage gewesen war, sich gegen ihn zu wehren. Aber sich vor ihm zu schützen, war das Letzte gewesen, woran sie gedacht hatte. Sie hatte seinen Kuss sogar erwidert. Eine Welle der Scham überkam sie, als sie den Vorfall aus Bridgets Perspektive heraus betrachtete, doch sie würde vor der anderen Frau niemals zugeben, welche Indiskretion sie sich erlaubt hatte.

Molly fühlte sich plötzlich erschöpft und wünschte sich, allein zu sein. „Ich bin sehr müde. Es war ein langer Tag."

„Natürlich. Ich bin sicher, deine Sachen werden gleich hochgebracht. Brauchst du sonst noch etwas?"

„Etwas Wasser?"

„Ich lasse Stella einen Krug bringen. Sie ist unsere Haushälterin." Bridget ging zu jedem Fenster und schob die Vorhänge beiseite, um die letzten Strahlen der untergehenden Sonne hereinzulassen. „Abendessen gibt es um sieben. Ich werde dich ein paar Minuten vorher abholen, damit ich dir zeigen kann, wo das Esszimmer ist."

Molly nickte dankend.

Bridget ging und schloss die Tür hinter sich.

Endlich allein. Molly atmete erleichtert auf. Sie knöpfte ihre Jacke auf, zog sie aus und legte sie über einen Stuhl, dann ging sie zum Fenster.

Sie blickte auf die leeren Außenställe und Korrals hinter dem Haus. Mehrere Männer liefen dort herum. Lannigans Männer. Wenn Jake recht hatte, konnte man keinem von ihnen trauen.

Hatte sie das Richtige getan, indem sie hierhergekommen war?

Ein Klopfen an der Tür ließ sie zusammenzucken. Als sie sie öffnete, wurde sie von Archie begrüßt, dessen Kopf in einem gleichmäßigen Rhythmus auf und ab wippte.

„Ich habe Ihre Tasche, Miss Simms."

Sie trat zurück und er stellte ihr Gepäck hinter der Türschwelle ab.

Er warf ihr einen verschämten Blick zu: „Sie sehen aus wie Ihr Bruder."

„Das sagen die Leute schon unser ganzes Leben lang." Archie und Bridget sahen sich kaum ähnlich. „Haben du und deine Schwester noch andere Geschwister?"

„Nein. Es gibt nur uns."

„Ist deine Mutter hier?"

„Nein. Bridget und ich haben nicht dieselbe Mutter. Aber hier gibt es gar keine Mütter."

„Das tut mir leid", erwiderte Molly in der Annahme, dass sie verstorben sein mussten.

Er lächelte, wippte ein paar Mal mit seinem Kinn und ging.

Sie hob ihr Gepäck auf und legte es auf das Bett. Sie öffnete es und kramte darin herum, konnte aber die beiden gesuchten Gegenstände nicht finden. Schließlich drehte sie die Tasche auf den Kopf und leerte den ganzen Inhalt aus. Sie durchforstete ihre spärlichen Habseligkeiten, die sie auf ihrer überstürzten Flucht mit Jake McKenna in die Berge mitgenommen hatte. Jemand hatte ihre Tasche durchsucht – ihr Colt Derringer und der Chigger-Claim fehlten.

Es musste Winston gewesen sein, und er hatte das Dokument wahrscheinlich Shep Lannigan gegeben. Würde dieser es vernichten? Spielte es eine Rolle, ob er das tat? Sie kannte die Gesetze für Bergrechte nicht, aber die Urkunde war sicher in der Stadt hinterlegt worden. Sie wünschte, sie könnte Jake fragen, was sie tun sollte.

Sie ließ sich auf die Bettkante sinken. Ein Gefühl der Ohnmacht lastete auf ihr.

Was, wenn Robert wirklich in Schwierigkeiten steckte?

Was, wenn Winston und seine Männer Jake und Pedro etwas antaten?

Und was konnte *sie* schon dagegen tun?

Kapitel Acht

Jake und Pedro ritten in die Stadt hinein. Jake hatte Fernando wiedergefunden und Pedro hatte Winstons Pferd gestohlen. Sie hatten Winston und die anderen vier Männer gefesselt und geknebelt in der Siedlerhütte zurückgelassen. Irgendwann würden sie gefunden werden. Jake könnte die *Festnahme*, wie Molly es genannt hatte, dem stellvertretenden Marshal melden, aber er wusste, das wäre Zeitverschwendung.

„Du musst dieses Pferd loswerden, und zwar schnell", sagte Jake.

Pedro verzog das Gesicht und spuckte um den Tabakklumpen herum, der seine Unterlippe ausbeulte. Er hatte die Tabakdose in Winstons Satteltasche gefunden und für sich beansprucht.

„Wer ist dieser Charlie, mit dem du dich eingelassen hast?", fragte Jake beiläufig.

„Ein Freund."

„Ein Freund, der dir eine Zielscheibe auf den Rücken gemalt hat. Du hast Lannigan verärgert. Selbst du weißt, dass das eine schlechte Idee ist."

„Vielleicht nehme ich mir ja ein Beispiel an dir, *El Chacal*."

„Du bist kein Speichellecker, Pedro, also lass die Späße."

Jake lenkte Fernando auf die Hauptstraße in Richtung seiner Hütte in Upper Creede. Pedro schlug eine andere Richtung ein, hielt dann sein Pferd an und wandte sich noch einmal an Jake.

„Einige meiner Claims sind auch verschwunden, *amigo*."

„Du meinst, die Adern sind versiegt?"

„Nein. Ich habe sie angemeldet, aber die Registrierstelle hat sie nicht mehr, und bei den Claims selbst sind die Pfähle entfernt worden. In einigen Fällen wurde eine neue Grenze gezogen, ähnlich wie bei deinem Shanghai." Pedros Blick war tödlich. „Diese Bastarde werden mich nicht vergraulen. Ich werde ihnen die Schwänze abknallen."

Jake mochte Pedro nicht – der Mexikaner war launisch und paranoid. Es war eine Kombination, von der man sich am besten fernhielt, aber Jake spürte, dass der Mann in Schwierigkeiten steckte. Verdammt, vielleicht traf das auch auf ihn selbst zu. Er hätte Creede verlassen sollen, als seine Partnerschaft mit Robert in die Brüche gegangen war, aber irgendetwas hatte ihn in der Stadt gehalten.

Vergeltung für den Verlust von Shanghai.

Sein gestohlenes Geld.

Vielleicht waren es die Berge selbst.

Nein, es war die geheimnisvolle Bluebird-Ader, die ihn anzog und seine Entschlossenheit und Abenteuerlust schürte. Es würde ihm große Genugtuung bereiten, sie Lannigans arrogantem Griff zu entreißen.

Und dann war da noch Molly Rose Simms.

Wann war sie ins Spiel gekommen?

In dem Moment, als er sie erblickt hatte.

„Sei vorsichtig, Pedro." Jake meinte es ernst, was ihn selbst überraschte.

Der Mexikaner lenkte sein gestohlenes Reittier von ihm weg und schüttelte angewidert den Kopf. „*Adios*, du verlauster Köter."

So viel zu seinem kurzen Moment der Sentimentalität.

Jake stellte sein Pferd im Mietstall ab, dann ging er zu seinem winzigen Haus, das auf einem schmalen Grundstück am Willow Creek stand. Eine kleine Küche und eine Sitzecke wurden durch ein Einzelbett mit Vorhang voneinander abgegrenzt. Nichts Ausgefallenes, aber es war sein Zuhause. Ein gemeinschaftlicher Abort befand sich auf der anderen Straßenseite.

Er schälte sich aus seiner Jacke und setzte sich auf einen Stuhl, um seine Stiefel auszuziehen.

Ein leises Knarzen alarmierte ihn.

Im Nu hatte er seine Waffe in der Hand und zielte auf den Vorhang. Als der Stoff beiseite gezogen wurde, fluchte Jake, ließ den Hahn los und senkte die Waffe.

„Verdammt, Robert! Ich hätte dich erschießen können!"

Robert setzte seine Füße auf den Boden. „Tut mir leid. Ich wollte dich nicht erschrecken. Wo bist du gewesen?"

„Wo zum Teufel bist *du* gewesen?"

„Das ist eine lange Geschichte", antwortete er müde und schüttelte den Kopf. Dunkle Ringe umschatteten seine Augen, und er kratzte sich an der stoppeligen Wange. Als er sich bewegte, wehte Jake ein strenger Geruch entgegen.

„Molly ist hier."

Roberts Kopf schnellte hoch. „Wirklich? Ich dachte, sie käme erst nächsten Monat zu Besuch."

„Nun, wie dem auch sei, sie ist Anfang der Woche angekommen und sucht seitdem nach dir."

„Du hast sie gesehen?"

„Ja."

„Wo ist sie?"

„Lannigan hat sie heute auf seine Ranch gebracht."

Robert zuckte zusammen. „Warum?"

„Nun, du bist Lannigans neuester Schoßhund. Ich schätze, er dachte, er könnte dich noch fester an die Leine nehmen, wenn sie unter seinem Dach ist."

Robert warf ihm einen eisigen Blick zu und fluchte leise vor sich hin. „Du hattest recht, weißt du?"

„Womit?"

„Wegen Lannigan und Bridget. Ich war ein Narr und wäre deswegen fast gestorben."

„Was ist passiert?"

„Ich habe zufällig gehört, wie Shep Bridget dazu aufgefordert hat, mit mir anzubandeln, um mich unter seine Fittiche zu bekommen. Aber ich schätze, das hast du mir damals schon versucht zu sagen. Ich war nur zu dickköpfig, um zuzuhören." Robert schaute ihn an. „Sie hat es zuerst bei dir versucht, nicht wahr?"

Jake antwortete nicht.

Robert lachte, aber es war erfüllt von Abscheu, vielleicht sogar einem Hauch von Verzweiflung.

„Ich habe sie nie angefasst", sagte Jake. „Sie gefällt mir nicht."

Aber deine Schwester schon. Er bezweifelte, dass Robert bereit war, das zu hören.

Robert akzeptierte Jakes Erklärung mit einer gewissen Resignation und fuhr sich mit der Hand durch sein braunes Haar.

Jake hatte wenig Freude an Roberts Erkenntnis. Der Blick in den Augen des Mannes verriet ihm, wie tief die Enttäuschung saß. Frauen hatten wirklich eine Gabe dafür, alles durcheinanderzubringen, selbst den Verstand eines Mannes. „Wo bist du gewesen?", fragte er.

„Na ja, obwohl ich wusste, dass Bridget mich nur hinhält, konnte ich mich nicht einfach ohne Grund von Lannigan abwenden. Ich sollte mit Winston und Jones in die Berge gehen, also bin ich gegangen. Ich brauchte sowieso Zeit zum Nachdenken. Ich folgte ihnen über einen schmalen Grat, als der Boden unter mir wegbrach. Ich landete in einer steilen Schlucht. Mein Pferd starb. Und diese beiden Mistkerle haben mich zurückgelassen."

„Bist du verletzt?"

„Nein, nichts, was nicht von selbst heilen würde."

„Wie bist du rausgekommen?"

„Mit purer Verzweiflung. Du wärst überrascht, wie sehr die einen motivieren kann, eine glatte Granitwand hochzuklettern." Er lachte. „Und Glück. Ich fürchte, das wird mir irgendwann ausgehen. Ich habe schon zu viel davon verbraucht."

Jake zögerte, gab sich dann aber einen Ruck. „Deine Schwester hat in deinem Zimmer die Urkunde für den Chigger-Claim gefunden. Was zum Teufel soll das?"

Robert stieß ein gutmütiges Schnauben aus, bevor er wieder ernst wurde. „Molly. Scheiße. Sie ist so verdammt neugierig. Also, die Sache ist die: Lannigan hat mich benutzt, um Claims für ihn zu finden."

Das war kaum eine Überraschung. Jake und Robert waren mit ihren eigenen Erkundungen ziemlich erfolgreich gewesen. Dass Lannigan seine Tochter einsetzte, um Männer für ihn anzulocken, war hinterhältig, aber – wie Jake annahm – für diejenigen reserviert, die sich anders nicht rumkriegen ließen. Er und Robert hatten zu dieser Gruppe gehört, bis Robert Bridgets weiblicher Anziehungskraft erlegen war.

Jake konnte es ihm nicht wirklich verübeln. Wenn es Molly Rose gewesen wäre, die ihm diese saftigen Krümel vor die Füße geworfen hätte, wie lange hätte er durchgehalten?

Warum konnte er nicht aufhören, an sie und den leidenschaftlichen Kuss im Tunnel zu denken?

„Und diesen Claim wollte ich vor Lannigan verstecken", fuhr Robert fort.

„Warum dann nicht nur auf meinen Namen?"

Robert richtete seinen Blick auf Jake. „Ich kenne dich. Molly ist meine Absicherung."

„Du bist wirklich ein Dreckskerl. Du solltest wissen, dass ich Chip Westfield dabei erwischt habe, wie er Molly gefolgt ist."

Robert dachte im Stillen über diese Neuigkeit nach. „Dann kann ich Lannigan noch nicht verlassen. Ich will Molly nicht in Gefahr bringen."

„Ich glaube, das hast du bereits getan, als du ihren Namen auf den Chigger-Claim gesetzt hast. Was ist das für eine Ader?"

„Hochgradiges Silber, freiliegend."

Der aufgeregte Klang in Roberts Stimme ließ bei Jake die Alarmglocken schrillen.

„Heilige Scheiße", murmelte Jake. „Du denkst, es ist der Bluebird."

Robert sah ihn mit finsterem Blick an.

„Gibt es auch Gold?" Den Überlieferungen über den Bluebird zufolge sollten dort auch Goldnuggets auf dem Boden verstreut sein wie auf einem Feld kalifornischer Mohnblumen.

„Ich habe keins gesehen, aber ich hatte auch nicht viel Zeit zum Erkunden."

In Jake brodelte es vor Aufregung. Er lehnte sich vor und grinste wie ein Schuljunge. „Wo genau liegt er?"

„Östlich von Mammoth Mountain, in der Nähe von Ivans Haus."

„Im Ernst? Na, das erklärt es. Da haben wir nie nachgesehen."

„Das tut auch sonst niemand. Der einzige Weg dorthin führt über einen engen, steilen Pass. Ich hatte nicht viel Zeit. Ich wollte nicht, dass Winston mich findet. Ich habe schnell einen Claim abgesteckt und ein paar Proben entnommen, aber die Ausbeute war gering. Ich muss noch mal zurück."

Jake erhob sich und begann, auf und ab zu laufen. „Ich werde gehen. Du solltest dich nicht in der Nähe sehen lassen. Gibt es noch andere Claims in der Gegend?"

„Nein."

Jake blieb stehen und starrte ihn an. Der Ernst der Lage entging ihm nicht. „Wir müssen den Apex finden."

„Ganz genau. Ich habe allerdings eine Bedingung. Wenn du den Claim verschiebst, bleibt Mollys Name drauf."

„Warum fügst du nicht einfach deinen eigenen hinzu?"

Robert schüttelte den Kopf.

„Hast du etwas bei Lannigan unterschrieben?" fragte Jake.

„Ich bekomme vierzig Dollar im Monat und einen Achtelanteil." Roberts Tonfall triefte vor Sarkasmus.

„Es ist kein schlechter Deal." Aber wenn Bluebird auch nur annähernd so war wie Amethyst – derzeit die größte Ader in Creede –, dann würde Lannigan auf Kosten aller anderen Beteiligten sehr reich werden. „Aber du weißt, dass es im Meldeamt ein Problem gibt, oder? Ich habe nicht gelogen, was Shanghai angeht. Winston hat den Mystery-Box-Claim in Lannigans Namen angemeldet, nachdem ich es getan habe. Ihr Claim hat sich mit meinem überschnitten, nicht andersherum."

Robert seufzte. „Es tut mir leid, dass ich dir vorher nicht geglaubt habe. Wo ist der Chigger-Claim jetzt?"

„Deine Schwester hat ihn", sagte Jake.

„Dann gehe ich zu Lannigan."

„Du solltest dich wirklich erst mal waschen. Du siehst furchtbar aus."

Robert nickte. „Was mit Winston und Jones passiert ist, sollten wir vorerst für uns behalten."

Jake lachte humorlos auf. „Pedro und ich hatten vor kurzem einen Zusammenstoß mit ihnen. Sie werden wohl für eine Weile verhindert sein, aber ich bezweifle, dass es lange dauern wird. Ich vermute, dass ich auf ihrer Abschussliste weiter oben stehe als du … bis auf Weiteres."

„Will ich das wissen?"

„Wahrscheinlich nicht." Jake setzte sich wieder auf den Stuhl. „Molly war bei uns."

Robert richtete sich auf und seine Augen weiteten sich besorgt. „Was?"

„So hat Lannigan sie in die Finger bekommen."

„Sie wurde doch nicht verletzt, oder?", verlangte Robert zu wissen und runzelte die Stirn.

„Nein, es geht ihr gut. In mancher Hinsicht ist sie unter seinem Dach wahrscheinlich besser aufgehoben, aber das musst du selbst beurteilen."

„Wie geht es ihr?"

„Sie ist dir sehr ähnlich."

Robert verengte seinen Blick. „Wie das?"

„Sie hat dieses Funkeln in den Augen und die Sturheit eines Maultiers."

Robert lachte aus vollem Halse, der erste Funken Leben, den Jake seit langem an ihm sah. „Ich kann es kaum erwarten, sie zu sehen", sagte er.

Ich auch nicht.

———

MOLLY Aß DEN SCHINKEN, die Kartoffeln und den Maisbrei mit einem Appetit, der sie selbst überraschte. Die Ereignisse des Tages hatten sie regelrecht ausgehungert. Shep Lannigan thronte wie ein König am Kopfende des Tisches zu Mollys Rechten, während Bridget und Archie ihr gegenüber saßen.

Molly hatte sich ein grünes Baumwollkleid übergezogen, obwohl sie nur wenig Kleidung in ihrer Tasche dabei hatte. Die meisten ihrer Habseligkeiten hatte sie in Zangs Hotel gelassen, als sie in jener Nacht mit Jake geflohen war. Sie würde sie abholen müssen. Noch besser wäre es, wenn sie so schnell wie möglich in ihr gemietetes Zimmer zurückkehren könnte.

Lannigan lehnte sich zurück, damit Stella – eine ältere Frau mit strenger Miene – seinen Teller abräumen konnte. „Wir hatten das Vergnügen, Robert in den letzten Monaten kennenzulernen. Ich bin sicher, er wird sich sehr freuen, Sie zu sehen."

Molly nickte und trank einen Schluck Wasser aus einem Glaskelch.

„Wie lange planst du zu bleiben?", fragte Bridget.

„Ein paar Wochen." Das war die Wahrheit, aber was, wenn Robert nie auftauchte? Was, wenn etwas wirklich Schreckliches passiert wäre? Sie beschloss, so lange zu bleiben, wie es nötig war, um ihn zu finden. „Und Sie sind sich sicher, dass keiner von Ihnen weiß, wo Robert ist?"

„Wir tappen genauso im Dunkeln wie Sie", sagte Lannigan.

„Ist Mister Winston zurückgekehrt?", fragte Molly.

„Nein", mischte sich Archie ein. „Ich habe ihn nicht gesehen."

„Nun, da haben Sie es." Lannigan beobachtete sie wie ein Reh, das er gleich erlegen wollte. „Er ist wahrscheinlich immer noch bei Robert." Die Lüge rutschte ihm leicht über die Lippen.

Fassungslos saß Molly da, bis die Wut begann, die Kälte in ihrem Inneren zu verbrennen.

Sie versuchte, ihre Reaktion zu verbergen, da ihr klar war, dass sie im Haus dieses Mannes wohl kaum die Oberhand hatte. Die Sorge um McKenna krampfte ihren Bauch zusammen.

Ein Klopfen an der Haustür veranlasste Stella, den Raum zu verlassen. Molly führte den Becher zu ihren Lippen. Mitten in der Bewegung hielt sie inne und lauschte auf die Stimmen von draußen.

Robert!

Ohne Lannigans Erlaubnis abzuwarten, sprang sie auf, rannte aus dem Zimmer und warf sich in die Arme ihres Bruders. „Ich habe mir solche Sorgen gemacht." Sie hielt sich an ihm fest und drückte ihre Augen zu, um die Tränen zurückzuhalten.

„Es tut mir leid, dass ich dich nicht abgeholt habe", sagte er in ihr Haar. „Ich habe die Tage durcheinandergebracht."

„Robert", sagte Bridget, als sie in den Raum kam. „Gott sei Dank."

Molly trat zurück, um dem Liebespaar ein herzliches Wiedersehen zu ermöglichen, aber als Bridget sich zu ihm lehnte, küsste Robert sie ohne viel Gefühl auf die Wange.

Er schien frisch gebadet und rasiert zu sein, aber seine Augen waren stumpf vor Müdigkeit. Molly wollte ihn noch viel mehr fragen, jedoch nicht vor einem Publikum aus Lannigans.

„Du siehst sehr müde aus", sagte Molly.

„Ein wenig." Er lächelte sie an. „Wie geht es Ma und Pa und Evie?"

Sie konnte nicht verbergen, wie sehr sie sich freute, ihn zu sehen. „Es geht ihnen gut."

Lannigan schritt zu ihnen hinüber. Seine Miene war freundlich, aber seine Augen waren kalt und hart wie Diamanten. „Robert, es wurde auch Zeit, dass Sie auftauchen. Ich erwarte einen vollständigen Bericht."

Robert nickte.

„Aber kommen Sie erst mal rein und essen Sie etwas", fügte Lannigan hinzu.

Archie folgte ihnen zurück ins Esszimmer, wobei er wie ein Hündchen hinter Robert herhüpfte. „Habt ihr den Bluebird gefunden?"

„Nein."

Robert setzte sich neben Molly, während die anderen ihre Plätze wieder einnahmen.

„Was ist der Bluebird?", fragte sie.

„Das ist eine berühmte und geheimnisvolle Erzader", antwortete Archie enthusiastisch. Seine Augen waren weit aufgerissen und sein Kopf wippte wieder. „Alle suchen danach. Man sagt, sie sei Millionen wert."

„Das ist eine Menge Geld", bemerkte Molly.

„Mein Pa wird sie finden." Archie spießte eine Kartoffel auf seine Gabel und steckte sie sich in den Mund. „Er hat eine Menge Männer darauf angesetzt, danach zu suchen."

„Vielleicht sollte ich selbst suchen", sagte Lannigan. „Es scheint, als würde keiner dieser Männer irgendetwas finden." Sein Blick blieb an Robert hängen.

„Der Ursprung dieser Ader ist unklar, Shep", sagte Robert. „Das wissen Sie. Es braucht viel Zeit und Geduld. Wo ist Winston?"

„Er ist nicht hier", antwortete Bridget.

„Er kümmert sich um eine andere Angelegenheit", übertönte Lannigan Bridgets Worte und warf ihr einen erzürnten Blick zu.

Molly spannte sich an, sowohl wegen Lannigans Zurechtweisung seiner Tochter als auch, weil die Angelegenheit, von der Lannigan sprach, Jake betraf.

„Und die wäre?", fragte Robert und biss die Zähne zusammen.

„Diebe, die nicht auf ihren eigenen Claims bleiben." Lannigan lehnte sich zur Seite, damit Stella einen Teller mit Apfelkuchen vor ihm hinstellen konnte. „Ich bin wirklich froh, dass ich Sie nicht zu dieser Gruppe zählen muss."

Robert lachte in sich hinein. „Wenn Sie McKenna meinen, der ist nicht in den Bergen. Ich habe ihn gerade in der Stadt gesehen."

„Du hast Jake gesehen?", fragte Molly, bevor sie sich zurückhalten konnte.

Robert warf ihr einen neugierigen Blick zu und nickte.

Auf Lannigans abfälliges Grunzen hin riss Molly ihren Blick von Robert los und unterdrückte ihr verzweifeltes Bedürfnis, ihn auszufragen. Sie starrte in Lannigans verächtliche Miene.

Robert lehnte sich in seinem Stuhl zurück. „Warum habe ich das Gefühl, dass Winston heute bei McKenna war?"

„Es war die richtige Entscheidung von Ihnen, sich von diesem nichtsnutzigen Aufschneider zu trennen", sagte Lannigan. „Unsere Partnerschaft wird letztendlich viel profitabler für Sie sein." Er lenkte seine Aufmerksamkeit auf Molly. „Es wäre das Beste, wenn Sie sich von nun an von Leuten wie McKenna fernhalten."

„Das habe ich dir ja auch schon gesagt", fügte Bridget leise hinzu.

Molly kochte vor Wut. Sie hatte es langsam satt, von jedem zu hören, wie schrecklich Jake McKenna war.

Lannigan wandte sich wieder an Robert. „Nach dem Essen treffen wir uns in meinem Arbeitszimmer."

Robert nickte und stürzte sich auf den Teller, den Stella ihm vorsetzte.

Das anschließende Gespräch drehte sich um andere Dinge –

um das Eisenbahndepot, das Lannigan auf seinem Grundstück bauen lassen wollte, um eine Frauenversammlung in der Stadt und um den Streit zwischen drei Countys, die Creede für sich beanspruchen wollten.

Trotz der nicht gerade idealen Umstände, die ihr Wiedersehen mit Robert begleiteten, und trotz ihrer Sorge um Jake, schloss Molly die Augen und seufzte vor Erleichterung. Robert war am Leben und wohlauf. Dem Herrn sei Dank.

Kapitel Neun

Molly warf den *Frankenstein* beiseite, in dem sie halbherzig gelesen hatte, und sprang vom Bett, als ein leises Klopfen an der Tür ertönte. Es war Robert.

Sie strahlte und drückte seine Hand. Als er eingetreten war, schloss sie die Tür und setzte sich auf das Sofa am Fußende des Bettes. Er ließ sich neben ihr nieder.

„Es tut mir leid, dass ich nicht da war, als du angekommen bist", sagte Robert.

„Ich habe mir ziemliche Sorgen um dich gemacht." Sie sprach mit leiser Stimme. „Was ist denn los?"

Robert lehnte sich zurück. Sein Körper erschlaffte, als sich plötzlich all seine Anspannung löste. Er trug immer noch das frische, weiße Hemd von vorhin, auch wenn die Weste offen stand und der Kragen aufgeknöpft war. „Es ist nichts."

„Warum besitze ich jetzt einen Bergbau-Claim mit Jake McKenna?"

Robert wurde ernst. „Tut mir leid deswegen. Ich versuche nur, alle im Griff zu behalten."

„Traust du ihm nicht mehr? Ich dachte, er wäre dein Freund."

„Ist er auch." Robert atmete schwer aus. „Ich schätze, die Zeit mit Lannigan hat mich paranoid gemacht."

„Du weißt aber, dass ich bei Jake war, als Winston uns als Geiseln genommen hat?"

Roberts Gesicht verhärtete sich. „Geiseln? Das hat Jake vergessen zu erwähnen." Er murmelte eine Obszönität.

„Mir geht es gut, aber ich war gezwungen, Jake und einen Mann namens Pedro Elizondo mit ihm zurückzulassen. Du sagtest, du hättest Jake gesehen? Geht es ihm gut?"

„Ja. Du musst dir keine Sorgen um McKenna machen. Er kann auf sich selbst aufpassen."

Molly schwieg und unterdrückte ihren Wunsch, mehr über den Mann zu erfahren. Sie wechselte das Thema. „Bist du in Bridget Lannigan verliebt? Ihr Vater hat euch ja fast für verlobt erklärt."

Robert wandte den Blick ab. „Ich dachte, ich wäre es. Ich fange an zu glauben, dass alles nur ein törichtes Spiel war."

Molly streckte die Hand aus, um seine Schulter zu berühren. „Das tut mir leid." Sie räusperte sich und zog ihre Hand weg. „Und was jetzt? Ich werde in zwei Wochen nach Hause zurückkehren. Möchtest du, dass ich dir den Chigger übertrage? Du musst wissen, dass das Dokument, das ich bei dir gefunden habe, nicht mehr in meinem Besitz ist. Ich vermute, Winston hat meine Tasche durchsucht und es mitgenommen. Wahrscheinlich hat er es Lannigan gegeben."

Robert schwieg. Schließlich sagte er: „Jake glaubt, dass jemand im Meldeamt Lannigan hilft, andere zu übervorteilen. Es spielt vielleicht ohnehin keine Rolle, dass dein Name darauf steht, wenn er es stiehlt." Robert schüttelte frustriert den Kopf. „Jake hat vor, noch einmal zu dem Claim zu gehen und sich ein besseres Bild zu verschaffen. Du brauchst dir keine Gedanken mehr zu machen. Wir kümmern uns darum."

„Ich sollte mit ihm gehen."

Robert hob eine Augenbraue und sah sie an, als sei ihr ein zweiter Kopf gewachsen.

„Er gehört zur Hälfte mir", verteidigte sie sich.

„Du hast doch keine Ahnung vom Schürfen."

„Wie schwer kann das schon sein? Man klettert in den Bergen herum und sucht nach Gold, richtig? Oder wascht ihr es in den Bächen?"

Robert fuhr sich sichtlich entnervt mit der Hand über das Gesicht. „So ähnlich. Aber wir finden selten Gold. Hier sind alle auf Silber aus."

Sie nickte. „Verstehe. Wir suchen also nach glänzendem grauem Zeug."

„Man braucht Proben, die man zum Prüfer bringt. Der schmilzt das Erz ein und extrahiert die Metalle. Eine gute Probe gibt einem eine Vorstellung davon, was die Ader enthalten könnte."

„Steine zurückbringen. Das schaffe ich."

Robert seufzte. „Molly, du wirst nirgendwohin gehen."

„Aber ich bleibe verdammt noch mal nicht hier."

„Hör auf zu fluchen."

„Kannst du mir dann wenigstens helfen, wieder zu Zang zu ziehen?"

Robert beugte sich vor. „Ich weiß, dass du nicht hierbleiben willst, aber ich denke, es wäre momentan das Beste. Ich habe vor, mich von Lannigan zu trennen, aber jetzt noch nicht und auch nicht, solange du hier bist."

„Dann lass mich zurück ins Hotel gehen."

„Das kannst du machen, bevor du die Stadt verlässt. Vielleicht solltest du morgen schon zurück nach Tucson fahren."

„Nein!" Die hitzige Entgegnung hing in der Luft. Sie atmete tief ein, zog die Knie an und umarmte sie. „Ich bin so weit gefahren, nur um dich zu sehen. Ich bleibe hier. Überlege dir, was du tun musst, und dann können wir beide hier weg. Ich wollte dich eigentlich bitten, mit mir durchs Land zu reisen, Robbie. Wir könnten nach New York City fahren. Du weißt, dass Mama und

Papa mich niemals allein gehen lassen würden, aber wenn du mit mir kommst, sagen sie wahrscheinlich ja."

Robert lächelte. „Du träumst immer noch davon, die Welt zu sehen? Ich dachte eigentlich, du würdest da rauswachsen. Du solltest lieber darüber nachdenken, zu heiraten."

Molly zog eine Grimasse und zuckte mit den Schultern. „Dafür ist noch genug Zeit." Sie blickte ihn an. Er war anders als früher, älter natürlich, aber auch das unbekümmerte Funkeln in seinen Augen war verschwunden. „Ich liebe dich, Robert."

Er grinste und schnippte mit einem Finger gegen ihr Knie. „Ich liebe dich auch, Chigger."

AM NÄCHSTEN MORGEN erschien Bridget mit einem Geschenk an Mollys Tür. Sie trat ein und legte ein tiefblaues Kleid auf das Bett.

„Was ist das?", fragte Molly.

„Es ist für dich. Mein Vater gibt heute Abend eine Dinnerparty und ich dachte, diese Farbe würde dir gut stehen."

Mollys Herz wurde schwer. Das Kleid war bei Weitem das eleganteste, das sie jemals tragen würde, aber sie hatte keine Lust, den Abend auf einer Feier zu verbringen. Dennoch setzte sie ein dankbares Lächeln auf. Sie würde die pflichtbewusste Schwester sein und sich mit der Freundin ihres Bruders und ihrer Familie gut stellen, obwohl es nach ihrem Gespräch mit Robert am Abend zuvor so aussah, als ob sich die Beziehung zwischen ihm und Bridget dem Ende zuneigte.

„Es ist wunderschön. Danke."

Bridget reichte ihr ein Paar Samtschuhe. „Hoffentlich passen sie dir. Stella kann dir später beim Anziehen helfen."

Molly nickte. „Darf ich dich etwas fragen?"

„Natürlich."

„Warum hat dein Vater bewaffnete Männer, die die Ranch bewachen?"

„Das ist nur zum Schutz. Fühlst du dich dadurch nicht sicherer?"

„Ich schätze schon. Was ist, wenn ich in die Stadt gehen möchte? Bin ich hier eine Gefangene?"

Bridget schien beleidigt zu sein. „Nein. Möchtest du, dass ich dich begleite?"

Nicht wirklich. Aber das war unhöflich, und so stimmte Molly schweigend zu.

Später am Vormittag ritten Molly und Bridget nach Creede, begleitet von zwei von Lannigans Männern. Da Molly dem eigentlichen Grund für ihren Ausflug – Jake McKenna zu besuchen und sich zu vergewissern, dass es ihm gut ging – kaum nachgehen konnte, musste sie sich damit begnügen, ihre restlichen Habseligkeiten aus dem Hotel zu holen und anschließend mit Bridget in einem Restaurant in Jimtown zu Mittag zu essen.

Eine Sache überraschte sie: Es war kein ganz und gar unangenehmer Nachmittag. Bridget Lannigan war vielleicht nicht die Richtige für ihren Bruder, aber entgegen Mollys besserem Wissen begann sie, die Frau zu mögen.

Jake betrat das Hotel und sprach den Angestellten hinter dem Tresen an, einen jungen Mann mit hellen Augen und einem tüchtigen Auftreten.

„Ich suche einen Ihrer Gäste und hatte gehofft, dass sie vielleicht hier ist", sagte Jake.

Der Angestellte sah ihn erwartungsvoll an.

„Molly Rose Simms." Jake legte eine Hand auf den Tresen und blickte sich in der kargen Lobby um.

„Oh, Sie haben sie gerade verpasst. Sie war mit Miss Lannigan hier, um ihre Habseligkeiten abzuholen. Anscheinend wohnt sie jetzt in *Shepherd's Pass*. Vielleicht sollten Sie dort nach ihr suchen."

Jakes Blick richtete sich wieder auf den jungen Mann. „Ich

fürchte, das ist keine große Hilfe." Er hatte wenig Hoffnung, dass Lannigan ihn jemals auf sein Grundstück lassen würde.

„Ich habe gehört, wie sie von einer Dinnerparty gesprochen haben", fügte der Angestellte hinzu.

Jake dachte über diese Information nach. „Bei Lannigan?"

„Ja. Heute Abend. Vielleicht treffen Sie sie dort."

Jake nickte dem Jungen zu und trat aus dem Hotel auf die belebte Straße. Er hatte sich nur aus einem Grund noch nicht aufgemacht, den Chigger-Claim zu besuchen – er wollte Molly Rose Simms wiedersehen, und er befürchtete, dass sie nach Hause fahren könnte, bevor er in die Stadt zurückkehrte.

Ein gesellschaftliches Ereignis auf Lannigans Ranch eröffnete ihm neue Möglichkeiten. Er musste Henry und Esme Patterson einen Besuch abstatten.

AM NACHMITTAG KEHRTE Molly mit Bridget nach *Shepherd's Pass* zurück. Als sie ihre Pferde dem Stallknecht übergaben, entdeckte sie Archie. „Wäre es in Ordnung, wenn ich mich ein wenig umsehe?"

„Eigentlich sollte Stella schon einmal anfangen, mein Haar für die Party zu richten", antwortete Bridget.

„Vielleicht kann Archie mich herumführen."

Bridget schaute über die Schulter zu ihrem Bruder, der gerade Wasser in eine Box schleppte. „Ich nehme an, das wäre möglich", murmelte sie und rief ihren Bruder zu sich. Sobald er mit seiner Arbeit fertig war, erschien er. „Archie, kannst du Miss Simms die Ranch zeigen?"

Er hakte die Daumen in seine Hosenträger und starrte auf seine Stiefel. „Ja, natürlich kann ich das", sagte er mit leiser, fast verschämter Stimme.

Bridgets Augen trafen Mollys und die stumme Bitte war deutlich zu lesen. *Gehe gut mit meinem Bruder um.*

Molly schenkte ihr ein beruhigendes Lächeln. „Ich werde ihn nicht lange aufhalten."

Bridget verließ die beiden. Molly löste die Strohhaube auf ihrem Kopf und trug sie mit sich, während Archie ihr jede einzelne Stallbox in der riesigen Scheune zeigte.

„Mein Pa züchtet Pferde."

„Die Tiere wirken stark und in guter Verfassung."

Archies Blick schweifte zu ihr, bevor er wieder zu seinen Stiefeln glitt. „Kennen Sie sich mit Pferden aus?"

„Ein wenig. Aber ich bin in der Stadt aufgewachsen. Mein Vater hatte eine Getreidemühle. Du hast großes Glück, hier draußen zu leben."

„Das stimmt. Ich habe wirklich Glück." Sein Kopf wippte auf und ab.

Molly konnte sich ein Lächeln nicht verkneifen. Archie Lannigan hatte etwas liebenswert Unschuldiges an sich. Sie hoffte, dass sein Vater ihn gut behandelte. Sie hatte Bridgets Beschützerinstinkt gespürt und das erwärmte ihr Herz noch mehr für die Frau.

„Du kannst dich glücklich schätzen, Bridget zu haben", sagte Molly. „Sie liebt dich offensichtlich sehr."

Archie blieb vor einer Box stehen und legte die Hände um das Gitter. Dahinter stand ein prächtiges, tiefschwarzes Pferd, das am Heu knabberte und dabei seinen Schweif in gleichmäßigem Rhythmus hin und her schwingen ließ. „Haben Sie auch eine Schwester?"

„Ja, habe ich. Sie ist ungefähr so alt wie du. Ihr Name ist Evie."

„Lieben Sie sie?"

Molly lachte. „Ja, natürlich, aber sie leiht sich immer meine Kleider und Haarbänder, ohne zu fragen; deshalb streiten wir manchmal."

Ein Grinsen zupfte an Archies Mundwinkeln. „Bridget und ich teilen uns keine Kleider."

„Das ist gut."

Er lachte ein bisschen zu laut, aber seine Freude war ansteckend.

„Meine Schwester ist sehr klug", fuhr Molly fort, „besonders im Rechnen. Sie will Astronomie studieren."

„Was ist das?"

„Das ist die Erforschung der Sterne am Himmel."

„Das klingt nach einer ziemlich sonderbaren Beschäftigung."

Molly lehnte sich gegen die Tür der Box. „Das mag sein, aber es gibt so viel Schönheit auf der Welt. Es liegt an den Menschen, sie zu sehen und sie mit anderen zu teilen."

„Ich mag Tiere", sagte Archie und beobachtete das Pferd.

„Ich wette, du kannst sehr gut mit ihnen umgehen."

„Sie machen mich glücklich." Archie lehnte sich nach vorne und hielt sich mit beiden Händen an der Tür fest. „Sagen Sie es nicht meinem Pa, aber manchmal schleiche ich mich hinaus. Ich will mir die Tiere ansehen. Manchmal sind sie verletzt und ich helfe ihnen."

Besorgnis breitete sich in Mollys Brust aus. „Du solltest vorsichtig sein, Archie. Wilde Tiere sind manchmal unberechenbar. Du könntest verletzt werden."

Er schüttelte den Kopf, seine Aufmerksamkeit auf den Hengst gerichtet, der seine Ruhepause genoss. „Ich weiß, wie man es macht."

„Wie man was macht?"

„Wie man sich Tieren nähert. Ich kann sie hören."

„Du kletterst also mitten in der Nacht über den Zaun der Ranch?"

Er blickte zu ihr auf. „Nein. Ich habe einen Schlüssel für das Vorhängeschloss."

JAKE BAND die dunkle Krawatte um seinen Hals und zog das schwarze Jackett an. Normalerweise putzte er sich in Creede nicht so heraus, aber eine Party bei Lannigan rechtfertigte das durchaus. Er hatte gebadet, sich rasiert und die Haare gekämmt. Es war ihm äußerst wichtig, vorzeigbar auszusehen, und das hatte nichts mit Lannigan oder einem der anderen Männer zu tun, die anwesend sein würden.

Molly Rose wird dort sein.

Er verließ seine Hütte und ging zu Fernando. Das Tier wartete an der Pferdestange, der Stallbursche hatte es gesattelt und bereit gemacht. Jake stieg auf und ritt nach Süden in Richtung Jimtown.

Er durchquerte die Downtown – in Kinneavys Saloon herrschte bereits reger Betrieb – und anschließend das Geschäftsviertel. Schließlich näherte er sich einem zweistöckigen Haus, aus dem gerade ein Paar heraustrat, das zu einer einspännigen Kutsche ging.

Henry Patterson winkte. „Willst du mit uns fahren, Jake?"

„Nein, danke. Ich komme schon zurecht." Er zog seinen Hut vor Henrys Frau. „Esme, so schön wie eh und je."

Sie lachte und die Falten in ihrem Gesicht vertieften sich. „Du bist solch ein Charmeur, Jake."

Die Pattersons waren seine Eintrittskarte für Lannigans Grundstück. Damit würde er bei Henry einmal mehr in der Schuld stehen. Der ältere Mann hatte sich mit ihm angefreundet, kurz nachdem Jake in die Stadt gekommen war, und es war Henry, der Jakes erste Erkundungstour in die Berge finanziert hatte. Henry und Esme waren wie eine Familie für ihn geworden und hatten sich sogar in den Kopf gesetzt, eine passende Frau für ihn zu finden. Ein Versuch, dem er sich immer wieder erfolgreich entzogen hatte. Bis jetzt.

Esme hatte ihn mit wachsamem Blick beobachtet, als er von Miss Simms und ihrer Ankunft in der Stadt erzählt hatte. Mit einem Funkeln in den Augen hatte sie Henry so lange gedrängt, bis ihr Mann darauf bestanden hatte, dass Jake sie an diesem Abend zu Lannigans Ranch begleitete. Sie wollte das Mädchen selbst kennenlernen. Jake wusste, dass sie ihn zu verkuppeln hoffte, aber er war bereit, sich dem auszusetzen, wenn er dadurch in Mollys Nähe kam.

Henry half seiner Frau in die Kutsche und sah dann Jake an. „Ich hoffe sehr, dass Lannigan dich nicht vor die Tür und auf dein charmantes Hinterteil setzt."

„Ich habe vor, in Esmes Nähe zu bleiben. Sie ist meine Absicherung." Jake wurde ernst. „Ich weiß es zu schätzen, dass ihr mich mitnehmt, Henry."

Der stämmige alte Mann grunzte. „Viele von uns tolerieren Lannigan, weil wir keine andere Wahl haben, aber ich bin auch der Meinung, dass man den Bären nicht unnötig reizen sollte, und das hast du einmal zu oft getan." Henry schüttelte den Kopf. „Du bist wegen Esme hier. Meine Frau ist fest entschlossen, dich im Eheglück zu sehen. Sag nicht, ich hätte dich nicht gewarnt."

Esme lehnte sich aus dem Kutschenfenster. „Ich habe aus meinen Verkuppelungsabsichten nie ein Geheimnis gemacht."

„Ich würde es auch nicht anders wollen", sagte Jake.

Henry sah Jake an, als hätte er den Verstand verloren, dann schüttelte er resigniert den Kopf.

Jake lenkte sein Pferd näher an das Kutschenfenster. „Ich schulde dir einen Kuss, Esme, dafür, dass ich euch beide heute Abend begleiten darf."

Esme kicherte und wedelte mit dem Spitzentaschentuch in ihrer Hand. „Ich werde ihn mir abholen."

„Von wegen", brummte Henry und setzte sich neben sie auf die Bank. „Wie alt bist du, Esme? Ungefähr hundert?"

„Jedenfalls zu alt, um noch mit dir verheiratet zu sein."

Jake unterdrückte ein Grinsen.

„Sie war schon immer so unverschämt", fügte Henry hinzu und zog sich einen Hut über den grauen Haarschopf. „Deshalb habe ich sie geheiratet."

Jake grinste verständnisvoll, doch sein Lächeln verflog, als er sich an Henrys Gesundheitszustand erinnerte.

Henry war weit über siebzig Jahre alt, und obwohl er immer

noch mit dem Landvermesser in die Berge stieg, um Claims zu bewerten, machte sich Jake Sorgen, dass er nicht mehr die Ausdauer hatte, diese Lebensweise noch lange beizubehalten. Was, wenn er durch Überanstrengung krank würde?

Henry vertrat Investoren aus so weit entfernten Orten wie New York City und investierte auch aus seinem eigenen Vermögen. Er hatte den Verkauf von drei der vielversprechendsten Claims von Robert und Jake arrangiert – Lucky Dog, The Arabian und Sit Down. Wahrscheinlich hätte er sich auch am Shanghai beteiligt, wenn Jake ihn nicht verloren hätte.

Wenn sich der Chigger bewährte … verdammt, das könnte der Fund des Jahrhunderts werden. Er und Robert würden Henrys Hilfe brauchen, wenn sie tatsächlich in den Besitz des Bluebirds kämen.

Falsch, er und *Molly* würden Hilfe brauchen. Die rechtliche Situation könnte sowohl einfach als auch kompliziert sein, je nachdem, wie sich die Sache entwickelte.

Jake lenkte sein Pferd neben die Kutsche der Pattersons, als die Straße sie aus der Stadt hinausführte. Am Fuße der Berge lag Lannigans Ranch, *Shepherd's Pass*.

Als das Blau des Himmels in Grau überging, zog Jake sein Jackett zu, um die aufkommende Kälte abzuwehren. Entlang der Straße zum Haupthaus hatten sich bereits einige Gäste eingefunden, eine Ansammlung von Kutschen, Wagen und Reitern auf Pferden, alle in ihren besten Kleidern. Lannigan war bekannt für seine extravaganten und gut besuchten Partys.

Jake war bisher nur auf einer einzigen Veranstaltung dieser Art gewesen, Ende letzten Jahres nach dem Verkauf von Lucky Dog. Dadurch waren er und Robert als ernstzunehmende Akteure von Creedes Schürfergemeinschaft in Erscheinung getreten. Bridget Lannigan war äußerst kokett gewesen und für einen kurzen, verrückten Abend hatte sich Jake im Fokus ihrer Aufmerksamkeit befunden. Sie war zweifellos hübsch und hatte die richtigen Proportionen, aber er dankte trotzdem Gott, welcher auch immer da oben wachte, dass er keine Dummheit begangen hatte. Sie war aus demselben Holz geschnitzt wie ihr Vater, und ein Mann war gut beraten, sich von ihr fernzuhalten.

Er hatte versucht, Robert zu warnen.

Es hatte nichts genützt.

Jake führte Fernando in die Nähe des Hauses und stieg ab. Ein junger Mann nahm das Pferd, zusammen mit einem anderen Reittier und führte die Tiere zum Stall. Jake erkannte mehrere der anwesenden Herren und nickte ihnen zu, während er sich auf den Weg zur Kutsche der Pattersons machte. Er hatte nicht gescherzt, als er gesagt hatte, er wolle bei Esme bleiben.

Lannigan würde ihn hinauswerfen, wenn er die Gelegenheit dazu bekäme, aber Jake rechnete damit, dass der Mann es nicht wagen würde, die Party oder einen der weiblichen Gäste zu stören.

Jake umfasste sanft Henrys Ellbogen, als der ältere Mann die Kutschentreppe hinunterstieg.

Henry schüttelte den Kopf und stieß Jakes Hand weg. „Ich bin kein Invalide."

„Ich wollte nur sicherstellen, dass du Esme den Weg freimachst." Jake hielt Esmeralda Patterson eine Hand hin.

„Mein Ritter in glänzender Rüstung." Sie ließ sich von ihm auf den Boden helfen.

„Stets zu Diensten, Esme", erwiderte Jake und legte ihre Hand in seine Armbeuge.

Henry entfernte sich von ihnen und schüttelte die Hand eines anderen Mannes. „John, schön, Sie zu sehen." Bald war er in ein Gespräch mit mehreren Herren vertieft.

Jake geleitete Esme zu den Stufen, die zur Veranda führten, wobei er sein Tempo verlangsamte, um sich an Esmes viel kürzere Schritte anzupassen.

„Wir sind gerade erst angekommen und er redet schon wieder über Geschäfte", beklagte sich Esme.

„Das tut er alles für dich, Esme."

„Ich weiß. Ich bin eine sehr glückliche Frau. Das brauchst du mir nicht zu sagen."

„Er hat auch großes Glück, dich zu haben."

Esme schmunzelte. „Das sage ich ihm auch jeden Tag."

„Ich bin sicher, er weiß das zu schätzen."

Jake nahm seinen Hut ab, als er und Esme den überfüllten Salon betraten. Shep Lannigan schielte sofort zu ihm hinüber. Jake hielt den Blick des Mannes fest, eine stumme Herausforderung. Schließlich wandte Shep sich ab.

Mehrere Leute grüßten Esme. Während ihre Aufmerksamkeit abgelenkt war, suchte Jake nach einem Zeichen von Molly oder Robert oder wenigstens Bridget, konnte sie aber nicht entdecken.

Einige Gäste, die an ihm vorbeigingen, nickten ihm knapp zu, zweifellos überrascht von seiner Anwesenheit. Die Sache mit den Shanghai- und Mystery-Box-Claims war kein Geheimnis.

Esmes Beliebtheit führte dazu, dass mehrere Damen sie bald von Jake wegführten, sodass er sich frei bewegen konnte. Er legte seinen Hut auf einem Beistelltisch ab, schlüpfte aus dem Salon und begab sich in den Speisesaal, wo ein Büffet für die Gäste bereitstand, an dem sie sich bedienen konnten.

Eine köstliche Auswahl von glasiertem Schinken, Kalbskoteletts, Steak und Schweinefilet bedeckte die eine Hälfte des Tisches, während auf der anderen Seite Hackfleischauflauf, Salzkartoffeln und verschiedene andere Gemüsesorten einen bunten Kontrapunkt bildeten. Jake schnappte sich eine Fischfrikadelle und steckte sie sich in den Mund.

Er genoss den Geschmack und musste im Stillen anerkennen, dass Lannigan einen verdammt guten Koch hatte. Dann drehte er sich um, um die Menschenmenge im nächsten Raum zu beobachten.

Shep baute sich vor ihm auf. „Was zum Teufel machen Sie hier?" Er bedachte Jake mit einem finsteren Blick, hielt seine Stimme jedoch gesenkt.

„Ich bin mit den Pattersons hier. Sie waren so großzügig, mich mitzunehmen. Ich schätze, meine Einladung ist auf dem Postweg verloren gegangen."

„Ich werde Stella sagen, dass sie die Wertsachen wegschließen soll."

Jake lächelte spöttisch, um Lannigan zu reizen, dann ließ er die Fassade fallen und starrte Shep kalt an. „Schicken Sie Winston nie wieder hinter mir her."

Lannigans dunkle Augen blieben starr. „Eines Tages wird Ihr Glück Sie verlassen, McKenna, und dann wird es niemanden mehr geben, der Ihnen hilft. Ich werde Sie nicht rauswerfen, weil Esme Patterson eine nette alte Dame ist und Sie aus irgendeinem Grund mag, aber ich habe diesen Fehler nie gemacht."

„Das trifft mich. Ich dachte immer, wir wären Freunde."

Ein rundlicher Mann, den Jake nicht kannte, klopfte Lannigan auf die Schulter. „Wo zum Teufel ist der ganze Bourbon, Shep?"

Während Lannigan wieder von seinen Gästen umringt wurde, sah sich Jake James Winston gegenüber.

„Das ist ja ein hübscher Bluterguss auf deiner Nase." Jake gab sich keine Mühe, den Sarkasmus in seiner Stimme zu verbergen.

„Fahr zur Hölle." Winstons rotes Haar war zurückgekämmt und er war so gut gekleidet wie jeder der anwesenden Männer, aber Jake wusste genau, dass er irgendwo ein Schießeisen bei sich trug.

Für den Fall der Fälle hatte Jake sein treues Messer eingesteckt.

Robert tauchte aus der Menge der Gäste auf.

„Auf dieser Party scheint es eine Menge Gesindel zu geben", sagte Winston. „Ich konnte es schon von Weitem riechen."

„Übrigens, James", bemerkte Robert, der einen Deut besser aussah als gestern, als Jake ihn zuletzt gesehen hatte, „ich glaube, du schuldest mir ein Pferd."

„Es ist nicht meine Schuld, wenn du dich in den Bergen nicht im Sattel halten kannst."

Robert richtete einen eisigen Blick auf den Mann. „Ja, danke für deine Hilfe."

„Ich habe einfach angenommen, dass du dich weggeschlichen hast, um die Suche allein fortzusetzen. Ich bin nicht dein Aufpasser."

„Bridgets bist du auch nicht."

Ein überhebliches Lächeln erschien auf Winstons Gesicht. „Ich denke, das sollte sie selbst entscheiden."

Winston hatte ein Auge auf Bridget geworfen? Verdammt, dieses Mädchen war beliebt. Jake hoffte, dass Robert ihr zuliebe nicht irgendeine Dummheit beging.

Robert murmelte eine Verwünschung, nickte Jake zu und durchquerte dann den Raum, um sich an Bridgets Seite zu stellen. Ihr elfenbeinfarbenes Kleid hob sich wie ein Leuchtfeuer von allen anderen ab. Jake vermutete, dass das genauso beabsichtigt war.

„Ich glaube, du schuldest mir fünftausend Dollar, James", sagte Jake.

„Ach ja?" Winston sah ihn mit einem überheblichen Schimmer in den Augen an. „Ich sag dir was, ich schreibe dir einen Schuldschein."

„Und ich bringe ihn direkt zur Bank", spottete Jake.

Winston schob sein Jackett gerade so weit beiseite, dass Jake die in einem Seitenholster steckende Pistole sehen konnte, dann entfernte er sich und nahm ein Glas von einem Beistelltisch, das er in einem Zug hinunterschüttete.

Jake verzog das Gesicht. Er hätte das Arschloch von Pedro erschießen lassen sollen, als sie die Gelegenheit dazu gehabt hatten.

Während Jake darüber nachdachte, sich selbst einen kräftigen Schluck zu genehmigen, blickte er zur Treppe und erstarrte.

Molly stieg langsam hinunter, den Blick zu Boden gerichtet, während sie den vorderen Saum ihres prächtigen Kleides hob. Der dunkelblaue Stoff betonte ihre Figur, die ihre Kleidung zuvor nur angedeutet hatte. Das Haar war zu einer Lockenpracht hochgesteckt, in die Jake nur zu gern seine Finger vergraben hätte. Ihr Busen blitzte verlockend aus dem gerüschten Saum des Kleides hervor, und ihr cremiger Teint erinnerte ihn an den Vollmond in einer sternenklaren Nacht.

Seine Beine trugen ihn näher an die unterste Stufe heran, während seine Augen auf sie gerichtet blieben und sein Herz raste. So nervös war er in der Nähe einer Frau nicht mehr gewesen seit … eigentlich noch nie.

Mit sechzehn hatte er seine Jungfräulichkeit bei einer erfahrenen Puffmutter in Casablanca verloren, und von da an waren Frauen für ihn ein angenehmer Zeitvertreib gewesen, nicht mehr.

Molly blickte auf und erschrak zuerst über seine Anwesenheit, doch dann breitete sich ein strahlendes Lächeln auf ihrem Gesicht aus. Sie eilte auf ihn zu, stolperte dabei über ihren Rocksaum und flog in seine Arme.

Jake fing sie gerade noch rechtzeitig auf, bevor sie auf dem Boden aufschlug. „Zu viel Sherry?" Er half ihr sanft auf die Beine, wobei er sie ein bisschen länger als nötig festhielt.

Mit gerötetem Gesicht löste sie sich von ihm, lachte und strich mit den Händen über ihr Kleid. Ihr Blick suchte die Umgebung ab, bevor sie sich räusperte und ihn wieder ansah. „Das Kleid ist zu lang", flüsterte sie. Dann sprudelte sie hervor: „Ich freue mich sehr, dich zu sehen."

Ihr Enthusiasmus traf ihn mitten ins Herz und sein Verstand setzte aus, während er sich in ihrer Aufmerksamkeit sonnte. Sie war weitaus anziehender, als er es in Erinnerung hatte – und er hatte seit ihrer Trennung nichts anderes getan, als sich an alles an ihr zu erinnern … ihre Augen, die je nach Lichteinfall von meergrün in tiefstes Azurblau übergingen, ihr herzförmiges Gesicht, ihre sture Hartnäckigkeit, mit der sie Lannigan die Stirn bot, und ihre offensichtlich tiefe Liebe zu Robert. Sogar ihren Sarkasmus hatte er vermisst. Er hatte fast ununterbrochen an sie gedacht.

„Ich bin froh, dass du mich nicht vergessen hast", murmelte er.

„Ich habe mir solche Sorgen gemacht, seit ich dich und Pedro verlassen habe … Ich dachte nicht, dass ich dich heute Abend sehen würde. Weiß Lannigan, dass du hier bist?"

Jake riss sich zusammen. „Er weiß es. Es wird schon gut gehen. Ich bezweifle, dass er eine Szene machen wird – es gibt zu viele Zeugen."

Molly zupfte am Mieder ihres Kleides, dann an den kurzen Ärmeln.

„Hör auf damit", sagte er. „Du siehst wunderschön aus."

„Wirklich?"

Bridget schritt auf die beiden zu. „Mister McKenna, Papa hat mir nicht gesagt, dass Sie hier sein würden. Wurden Sie Roberts Schwester schon vorgestellt?"

„Ja, wir sind uns bekannt."

Bridget fing Mollys Blick ein und hob eine Augenbraue. Diskretion war nicht Bridgets Stärke.

„Wunderbar", sagte Bridget. „Molly ist zu Besuch aus Arizona."

„Ich weiß."

Bridget zog frustriert die Nase kraus. „Dann macht es Ihnen sicher nichts aus, wenn ich sie mir ausleihe, damit sie die Gelegenheit hat, einige unserer anderen Gäste kennenzulernen."

Bridget hakte einen Arm bei Molly ein und zog sie weg, aber Molly warf noch einen Blick über ihre Schulter. Jake wollte gerne glauben, dass dieser Blick erfüllt von Sehnsucht war, weil sie seine Gesellschaft schon verlassen musste, aber er vermutete, dass sie lediglich Bridget entkommen wollte.

Er atmete seine Enttäuschung über die Kürze der Begegnung aus und versuchte, nicht auf ihre sich entfernende Rückseite zu starren.

Er brauchte einen Whiskey.

Es würde eine lange Nacht werden.

Kapitel Zehn

„Sie leben in der Wüste?"

Molly nickte. Sie war in einer Gruppe von Frauen gefangen, die alle neugierig auf das Arizona-Territorium waren.

„Ist es da so wild, wie man sagt?"

„Wer sagt, dass es da wild ist?", fragte Molly zurück.

„Es steht doch in den Zeitungen", sagte eine Frau in einem braunen Kleid, das zu ihrem braunen Haar passte, auch wenn dieses mit grauen Strähnen durchzogen war. „Sie schreiben, dass es da unten immer noch ziemlich gesetzlos zugeht."

Molly nippte an ihrem Glas Sherry, der kräftig und fruchtig schmeckte, und war sich nicht sicher, was die Frau von ihr erwartete. Nach allem, was man hörte, war Creede ein gefährlicherer Ort als Tucson. Sie ließ ihren Blick schweifen und verschluckte sich fast an ihrem Wein. Auf der anderen Seite des Raumes stand Jake und unterhielt sich mit zwei Männern, aber seine Augen trafen die ihren und sein verträumter Gesichtsausdruck durchfuhr sie wie ein Blitzschlag.

Sie hustete, um ihre Reaktion zu verbergen, und schwankte leicht, als eine Welle des Schwindels sie überkam. Es dämmerte ihr, dass sie vielleicht zu viel getrunken hatte. Frauen tranken normalerweise nicht in der Öffentlichkeit, aber die gut betuchten Gäste auf Lannigans Party schienen diese Regel nicht so ernst zu nehmen. Mit ihren achtzehn Jahren wurde Molly zum ersten Mal wie eine vollwertige Erwachsene behandelt.

Das gefiel ihr sehr.

„Molly, Liebes, haben Sie einen Schatz in Tucson?", fragte eine nette Frau namens Beatrice Perkins.

„Nein "

„Nun, dann erlauben Sie mir hoffentlich, Sie meinem Sohn Carl vorzustellen. Sie sind so hübsch und süß. Ich weiß, dass Sie ihm gefallen würden."

„Oh nein, nicht Carl", sagte Esme Patterson und schüttelte den Kopf.

Von allen Damen, mit denen sie sich unterhalten hatte, mochte Molly Mrs Patterson am liebsten. Und jetzt umso mehr.

„Das sehe ich anders, Esme." Beatrice schüttelte den Kopf. „Carl wird einen wunderbaren Ehemann abgeben. Ich würde mich freuen, wenn Miss Simms ihn kennenlernen würde." Sie ließ ihren Blick zu Molly wandern. „Ich könnte Sie zum Tee einladen. Wie wäre es nächsten Dienstag?"

„Ich habe mit Miss Simms bereits eine Verabredung für Dienstag getroffen." Esme zwinkerte ihr zu und Molly unterdrückte ein Lächeln. „Und ich weiß aus zuverlässiger Quelle, dass es bereits einen potenziellen Bewerber gibt", fügte Esme hinzu.

Erschrocken starrte Molly die ältere Frau an.

Beatrice fixierte Molly mit interessiertem Blick. „Wen?"

Molly wusste nicht, was sie sagen sollte, und blickte auf die Gruppe von Frauen, die sie nun mit gespannter Neugier beobachteten. Zu spät bemerkte sie, dass ihr Mund offen stand.

„Jacob McKenna", sagte Esme.

Die Frauen wirkten peinlich berührt.

Molly runzelte die Stirn. Warum sollte Mrs Patterson so etwas sagen? Sie hatte niemandem von dem Kuss im Tunnel erzählt. Hatte Jake ihr etwas verraten?

Im Laufe des Gesprächs war deutlich geworden, dass Esme Patterson Jake sehr mochte und in den höchsten Tönen von ihm sprach. Eine der wenigen, wie Molly bemerkt hatte.

Unsicher platzte Molly heraus: „Ich werde nur kurz in der Stadt sein." Das Piepsen in ihrer Stimme ärgerte sie. „Ich glaube nicht, dass es klug wäre, mich zu sehr mit irgendjemandem einzulassen." Auch nicht mit McKenna, obwohl ihr Herz bei diesem Gedanken rebellierte.

„Nur ein kleiner Rat", sagte Beatrice mit gesenkter Stimme. „Jake McKenna ist ein Gauner. Den Gerüchten zufolge nimmt er es mit dem Gesetz nicht so genau. Sie täten gut daran, sich von ihm fernzuhalten. Mein Carl hingegen ist so treu und loyal, wie man es sich nur wünschen kann. Er würde einen guten Ehemann abgeben. Sie beide könnten zusammenpassen", drängte sie. „Man kann nie wissen."

„Pff." Esme winkte zur Betonung mit der Hand. „Du hast es selbst gesagt, Bea. Das Gerede über Jake ist nichts weiter als ein Gerücht." Esme richtete ihren Blick auf Molly. „Das Gesetz in dieser Gegend ist manchmal fragwürdig. Jake McKenna ist ein guter Mann. Sie können sich auf mein Wort verlassen."

Molly zögerte, unsicher, was sie antworten sollte. Schließlich setzte sie ihr ehrlichstes Lächeln auf und hob das Glas Sherry an den Mund, wobei sie enttäuscht feststellte, dass es leer war. „Ich glaube, ich könnte ein bisschen frische Luft gebrauchen. Wenn Sie mich entschuldigen würden."

Sie entfernte sich, bevor eine der Frauen sie aufhalten konnte, und machte sich auf den Weg zur Küche. Als sie an einem jungen Angestellten vorbeikam, der ein Tablett mit Gläsern trug, die mit einer roten Flüssigkeit gefüllt waren, schnappte sich Molly eines und ging weiter. Ihr Ziel war eine ruhige Ecke auf der hinteren Veranda, wo sie allein sein konnte.

Sie schlüpfte durch die Hintertür und fand eine Stelle zwischen zwei Pfosten, an der leicht zwei Personen Platz finden würden, doch ihr bauschiges Kleid nahm den ganzen Platz in Anspruch.

Während ihre Beine über den Rand der schmalen Veranda baumelten, fröstelte sie und wünschte sich einen Umhang, aber um den zu holen, müsste sie zur Party zurückkehren, und das wollte sie im Moment nicht. Sie beobachtete die Pferde auf der Koppel weiter hinten, die unruhig umhertrotteten und hin und wieder nervös schnaubten und wieherten. Offensichtlich herrschte große Anspannung wegen all der neuen und unbekannten Tiere, die an einem Ort zusammengepfercht waren.

Das kann ich gut verstehen.

Wer wollte schon mit Kreaturen eingesperrt sein, die man weder kannte noch besonders gerne kennenlernen würde?

Sie nippte an ihrem Getränk – der Geschmack verriet, dass sie dieses Mal einen anderen Wein erwischt hatte. Sie nahm einen weiteren Schluck.

„Ist dir nicht kalt?"

Beim Klang von Jakes Stimme zuckte Molly zusammen. Sie hielt das Weinglas von ihrem Kleid weg, damit die Flüssigkeit nicht darauf kleckerte. „Ein bisschen."

Er schritt auf sie zu, zog sein Jackett aus und legte es ihr über die Schultern.

Sofort umhüllte sie McKennas Geruch – männlich, wild und unverwechselbar. „Danke." Eine heftige, beinahe animalische Welle des Verlangens durchflutete sie. Es war, als wäre sie eine Kojotin, die gerade die Witterung ihres Gefährten aufgenommen hatte … oder eine Schakalin.

Er setzte sich neben sie, getrennt durch den Pfosten, der das Geländer trug. Sein weißes Hemd leuchtete in der dunklen Nacht, die sie umgab. Er lockerte seine Krawatte und öffnete den obersten Knopf.

Molly beobachtete ihn aus den Augenwinkeln und versuchte, ihn nicht anzustarren.

Wie konnte sie einen Jungen namens Carl auch nur in Betracht ziehen, wenn sie bereits einen Mann wie Jake kennengelernt hatte?

Sie nahm einen weiteren Schluck Wein und starrte geradeaus. Hatte Esme die Wahrheit gesagt? Machte Jake ihr den Hof?

„Übertreibe es nicht", sagte Jake, seine Stimme wie eine Liebkosung in der Nachtluft.

„Warum?"

„Weil du es morgen bereuen wirst."

Sie dachte über seinen Rat nach, während sie auf die Koppel starrte. „Hast du Esme Patterson erzählt, dass du mich geküsst hast?"

„Nein. Verbreitet sie Gerüchte?"

Seine Stimme klang amüsiert, was Molly ermutigte, weiterzureden. Oder war es der Alkohol? „Es scheint das Gerücht umzugehen, dass du … und ich … dass wir …"

Sie schaute ihn an, und sein eindringlicher Blick fing sie ein. Sie konnte sich nicht abwenden.

„Dass wir was?" Seine Stimme, tief und hypnotisierend, überströmte sie wie ein warmer Regenschauer.

Sie schüttelte den Kopf, plötzlich verlegen. „Nicht so wichtig." Sie war albern. Jake McKenna machte ihr nicht den Hof. Sie sollte sich besser an seinen Ruf erinnern. Sie nahm einen weiteren Schluck Wein und fuhr fort. „Offenbar hält man dich in dieser Gegend für einen Gauner. Ich wurde gewarnt, dich zu meiden, und zwar von mehr als einer Frau."

„Ich sei ein was? Ein Gauner? Das ist mir neu." Er schüttelte kichernd den Kopf. „Was denkst du denn, Molly Rose?"

„Ich denke gar nichts. Ich kenne dich nicht."

„Wirklich nicht?"

Verwirrt wiederholte sie: „Nein, tue ich nicht. Habe ich das nicht gerade gesagt?" Ihre benebelten Gedanken wirbelten in ihrem Kopf herum. Verflucht sei der Wein.

„Du brauchst keine Angst vor mir zu haben, weißt du."

„Habe ich auch nicht."

Er grinste. „Ich habe einige Zeit in Istanbul verbracht und dort einen Dichter und Philosophen namens Rumi studiert. Er war ein großartiger Beobachter des Lebens, der erkannte, wie wichtig die kleinen Dinge sein können. *Was du suchst, sucht dich.*"

Sie sah ihn ratlos an.

„Vielleicht haben wir uns gegenseitig gesucht", fügte er hinzu.

Sie lachte, aber es war mehr ein Schnauben. Verlegen richtete sie sich auf und versuchte, gleichgültig zu klingen. „Umgarnst du alle Frauen so?"

„Nein. Nur dich."

„Ich glaube, ich habe zu viel getrunken."

Er griff hinüber und nahm ihr das Glas ab. Seine Finger berührten ihre, was ihr einen Schauer über den Rücken jagte, und einen Moment lang dachte sie, er würde sie wieder küssen. Hatte sie sich ihm gerade entgegengelehnt?

Während er den Rest der Flüssigkeit hinunterschluckte, starrte sie auf seinen Mund. „Wie bist du Winston entkommen?"

„Ich bin der Schakal."

Bevor sie es verhindern konnte, breitete sich ein Lächeln auf ihrem Gesicht aus. „Du bist ein Wichtigtuer, genau wie alle Männer."

Seine Miene wurde ernst. „Und wie viele Männer hast du schon kennengelernt?"

„Einige. Ein paar." Sie nickte. „Einige. Beatrice Perkins sieht mich und ihren Sohn Carl schon so gut wie verlobt."

Jakes Augen verengten sich. Er spannte sich an und wandte sich von ihr ab. Das gefiel ihr nicht. Hatte sie ihn beleidigt? Sie hob die Hand, um seinen Arm zu berühren, aber als er seinen Blick wieder auf sie richtete, überspielte sie die Geste, indem sie so tat, als würde sie eine nicht vorhandene Fliege verscheuchen.

„Ich will mir den Chigger-Claim ansehen. Willst du mitkommen, als meine Partnerin?"

Sie kicherte. Himmel, sie musste ihren Alkoholkonsum einschränken. „Wie skandalös. Du würdest mich wirklich mit dir gehen lassen?" *Kling nicht so enthusiastisch, Molly. Benimm dich wie eine Dame.* Sie versuchte, sich zu beherrschen.

„Ja. Du kannst bei Ivan und Pearl Krupin wohnen. Sie haben ein Haus in den Bergen."

„Wo wirst du sein?"

„Ich werde das Haus der Krupins als Ausgangspunkt für meine Erkundungstouren nutzen. Wir werden uns jeden Abend sehen."

„Kann ich mit dir auf Erkundungstour gehen? Wirst du mir alles beibringen?"

Er nickte und sein Blick wurde weicher. „Ja, das werde ich."

Molly hatte das seltsame Gefühl, dass sie über mehr als nur das Schürfen sprachen. „Soll ich Robert davon erzählen?", fragte sie leise.

Er zögerte. „Wahrscheinlich. Er wird sich Sorgen machen, wenn du es nicht tust."

„Denkst du, er wird mich aufhalten?"

„Du bist seine Schwester und er liebt dich sehr. Er wird immer das Bedürfnis haben, dich zu beschützen."

Sie dachte über die Situation nach. „Wie lange würden wir weg sein?"

„Nicht länger als ein paar Tage."

„Also gut. Wann brechen wir auf?"

„Ich kann heute Abend noch Pferde und Vorräte besorgen", sagte er. „Aber ich bin mir nicht sicher, wie ich dich aus diesem Haus herausbekommen soll."

Archie kam ihr in den Sinn. „Ich glaube, ich kenne einen Weg. Wir treffen uns an der Kurve hinter dem Eingang zur Ranch."

„Wann?"

„Vor Sonnenaufgang", antwortete sie.

Er nickte. „Sollte ich fragen, wie?"

„Nein."

Jakes Körper strahlte Wärme aus und Molly schwankte. Er war eine berauschende Kombination aus robustem männlichem Körperbau: breite Schultern, hochgekrempelte Ärmel, die muskulöse Unterarme offenbaren, ein frisch rasiertes, markantes Kinn. Sie musste sich zwingen, nicht die Hand auszustrecken und die glatte Haut seiner Wange zu berühren.

„So unwiderstehlich bist du nicht." Hatte sie diese Worte gerade laut ausgesprochen?

Er grinste. „Bist du dir da sicher?"

Nein. Ich bin mir überhaupt nicht sicher. „Warum hast du mich im Tunnel geküsst?"

Die Belustigung schwand aus seinen Augen. Stattdessen fixierte er sie mit einem durchdringenden Blick, der einen urtümlichen femininen Anteil in ihr erweckte, der immer vorhanden, aber nie zum Vorschein gekommen war. Bis jetzt. Bis zu Jake. Dem *Schakal*.

„Weil ich es wollte."

———

„ICH GEHE MIT JAKE ZUM CHIGGER-CLAIM", sagte Molly zu Robert.

Es war schon spät am Abend und viele der Gäste waren bereits gegangen – Jake eingeschlossen. Molly hatte mit ihrem Bruder in einer Ecke des Salons Platz genommen, wo sie endlich unter sich sein konnten.

Robert seufzte und rieb sich den Nacken. „Ich nehme an, es ist sinnlos, wenn ich Nein sage."

„Wahrscheinlich", antwortete sie mit ruhiger Stimme. „Er sagte, ich könne bei den Krupins wohnen. Es wird nicht so sein wie in seiner Hütte."

„Wovon redest du?" Roberts Gesicht wurde ernst. „Was ist in seiner Hütte passiert?"

„Nichts", sagte Molly hastig. „Er hat nur versucht, mir zu helfen – und dir übrigens auch. Wir waren allein in der Hütte, aber er hat sich wie ein Gentleman verhalten."

„Verdammt", murmelte Robert und strich sich mit der Hand übers Kinn.

„Du weißt, dass ich auf mich selbst aufpassen kann." Sie funkelte ihn an. „Und tu nicht so, als wärst du über alle Zweifel erhaben. Ich weiß, dass du spielst und Frauen wie Mabel in Berthas Saloon aufsuchst."

Zufrieden nahm Molly seinen schockierten Gesichtsausdruck zur Kenntnis. Als Antwort hob sie eine Augenbraue.

„Was werden die Leute in der Stadt sagen?", fragte er.

Molly stieß ein ungläubiges Lachen aus. „Über dich? Wahrscheinlich nichts. Was mich betrifft, so ist hier niemand ein Aushängeschild der Tugend. Es gibt so viele Bordelle in der Stadt, dass ich aufgehört habe zu zählen, und alle Frauen auf der Party heute Abend haben getrunken."

„Du auch?"

„Ja, verdammt."

„Und hast du vor, auch ein leichtes Mädchen zu werden?"

„Nein, natürlich nicht."

„Dann werde ich das nur einmal sagen." Robert lehnte sich dicht an sie heran. „Wenn McKenna dich kompromittiert, halte ich ihm eine Waffe an den Kopf, bis er dich heiratet."

Molly unterdrückte ein Aufkeuchen. „Das würdest du nicht tun." Der Gedanke entsetzte sie. So faszinierend sie Jake auch fand, ihn zur Heirat zu zwingen, würde sie in eine Kategorie von Frauen stecken, in die sie nicht gehören wollte.

„Lass es darauf ankommen."

Sie kniff die Augen zusammen. Diese Seite von Robert hatte sie schon immer verärgert. „Ich wusste, ich hätte es dir nicht sagen sollen."

Er schnitt eine Grimasse. „Gut, du hast meinen sehr widerwilligen Segen, aber ich komme in ein paar Tagen nach."

„Warum? Glaubst du, dass Jake mich gefangen hält und sich an mir vergeht?" Allein der Gedanke daran ließ Wärme in ihr Gesicht steigen.

Sein Blick fiel auf sie wie der Hammer eines Schmiedes auf

den Amboss. „Erzähle niemandem vom Chigger, nicht einmal den Krupins."

„Aber Lannigan weiß es wahrscheinlich schon."

„Vielleicht. Ich kann ihm einen Knochen zuwerfen, um ihn von deiner Fährte abzubringen. Und auch wenn ich Jake deine Tugend nicht anvertrauen würde, so vertraue ich ihm doch dein Leben an."

Die Aussage bohrte sich tief in Mollys Seele und alarmierte sie. „Was ist so wichtig an diesem Claim?"

„Höchstwahrscheinlich nichts. Aber es besteht die Möglichkeit, dass es ein Fund sein könnte wie kein anderer."

Die Ehrfurcht in der Stimme ihres Bruders verursachte eine Gänsehaut auf ihren Armen und Schultern und ließ sie erschauern. Sie wünschte, sie hätte noch immer Jakes Jackett. Sie konnte es schon gar nicht mehr erwarten, ihn wiederzusehen, aber das brauchte Robert nicht zu wissen. „Ich habe Jake gesagt, ich würde ihn vor Sonnenaufgang treffen. Ich wollte Archie fragen, ob er mir hilft, an Lannigans verschlossenem Tor vorbeizukommen. Er sagte, er hätte einen Schlüssel."

Robert schüttelte den Kopf. „Er wird reden. Geh nach oben, zieh dich um und packe deine Sachen. Wir werden sofort aufbrechen. Bei all den Gästen, die kommen und gehen, wird es einfacher sein, sich hinauszuschleichen. Lannigans Wachen werden heute Abend nachlässig sein."

„Soll ich Bridget sagen, dass ich abreise?"

„Nein. Ich sage ihr später, dass ich dich zu Zang zurückgebracht habe. Wir treffen uns in zwanzig Minuten draußen."

Molly eilte die Treppe hinauf, aber leider konnte sie das Kleid nicht selbst ausziehen. Frustriert überlegte sie, wie sie Stella zu sich rufen könnte, als es an der Tür klopfte. Auf der anderen Seite stand Bridget.

„Ich habe mich schon gefragt, wo du geblieben bist." Bridget legte ihre hübsche Stirn in Falten. „Hat dir die Party gefallen?"

„Ja." Molly sprach die Wahrheit. Der alleinige Grund dafür

war Jake McKenna. „Würdest du mir aus diesem Kleid helfen? Ich bin wirklich müde."

„Natürlich. Es ist schon furchtbar spät." Bridget trat ins Zimmer und Molly schloss die Tür.

Bridget stellte sich hinter sie und begann, die zwei Dutzend Knöpfe auf der Rückseite des Kleides zu öffnen. „Es gab mehrere Herren, die sich nach dir erkundigt haben. Ich denke, wir könnten Besuche arrangieren, falls einer von ihnen dein Interesse geweckt hat."

„Das ist sehr schmeichelhaft, aber ich kann nicht sagen, dass ich interessiert wäre."

„Darf ich dich etwas fragen?"

Molly verkrampfte sich und fragte sich, ob Bridget irgendwoher wusste, dass sie im Begriff war, zu fliehen und mit dem Schakal in die Berge zu gehen. Sie nickte knapp über ihre Schulter.

„Wie war Robert, als er jünger war?"

Molly stieß den Atem aus, den sie angehalten hatte. „Er war sehr schwarz-weiß, Bridget."

„Wie meinst du das?"

Das Kleid gab nach und Molly schob es sich über die Hüften, dann stieg sie aus dem Kleid, immer noch mit drei Lagen Unterröcken bekleidet. Sie zog die Träger des Unterhemdes über ihre Schultern und wandte sich der anderen Frau zu.

„Er war immer aufrichtig. Manchmal ein wenig selbstgerecht, aber meistens fair, und er glaubte daran, dass man immer das Richtige tun sollte."

Bridgets Gesicht versteinerte und sie sah weg.

„Aber wie viele Männer", fügte Molly sanft hinzu, „hat er einige seiner hochtrabenden Ideale aufgegeben. Du musst ihm wirklich am Herzen liegen."

Bridgets verdeckter Blick traf den ihren, und Molly wusste, dass die Frau verstand. Die Lannigans hatten wahrscheinlich nie das Richtige getan.

„Sei ehrlich zu ihm", sagte Molly. „Wenn du ihn liebst, dann sag es ihm."

Bridget kaute auf ihrer Lippe und nickte.

IN DEN FRÜHEN Morgenstunden näherte sich Jake seinem kleinen Haus und erkannte Roberts Pferd, das draußen angebunden war. Als er eintrat, war er überrascht, auch Molly Rose dort zu sehen.

Er schloss die Tür und ließ die Tasche mit den Vorräten fallen, die er bei sich trug. „Wie hast du sie von Lannigan wegbekommen?", fragte er Robert, doch sein Blick glitt zu Molly. Sie war einfach gekleidet und warm eingepackt, aber ihr Gesicht strahlte voller Vorfreude. Ein Lächeln umspielte ihren Mund und sein Herz raste in seiner Brust.

„Es war gar nicht so schwer." Robert trat vor und schob den Vorhang des Fensters beiseite, um nach draußen zu blicken. „Alle waren betrunken."

„Ich weiß", antwortete Jake und grinste Molly an. Sie zog eine Grimasse und erinnerte sich offensichtlich an ihren eigenen angetrunkenen Zustand von vorhin.

Jake hatte es nichts ausgemacht. Er hatte es genossen, sie so unbeherrscht zu sehen. Aber obwohl er sie unbedingt hatte küssen wollen, hatte er sich aus genau diesem Grund zurückgehalten. Er wollte, dass sie bei klarem Verstand war, wenn er sie das nächste Mal in seine Arme nahm. In dieser Hinsicht fühlte er sich ein wenig besitzergreifend. Sie würde keinen Gedanken an einen anderen Mann verschwenden, sei es eine Bekanntschaft aus ihrer Heimat oder einer der Söhne, mit denen die neugierigen Schnepfen in Creede Molly verkuppeln wollten.

Er hatte sie auch deswegen nicht geküsst, weil sie sich auf Lannigans Ranch befunden hatten. Jake wollte mehr Privatsphäre. Indem er Molly in die Berge mitnahm, würde er die vermutlich bekommen, aber Roberts Anwesenheit erfüllte den Raum mit Spannung.

„Ich habe die meisten Vorräte beisammen", sagte Jake. „Ein Vorteil davon, dass diese Stadt nie schläft."

„Ihr solltet jetzt gehen." Robert ließ den Vorhang wieder an seinen Platz fallen. „Ich will nicht, dass euch jemand folgt. Ich treffe euch in ein paar Tagen bei Ivan."

Jake nickte. „Ich muss noch ein Pferd für deine Schwester aus dem Stall holen. Molly, pack deine Sachen hier rein." Er reichte ihr eine leere Satteltasche.

Während sie sich hinkniete und begann, ihre Sachen umzuräumen, lehnte sich Robert dicht zu Jake hinüber. „Sie ist meine Schwester." In seiner leisen Stimme schwang eine Warnung mit. „Kein Spielzeug."

„Ich kann dich hören", murmelte Molly vom Boden aus, die Augen auf ihre Tätigkeit fixiert.

Robert starrte Jake mit festem Blick an. Jake hatte diese Seite von ihm bisher nur gesehen, wenn es um Bridget ging, zumindest am Anfang, als Robert frisch verliebt gewesen war.

„Ich werde sie mit meinem Leben beschützen." Jake meinte es ernst.

Molly stand auf. „Seid ihr beide fertig damit, euch gegenseitig zu überbieten? Ich hätte gern eine Pistole, denn ich bin mir ziemlich sicher, dass James Winston meine Derringer gestohlen hat."

Die beiden sahen sie an.

Robert blickte zu Jake. „Hast du noch den Colt Lightning?"

„Ja. Meinst du, sie kann damit umgehen?"

„Ich habe dir doch gesagt, dass ich schießen kann", sagte Molly sachlich.

Robert nickte. Jake holte die Waffe aus seiner Ausrüstung und reichte sie Molly, wobei er den Griff in ihre Handfläche legte. Sie wog sie in der Hand, löste die Trommel, betrachtete die leeren Kammern und ließ sie dann wieder einrasten. „Hast du Patronen?"

Jake fand eine Schachtel mit 38ern und gab sie ihr. Sie ging zum Tisch und lud die Waffe.

Robert richtete seine Aufmerksamkeit auf Jake. „Vielleicht muss ich mir doch keine Sorgen machen, dass du dem Ruf meiner Schwester schadest." Robert lächelte, aber es lag wenig Humor darin.

Noch nie hatte eine Frau auf Jake geschossen.

Es gab für alles ein erstes Mal.

Kapitel Elf

Molly lenkte ihr Pferd aus der Stadt, als sich der Himmel über den Bergspitzen langsam aufhellte. Vor ihr ritt Jake, der ein Maultier mit sich führte, das mit ihrer Ausrüstung beladen war: ein Zelt aus Segeltuch, Decken, Regenmäntel, Nahrung für Mensch und Tier, medizinische Grundausstattung und Bergbauwerkzeug. Sie wusste das nur, weil sie Jake vor ihrem Aufbruch ausgefragt hatte. Nach ihrer letzten überstürzten Flucht in die Berge wollte Molly dieses Mal besser vorbereitet sein.

Sobald sie die Stadt verlassen hatten, konnte sie sich Seite an Seite mit Jake bewegen. „Wie weit ist es bis zum Haus der Krupins?"

„Wir sollten bei Einbruch der Nacht dort sein, je nachdem, wie gut du durchhältst."

„Ich schaffe das schon."

„Du hast nicht geschlafen und ein bisschen zu viel Sherry getrunken. Wenn du anhalten und dich ausruhen musst, sag mir einfach Bescheid."

Glücklicherweise hatte Jake wieder Cinnamon für sie ausgeliehen, was Molly sehr freute. Sie tätschelte den Hals des

Wallachs. „Ich werde nur anhalten, wenn die Pferde eine Pause brauchen."

„Wir können an deiner Trinkfestigkeit arbeiten. Ich habe eine Flasche Roggenwhiskey aus Pittsburgh, Pennsylvania, die über fünfzig Jahre alt ist."

„Du nimmst mich also mit in die Wildnis, um mich betrunken zu machen?"

Er lachte. „Nein. Aber in einer kalten Nacht, wenn die Wölfe heulen und die Bären in der Ferne grunzen, ist ein bisschen flüssiges Gold manchmal das einzige Hilfsmittel."

„Bären?"

„Die meisten sind wahrscheinlich noch im Winterschlaf, aber ein paar könnten schon jetzt unterwegs sein. Keine Sorge, auch wenn du nur passabel schießt, kannst du leicht einen treffen."

„Mein Papa hat dafür gesorgt, dass ich mehr als passabel bin." Und ihr Cousin Eli – obwohl vier Jahre jünger als sie – hatte ihr geholfen, diese Fähigkeit zu verfeinern, als er vor zwei Jahren bei ihrer Familie gewohnt hatte. Das Leben in den texanischen Prärien hatte ihn Präzision gelehrt. Entweder das oder seine Entschlossenheit, ihren Cousin Lucas zu übertreffen. Sie tippte auf Lucas. Als sie vor sieben Jahren den Sommer bei ihrer Tante Molly und ihrem Onkel Matt verbracht hatte, hatten die beiden Jungs ständig miteinander gewetteifert, und sie waren damals erst acht Jahre alt gewesen.

„Ich hoffe, eines Tages nach Arizona zu kommen. Vielleicht lerne ich dann auch deinen Papa kennen."

„Wenn du das tust, solltest du wahrscheinlich nicht erwähnen, dass du seine Tochter in einem Tunnel geküsst hast oder allein mit ihr in den Bergen unterwegs warst."

Jake schmunzelte. „Das werde ich mir merken."

Der Himmel färbte sich hellgrau, als der Sonnenaufgang nahte. Zwar hatten sie Upper Creede auf demselben Weg verlassen wie bei ihrem letzten Ausflug, doch sobald sie die Berge erreichten, waren sie nach Osten in ein neues Gebiet abgebogen. Im Moment war der Weg noch eben, aber Molly konnte sehen, dass sie bald aus dem Tal herausklettern würden, das sie gerade durchquerten.

Jake warf ihr einen flüchtigen Blick zu. „Warum magst du keine Tunnel?"

Sie zog die Krempe ihres Hutes tiefer und das Tuch um ihren Hals enger – eine Herausforderung mit den Lederhandschuhen an ihren Händen. „Als ich klein war, bin ich in einen Brunnen gefallen. Man hat mich lange Zeit nicht gefunden."

„Wie alt warst du?"

Sie räusperte sich. „Sieben. Ich werde die Angst einfach nicht los, selbst jetzt nicht." Ein Teil von ihr wollte den Vorfall vor Jake verschweigen, weil es ihr peinlich war. Es war wohl kaum ein tragisches Ereignis gewesen, aber sie erinnerte sich trotzdem immer wieder daran, wenn sie sich in engen Räumen aufhielt, was zum Glück nicht oft vorkam, da sie es tunlichst vermied. Um das Gesprächsthema zu wechseln, fragte sie: „Als du in Übersee gelebt hast, was hast du da gearbeitet?"

Er dachte über ihre Frage nach. „Die Antwort könnte dir nicht gefallen."

„Warst du ein Krimineller?"

„Nicht, wenn ich es verhindern konnte, aber manchmal ist das Leben nicht so einfach."

Er gab sich betont gelassen, aber Molly begriff langsam, dass dies nur eine Maske war. Sie konnte den Überlebensinstinkt fast riechen, der von ihm ausging.

„Gib mir ein Beispiel", drängte sie.

„Als ich achtzehn war, war ich Salzschmuggler in Shanghai."

„Warum Salz? Hättest du mit Opium nicht mehr Geld verdient?"

Er lachte und Molly gefiel es, dass sie eine solche Reaktion bei ihm hervorrufen konnte.

Er warf ihr einen amüsierten Blick zu und fragte: „Woher weißt du von Opium?"

Sie zuckte mit den Schultern. „Wir haben chinesische

Einwanderer in Tucson. Es gibt Opiumspelunken in Old Chinatown."

„Ich hoffe, da gehst du nicht hin. Es packt die Menschen und raubt ihnen die Seele."

Molly fragte sich, ob er aus eigener Erfahrung sprach.

„Damals habe ich beschlossen, dass Salz weniger gefährlich ist. Die Regierung regelte, wer kaufen und verkaufen durfte, was allen schadete. In solchen Situationen wird der Schmuggel zu einem notwendigen Übel."

„Aber es ist trotzdem gefährlich."

„Nur wenn man erwischt wird." Da kam das Schlitzohr in ihm zum Vorschein. War das der Grund, warum er so unwiderstehlich war?

„Der Schmuggel-Schakal." Sie ließ ihren Blick über die prachtvolle Bergwelt von Colorado schweifen und fürchtete, dass ihre Faszination für diesen Mann nur allzu offensichtlich war.

„Hört sich gut an, nicht wahr? Allerdings wurde ich erwischt, wenn auch nicht von der Polizei. Eines Nachts war eine Gruppe von uns dabei, eine Lieferung am Hafen auszuladen, als wir von einer anderen Bande überfallen wurden. Sie töteten zwei von uns und schnappten mich und drei andere. Wir wurden in ein verlassenes Lagerhaus gebracht und verhört. Sie wollten alle unsere Kontakte."

„Hast du sie ihnen gegeben?"

„Ja, das habe ich." Sein unbeschwerter Ton verflog. „Ich war erst achtzehn und wollte leben. Es war ja nur Salzschmuggel, kein Grund zum Sterben, aber meine Kontaktleute waren nicht sehr erfreut. Es gelang mir zu entkommen, aber ich musste untertauchen, zumindest bis ich aus China herauskam. Ich landete auf einem Schiff nach Vietnam und geriet mitten in den Krieg zwischen China und Frankreich."

Ihr Herz klopfte heftig in ihrer Brust und ihr Atem war flach. Als wäre sie in dieser Zeit bei ihm, sorgte sie sich um seine Sicherheit. Es war ein so seltsames Gefühl. Er war gesund und munter, keine drei Meter von ihr entfernt, aber es dauerte einen Moment, bis ihr Verstand diese Logik akzeptierte.

Sie hatte ihn nicht verloren. Tatsächlich kannte sie ihn kaum. Gab es einen universellen Plan, der dazu geführt hatte, dass sich ihre Wege kreuzten? War da mehr zwischen ihnen als nur Anziehungskraft?

Ihr Kopf schwirrte vor lauter Überlegungen.

Die Stimme ihrer Mutter flüsterte ihr ins Ohr. *Es ist Gottes Plan.* Mary Simms glaubte fest an eine höhere Macht, vor allem nachdem Marys jüngere Schwester, Molly Hart, zehn Jahre, nachdem alle sie für brutal ermordet gehalten hatten, von den Toten auferstanden war. Es war schwierig, nicht darüber zu sprechen, ohne die Worte *Wunder* und *Schicksal* zu benutzen.

Molly hatte nie viel über dieses Thema nachgedacht, aber jetzt fragte sie sich, ob Tante Molly jemals eine göttliche Stimme in den Tiefen ihrer Seele gespürt hatte.

Langsam löste sich ihre Anspannung und wurde durch Erleichterung ersetzt. „Ich bin froh, dass du ein Händchen dafür hast, am Leben zu bleiben."

Jake grinste. „Ich auch."

AM SPÄTEN NACHMITTAG ließ Jake die Tiere an einem dahinplätschernden Bach halten, damit sie sich ausruhen und trinken konnten. Sie hatten die letzten Stunden damit verbracht, aus dem Tal herauszuklettern, und sich eine Pause verdient.

„Kommen viele Erzsucher in diese Region?" fragte Molly, als sie Cinnamon zu dem kalten Bergwasser führte.

„Manchmal schon." Jake band das Maultier von Fernando los und zog seine Winchester aus der Satteltasche. Alle Tiere waren damit beschäftigt, ihren Durst zu stillen. „Bleib hier. Ich bin gleich wieder da."

Er rückte seinen Hut zurecht und stieg den Pfad hinauf, um

einen Aussichtspunkt zu suchen. Er bemerkte Spuren in der Erde. Ein Berglöwe?

Er blieb stehen und lauschte. Der Wind strich die hohen Granitwände hinunter und streichelte die Baumkronen. Vögel zwitscherten: ein gutes Zeichen. Seiner Erfahrung nach verstummten die Tiere, wenn eine Bedrohung nahte. Eine Zeit lang ging er leise weiter und wich den gelegentlichen Schneeflecken aus. Seine Stiefel sanken in den weichen Boden ein. Er suchte die Umgebung ab, all seine Instinkte geschärft.

Nichts war zuverlässiger als sein eigenes Bauchgefühl, eine hart erarbeitete Lektion von seiner Flucht aus Shanghai.

Er und Molly Rose waren nicht allein. So viel wusste er.

Als er ein Hecheln hörte, blieb er stehen und versuchte, den Ursprung zu bestimmen, aber in einer so engen Schlucht konnten Echos trügerisch sein.

Ein Tier brach aus dem Gebüsch hervor und sprang auf Jake zu. Jake fuhr herum, erkannte den Köter in letzter Sekunde und senkte den Lauf seines Gewehrs. Der Hund sprang auf ihn zu, legte seine Vorderpfoten auf Jakes Brust und suchte verzweifelt nach einem Gesicht zum Ablecken.

Jake kraulte die Ohren des Hundes und beugte sich vor, damit das Tier sich seine Küsse holen konnte. „Grom, es ist schön, dich zu sehen." Das glatte, braune Fell des Hundes war ein bisschen zerzaust, aber ansonsten wurde er von seinen Besitzern gut gepflegt.

„Da ist er ja." Ivan Krupins stämmige Gestalt brach durch das Gebüsch, eine Schaufel in der Hand. „Ich wusste, dass es jemand sein musste, den wir kennen, so wie er abgehauen ist. Entweder das oder er hat eine Liebste gefunden."

Jake lachte, als Grom sich wieder auf alle Viere niederließ und mit dem Schwanz wedelte wie ein Cowboy, der sein Lasso schwingt. „Ich hoffe, ich bin nicht Groms Liebste."

Ivan seufzte. „Ich glaube, du bist alles, was er hat. Pearl und ich bekommen nicht viel Besuch." Er zupfte an der schwarzen

Fischermütze auf seinem Kopf und beobachtete Jake mit dem linken Auge – das rechte war dank eines Dynamitunfalls vor Jahren mit einem Pflaster bedeckt. Der Mann mit seinem dunklen Teint, dem struppigen Bart und Schnurrbart hatte Jake immer an einen Piraten erinnert.

Jake schüttelte Ivans Hand. „Du bist ziemlich weit weg von zu Hause."

Ivan zuckte mit den Schultern. „Nur einige Stunden. Ich habe ein paar Lagerstätten ausgegraben. Bist du hier, um mir meine harte Arbeit zu stehlen?"

„Nein. Ich halte mich von dir fern. Ich wollte ein Tal in der Nähe erkunden."

„Welches?"

Jake wich Grom aus, als der Hund sich an seinem Bein rieb. „Ich sage dir Bescheid, wenn ich es gefunden habe."

„Schürfer und ihre Geheimnistuerei", schimpfte Ivan, aber dann lachte er. „Du solltest nicht allein gehen."

„Tu ich auch nicht. Ich habe einen Partner."

Ivan hob eine Augenbraue. „Hast du dich wieder mit Robbie vertragen?"

„In gewisser Weise. Ich habe seine Schwester bei mir."

„Nimm mich nicht auf den Arm, McKenna. Pearl würde ihre linke Hand hergeben, um eine andere Frau zu sehen."

„Dann wird Pearl bald handlos sein."

Ivan stieß einen beherzten Schrei aus. „Verdammt, worauf warten wir noch? Zeig mir dieses geheimnisvolle Mädchen, bevor ich noch glaube, dass du von zu viel Tarantelsaft verrückt geworden bist."

„Wo wir gerade davon sprechen, ich habe eine Flasche Roggenwhisky, die bestimmt deinen Geschmack trifft."

Ivan klopfte ihm auf den Rücken. „Du bist der Sohn, den ich nie hatte."

Das Gefühl war aufrichtig, aber auch voller Schmerz. Ivan und

Pearl hatten ihr einziges Kind, einen Jungen, vor vielen Jahren verloren.

MOLLY MOCHTE IVAN KRUPIN SOFORT. Als sie sich ihm vorstellte, zog er sie in seine Arme und drückte sie überschwänglich und sein Hund Grom hätte sie mit seiner ausgelassenen Begrüßung fast zu Boden geworfen. Ivan hatte kein Pferd, also ging Jake neben ihm her und führte Fernando, während sie weiter in die Wildnis vordrangen. Das Maultier scheute sich vor dem Hund, setzte sich aber schließlich in Bewegung, als Ivan Grom anwies, vorauszulaufen.

Mit einer Schaufel auf der einen und einem Rucksack auf der anderen Schulter drehte Ivan sich zu Molly um, sodass sie ihn von Cinnamons Rücken aus hören konnte. „Robbie ist ein guter Junge, wenn er sich nicht gerade mit diesem Rowdy Winston abgibt."

„Falls es dich tröstet", sagte Jake, „ich glaube nicht, dass Robert es tut, weil er den Mann mag."

Ivan schüttelte den Kopf. „Dann hoffe ich, er weiß, was er tut. Ich bin dir jedenfalls etwas schuldig."

„Und genau deswegen bin ich gekommen." Jake klopfte dem Mann im Gehen leicht auf den Rücken.

„Schieß los."

Jake warf ihr einen Blick zurück zu ihr. „Kann Molly Rose bei dir und Pearl schlafen, während ich in den Bergen auf die Suche gehe?"

Ivan stieß einen Jauchzer aus. „Natürlich kann sie das. Pearl wird vor Freude quieken wie ein Schwein im Schlamm." Er schaute sie an. „Sie sind in unserem Haus immer willkommen, Miss."

„Ich danke Ihnen", sagte Molly. „Warum sind Sie Jake einen Gefallen schuldig?"

„Es ist mir fast peinlich, es zuzugeben." Ivan schüttelte den

Kopf. „Aber ich werde es tun, denn Jake hat meine Haut gerettet. Ich wurde von diesem nichtsnutzigen Winston dazu gebracht, Aktien einer Scheinfirma zu kaufen. Jake hat mein Geld zusammen mit den belastenden Papieren wiederbeschafft."

„Winston hatte also recht, als er dich des Diebstahls beschuldigt hat", sagte sie zu Jake.

„Schuldig im Sinne der Anklage." Er wirkte nicht sehr reumütig.

Ivan sah Jake mit besorgtem Blick an. „Ich hoffe, du hattest deswegen keinen Ärger."

„Nichts, womit ich nicht umgehen könnte."

Jake fing Mollys Blick ein und hielt ihn einen Moment lang fest. Offensichtlich wollte er nicht, dass sie darauf einging, was zwischen ihm und Winston vorgefallen war.

Es war ein längerer Marsch, aber nach einigen Stunden erreichten sie eine Hütte unter einer Baumgruppe, mit einem Schuppen und einem kleinen Korral. Rauch stieg aus dem Schornstein auf. Grom sprang mit wehenden Ohren voran.

Eine große Frau von schlanker Statur betrat die Veranda und winkte. Ihre Schürze bedeckte einen verblichenen Wollrock und eine Bluse, deren Ärmel bis zu den Ellenbogen hochgekrempelt waren.

Molly stieg ab und ging auf sie zu, um sich vorzustellen.

„Ich weiß, wer Sie sind." Pearl zog sie in ihre Arme, ähnlich wie es Ivan getan hatte.

Molly genoss die freundliche Umarmung und wunderte sich über die Zuneigung, die die Krupins einer völlig Fremden entgegenbrachten. Sie blickte die Frau an. „Wirklich?"

Augen, so grün wie der Wald, begegneten Molly. Pearls schmale Lippen verzogen sich zu einem schiefen Lächeln. Ihr braunes Haar war grau meliert und im Nacken zu einem Dutt geknotet. „Ich bin Pearl, und Sie sind Molly Rose."

„Woher kennen Sie meinen Namen?", fragte Molly voller Staunen. Pearl war wie ein frischer Windhauch, der ein Gefühl der

Allwissenheit verströmte. Als Molly in das Gesicht der Frau blickte, wurde sie von einem Kokon friedlicher Gelassenheit umhüllt. „Sind wir uns schon einmal begegnet?"

„Sie sind Ihrem Bruder wie aus dem Gesicht geschnitten, und er hat uns so viel von Ihnen erzählt."

Ja, natürlich.

Molly lächelte und schämte sich dafür, dass sie Pearl für eine überirdische Erdgöttin gehalten hatte. Sie war einfach eine Frau, die ihre Augen aufmachte.

Kapitel Zwölf

Jake saß mit Ivan und Pearl am Tisch in der bescheidenen Hütte der Krupins, Molly neben ihm. Sie aßen reichliche Portionen eines Kaninchen- und Rübeneintopfs, den Pearl zubereitet hatte. Es war, als hätte sie gewusst, dass sie kommen würden.

Es gab Zeiten, in denen Pearl seltsame Dinge sagte, aber Jake hatte sie normalerweise als die Äußerungen einer alten Dame abgetan, die zu viel Zeit allein in den Wäldern verbrachte. Ihre Hütte war selbst für die Verhältnisse eines Einsiedlers sehr abgelegen und Ivan ging oft allein in die Berge.

„Es gibt drei Orte, die ich mir noch genauer ansehen will", sagte Ivan. „Ich habe ein paar Erzbrocken gefunden und will sehen, ob ich die Quelle aufspüren kann."

„Hier in der Nähe?", fragte Jake mit vollem Mund.

„Ach, komm schon, du weißt, dass ich dir das nicht sagen kann."

„Warum?", fragte Molly und ihr Arm stieß gegen Jakes. Seine Linkshändigkeit kollidierte mit Mollys Rechtshändigkeit. Sie tat so, als würde sie es nicht bemerken, und so ließ Jake es sich nicht nehmen, sie zu berühren, wann immer er konnte.

„Schürfer sind ein abergläubischer Haufen", sagte Ivan.

Pearl stand auf. „So nennst du das also?" Sie holte die Kaffeekanne, die auf dem Herd stand, und schenkte Ivan und Jake eine Tasse ein. „Es ist eher wie ein Wahn."

Als Pearl die Kanne über Mollys Tasse hielt, winkte Molly ab. „Ich kann sonst nicht schlafen."

„Alle sorgen sich darüber, dass ihnen jemand den Claim wegschnappt", sagte Jake, lehnte sich zurück und legte seinen Arm auf Mollys Stuhllehne.

Ivan trank seinen Kaffee aus und ließ ein zufriedenes Brummen hören. „Pearl, du machst wirklich das beste Gebräu diesseits der Rocky Mountains." Er richtete seinen Blick auf Molly. „Der Diebstahl von Claims ist zwar durchaus ein Problem, aber das größere sind all die Leute, die anfangen, in der Nähe herumzuschnüffeln, sobald man etwas gefunden hat."

„Sie hoffen alle, weitere Zugänge zu einer Ader zu finden, aber der wichtigste Fund ist der Apex", fügte Jake hinzu.

Molly lehnte sich zurück und zuckte nicht zusammen, als Jakes Finger ihre Schulter berührten. „Was ist das?"

„Einfach ausgedrückt", sagte Jake, „ist das der Ausgangspunkt der Ader an der Oberfläche. Wenn du Glück hast, kannst du deinen Claim darauf abstecken, dann gibt dir das Bergbaugesetz von 1872 das Recht, dieser Ader bis zum Ende zu folgen, selbst wenn sie den Claim eines anderen kreuzt."

„Warum meldet man nicht einfach mehrere Claims in dem Gebiet an, an dem man interessiert ist?"

Ivan gluckste und Jake lächelte.

„Die Bearbeitung eines Claims ist harte Knochenarbeit", sagte Pearl und lehnte sich in ihrem Stuhl zurück. „Wenn man seinen Claim behalten will, muss man ihn laut Gesetz erschließen. Schürfer sollten sich lieber ein oder zwei Gebiete aussuchen und sich darauf konzentrieren, als die Arbeit zu weit zu streuen."

„Wie groß darf ein Claim sein?", fragte Molly.

„Die maximale Länge beträgt fünfzehnhundert Fuß und die

Breite dreihundert Fuß", sagte Ivan. „Man bekommt alles, was direkt darunter liegt, es sei denn, es ist der Apex, dann kann man über die Grenzen seines Claims hinausgehen. Allerdings muss der ursprüngliche Fundort innerhalb dieser Grenzen liegen. Es kommt vor, dass man einen Claim absteckt, aber nach wochenlangem Schürfen nichts Wertvolles findet. Dann hat sich der Fundort als wertlos erwiesen."

„Was macht man dann?"

„Einen anderen Claim finden, falls es in der Gegend noch welche gibt", antwortete Jake.

Molly wandte sich ihm zu. Ihre Augen hatten im flackernden Licht der Öllampe auf dem Tisch einen tiefen moosgrünen Farbton. Ihre Nase war gerötet von dem langen Tag in den Bergen. „Das klingt alles ziemlich kompliziert."

Jake nahm widerwillig seine Hand von Mollys Stuhl, bevor er der Versuchung nachgab, sie erneut zu berühren. Schließlich hatten sie Zuschauer. „Mit dem Schürfen lässt sich kein schnelles Geld verdienen."

„Vielleicht für dich nicht", warf Ivan ein.

Jake lächelte. „Ich schätze, das ist der Grund, warum wir es weiter verfolgen. Man weiß nie, was man an der nächsten Felswand findet."

„Gibt es außer Pearl noch andere Frauen, die hier draußen nach Bodenschätzen suchen?", fragte Molly.

„Ich komme nur mit, wenn ich muss", antwortete Pearl. „Aber hier draußen gibt es überhaupt keine Frauen."

„Es ist eine mühsame und oft langweilige Arbeit", sagte Jake. „Sag nicht, ich hätte dich nicht gewarnt."

„Reiten Sie morgen mit Jake?", fragte Pearl.

„Das würde ich gerne." Molly warf ihm einen hoffnungsvollen Blick zu.

„Wenn du etwas findest, dann musst du es teilen." Ivan schob seine Schüssel beiseite und klopfte sich auf den Bauch.

„Verträge haben Macht." Pearl bestrich ein Brötchen mit Butter und sah erst Jake und dann Molly an. „Es steckt immer ein Sinn dahinter."

Ein Schauer rann Jake über den Rücken. Er hatte weder Ivan noch Pearl vom Chigger erzählt, aber wie üblich hatten sie es trotzdem geschafft, ihn zu durchschauen.

„Pearl hat recht", sagte Ivan. „Überleg es dir lieber zweimal, bevor du einen brichst. Dabei ist noch nie etwas Gutes herausgekommen."

„Verstanden." Jake fing Mollys Blick ein, in dem sich seine eigene Verwirrung widerspiegelte.

Ein Lächeln hob ihren Mundwinkel, als sie sich abwendete und Pearl fragte: „Wie lange leben Sie und Ivan schon hier draußen?"

„Seit fast drei Jahren. Anfangs haben wir in einem Zelt gehaust und Creede war nichts weiter als eine Durchgangsstation für Bergleute, die von Lake City und Silverton kamen. Seitdem ist der Ort außerordentlich gewachsen."

„Wie haben Sie Vorräte und Ausrüstung bezogen?", fragte Molly.

„Wann immer und wo immer wir konnten." Pearl lachte. „Wir haben es immer irgendwie geschafft."

„Ich kann gut verstehen, dass es Ihnen hier gefällt. Es ist wunderschön und majestätisch. Ich habe noch nie so einen Ort gesehen."

„In diesen Bergen herrscht eine Atmosphäre, wie ich sie nur an wenigen Orten erlebt habe. Hier schlägt der mächtige Puls der Erde – in den Bächen und in der Luft, in den Bäumen und sogar in den Felsen."

„Ihr solltet auf sie hören", sagte Ivan. „Jedes Mal, wenn sie mir erzählt hat, dass sie bei diesen Steinen ein besonderes Gefühl hat, habe ich etwas gefunden. Sie ist meine persönliche Wünschelrute."

„Verdammt", murmelte Jake. „Jetzt kenne ich dein Geheimnis, Ivan."

„Und sie gehört ganz mir. Such dir deine eigene Geheimwaffe."

Jakes Blick huschte zu Molly, aber ihre Aufmerksamkeit galt Pearl.

„Ich habe eine Tante", sagte Molly. „Ihr Name ist Emma, und sie hat auch die Fähigkeit, Dinge zu sehen." In ihrer Stimme lag ein Hauch von Ehrfurcht. „Für sie war es fast so, als könnte sie dieses Wissen gar nicht abstellen. Sie hat mir einmal gesagt, es sei so, als würde man in einen Fluss tauchen und vollkommen umspült werden."

„Und jetzt?", fragte Pearl.

„Sie ist bewusster geworden."

„Es braucht Übung, um die Fähigkeit, zu *sehen*, zu verbessern. Wenn ich ganz still und leise werde, kann ich *hören*."

„Was hören Sie?", fragte Molly.

„Den Klang der Erde und all ihrer Geschöpfe."

Pearls Gesicht leuchtete im Lampenlicht und einen Moment lang wirkte sie sehr jung, ein zartes Mädchen mit der wundersamen Fähigkeit, sich mit außergewöhnlichen Sinnen in der Welt zurechtzufinden. Für Jake war klar, dass Molly perfekt zu ihr passte; sie hatte die Fähigkeit, die Menschen um sie herum zu beschenken, indem sie die Schichten der sichtbaren Welt aufdeckte.

„Seid dankbar für jeden, der kommt, denn jeder von ihnen wurde als Führer aus dem Jenseits gesandt", sagte Jake. Die Worte tauchten aus einer längst vergangenen Erinnerung auf, von einer Zeit und einem Ort, die sich fest in sein Gedächtnis eingebrannt hatten.

„Woher stammt das?", fragte Pearl.

„Von einem Dichter, den ich in der Türkei studiert habe." Sein Lehrer – ein Blinder namens Doruk Mataraci – war mit Abstand der klügste Mann, den Jake je getroffen hatte. Sie hatten sich bei türkischem Tee und Milchpudding angefreundet und festgestellt, dass sie beide dazu neigten, das Leben als ein Spiel zu betrachten.

Pearl strahlte ihn an. „Du bist wirklich der Schakal – so schlau und gerissen wie unsere Kojoten." Sie sah Molly an. „Ich hoffe, Sie können mit ihm mithalten."

„Ich werde sie nicht zurücklassen", sagte Jake.

„Und jetzt raus mit euch allen." Pearl winkte sie fort und stand auf. „Ich muss den Tisch abräumen."

„Ich helfe Ihnen", bot Molly an.

Ivan schob seinen Stuhl mit einem Knarzen zurück. „Du holst die Flasche Roggenwhiskey, und ich meine Pfeife", sagte er zu Jake.

Jake nickte.

„Gib mir einen Becher, Weib", forderte Ivan.

Pearl schüttelte den Kopf, schnappte sich aber zwei saubere Zinnbecher und reichte sie Jake. Grom lief ihnen hinterher, als sie nach draußen gingen. Jake holte die Whiskeyflasche aus seiner Ausrüstung, die er im Schuppen verstaut hatte, und setzte sich in einen Schaukelstuhl auf der Veranda neben Ivan. Jake goss in jeden Becher einen Schluck Whiskey und lehnte sich zurück, um an dem starken Trank zu nippen und die tausenden funkelnden Lichter am Nachthimmel zu betrachten.

Ivan stopfte seine Pfeife, zündete ein Streichholz an und paffte, bis der Tabak zu brennen begann. „Ich mag sie."

„Pearl? Das will ich hoffen."

„Nein, du Witzbold, Molly Rose." Ivan nahm einen Schluck von seinem Getränk und steckte die Pfeife wieder in den Mundwinkel. „Was willst du deswegen unternehmen?"

„Was meinst du?"

„Du wirst nicht jünger, McKenna. Du solltest dich endlich niederlassen. Eine gute Frau kann im Leben eines Mannes den Unterschied ausmachen."

„Daran zweifle ich nicht."

„Ich kann mir nämlich keinen anderen Grund vorstellen, warum du sie hättest hierherbringen sollen."

Jake stürzte seinen Becher voll Feuerwasser hinunter. „Vielleicht besitzt sie einen wichtigen Claim und ich will ihn ihr wegnehmen."

Ivan verstummte, sein Blick war nachdenklich. „Ich weiß, dass du am Rande des Gesetzes gelebt hast, mein Sohn, aber ich weiß auch, dass du nie so weit gehen würdest, ein hübsches junges Ding wie Robbies Schwester zu ruinieren." Er deutete mit dem Kopf in Richtung der Hütte.

Jake starrte in seine leere Tasse. „Du hast eine zu hohe Meinung von mir, Ivan." Seit Molly Rose in sein Leben getreten war, wurde Jake von dem Wunsch geplagt, ein besserer Mensch zu sein. Das war eine neue und unerwartete Empfindung. Es hatte ihn vorher nie gestört, was für ein Mensch er gewesen war.

Ivan beugte sich zu ihm hinüber. „Für die richtige Frau wollen wir alle zu einem Mann werden, der ihrer würdig ist."

Der intensive Tabakgeruch erinnerte Jake an die Männer auf dem Dampfschiff, das ihn vor so langer Zeit nach Asien gebracht hatte. Sie waren eine Mischung aus Halunken, Rumtreibern und Opportunisten gewesen – überraschend ehrenhafte Männer, jedoch immer auf ihren eigenen Vorteil bedacht. Mit einem Wort, Piraten. Sie hatten Jake unter ihre Fittiche genommen und er hatte sich nahtlos in ihre Gemeinschaft eingefügt, aber es war kaum ein Leben, nach dem sich eine Frau wie Molly Rose sehnte.

„Wie hast du es geschafft, so lange mit Pearl zusammenzubleiben?", fragte Jake.

Ivan klopfte auf seine Pfeife, um die Tabakreste auf die Veranda zu entleeren, und begann dann, sie erneut zu stopfen. „Was du wirklich wissen willst, ist, wie ein Mann sein Leben einer Frau verschreiben kann." Er holte ein weiteres Streichholz heraus, mit dem er die Pfeife anzündete. „Aber eigentlich ist es genau andersherum. Ohne meine Pearl wäre ich verloren."

Jake füllte beide Becher nach und lächelte. „Dein Orientierungssinn ist wirklich furchtbar."

„Du bist eine Ratte, aber ich kann es sehen."

„Was siehst du, alter Mann?"

„Sie geht dir unter die Haut."

Jake schluckte seinen Drink in einem Zug hinunter. *Jap.*

Groms Schatten huschte davon, auf der Jagd nach einem

Kaninchen oder einem Eichhörnchen oder einer Maus. Jake spürte eine gewisse Verbundenheit mit dem Hund. In den letzten zehn Jahren hatte er eine Herausforderung nach der anderen gemeistert und war nie lange an einem Ort geblieben.

Aber er wurde das Gefühl nicht los, dass das Schicksal ihm gerade einen Tritt in den Allerwertesten verpasst hatte, und dieser hieß Molly Rose Simms.

———

MOLLY TROCKNETE DAS GESCHIRR AB, während Pearl abwusch. Bald hatten sie die Küche wieder in Ordnung gebracht.

„Jake wird im Stall übernachten", sagte Pearl. „Ivan und ich sind keine Moralapostel, also gehe ich davon aus, dass Sie auch dort schlafen werden."

„Ich –"

„Wissen Sie, wie man ein Kind vermeidet, bis die Zeit reif ist?"

„Ähm …" Molly schüttelte verlegen den Kopf, die Worte blieben ihr in der Kehle stecken.

„Möchten Sie es wissen?"

„Ich bin mir nicht sicher." Mollys Stimme war kaum mehr als ein Quieken.

„Ich kann den Blick in Ihren Augen sehen. Wenn das Verlangen einen überkommt, setzt der Verstand aus." Pearl tätschelte ihre Hand. „Ich finde, Frauen sollten auf die Liebe vorbereitet sein, denn für sie steht so viel mehr auf dem Spiel."

Molly konnte sich nicht bewegen, sie war wie erstarrt vor Unglauben. Selbst ihre eigene Mutter war nie so offen zu ihr gewesen.

Pearl führte sie zurück zum Tisch und schob sie sanft auf einen Stuhl, dann ließ sie sich neben ihr nieder. „Was Gott zwischen einem Mann und einer Frau geschaffen hat, ist eine wunderbare Sache. Haben Sie Jake schon beigelegen?"

Molly schüttelte den Kopf mit der Geschwindigkeit eines Spechtes, der sich über frische Rinde hermacht.

Pearl gluckste. „Ich kenne Jake. Er wird Sie nicht drängen, wenn Sie nicht bereit sind. Er ist ein guter Mann. Darauf können Sie sich verlassen, also beruhigen Sie sich. Das Wichtigste ist, dass er nicht in Ihnen zum Ende kommt, wenn er sich mit Ihnen vereinigt. Wenn er das tut, besteht die Möglichkeit, dass Sie ein Kind empfangen."

Molly schluckte. Sie war sich nicht ganz sicher, was Pearl meinte, wollte sich aber keine Blöße geben, indem sie nachfragte. Außerdem waren sie und Jake noch lange nicht *zum Ende gekommen*. Oder?

„Jake und ich kennen uns noch nicht sehr lange", murmelte Molly.

„Ach, Schätzchen, das tut nichts zur Sache."

Mollys Kopf schwirrte. Sie wusste nicht, welches Gefühl stärker war – Neugier oder Sorge. „Wie meinen Sie das?"

„Es heißt, dass Seelen über Zeit und Raum hinausgehen." Die Falten auf Pearls Gesicht glätteten sich und sie schien in einem inneren Licht zu erstrahlen. In ihren dunklen Augen spiegelte sich eine Weisheit, die Molly manchmal bei ihrer Tante Emma und ihrer Tante Tess gesehen hatte. „Und wenn die Zeit reif ist, finden sie zueinander. Die Anziehungskraft zwischen Ihnen und Jake ist sehr stark."

„Vielleicht", räumte Molly ein.

Pearls Wärme weckte in Molly die Sehnsucht, in den Schoß der Frau zu kriechen und sie zu umarmen, wie eine Enkelin eine Großmutter umarmen würde. Molly zwang sich, sitzen zu bleiben, aber sie konnte ihre Hand nicht davon abhalten, nach Pearls Hand zu greifen. Die Handflächen der älteren Frau umschlossen Mollys rechte Hand. „Warum kommt er mir so vertraut vor?", fragte sie in einem Anflug von Verlangen.

„Eure Seelen sind verbunden."

Ein Lachen entfuhr Molly. Dies war sicherlich eine der

seltsamsten Unterhaltungen, die sie je geführt hatte. Dann tauchte blitzartig eine alte Erinnerung auf, und sie starrte Pearl an.

„Was ist los?", fragte Pearl.

„Ich hatte es bis jetzt vergessen. Als ich elf war, verbrachte ich den Sommer bei Verwandten in Texas. Ich habe Ihnen von meiner Tante Em erzählt, von ihrer Fähigkeit, Dinge zu sehen. Eines Tages, als ich ihr beim Brotbacken half, fragte sie mich, ob ich von einer Vision hören wolle, die sie vor kurzem gehabt hatte … über mich. Natürlich habe ich ja gesagt."

„Was hat sie Ihnen erzählt?"

„Sie sagte, sie habe mich mit einem Tier zusammen rennen sehen. Sie nannte es einen Kojoten, aber jetzt frage ich mich …"

„In manchen Gegenden nennt man Kojoten Schakale."

Molly saß still da und schüttelte den Kopf. „Ist das alles nur Aberglauben und Wunschdenken? Ihre Vision hätte alles Mögliche bedeuten können."

„Was hat Ihre Tante noch gesagt?"

Molly suchte in ihrem Kopf nach weiteren Erinnerungsfetzen. „Nun, es ging darum, wie gerissen Kojoten sein können und was für einen starken Überlebensinstinkt sie haben."

„Das trifft auf Jake zu. Ich glaube, deshalb mag Ivan ihn. Seelenverwandte, wissen Sie."

Ein Schauer durchlief Molly. *Seelenverwandte.*

„Tante Em hat gesagt, dass sich bestimmte Tiergeister an uns binden können", sagte Molly. „Dass sie uns vielleicht verfolgen. Ich muss zugeben, dass mir das ein bisschen Angst gemacht hat, weil ich dachte, dass ich irgendwann von einem Kojoten gejagt werde."

„Vielleicht hat sie die Zukunft gesehen. Manche Menschen können das, aber da ist die Klarheit schwieriger zu erlangen."

„Besitzen Sie diese Fähigkeit?"

Pearl schüttelte den Kopf. „Nein, nicht wirklich. Ich ziehe es vor, im Hier und Jetzt zu leben. Da gibt es genug zu durchschauen."

Molly erinnerte sich an ein weiteres Detail aus dem Gespräch mit Tante Emma und runzelte die Stirn. „Meine Tante sagte auch, dass in ihrer Vision ein Brief vorkam. Sie konnte den Namen nicht lesen, der darauf stand, aber er hatte eine Briefmarke aus Hongkong mit einem zusätzlichen Stempel, auf dem Shanghai stand. Sie hat damals zugegeben, dass sie die Bedeutung des Briefes nicht verstanden hat." Ein weiterer Schauer. „Jake hat mir erzählt, dass er einmal Schmuggler in China war."

Überraschung leuchtete in Pearls Gesicht auf. „War er das?" Sie brach in Gelächter aus. „Was für ein Teufel er doch ist. Wenn ich so jung und schön wäre wie Sie, würde ich ihn mir sofort schnappen."

Molly war sprachlos.

Pearl drückte Mollys Hand. „Oh nein, das war nur ein Scherz. Ich würde meinen Ivan für nichts eintauschen."

Molly zögerte. „Nein, das ist es nicht. Es ist nur … ich bin nicht schön. Dieser Schicksalsschlag ereilte meine Schwester Evie. Und … ich kann mir Jake nicht schnappen."

„Molly Rose, ich glaube, Sie liegen in beiderlei Hinsicht falsch." Pearls Stimme war wie ein sanfter Balsam für ihre Seele. „Lassen Sie mich Ihnen noch ein paar Tipps geben, wie Sie sich vereinen können ohne das Risiko, ein Kind zu zeugen."

Während Molly zuhörte, wich ihr Unbehagen bald Schock und Ehrfurcht. Sie hatte keine Ahnung gehabt, dass es so viele Varianten von intimer Vereinigung gab. Kein Wunder, dass Männer Frauen wie Mabel aufsuchten. Das Wissen eines Freudenmädchens um diese Dinge musste unerschöpflich sein.

Als Jake und Ivan die Kabine betraten, fiel Molly vor Schreck fast vom Stuhl.

„Ich wollte Sie nicht erschrecken, Kindchen", sagte Ivan und warf seiner Frau einen vorwurfsvollen Blick zu. „Was hast du ihr denn erzählt?"

„Wichtige Dinge."

„Jake, das bedeutet normalerweise Ärger für uns Männer."

Jake grinste und Molly wandte den Blick ab, aus Angst, er

könnte bemerken, dass sie ihn anstarrte. Sie fragte sich, wie es wohl wäre, mit ihm eine der Aktivitäten auszuprobieren, die Pearl erwähnt hatte.

„Zeit fürs Bett", sagte Ivan. „Haltet euch warm da draußen im Stall."

Mollys Herz pochte und eine Hitzewelle erfasste sie, die von ihrem Kopf bis zu den Zehenspitzen lief. Ihr gingen all die Möglichkeiten durch den Kopf, wie sie Jake beglücken könnte und wie er sie beglücken könnte. Sie war viel zu aufgewühlt, um mit ihm allein zu sein, so viel stand fest. *Großer Gott, wie sollte eine Frau so etwas nur schaffen?*

„Wenn es nicht zu viel Mühe macht, würde ich gerne hier schlafen", platzte Molly heraus. „Ich kann auch auf dem Boden liegen."

Pearl wirkte verblüfft. „Aber natürlich. Sind Sie sicher?"

Molly nickte.

Pearl lächelte Jake zu. „Wir werden gut auf sie aufpassen. Mach dir keine Sorgen."

Ein Anflug von Enttäuschung verdunkelte Jakes Augen. „Ich bin nicht besorgt. Ich bringe ihre Sachen rein."

Ivan und Pearl zogen sich in eine Ecke der Hütte zurück, während Jake hinausging und mit Mollys Satteltasche zurückkam. Sie stand auf und nahm sie ihm ab.

Er lehnte sich dicht zu ihr heran. „Kommst du hier drinnen zurecht?"

„Ja", antwortete sie schnell.

„Gut, dann sehen wir uns in aller Frühe."

Zu ihrer Überraschung küsste er sie auf die Wange und rückte dann seinen Hut zurecht.

„Gute Nacht", fügte er hinzu.

Sie sah ihm in die Augen, wandte den Blick ab und sah ihn erneut an. „Gute Nacht."

Als er ging, war sie erleichtert, aber gleichzeitig vermisste sie ihn. Sie machte sich daran, eine Strohmatratze auf dem Boden neben dem Herd auszubreiten. Ivan ließ Grom herein und der Hund legte sich neben sie und drückte seinen staubbedeckten Körper an ihre Schulter.

Ivan grinste. „Er wird dich warm halten."

Außerdem brachte er sie zum Niesen. Trotz ihrer laufenden Nase hörte ihr Verstand nicht auf, immer wieder all die Möglichkeiten durchzuspielen, wie Jake sie warm halten könnte.

Grundgütiger, wirklich!

Kapitel Dreizehn

J ake stand früh auf und begann sofort, die Pferde und das Maultier fertig zu machen. Er trödelte nicht gern.

Als er die Tiere zur Vorderseite der Hütte führte, trat Molly gerade auf die Veranda. Sie war ebenfalls angezogen und gewaschen, hatte sich das Haar streng nach hinten gekämmt und zu einem festen Dutt gesteckt.

„Guten Morgen", sagte er. „Wie hast du geschlafen?"

„Gut."

Dass ich nicht lache. Die Schatten unter ihren Augen verrieten ihm, dass sie eine unruhige Nacht gehabt hatte.

„Grom zuckt im Schlaf", fügte sie hinzu. Ihr Blick wanderte zu den Tieren. „Dafür, dass wir nur einen Tag weg sein werden, nehmen wir eine Menge mit."

„Ich möchte vorbereitet sein, falls wir es bis zum Einbruch der Nacht nicht mehr zurück schaffen."

Ein Anflug von Panik huschte über ihr Gesicht.

„Molly, du musst nicht mitkommen", beruhigte er sie, obwohl er hoffte, dass sie es trotzdem tun würde. Sie würde Creede wahrscheinlich in ein paar Wochen verlassen. Er hatte nur wenig Zeit, sie kennenzulernen.

Sie bedachte ihn mit einem unergründlichen Blick. „Nein. Ich komme mit."

Um seine Erleichterung zu verbergen, überprüfte er den Gurt von Cinnamon. „Wir sollten so schnell wie möglich aufbrechen."

„Ich würde Pearl gerne zuerst beim Frühstück helfen."

Er nickte ihr über die Schulter zu.

Sie verschwand drinnen und Ivan nahm ihren Platz ein.

„Ich habe etwas Zeit, also gib mir ein oder zwei Aufgaben", sagte Jake.

Ivan trat von der Veranda und klopfte Jake auf den Rücken. „Nimm dir so viel Zeit in den Bergen, wie du brauchst. Es wird dauern, diese Nuss zu knacken."

Er sprach von Molly. Und er hatte recht.

„Du kannst mir helfen, die Schweine und Hühner zu füttern", fügte Ivan hinzu und Jake folgte ihm.

Zum Frühstück gab es Spiegeleier, Speck, Brötchen und dampfend heißen Kaffee. Molly schien etwas entspannter und plauderte mit Pearl über die Vögel der Region.

Mit gut gefüllten Bäuchen gingen sie zu den angebundenen Pferden. Mollys Blick wurde wieder wachsam, als sie sich ihren Hut aufsetzte, ihn tief in die Stirn zog und die Schnüre unter dem Kinn festzurrte. Heute waren ihre Augen versonnene blaue Seen und sie erinnerte ihn an eine unerreichbare ägyptische Göttin.

Jake schüttelte Ivans Hand und gab Pearl einen Kuss auf die Wange. Molly umarmte die beiden nacheinander.

„Bis bald", sagte Ivan.

Jake und Molly bestiegen ihre Pferde.

Molly umschloss Cinnamons Zügel mit ihrer behandschuhten Hand, den Rücken kerzengerade durchgedrückt.

„Hütet euch vor den Kojoten", sagte Pearl und winkte.

Molly runzelte die Stirn, erwiderte aber die Geste.

Jake hob zum Abschied die Hand und lenkte Fernando auf einen Pfad, der weiter ins Gebirge hineinführte.

Sie verbrachten den Vormittag damit, einen Pass zu

erklimmen, und als sie oben angekommen waren, machte Jake eine Pause. Die Kälte der Luft war unter dem Sonnenlicht gewichen, das die Erde erwärmte. Er stützte einen Unterarm auf den Sattelknauf und erlaubte sich, seinen Blick endlich wieder zu Molly schweifen zu lassen, nachdem sie die letzten Stunden hinter ihm gewesen war.

„Eine der schönsten Aussichten der Welt", sagte er, froh, dass sie endlich allein waren.

„Du hast sicher schon viele wunderbare Orte gesehen."

„Stimmt, aber es ist schön, jemanden zu haben, mit dem man es teilen kann."

Ihre Mundwinkel hoben sich. „Was ist der außergewöhnlichste Ort, den du auf all deinen Reisen gesehen hast?"

Er dachte einen Moment lang nach. „Ich würde sagen, die Pyramiden von Gizeh, außerhalb von Kairo. Sie sind ungeheuer hoch und man kann sich kaum vorstellen, wie sie gebaut wurden. Die Steine sind größer als jeder Mensch. Wusstest du, dass die Hauptpyramide das höchste Bauwerk der Welt war, bis der Eiffelturm in Paris gebaut wurde?"

Sie schüttelte den Kopf. „Warst du schon einmal in Paris"

„Tatsächlich nicht."

„In den letzten drei Jahren hat mich eine Frau aus meiner Stadt in Französisch unterrichtet."

„Beeindruckend. Ich wüsste nicht, was man in der Wüste von Arizona mit Französisch anfangen kann."

Sie zuckte mit den Schultern. „Das ist keine Entschuldigung dafür, es nicht zu lernen."

„Vielleicht können wir eines Tages zusammen nach Paris reisen."

Ihre Stirn legte sich in Falten. Er suchte nach einem Grund, warum sie verärgert sein könnte, aber ihm fiel nichts ein. „Oder auch nicht", murmelte er leise und schwang sich aus dem Sattel.

Molly stieg ab und betrachtete die Landschaft, während er das

Maultier von seiner Last befreite und alle Tiere auf der einzigen Grasfläche anpflockte.

Jake kramte aus seinen Satteltaschen ein Mulltuch mit darin eingewickelten Lebensmitteln hervor, die er auf dem Boden ausbreitete, dann setzte er sich und streckte seine Beine. In dieser Höhe war die Umgebung recht karg – Erde und Felsen und nur wenig Vegetation. Jake beobachtete aus dem Augenwinkel, wie Molly sich in seiner Nähe niederließ, aber nicht zu nahe. Er konnte fast hören, wie sie darüber nachdachte, wo sie sich am besten positionieren sollte. Sie sah ihn nicht an, sondern hockte ein wenig von ihm abgewandt da, den Blick auf die Weite der Natur gerichtet.

Er zog ein Messer aus seinem Stiefel, schnitt zwei Käsestücke ab und hielt ihr eines davon hin. Schweigend nahm sie es an.

„Du bist sehr still seit unserem Besuch bei Ivan und Pearl." Er stützte sich auf einem Ellbogen ab.

Sie nickte, warf ihm ein halbherziges Lächeln zu und nahm einen ziemlich großen Bissen Käse, bevor sie wieder wegsah.

„Habe ich etwas getan, was dich gekränkt hat?"

„Nein", antwortete sie rasch, ein wenig zu schnell. Zur Betonung schüttelte sie den Kopf.

„Du lügst. Spuck es aus, Chigger."

Ihre saphirblauen Augen funkelten ihn an.

Ein leises Lachen entkam ihm. Er konnte es nicht verhindern.

Sie kniff die Augen zusammen und blickte in das breite Tal, in dem Creede und Jimtown lagen. „Niemand außer Robert nennt mich so."

„Du hast meine Frage nicht beantwortet." Er brach ein Stück von dem Brot ab, das Pearl ihnen mitgegeben hatte, und stopfte sich einen Bissen in den Mund.

„Du hast mich nicht gekränkt."

„Aber …"

„Nichts aber. Muss man dich immer verhätscheln?"

Er verschluckte sich fast an seinem Essen. Als er endlich

sprechen konnte, sagte er: „Nein." Er lachte. „Irgendwie sind wir uns heute auf dem falschen Fuß begegnet."

„Du grinst zu viel", tadelte sie. „Hast du das gewusst?"

Seine Lippen verzogen sich noch weiter. „Ist es das, was dich auf die Palme bringt?"

„Nein, natürlich nicht." Sie überkreuzte die Beine unter ihrem Rock und lehnte sich nach vorne um sich mit den Ellbogen auf ihre Knie zu stützen. Mit einer schlanken Hand kratzte sie sich im Nacken. „Es ist nur … na ja …" Sie legte ihr Kinn in ihre Hand und ließ sie ebenso schnell wieder sinken, sichtlich aufgewühlt. „Du hast mich geküsst, und … ich glaube, du denkst vielleicht, dass da etwas sein könnte …" Sie wedelte mit einer Hand zwischen ihnen hin und her. „Dass du vielleicht mehr erwartest, viel mehr", sie senkte die Stimme, um ihren Worten Gewicht zu verleihen, „jetzt, da wir hier draußen allein sind, mitten im Nirgendwo."

„Warum sollte ich das denken?"

„Ivan und Pearl dachten das."

„Bist du deshalb letzte Nacht im Haus geblieben?"

„Es war das einzig Schickliche." Ihre Tonlage kletterte um einige Nuancen in die Höhe.

„Und jetzt machst du dir Sorgen, weil nur wir beide hier draußen sind?"

„Wenn du mich noch einmal küsst, wirst du nur enttäuscht sein", platzte sie heraus.

Jake setzte sich auf. Das Gespräch bereitete ihm Kopfzerbrechen. Er musste vorsichtig vorgehen, aber er war sich nicht sicher, welche die richtige Richtung war. „Das bezweifle ich, aber ich werde dich nur küssen, wenn du mich darum bittest. Abgemacht?"

Sie sah ihn an und die Angst in ihrem Blick bestürzte ihn.

„Pearl hat mir gesagt, was Männer wollen", sagte sie.

„Warum sollte sie das tun?"

„Ich nehme an, sie wollte mir helfen."

Er kniff die Augen zusammen. „Was genau hat sie dir denn erzählt?"

Mollys Gesicht färbte sich rot und in ihren Augen blitzte Panik auf. „Ich kann es wirklich nicht wiederholen."

„Wenn du es mir erzählst, kann ich dir vielleicht sagen, ob es wahr ist."

Ein nervöses Lachen entwich ihr und sie wandte sich von ihm ab. Dann holte sie tief Luft. „In Ordnung." Aber sie sah ihn nicht an. „Sie sagte, der beste Weg, um kein Kind zu zeugen, sei es, eine Penetration zu vermeiden, also sei es am besten, sich mit der Hand oder vielleicht mit dem Mund auszuhelfen. Sollte es doch zu einer Penetration kommen, sei es am besten, sich vor der Vollendung zurückzuziehen. Die Frau müsse dafür sorgen, denn der Mann sei dann verloren – sein Verstand könne einfach nicht mehr arbeiten. Sie hat verschiedene Stellungen beschrieben, die helfen können, ein Kind zu zeugen oder zu vermeiden." Sie machte eine Pause, um Luft zu holen. „Soll ich fortfahren?"

Jake war so verblüfft, dass er nicht wusste, was er erwidern sollte. Er war sich nicht sicher, was ihn mehr schockierte – dass Pearl so offen über solche Dinge sprach oder dass Molly den Mut hatte, sie laut zu wiederholen.

Ivan, du Glückspilz. Kein Wunder, dass er sich nie weit von seiner Frau entfernte.

Er räusperte sich. „Nein."

„Ich bin ziemlich unerfahren in solchen Dingen", fuhr sie fort, immer noch den Blickkontakt vermeidend, „und da ich sicher bin, dass du …"

„Dass ich was, Molly?", drängte er sanft.

„Du bist um die Welt gereist." Sie zupfte einen unsichtbaren Krümel von ihrem Rock. „Wahrscheinlich hast du viele schöne und exotische Frauen getroffen, die sich mit solchen Dingen bestens auskannten. Ich dachte nur, du solltest wissen, dass ich das nicht tue."

Sie war für ihn weitaus anziehender, als es je eine ausländische Geliebte gewesen war.

„Das habe ich auch nie angenommen." Er lehnte sich so dicht zu ihr heran, dass sein Atem eine entkommene Haarsträhne in ihrem Nacken flattern ließ. „Was Frauen angeht, so kann ich ehrlich sagen, dass ich noch nie eine wie dich getroffen habe." Er zog sich in einen sicheren Abstand zurück, bevor er noch etwas Gefährliches tun konnte, wie an ihrem Ohr zu knabbern. Er wollte sie nicht verschrecken und er spürte, dass sie jeden Moment weglaufen könnte. „Und zu dem, was Pearl gesagt hat … eine Frau kann immer selbst entscheiden, was sie tun möchte. Oder auch nicht möchte. Und ich bin nicht wählerisch." Er hob eine Augenbraue, als sie ihn anschaute. „Ich wage zu behaupten, dass die meisten Männer nicht wählerisch sind, außer anscheinend Ivan."

Sie schenkte ihm ein zaghaftes Lächeln.

„Unser nächstes Abendessen mit den beiden könnte allerdings etwas peinlich werden", fügte er hinzu.

Er sammelte das Essen ein, stand auf und reichte ihr die Hand. Sie nahm sie und er zog sie auf die Beine. „Hab keine Angst, mit mir zu reden, Chigger."

Sie hob ihr Kinn und begegnete seinem Blick. Ihre Schüchternheit war plötzlich von ihr abgefallen. „Ich glaube, nächstes Mal brauche ich einen Schluck von diesem Whiskey, den du im Gepäck hast, bevor ich mit dir wieder ein offenherziges Gespräch führe."

„Das lässt sich einrichten."

Sie wandte sich ab, wobei ihre Hand aus seiner glitt.

Rumi flüsterte in sein Ohr. *Liebende finden sich nicht irgendwo am Ende. Sie lebten, der eine in dem anderen, von Anfang an.*

E<small>INE</small> L<small>AST</small> <small>WAR</small> von Mollys Schultern abgefallen. Das unangenehme Gespräch mit Jake hatte auf wundersame Weise nicht nur ihre Ängste gemildert, sondern auch die durch ihre erzwungene Nähe entstandene Spannung abgebaut.

Sie spürte sein Verlangen nach ihr – das hatte sie von Anfang an, wenn sie ehrlich zu sich selbst war –, aber noch beunruhigender war ihr eigenes Begehren. So etwas hatte sie noch nie empfunden. Sie musste einen kühlen Kopf bewahren.

Als sie einen Weg bergab in ein mit Kiefern bewachsenes Tal einschlugen, beobachtete sie Jake auf Fernando vor ihr.

Langsam verstand sie, warum Pearl ihr all das erzählt hatte. Die kluge Frau hatte sie zur Vorsicht mahnen wollen, und es hatte funktioniert.

Und obwohl es sie zutiefst beschämt hatte, Pearls Erklärungen vor Jake zu wiederholen, hatte seine Reaktion dazu beigetragen, die Angst zu lindern, die Molly in den Knochen saß. Er würde sie in Ruhe lassen, es sei denn, sie forderte ihn dazu auf. *Ich werde dich nur küssen, wenn du mich darum bittest.*

Der Gedanke verursachte ein angenehmes Flattern in ihrem Magen. Wenn dieser Vorfall sie jedoch etwas gelehrt hatte, dann, dass man solche Dinge langsam angehen sollte.

Aber ich habe nicht viel Zeit mit Jake.

Trotzdem war das kein Grund, blindlings vorwärts zu preschen und sich nur von ihrem Herzen leiten zu lassen.

Am späten Nachmittag kamen sie an eine felsige Engstelle.

„Wir werden heute Nacht hier kampieren und morgen früh zu Fuß in das dahinter liegende Hochtal klettern", sagte Jake.

Molly nickte und machte sich daran, ihm beim Aufbau des Lagers zu helfen. Er stellte zwei Zelte auf, während sie eine Feuerstelle aushob. Sie sammelte trockene Zweige und entfachte ein Feuer. Dann stellte sie ein eisernes Dreibein über den Flammen auf und hängte eine Kanne mit Kaffee daran. Während der Kaffee kochte, aßen sie den restlichen Käse mit dem Brot, das Pearl ihnen mitgegeben hatte.

„Wohin wirst du als Nächstes gehen?", fragte Molly, entschlossen, sich nicht zu sehr an Jake McKenna zu gewöhnen.

Er nahm einen Schluck Wasser aus einer Feldflasche. „Nun, ich war noch nie in Kanada." Er stellte sein Knie auf und legte seinen Unterarm darüber. „Wohin gehst du?"

„Zurück nach Tucson. Aber vielleicht werde ich bald durch Europa reisen."

„Und wie willst du das anstellen?"

Es stimmte, dass sie weder das Geld noch die Ressourcen besaß, aber vor Kurzem war ihr eine Idee gekommen. „Ich könnte Kindermädchen bei einer wohlhabenden Familie werden und mit ihnen reisen."

„Aber dann müsstest du dich um die Kinder von jemand anderem kümmern."

Sie zuckte mit den Schultern. Es wäre ein kleines Zugeständnis. Leider kannte sie keine wohlhabenden Familien mit Kindern, die vorhatten, eine Reise nach Übersee anzutreten.

„Für einen Mann ist es viel einfacher", sagte Molly. „Hast du jemals daran gedacht, über deine Abenteuer zu schreiben?"

„Nein. Ich bezweifle, dass ich die Geduld dazu hätte."

„Aber du hast doch diesen Rumi-Dichter studiert. Ich nehme an, sein Werk wurde nicht auf Englisch geschrieben."

„Das stimmt. Während meiner Zeit in Istanbul hatte ich einen ziemlich anspruchsvollen Lehrer namens Doruk. Er war blind, aber er bestand darauf, dass ich Persisch lerne."

„Warum war er so anspruchsvoll?"

„Er wollte, dass ich ein Renaissance-Mann werde."

Molly brach ein Stück Brot ab. „Was bedeutet das?" Sie schob sich das Brot in den Mund.

„Im Grunde sollte ich erweckt werden. Mein heidnisches Leben aufgeben und die Erleuchtung finden."

„Hast du das?"

Seine Augen blitzten schelmisch auf. „Kann ein Mann nicht beides haben?"

147

Sie konnte nicht widerstehen und schluckte seinen Köder. „Du umgehst also das Gesetz, bist dir aber genau bewusst, was du tust?"

„So in etwa." Er nahm einen Apfel aus ihren Vorräten und biss hinein, dann reichte er ihr die Frucht.

Sie starrte auf das klaffende Loch, das er hinterlassen hatte. „Danke, dass du mir etwas übrig gelassen hast." Sie biss ein viel kleineres Stückchen ab. Nachdem sie heruntergeschluckt hatte, sagte sie: „Diese Periode der Erleuchtung muss ziemlich lange gedauert haben."

„Ich hatte genug Zeit." Jake hob die Kaffeekanne mit einem langen Stock vom Ständer und stellte sie auf den Boden. „Ich war sehr krank."

„Was hattest du?" Ihre Brust zog sich zusammen. Da war sie wieder, dieser unnatürliche Sorge um Jakes Wohlergehen.

Jake griff nach einem Lappen, um seine Finger vor dem heißen Griff zu schützen, und goss den Kaffee in zwei Tassen. Er reichte Molly eine davon. „Malaria."

„Ist das nicht tödlich?", fragte sie erschrocken.

„Wie du siehst, habe ich es überlebt. Nachdem ich das Erbrechen und das endlose Fieber überwunden hatte, war ich so schwach wie ein Kätzchen. Es hat eine ganze Weile gedauert, bis ich mich wieder wie ich selbst gefühlt habe."

„Wie nahe warst du dem Tod?", fragte sie leise und vergaß den Apfel.

Jake griff hinüber und nahm ihn ihr ab. „Ich habe den Sensenmann von Angesicht zu Angesicht getroffen." Er aß auf, was von der Frucht übrig geblieben war, und legte das Kerngehäuse beiseite. „Das sollten wir für die Pferde aufheben."

„Wie fühlt es sich an, beinahe zu sterben?"

Er nippte an seinem Kaffee und sagte dann nüchtern: „Zuerst kämpft man dagegen an. Dann kommt die Verzweiflung. Und schließlich schließt man Frieden damit."

„Gottes Wille?"

„So ähnlich."

„Oder Gottes Gnade."

Er hielt inne und starrte ins Feuer. „Ich habe es noch nie jemandem erzählt …" Er fuhr sich mit einer Hand über die Wangen. „Als ich dachte, das Ende sei gekommen, hatte ich eine Begegnung. Ich weiß nicht, wie ich es sonst nennen soll. Ich glaube, es waren meine Eltern." Sein Blick huschte zu ihr. „Sie sagten mir, meine Zeit sei noch nicht gekommen."

„Das ist eine wunderbare Vision."

„Das stimmt wohl. Ich gebe zu, es war schön zu wissen, dass sie noch bei mir waren."

„Du musst meine Tante Emma kennenlernen. Sie hat Zugang zu diesen *anderen* Bereichen."

„Das würde ich gern." Sein Blick ließ gespannte Erwartung in ihr aufsteigen. Er wollte nicht, dass ihre Bekanntschaft hier endete, und sie war froh darüber. Doch als das Schweigen länger andauerte, füllte sich ihr Kopf mit Visionen der von Pearl beschriebenen intimen Aktivitäten zwischen Mann und Frau, und sie rutschte unruhig auf ihrem Platz herum.

Jake brach den Bann. „Das erinnert mich an ein Märchen, das ich einmal in der Türkei gehört habe. Es war die Geschichte von der Wolfsbraut."

Molly zwang sich, sich zu entspannen, während er sprach.

„Es war einmal ein Mann, der einen Sohn hatte, und er schickte nach einem weisen Alten, um das Horoskop des Jungen zu erstellen. Er erfuhr, dass es das Schicksal seines Sohnes war, von einem Wolf in Stücke gerissen zu werden. Also baute der Vater eine unterirdische Kammer und versteckte seinen Sohn. Als der Junge ein Mann wurde, war es an der Zeit, sich eine Frau zu nehmen, und so sorgte der Vater dafür, dass ihm eine Braut gebracht wurde. Der Bruder des Vaters hatte eine Tochter, die gut zu ihm passen würde. Die Hochzeitsfeierlichkeiten dauerten sieben Tage und sieben Nächte und am Ende wurde das Mädchen in die Kammer gebracht. Sobald der Mann und seine neue Frau allein waren, verwandelte sie sich in eine Wölfin und riss ihn in Stücke.

Dann verwandelte sie sich wieder in ein Mädchen und hatte keine Ahnung, was geschehen war."

Molly runzelte die Stirn. „Das ist eine schreckliche Geschichte."

Jake lachte. „Sie handelt vom Schicksal. Was auch immer geschehen soll, wird geschehen. Man kann sich nicht dagegen wehren."

Molly schüttelte den Kopf. „Das glaube ich nicht."

„Es bringt einen Mann jedenfalls dazu, sich das mit dem Heiraten zweimal zu überlegen."

„Nur wenn man die falsche Frau heiratet."

„Ja, aber ein Mann hat kaum eine Wahl. Er ist dazu bestimmt, nur eine Frau zu heiraten."

Molly kaute auf ihrer Lippe. „So kann man es wohl auch sehen. Ich ziehe es vor zu glauben, dass wir unseren eigenen Pfad wählen. Das hast du schließlich auch getan, als du mit fünfzehn das Waisenhaus verlassen hast."

„Hast du dich nicht auch schon mal zu etwas hingezogen gefühlt?"

„Doch, manchmal. Hat dich etwas aus dem Waisenhaus herausgezogen?"

„Abgesehen davon, dass es eine unglückliche Existenz war und keine Familie da draußen auf mich wartete?" Sein Gesicht verhärtete sich. „Ich frage mich immer, was hinter dem nächsten Horizont liegt."

„Es ist also das Unbekannte, das dich antreibt. Ich schätze, mir geht es genauso. Es muss mehr in dieser Welt geben und ich sehne mich danach, es zu erfahren."

„Ich habe schon viel gesehen. Am Anfang ist alles neu und aufregend, aber am Ende sind es die Menschen, an die man sich erinnert." Sein Blick ruhte auf ihr und die Härte von vorhin wich. „Manchmal wünscht man sich eine Person, mit der man ganz man selbst sein kann. Die Person, die für einen bestimmt ist."

Ihre Freude über seine Aufmerksamkeit wich Frustration.

„Schon wieder diese Vorstellung, dass Menschen dazu bestimmt sind, zusammen zu sein, dass sich ihre Wege durch einen magischen Zufall kreuzen. Und wenn sie es nicht tun? Was, wenn Menschen einfach nur Menschen sind? Unvollkommen und profan." Sie wollte sich nicht von seinem Charme mitreißen lassen.

Er sah sie an, als wäre er ein Kind und sie hätte ihm gerade das letzte Stück Honigkuchen weggeschnappt. „Hast du in deinem Leben noch nie Magie erlebt, Molly Rose?"

Vielleicht. Sie spürte sie sogar jetzt, bei Jake. Aber sie war nicht bereit dafür. Sie war nicht bereit für eine Verbindung mit ihm, die ihr Leben verändern würde. Vielleicht in ein paar Jahren, aber nicht jetzt.

„Was ist mit dir?", gab sie zurück, um seiner Frage auszuweichen.

Das besitzergreifende Blitzen in seinen Augen sagte ihr, was sie bereits wusste, aber zu ignorieren versuchte.

„Wir kennen uns kaum, Jake."

Er grinste. „Du kannst mich alles fragen."

Unerschrocken fuhr sie fort. „Warst du jemals verliebt?"

„Nein. Und du?"

„Nein. Hast du Kinder?"

Er gluckste. „Nein. Hast du welche?"

Sie schürzte ihre Lippen. „Natürlich nicht. Ich denke, ich wüsste es, wenn ich welche hätte." Sie stellte den Kaffee beiseite, da sie vor dem Schlafengehen keinen sauren Magen bekommen wollte. „Warst du jemals im Gefängnis?"

Er hielt inne. „Definiere Gefängnis."

Sie starrte ihn an. „Eine Inhaftierung wegen eines Gesetzesverstoßes."

Er dachte über ihre Worte nach. „Ich schätze, das könnte man mit Ja beantworten, obwohl beide Male die Anschuldigungen erfunden waren und ich es nicht wirklich verdient hatte, dort zu sein."

Sie hob die Augenbrauen und wartete auf eine Erklärung.

„Oh, du willst Details." Er stocherte mit einem Stock im Feuer, sodass ein Funkenregen nach oben wirbelte. „Das erste Mal war in Casablanca. Ich war siebzehn und hatte zwei Kamele erstanden, mit denen ich die örtlichen Wolllieferanten aufsuchen wollte. Mein Ziel war es, über den Versand der Wolle nach Europa zu verhandeln, aber ich wurde wegen Kameldiebstahls verhaftet. Der Mann, der mir die Tiere verkauft hatte, hatte mich betrogen. Ich verbrachte zwölf Tage im Gefängnis, bis bewiesen war, dass ich sie nicht gestohlen hatte."

„Das zweite Mal war ein Jahr später, nachdem ich aus Shanghai nach Vietnam geflohen war", fuhr er fort. „Ich wurde von den Chinesen gefangen genommen und beschuldigt, ein Spion für die Franzosen zu sein. Sie kämpften damals um die Kontrolle über ein Gebiet namens Tonkin."

„Warst du?"

Er richtete seine Aufmerksamkeit wieder auf sie. „War ich was?"

„Ein Spion."

„Nein, aber ich hatte mich mit einigen französischen Offizieren angefreundet und mein Wissen über Schiffsaktivitäten mit ihnen geteilt."

Großer Gott. Dieser Mann hatte neun Leben. „Wie schlimm war die Gefangenschaft?"

„Zum Glück dauerte sie nicht lange. China und Frankreich unterzeichneten ein Friedensabkommen und nur wenige Tage später wurde ich freigelassen."

„Und wenn das nicht passiert wäre?"

„Dann wäre ich vielleicht immer noch dort."

Das Feuer tauchte die scharfen Konturen seines Gesichts in einen hellen Schein und sie sehnte sich danach, ihn zu berühren. „Hattest du Angst?"

„Ich habe immer ein bisschen Angst, Molly. Ich bin nur ein Mensch, unvollkommen und profan." Belustigung flackerte in seinen Augen, als er ihre Worte wiederholte. „Und ich würde dich wirklich gern küssen."

Die Baumkronen wogten, begleitet vom leisen Rauschen des Windes. Irgendwo aus der Dunkelheit ertönte das Schnauben der grasenden Pferde. Über ihr funkelten die Sterne am Himmel, ein weiteres Mysterium dieser Welt, auf die Molly so neugierig war. So mysteriös wie der Mann neben ihr.

„Ja", antwortete sie kaum hörbar.

Er ergriff ihre Hand und zog sie an sich, während er nach vorn rutschte, um die Distanz zwischen ihnen zu überbrücken. Bevor sie wusste, wie ihr geschah, legte er seine rechte Hand an ihre Wange und sein Mund, die leiseste Andeutung eines Lächelns auf den Lippen, eroberte entschlossen den ihren.

Sie passten perfekt zusammen, ihre Lippen verschmolzen miteinander und eine Sehnsucht nach allem, was seine Berührung versprach, durchströmte sie. Das intensive Verlangen, das sie in ihm spürte, vermischte sich mit ihrem eigenen und schoss direkt in ihren Unterleib … und noch tiefer. Sie versank in ihm, schmeckte Kaffee und Äpfel; ihre freie Hand glitt unter seinen Arm, umklammerte seine Schulter und zog ihn näher an sich.

Sie wandte sich ihm vollends zu, während seine Arme sie umschlangen. Seine Hand stützte ihren Hinterkopf, während er den Kuss vertiefte. Sie öffnete sich ihm, erleichtert, ihn endlich auf diese Weise kennenzulernen. Sie hatte den ersten Kuss im Tunnel nicht richtig genießen können und es sich seitdem immer wieder vorgestellt – es hatte sie fast verrückt gemacht.

Sein Mund wanderte an ihrem Kiefer entlang zu ihrem Hals und sie neigte den Kopf, um ihm besseren Zugang zu gewähren. Seine Hand glitt zwischen sie, schob sich in ihren Mantel und blieb knapp über ihren Brüsten liegen. Sie erwiderte seinen Kuss, hielt nichts zurück und vergrub ihre Finger in seinem Haar. Er ließ seine Handfläche tiefer gleiten und erforschte sie, trotz der Kleidung, die sie trug.

Ihr Atem ging stoßweise und sie drückte sich enger an ihn, wollte ihn auf sich ziehen.

Er widerstand ihr. „Verdammt", flüsterte er an ihrem Mund, „das geht schneller, als ich dachte."

„Ich werde Robert nichts sagen." Ihre Lippen fanden wieder die seinen.

Er hielt inne, neigte den Kopf nach unten und lehnte seine Stirn an ihre; sein Atem ging schwer. „So gern ich dich auch lieben würde, wir sollten es nicht tun."

Seine Worte lösten Visionen von Pearls verwegenen Beschreibungen vom Vorabend aus, aber statt Angst überkam sie eine seltsame Welle des Vertrauens. Jake wollte sie, und das erfüllte sie mit Mut.

Sie lehnte sich vor, um ihn erneut zu küssen. „Ich meine es ernst. Ich werde es meinem Bruder nicht sagen. Ich werde es niemandem sagen."

Er stieß ein ersticktes Lachen aus und brachte ein paar Zoll Abstand zwischen sie, gerade genug, um ihr in die Augen zu sehen. „Bin ich wirklich so ein Schwerenöter?"

„Nein, natürlich nicht."

„Aber du lässt dich von mir verführen und willst keiner Menschenseele erzählen, dass wir ein Liebespaar geworden sind."

Molly versuchte, den Nebel aus ihrem Kopf zu vertreiben, was bei all dem neu erwachten Verlangen, das sie durchströmte, schwierig war. „Ja", antwortete sie verzweifelt.

Er zog sich zurück. „Nein."

„Was meinst du mit *Nein*?" Sie wollte ihn wieder an sich ziehen, aber er wich ihr aus.

„Ich möchte, dass du dir ganz sicher bist."

„Das bin ich."

Ein Schatten des Zweifels legte sich über sein Gesicht.

Verlegenheit ergriff sie. „Liegt es daran, dass ich so unerfahren bin?", fragte sie hastig. „Wenn du mir einfach sagst, wie … nun ja, wie es funktioniert, verspreche ich, dass ich mein Bestes geben werde."

„Nein, das ist es nicht. Du bist perfekt, so wie du bist. Du bist die absolut schönste Frau, die ich je gesehen habe."

Die Aufrichtigkeit in seinen Augen und die unverblümte Wahrheit in seiner Stimme ließen sie erschaudern. Was sollte eine Frau solch einem Geständnis entgegensetzen? Sie hätte sich augenblicklich entkleidet und ihm ihren Körper dargeboten. Er brauchte sie nur zu fragen. Für einen kurzen, wilden Moment erwog sie, es auch so zu tun. Sie könnte ihn verführen, oder nicht? Der Hauch eines Zweifels hielt sie zurück.

„Ich möchte, dass du dir sicher bist, Molly. Ich will dir nicht das Herz stehlen. Ich möchte, dass du es mir freiwillig schenkst."

„Spricht da der erleuchtete Heide?", fragte sie, als sie endlich ihre Stimme wiederfand.

„Nein. Nur ein aufrichtiger Schakal."

Sie schüttelte den Kopf. „Ich wette, mit achtzehn warst du um einiges lustiger."

Er schenkte ihr ein Lächeln, das von seinem spitzbübischen Charme erfüllt war. „Du bist achtzehn. Ich weiß sehr genau, dass dir der Leichtsinn im Blut liegt."

„Ich bin keine Salzschmugglerin oder französische Spionin", sagte sie in frechem Ton.

„Sag niemals nie." Er verschränkte seine Finger mit ihren, führte ihre Hand zu seinem Mund und strich mit seinen Lippen über ihre Knöchel.

Die Geste hinterließ einen Schauer des Begehrens, der sich von ihren empfindlichen Brüsten bis zu ihren Gliedmaßen ausbreitete und sich schließlich an dem einzigen Ort niederließ, von dem sie Jake hatte fernhalten wollen – ihrem Herzen.

Kapitel Vierzehn

Jake erwachte mit einem Schrecken im aschfahlen Dunst des frühen Morgens. Er rollte sich auf die Seite und legte einen Arm um Mollys schlummernde Gestalt. Sie hatte das Gesicht von ihm abgewandt und er erlaubte sich einen Moment lang, sich von hinten an sie zu schmiegen. Er genoss das Gefühl ihres weichen Körpers an seinem, während er über die Ironie der Situation nachdachte. Dies war die zweite Nacht, die er mit ihr verbracht hatte, und wieder einmal hatte er sich wie ein Gentleman verhalten.

Das war völlig untypisch für ihn.

Er hätte sie haben können. Er wusste ganz genau, wie man eine Frau verführte – was man sagen, wo man sie streicheln und entflammen musste, wie man ihr mit einem Blick das Gefühl gab, etwas Besonderes zu sein.

Und Gott wusste, dass er sie wollte. In einem verzweifelten Moment gestern Abend hätte er beinahe alles genommen, was sie ihm anbot, ohne sich um die Konsequenzen zu scheren.

Aber sie hatte ihre Beziehung geheim halten wollen.

Warum, zum Teufel, störte ihn das so sehr?

Er hatte sein Verlangen im Zaum gehalten, fest entschlossen, ihr zu beweisen, dass er mehr war als der Gauner, als den man ihn auf Lannigans Party bezeichnet hatte. Und obwohl sie trotz der zwei Zelte, die er aufgeschlagen hatte, in seinem gelandet waren, hatte er sich mit einem gelegentlichen Kuss begnügt und sich lediglich an sie gekuschelt, um sie warm zu halten.

Während seine Hand auf ihrer Hüfte ruhte, stellte er sich vor, wie er sie entkleidete, bis sie vollkommen entblößt war, und sie liebte, bis keiner von ihnen mehr wusste, wo sie waren. Er zog sich zurück und setzte sich auf.

Es war zu verlockend, neben ihr zu liegen.

Jake schlüpfte in seine Stiefel und verließ das Zelt.

Die Sonne würde erst in ein paar Stunden zu sehen sein, da sie sich in einem Tal befanden, das von hohen Berggipfeln umgeben war. Er kümmerte sich um die Pferde und das Maultier, machte ein Feuer und brachte eine Kanne Kaffee zum Kochen.

Jake breitete Spitzhacken in verschiedenen Größen sowie mehrere Schaufeln und einen Vorschlaghammer, den er von einem Schmied erworben hatte, vor sich aus, um zu entscheiden, welche Gegenstände er mitnehmen wollte. Als er die Schärfe einer der Spitzhacken überprüfte, erregte ein gedämpftes Geräusch seine Aufmerksamkeit. Er legte den Kopf schief und erwartete, dass Molly aus dem Zelt kam, war aber enttäuscht, als sie nicht auftauchte.

In diesem Moment sah er sie.

Zwei Männer bewegten sich in der Ferne zu Fuß an der Baumgrenze entlang. Er erkannte sie nicht, aber sie hatten das Aussehen und die Haltung von Schürfern. Sie hatten zweifellos den Rauch seines Feuers gesehen, aber sie entfernten sich. Vorläufig. Jake würde die Augen offen halten müssen.

Molly kroch aus dem Zelt.

„Guten Morgen", sagte er. „Wie hast du geschlafen?"

„Besser, als ich dachte." Sie stand auf und streckte ihren Rücken, was ihm einen Blick auf ihre Kurven gewährte, die sie sonst meist unter einer Jacke verbarg.

Er wandte sich ab, ohne sie jedoch ganz aus den Augen zu lassen.

„Und du hast nicht geschnarcht", fügte sie hinzu. „Zumindest erinnere ich mich nicht. Ich glaube, ich habe von einem schrecklichen Sturm geträumt. Ich bin froh, dass es so ein klarer Morgen ist. Diese Bergluft ist sehr erfrischend für die Lungen, nicht wahr?"

Er unterdrückte ein Lachen. Es waren ganz sicher nicht ihre Lungen, an die er gerade gedacht hatte.

Er überbrückte die Distanz zwischen ihnen mit zwei Schritten und küsste sie. „Du solltest essen und dir etwas Klettertaugliches anziehen. Ich möchte so schnell wie möglich aufbrechen."

Sie umklammerte seinen Arm und drückte ihn an sich, ihr Gesicht nahe vor seinem. „Wir könnten einfach zurück ins Zelt kriechen und den Tag dort verbringen."

„Ich sehe schon, du wirst eine große Ablenkung sein", murmelte er an ihren Lippen.

„Das sagt die größte Ablenkung, die ich kenne."

Er lachte, küsste sie und zog sich dann in sichere Entfernung zurück. „Mach dich bereit, ein bisschen zu schürfen."

Sie nickte und beobachtete ihn weiterhin.

Er wandte sich ab, bevor er sich von ihrem verträumten Ausdruck einlullen lassen konnte. Schürfen hatte noch nie so viel Spaß gemacht.

DER AUFSTIEG in das Hochtal nahm den größten Teil des Vormittags in Anspruch und Molly entdeckte auf einmal, dass sie Höhenangst hatte. Mit der aufgehenden Sonne stiegen auch die Temperaturen und sowohl sie als auch Jake legten ihre Mäntel ab. Mit dem Rucksack auf dem Rücken und der Feldflasche vor der Brust folgte Molly Jake einen steilen, fast senkrechten Hang hinauf. Während des Aufstiegs schlug Jake drei Haken in den Granit und wickelte das Seil darum, um sie im Falle eines Sturzes aufzufangen. Er schlang das Seil um Mollys Taille und zog es zwischen ihren Beinen hindurch, um sie zusätzlich zu sichern. Molly blinzelte und duckte sich jedes Mal, wenn Jakes Schläge Steine und Erde auf sie niederprasseln ließen, obwohl die Krempe ihres Hutes sie schützte.

Als sie endlich oben ankamen, ließ sich Molly erleichtert nieder, um sich auszuruhen und sich bewusst zu machen, was sie gerade geschafft hatte.

„Ist Schürfen immer so?", fragte sie, noch immer außer Atem.

Jake nahm einen großen Schluck Wasser aus der Feldflasche; ein Schweißfilm überzog sein Gesicht. „Nein. Das ist es, was den Chigger so besonders macht. Hier schürft sonst niemand."

„Das ist verrückt, Jake. Ich bin mir nicht sicher, ob ich da wieder runterklettern kann."

„Runter geht es einfacher. Ich lasse dich an einem Seilzug hinunter."

Molly ließ die Aussicht auf sich wirken und versuchte, ihre Bedenken zu zerstreuen. Sie waren ganz allein und die Berge erstreckten sich bis zum Horizont. Jake bot ihr Brot und gesalzenes Schweinefleisch an, von dem sie dankbar aß. Ihre Muskeln fühlten sich nach dem Aufstieg zittrig an.

„Bist du bereit?", fragte er.

Sie nickte und stand auf. Er schulterte das Seil, das sie bei ihrer Klettertour genutzt hatten, sowie den Rucksack – seiner war viel schwerer, da er eine Spitzhacke, eine Schaufel und einen großen Hammer enthielt – und begann, auf einem behelfsmäßigen Pfad in das verborgene Tal hinabzuklettern. Molly holte tief Luft und folgte ihm.

Zum Glück war dieser Hang nicht so steil und sie konnten sich ohne Seil nach unten hangeln. Während des Abstiegs hielt Jake von Zeit zu Zeit an, um die Umgebung mit einem Fernglas, das er in seinem Rucksack aufbewahrte, abzusuchen.

„Volltreffer." Er eilte einen ebenerdigen Pfad entlang und Molly bemühte sich, mit ihm Schritt zu halten.

Als sie ihn schließlich einholte, stand er in der Nähe eines Steinhaufens.

„Ist das eine Markierung?", fragte sie.

„Ja." Jake entledigte sich seiner ganzen Ausrüstung und ging auf die Knie, um unter einen flachen Felsvorsprung zu schauen. „Damit hat Robert die Grenzen des Chigger festgelegt."

„Was suchst du?" Sie setzte ihren Rucksack auf dem Boden ab und sah sich um. Sie befanden sich am Berghang, etwa auf halbem Weg in das schmale Tal hinein, in dem vereinzelte Gruppen von Kiefern wuchsen. In den höheren Lagen befanden sich noch Schneeflecken und am Talboden floss ein schmaler Bach.

„Die Ader."

Auf dem Bauch liegend warf Jake seinen Hut beiseite und kroch über den Boden, um das Gestein zu untersuchen. Molly sank neben ihm auf die Knie.

„Woran erkennt man, ob ein Claim gut ist oder nicht?"

Er zeigte auf einen schimmernden Bereich. „Mineralisiertes Gestein ist normalerweise ein gutes Zeichen. Hier gibt es eine ganze Menge davon. Ich muss Proben sammeln, die ich in die Stadt mitnehmen kann. Dann werde ich weiter nach oben steigen, um zu sehen, ob ich die Ader bis zu ihrem Ausgangspunkt zurückverfolgen kann."

„Ist das alles Silber?" Sie deutete auf die horizontalen Schichten, die er untersuchte.

„Wahrscheinlich, aber auch Quarz und Galenit."

„Gibt es auch Gold?"

„Das kann sein, aber die Ausbeute in der Gegend von Creede war bisher ziemlich gering. Was alle wirklich wollen, ist hochgradiges Silbererz. Und zwar jede Menge davon."

Jake setzte sich wieder auf und Molly tat es ihm gleich.

Sie lehnte ihren Kopf zurück, um nach oben zu schauen. „Dieser Hang ist furchtbar steil. Wirst du hier weitere Claims abstecken?"

„Vielleicht ein oder zwei. Wenn die Proben untersucht sind,

können Robert und ich entscheiden, wo wir den ersten Schacht anlegen." Er richtete sich auf und überblickte das Gebiet, in dem sie standen. „Wobei das bei diesem Anstieg schwierig sein wird. Wahrscheinlich brauchen wir Tunnel."

„Ihr wollt einen Tunnel graben?", fragte sie skeptisch.

„Nein, dafür gibt es Dynamit."

Er streckte ihr eine Hand entgegen. Sie ergriff sie und er zog sie auf die Beine.

„Das scheint mir an einem Ort wie diesem nicht sicher zu sein", sagte sie.

„Robert und ich verkaufen unsere Claims, bevor es so weit kommt."

„Also wirst du mit diesem hier das Gleiche tun, richtig?"

Er beugte sich hinunter und hob seinen Hut auf. „Wenn er so lukrativ ist, wie es scheint, behalte ich ihn vielleicht noch eine Weile. Wenn ich zu früh verkaufe, könnte uns das Tausende von Dollar kosten – wenn nicht Zehntausende."

Plötzlich dämmerte Molly, was er damit sagen wollte. „Bedeutet das, dass ich eine Menge Geld verdienen könnte, weil ich die Hälfte des Claims besitze?"

Ein Lächeln umspielte seinen Mund. „Wir bräuchten Partner – Investoren –, aber ja, das würde dein Dilemma lösen, wie du das Geld für die Reise nach Europa aufbringst. Aber du solltest wissen, dass Robert glaubt, dies könnte die Ader sein, nach der Lannigan gesucht hat."

Überrascht sagte Molly: „Der Bluebird?"

„Du kennst die Geschichte?"

Sie nickte. „Wird es ihn nicht ärgern, dass wir ihn gefunden haben könnten?"

Ein teuflisches Funkeln trat in seine Augen. „Damit rechne ich."

D<small>IE</small> D<small>ÄMMERUNG BRACH HEREIN</small>, als sie zum Lager zurückkehrten. Jake hatte recht gehabt – der Abstieg an der Felswand war schneller gegangen als der Aufstieg, obwohl er für Molly nicht weniger beängstigend war, aber sie schluckte ihre Einwände herunter und kämpfte sich voran. Sie wollte nicht, dass Jake bereute, sie mitgenommen zu haben, oder noch schlimmer, dass er bereute, ihr Partner zu sein.

Der Gedanke, dass sie ein eigenes, unabhängiges Einkommen haben könnte, war verlockend und verlieh ihr den Mut, sich von Jake abseilen zu lassen.

Als sie zu den Tieren zurückkehrten, fühlte sie sich erleichtert, aber noch stärker war ihr neu gewonnenes Selbstvertrauen.

Nachdem sie ihre Ausrüstung abgesetzt hatten, die durch die Erzproben schwerer geworden war, klopfte Molly sich die Hände ab. Sie stockte, als sich zwei Männer näherten, wild und ungepflegt, mit Bärten und Schlapphüten.

„Howdy", sagte der rechte.

Jake stellte sich vor Molly.

„Wir haben euch beide vorhin gesehen", fuhr der Mann fort, als er und sein Kumpel zum Stehen kamen. „Wir dachten, wir kommen mal vorbei, um Hallo zu sagen. Ich bin Marcus und das ist Jim."

„Ich bin Patrick", sagte Jake.

Die Lüge versetzte Mollys Sinne in Alarmbereitschaft. Sie spähte über seine Schulter, um nicht unvorbereitet zu sein, falls es Ärger gab.

„Seid ihr beide verheiratet?", fragte Jim.

„Ja", antwortete Jake.

„Nun, das ist schön." Jim grinste. „Ich kenne nicht viele Frauen, die so etwas gerne tun. Habt ihr etwas gefunden?"

„Heute nicht", antwortete Jake. „Was ist mit euch?"

Marcus seufzte. „Wir waren schon mal hier, aber es ist schwierig. Das vielversprechendste Zeug scheint hoch oben zu sein. Wir haben dieses Mal mehr Seil mitgebracht. Dachten, das könnte helfen. Na ja, wir wollten uns nur mal vorstellen. Wie lange werdet ihr bleiben?"

„Ein paar Tage."

Marcus nickte, sein Blick fiel auf die Waffe an Jakes Hüfte. „Nun, wenn ihr etwas braucht, lasst es uns wissen."

Sie winkten und zogen ab.

Jake drehte sich zu ihr um. „Lass dir nichts vormachen. Sie sind hier, um uns auszuspionieren. Vielleicht arbeiten sie für Lannigan, vielleicht versuchen sie auch nur, uns zu bestehlen. Oder Schlimmeres."

„Was wäre schlimmer?"

„Sie könnten versuchen, dich zu stehlen."

„Das ist lächerlich", erwiderte sie. „Wer macht denn so etwas?"

Jake holte einen Sack Hafer und ging zu den Pferden. „Du würdest dich wundern, was ein Mann alles tut, manchmal nur, weil er es kann."

Molly richtete ihre Aufmerksamkeit auf die Männer, die jetzt kleine bewegliche Punkte in der Ferne waren. Erschöpft wie sie war, hatte sie gehofft, sich vor der Zubereitung des Abendessens ein wenig ausruhen zu können, aber ihre Müdigkeit war jetzt nebensächlich.

Jake führte die Tiere näher zum Lager und pflockte sie an. Ihre Unruhe würde ihnen zeigen, wenn sich etwas oder jemand näherte – ob Mensch oder Tier. Er dachte daran, was er vorhin bei der Suche nach dem Apex des Chigger-Claims gefunden und eingesteckt hatte. Es veränderte alles, und er war nicht scharf darauf, dass ihre neuen Freunde, Marcus und Jim, in seinem Tal herumschnüffelten.

Er hatte Molly nichts von dem neuen Claim erzählt, den er oberhalb des Chigger abgesteckt hatte. Ihre Kraft war geschwunden und sie hatte ihn die höheren Regionen allein erklimmen lassen.

Während sie ein Abendessen aus gepökeltem Schweinefleisch und Salzkartoffeln zu sich nahmen, lag ihm seine Entdeckung auf der Zunge, aber etwas hielt ihn zurück. Molly sah todmüde aus.

Jake hatte Robert gesagt, dass er alle neuen Claims auf Mollys Namen anmelden würde, und ihm war klar, dass er im Grunde genommen mit Robert zusammenarbeitete und nicht mit ihr. Dennoch, wenn das, was er entdeckt hatte, sich bestätigte, wäre eine Menge Geld im Spiel. Und das veränderte die Menschen, nicht immer zum Guten.

Robert hatte Molly ins Spiel gebracht, aber Jake spürte, dass es eine Verzweiflungstat gewesen war und keine gut durchdachte Aktion. Möglicherweise könnte es ziemlich ungemütlich für sie alle werden.

Nachdem er durch Lannigans Diebstahl den Shanghai verloren hatte, wollte Jake dieser neuen Wendung der Ereignisse nachgehen, bevor er leichtsinnig voranpreschte. Als er Molly ansah, deren Gesicht im Schein des Feuers leuchtete, zog ein Schmerz Jakes Brust zusammen. Je mehr Zeit er mit ihr verbrachte, desto mehr wuchs dieses seltsame Verlangen. Und es steckte mehr dahinter als eine rein fleischliche Begierde.

Er hatte den Grundgedanken von Rumis Werk nie wirklich verstanden, dass es eine Person gäbe, die die perfekte Ergänzung zur Seele eines anderen wäre. Ein Teil von ihm wollte davor weglaufen. Er brauchte diese Art von Abhängigkeit nicht, diesen potenziellen Herzschmerz. Als seine Eltern gestorben waren und er im Waisenhaus gelebt hatte, hatte er gelernt, den Schmerz des Verlassenseins zu ignorieren, den Kummer über den Verlust eines wichtigen Fixpunktes im Leben.

Molly kratzte an dieser Wunde.

Und das machte ihm eine Heidenangst.

Gleichzeitig wünschte er sich nichts sehnlicher, als sich an sie zu schmiegen und seinen Schmerz von ihr lindern zu lassen, aber wenn er sich der Flamme näherte, um die er wie eine Motte tanzte – sich in ihrer Wärme sonnte –, würde er dann ohne sie überleben können?

„Gibt es hier viele Bären?", fragte Molly.

„Einige", antwortete er, dankbar für das unverbindliche Thema, „aber ich habe noch nie von irgendwelchen Problemen gehört. Sie haben genauso viel Respekt vor dir wie du vor ihnen."

„Gehen wir morgen zurück zum Chigger? Wir haben schon eine Menge Proben."

„Vielleicht klettere ich in der Frühe hoch und erkunde noch ein bisschen die Gegend. Du kannst hierbleiben." Er wollte sich das Gelände um den neuen Claim genauer ansehen, um sicherzugehen, dass er das beste Gebiet abgesteckt hatte.

Sie nickte.

Die Sorge wegen Marcus und Jim kam ihm wieder in den Sinn. „Halte den Colt, den ich dir gegeben habe, immer griffbereit. Du siehst aus, als könntest du im Sitzen einschlafen. Ich räume hier auf. Geh zu Bett, Molly."

Ihr Blick begegnete seinem. In ihrem erschöpften Zustand blieb ihm die unverhüllte Sehnsucht in ihren Augen nicht verborgen.

„Kann ich wieder in deinem Zelt übernachten?" Ihre heisere Stimme ließ seinen Puls in die Höhe schießen.

Freudige Erwartung erhitzte seinen Körper. „Ja." Er fügte ein Lächeln hinzu, um sie wissen zu lassen, wie viel ihm das bedeutete. Es war ihm wichtig, dass sie es wusste. Sehr wichtig.

Sie kroch in den engen Unterschlupf und er schürte das Feuer, während er darauf wartete, dass das rasende Verlangen in seinem Körper abebbte. Er konnte sich nicht neben sie legen, bevor er sich nicht unter Kontrolle hatte.

Er sog Luft ein und fuhr sich mit der Hand durch die Haare, auf der Suche nach einem Frieden, der sich in diesen Tagen als verdammt flüchtig erwies.

Er wollte sie.

Aber er würde sie nicht nehmen. Noch nicht.

Nicht, bis er sich sicher war – was sie betraf. Aber vor allem, was ihn selbst betraf.

———

MOLLY SCHRECKTE HOCH. Stille Dunkelheit umhüllte sie, während sich der Nebel des Schlafes langsam lichtete.

Wo war Jake?

Sie setzte sich auf und kroch zur Zeltklappe.

Das Feuer war erloschen. Jake war nirgends zu sehen.

Ein Schauer der Angst lief ihr über den Rücken. Sie griff nach ihrem schweren Mantel und schlüpfte in ihre Stiefel, dann holte sie den Colt Lightning aus ihrer Ausrüstung.

Sie verließ das Zelt und ging langsam um das Lager herum, vorsichtig, um in der Dunkelheit nicht zu stolpern. Die Tiere grüßten sie und dösten dann weiter.

Jake war verschwunden.

Hatte ihn etwas alarmiert?

Oder schlimmer noch, steckte er in Schwierigkeiten?

Sie musste ihn finden.

———

JAKE schlich zum Lager der beiden Schürfer.

Er hatte nicht schlafen können. Gedanken an die Tragweite des neuen Claims, den er gefunden hatte, schwirrten in seinem Kopf herum wie ein Bienenschwarm. Hinzu kam das unbändige Verlangen nach Molly Rose. Obwohl er lange draußen gesessen hatte, war dieses Feuer nicht schnell genug erloschen, also hatte er sich seine Winchester geschnappt und war in die Nacht hinein verschwunden, um das nervöse Summen in seinem Blut zu vertreiben.

Während sich seine Sinne auf die Dunkelheit einstellten, spannten sich alle Muskeln in seinem Körper. Manchmal musste sich der Schakal einfach bewegen, bevor er sich aus Frustration das Bein abnagte.

Vom Feuer der Schürfer ging nur eine kleine Rauchfahne aus, daneben schliefen zwei dunkle Gestalten, in Decken gehüllt. Leises Schnarchen hallte wider. Drei Maultiere hielten in der Nähe Wache, hatten Jakes Anwesenheit aber noch nicht bemerkt.

Nichts Ungewöhnliches.

Er wartete in einer natürlichen Vertiefung im Boden.

Als er hinter sich ein leises Rascheln vernahm, erstarrte er, atmete aber leise aus, als er die Ursache erkannte.

Molly.

Geduckt schlich sie links von ihm entlang, etwa zehn Yards entfernt. Plötzlich stolperte sie, fiel hin und stieß einen leisen Schrei aus. Schnell huschte er zu ihr und legte ihr eine Hand auf den Mund, doch als er sah, worüber sie gefallen war, erstarrte er.

Vor ihm im Graben lag eine Leiche.

Molly drückte sich keuchend an ihn. „Was ist das?", flüsterte sie.

Jake legte einen Arm um ihre Taille und zog sie zurück, dann beugte er sich vor, um den Mann zu untersuchen. Er hatte ein ungutes Gefühl, als er das Hemd sah, das zusammen mit einer halb verdeckten Hand unter der Erde hervorblitzte, die über ihn geworfen worden war.

Er schaufelte einige Hände voll Erde vom Kopf weg und spürte, wie sein Herz sank, als er das Gesicht deutlicher erkennen konnte.

Pedro.

Er blickte sich um, dann packte er Mollys Arm und zog sie hoch.

Er presste seine Lippen auf ihr Ohr. „Wir müssen gehen."

Sie eilten über das unebene Gelände. Ihre Atemzüge bildeten in der kalten Luft weiße Wölkchen. Als sie ihr Lager erreichten, zog Jake sofort alle Decken und Schlafsäcke aus seinem Zelt und begann, es abzubauen.

„Wir brechen jetzt auf?", flüsterte Molly.

„Ich denke, das wäre klug, meinst du nicht?"

„Haben sie den Mann getötet?"

Sie hatte Pedro nicht erkannt. Es war besser so. Er nickte. „Es scheint so. Ich glaube nicht, dass wir bis zum Morgen warten sollten, um alles aufzuklären."

Sie stimmte zu und half ihm beim Packen. In kürzester Zeit hatte er die Pferde gesattelt und die gesamte Ausrüstung gesichert. Schon bald bahnten sie sich einen Weg aus dem Tal, wobei die dunkle Nacht das Vorankommen erschwerte.

Jake wurde den Gedanken nicht los, dass Pedros Anwesenheit in dieser Gegend – und sein unglücklicher Tod – etwas mit dem Chigger und dem neuen Claim zu tun hatte, den Jake abgesteckt hatte.

Er dachte an den Fund, den er gemacht hatte, als er allein oberhalb des Chigger unterwegs gewesen war. Er hatte ihn sicher in seiner Manteltasche verstaut. Das glänzende Goldnugget deutete auf die mögliche Existenz einer sehr ergiebigen Ader hin. Er hatte einen neuen Claim abgesteckt, aber wer wusste schon, was sie noch alles finden würden, sobald die Proben gesammelt und ein Erkundungsschacht gebohrt worden war. Sobald sich das herumgesprochen hatte, würden die vom Goldrausch gepackten Männer wie die Geier über die Gegend herfallen.

Es schien, dass die Grenzen sich bereits verschoben hatten und Gewalt zu einer unmittelbaren Alternative geworden war.

Das Bedürfnis, Molly vor den bevorstehenden Kämpfen zu schützen, veranlasste ihn, sie so schnell wie möglich zu den Krupins – und nach Creede – zurückzubringen.

Kapitel Fünfzehn

W ährend sie durch die Nacht ritten, kämpfte Molly darum, wach zu bleiben. Sie sackte vor Erleichterung zusammen, als sie sich endlich Ivans und Pearls Haus näherten. Vogelgezwitscher erfüllte die Luft, während die aufgehende Sonne die Landschaft erwärmte und die Erde wieder zum Leben erweckte.

Hatten die beiden Schürfer den Mann getötet?

Sie erschauderte und ein dicker Knoten der Angst bildete sich in ihrem Bauch.

Hatte das etwas mit dem Chigger zu tun?

Als sie vor der Hütte anhielten, trat Ivan auf die Veranda und schob sich die Hosenträger über die Schultern.

„Ihr seid früher zurück als erwartet." Ivan blinzelte sie mit seinem guten Auge an.

„Planänderung." Jake stieg ab.

Er kam zu Molly und half ihr von Cinnamon herunter. Sie lehnte sich an ihn, sehnte sich nach seiner Kraft.

„Ihr seht erschöpft aus", sagte Ivan. „Seid ihr die ganze Nacht geritten?"

„Beinahe." Jake hielt Mollys Hand und führte sie zur Hütte.

Sie hinkte leicht; ihr Knöchel machte ihr zu schaffen. Sie musste ihn sich verstaucht haben, als sie beinahe über die Leiche gefallen war.

„Bist du verletzt?", fragte Jake.

Sie schüttelte den Kopf. „Nein, es ist nichts.""

„Kommt rein." Ivan öffnete die Tür.

Es duftete himmlisch nach gebratenen Eiern und Schinken. Molly lächelte Pearl, die neben dem Herd stand, dankbar an, während sie zu einem Stuhl humpelte und erst dann Jakes Hand losließ.

„Ivan, ich muss mit dir reden", sagte Jake.

Würde er dem älteren Mann von der Leiche erzählen, die sie gefunden hatten? Ein unheilvolles Gefühl machte sich in ihr breit. Sie hoffte, dass Jake nichts Unüberlegtes tun würde.

Als die Männer nach draußen gegangen waren, warf Pearl Molly einen besorgten Blick zu. „Was ist passiert?"

Molly überlegte, was sie sagen sollte, aber ihr von der Müdigkeit geschwächter Verstand konnte sich keine gute Ausrede einfallen lassen. „Wir haben eine Leiche gefunden."

Schock stand in Pearls Gesicht geschrieben. „Wo?"

„In einer Schlucht, etwa fünfzehn Meilen nördlich. Deshalb sind wir mitten in der Nacht aufgebrochen."

Pearl wischte sich die Hände an ihrer Schürze ab. „Ihr habt das Richtige getan."

„Ich habe Angst davor, was Jake jetzt tun wird."

„Glauben Sie, er wird zurückgehen?"

Molly nickte.

Die Tür öffnete sich und Ivan trat ein.

Pearl warf ihm einen prüfenden Blick zu. „Du wirst doch nicht mit ihm gehen, oder?"

Ivan schwieg.

„Warum reiten wir nicht zurück nach Creede und holen den Marshal?", mischte sich Molly ein.

„Dafür ist keine Zeit", sagte Ivan und sah Pearl an. „Such ein paar Vorräte zusammen. Jake will seine reduzieren, damit er nur noch Fernando braucht. Molly wird hierbleiben."

„Aber –"

„Pearl", sagte er und unterbrach Molly, „du kennst den sicheren Ort. Ihr solltet euch überlegen, ob ihr beide dorthin gehen wollt. Diese Männer könnten an uns vorbeischlüpfen und hier aufkreuzen. Ich möchte nicht, dass ihr beide in Gefahr geratet."

Pearl blieb stumm.

„Vielleicht solltet ihr besser direkt nach Creede reiten", fügte er hinzu.

„Du weißt, dass ich das nicht tun werde", erwiderte Pearl.

Er seufzte. „Ich weiß."

Molly humpelte zur Tür und Ivan trat zur Seite, damit sie hinausgehen konnte. Jake stand bei Fernando und sicherte seine Ausrüstung. Der Hut schirmte sein Gesicht ab. Cinnamon und das Maultier waren schon im Korral.

Sie trat von der Veranda. „Warum gehst du zurück?"

Er überprüfte sein Gewehr und steckte es in die Gewehrtasche, die am Sattel hing. „Ich bin neugierig."

„Warum hast du nicht heute Nacht nachgeforscht?"

„Ich wollte nicht, dass du dabei bist." Er befestigte seine Satteltasche, während Fernando Hafer aus einem Eimer fraß, den Jake vor das Tier gestellt hatte.

„Was, wenn ich dich bitte, nicht zu gehen?"

Endlich richtete Jake seine Aufmerksamkeit auf sie. Er kam auf sie zu, sein Gang geschmeidig und mit einer so subtilen Selbstsicherheit, dass es ihren Puls zum Rasen brachte. Ihre Gedanken schweiften, wie so oft in letzter Zeit, zu der Frage, wie es wohl wäre, mit ihm zusammen zu sein, seinen nackten Körper an ihren gepresst zu spüren, seine Lippen, die ihre Haut mit heißen Küssen bedeckten, seine Hände … Sie war sich nicht sicher, ob sie sich darüber ärgern sollte, dass er nicht mit ihr geschlafen hatte, oder ob sie froh sein sollte, dass er sich zurückgehalten hatte.

Als er vor ihr stand, blitzten seine Augen belustigt auf.

„Findest du das witzig?" So sehr sie sich auch bemühte, sie konnte den Vorwurf – oder die Panik – in ihrer Stimme nicht unterdrücken.

„Machst du dir Sorgen um mich?"

„Du machst dir doch auch Sorgen um mich. Wir sind schließlich Partner."

Er stand jetzt ganz nah vor ihr. Seine breiten Schultern warfen einen Schatten auf sie und versperrten ihr die Sicht auf die Welt dahinter. Was, wenn ihm etwas zustoßen sollte? Er war nicht zum ersten Mal knapp mit dem Leben davongekommen. Sie hielt sich nur mit Mühe aufrecht, als ein Anflug von Verzweiflung sie erfasste.

Geh nicht.

Sie drängte die flehentliche Bitte zurück, bevor sie sie laut aussprach, aus Furcht davor, dass ihre extreme Besorgnis um sein Wohlergehen ihn abschrecken könnte. Sie wandte ihren Blick von ihm ab, um nicht in seinen tiefen mahagonifarbenen Augen zu ertrinken, und nahm einen stärkenden Atemzug, um sich zu sammeln.

Dann hob sie den Blick zu seinem Schlüsselbein. Sein Hemd stand am Hals offen und enthüllte gebräunte Haut und ein wenig dunkles Brusthaar. Sie wollte ihn berühren.

Zum Teufel.

Sie legte ihre Hand in seinen Nacken, zog ihn zu sich und küsste ihn heftig.

Seine Reaktion ließ nicht lange auf sich warten. Er legte die Arme um sie und drückte sie an seinen Körper, während seine Lippen mit ihren verschmolzen. Sie erwiderte seinen Hunger mit ihrem eigenen und vertiefte den Kuss. Ihre Hemmungen verflüchtigten sich, als würde ein Windhauch sie davontragen.

Jake riss seinen Mund von ihrem los. Sein heißer Atem an ihrer Wange jagte ihr Schauer der Lust über den Rücken. „Du bist wirklich entschlossen, nicht wahr?"

„Was meinst du?" Sie rieb ihre Nase über die Stoppeln auf seiner Wange und genoss das Gefühl der Intimität.

„Mich in den Wahnsinn zu treiben."

Sie lächelte erfreut darüber, dass er sie so unwiderstehlich fand.

Hinter ihnen öffnete sich die Tür und Jake ließ sie los.

Ivan räusperte sich. „Ich weiß nicht, ob das der richtige Zeitpunkt ist, ihr zwei."

Widerstrebend trat Molly zurück, verlegen, dass Ivan sie gesehen hatte. Jake ergriff ihre Hand und hielt sie fest.

„Man muss die Zeit nutzen, die man hat", sagte Jake.

„Stimmt", erwiderte Ivan. „Pearl, komm her, Frau."

Pearls Stimme drang heraus. „Oh, nein, schlag dir das aus dem Kopf."

Ivan betrat die Kabine und schloss die Tür.

„Du hast den Colt", sagte Jake, und sein besitzergreifender Blick wärmte sie. „Behalte ihn immer bei dir. Bleib im Haus und lass niemanden herein. Wir werden nicht lange brauchen, vielleicht einen Tag. Wenn wir bis dahin nicht zurück sind, reite mit Pearl nach Creede. Und lass dich nicht bei Lannigan blicken."

Molly runzelte die Stirn. „So viele Anweisungen. Bist du immer so herrisch?"

„Nur bei dir." Er beugte sich hinunter und küsste sie sanft. Seine Hand glitt an ihrem Rücken hinab und er erlaubte sich einen Klaps auf ihr Hinterteil, was ihr einen gedämpften Ausruf entlockte.

„Sei vorsichtig", hauchte sie gegen seinen Mund.

Er unterbrach den Kuss und rückte mit einem Glitzern in den Augen seinen Hut zurecht. „Ich habe schon Schlimmeres überstanden."

„Nur weil man dich den Schakal nennt, heißt das nicht, dass du dich auf deinen Lorbeeren ausruhen kannst."

Er grinste. „Vielleicht kannst du dich auf ihnen ausruhen?"

Sie gab ihm einen spielerischen Schubs.

Er kletterte auf Fernando. „Komm schon, Ivan", rief er.

Ivans Pferd stand gesattelt und bereit neben Jake. Der alte Mann verließ die Hütte und setzte seinen Hut auf. Er nickte Molly zu, als er an ihr vorbeiging. „Zögern Sie nicht, jeden Halunken zu erschießen." Er bestieg sein Pferd.

„Erschieße nur nicht *uns*." Jake warf ihr noch einen letzten Blick zu, dunkel und unwiderstehlich, dann drehte er sich um und ritt den Pfad wieder hinauf, den sie beide vor Kurzem hinabgestiegen waren.

Ivan schüttelte den Kopf. „*Ich* bin kein Halunke, aber ich kann nicht für den Schakal sprechen."

Und dann waren sie verschwunden.

Pearl kam auf die Veranda. Molly schlang die Arme um ihre Körpermitte wie in einer Umarmung. Schweigend sahen sie zu, wie die beiden Männer in der Wildnis verschwanden.

„Pass auf, wo du hintrittst", rief Pearl über ihre Schulter, während die Dämmerung rasch über sie hereinbrach. Sie war ganz natürlich zu der vertraulicheren Anrede übergegangen, nachdem die beiden Männer abgezogen waren.

Molly folgte der Frau auf einem Pfad, der sie eine Viertelmeile von ihrer und Ivans Hütte wegführte. Eine Windböe peitschte die Kronen der Kiefern und Molly stemmte sich dagegen, bevor sie den langsamen und stetigen Aufstieg fortsetzte. Sie zuckte zusammen, als ein stechender Schmerz durch ihren Knöchel fuhr.

Die unruhigen Laute der Tiere drangen aus dem Stall zu ihnen herüber, zusammen mit dem unablässigen Bellen von Grom, der in der Hütte eingesperrt war. Keines von ihnen war glücklich über den bevorstehenden Sturm. Molly war es auch nicht. Hoffentlich hatten Jake und Ivan einen Ort gefunden, an dem sie sicher waren.

Pearl hatte darauf bestanden, dass sie sich in ihren Unterschlupf zurückzogen. Molly hatte zugestimmt, aber als sie sich immer weiter von der Hütte entfernten, fragte sie sich, ob es wirklich eine so gute Idee gewesen war.

Pearl trug einen Beutel mit Lebensmitteln und ein altes Gewehr bei sich. Molly hatte ihren Colt und mehrere Decken in der Hand.

Der Pfad wurde steiler und Molly konzentrierte sich darauf, mit der erstaunlich agilen älteren Frau Schritt zu halten. Sie näherten sich einer Klippe, an der ein Seil mit Schlaufen für die Füße herabhing. Pearl schulterte das Gewehr und kletterte wie ein Affe hinauf, dann beugte sie sich vor und winkte Molly, ihr die Decken zu reichen, was diese auch tat. Molly griff nach der behelfsmäßigen Leiter und zog sich mühsam und mit schmerzenden Armen hinauf. Schließlich kroch sie auf den Vorsprung und legte sich auf den Bauch, um zu Atem zu kommen.

„Wir sind fast da", sagte Pearl.

Molly stand auf und erstarrte, als sie den Eingang eines dunklen Tunnels sah. Pearl ging voraus. Mollys Brust zog sich zusammen, ihr Herz schlug doppelt so schnell und der Drang, wegzulaufen, war beinahe übermächtig.

„*Das* ist euer sicherer Ort?", stieß sie durch ihre enge Kehle hervor. Es war ein mit wurmstichigem Holz abgestützter Bergwerkstunnel, der ihr kaum sicher erschien.

Pearl trat wieder heraus. „Was ist los?"

Der Sturm peitschte jetzt um sie herum.

„Ich kann da nicht reingehen."

Pearl kam zu ihr, das Gesicht vor Sorge verkniffen. „Er ist sicher. Ivan und ich haben ihn gefunden, kurz nachdem wir hier angekommen sind. Es gibt kein brauchbares Erz, aber die Stollen sind verstärkt und Ivan hat einiges ausgebessert."

„Ich bleibe einfach hier draußen."

„In diesem Sturm?"

„Warum können wir nicht in der Hütte bleiben? Ich bin mir sicher, dort wären wir gut geschützt."

Pearl ließ die Schultern hängen. „Das habe ich Ivan auch

gesagt, aber er hat darauf bestanden, dass wir hierherkommen. Ich gehe vor und sehe nach, ob die Luft rein ist."

Pearl verschwand. Molly sank auf den felsigen Vorsprung, zog die Knie an die Brust und machte sich klein, als wäre sie wieder ein Kind, das sich verstecken wollte. Haarsträhnen peitschten ihr ins Gesicht, während sie sich hin und her wiegte und versuchte, die aufkommende Panik in ihrem Körper zu ignorieren. Ein Donnergrollen hallte über den inzwischen verdunkelten Himmel, schwere graue Wolken drohten sich jeden Moment über ihr zu ergießen.

Sie zuckte zusammen, als ein Blitz einschlug.

Ich kann nicht hier draußen bleiben.

Sie biss die Zähne zusammen und kam auf die Füße, hob die Decken auf, drückte sie an ihre Brust und nahm den Colt in die rechte Hand. In den Jahren nach dem Vorfall im Brunnen hatte sie es geschafft, Orte wie diesen zu meiden, und sie hatte fast schon geglaubt, von ihrer Angst geheilt zu sein. Doch der Vorfall in Pedros Tunnel hatte ihr klar gemacht, dass dem nicht so war. Wäre sie nie nach Creede gekommen, hätte sie möglicherweise den Rest ihres Lebens verbringen können, ohne jemals wieder diese Angst zu spüren.

Aber dann hätte ich Jake nicht getroffen.

Sie zwang sich, auf den Eingang zuzugehen.

Ein weiterer Blitz durchschnitt den Himmel. Sie schrie und zuckte zusammen.

Mit geschlossenen Augen betrat sie den Tunnel und kämpfte mit ihrer ganzen Kraft dagegen an, sich umzudrehen und weit, weit wegzulaufen.

Im Inneren ließ die Wucht des Sturms abrupt nach. Sie schnappte nach Luft und öffnete ihre Augen. Das Flackern eines Lichts war weiter hinten zu sehen. Mit ganz kleinen Schritten bewegte sich Molly darauf zu. Sie warf einen Blick zurück zum Eingang. Sie würden nicht weit in den Tunnel hineingehen müssen, um dem Sturm zu entgehen. Hoffentlich sah Pearl das genauso.

Am Tunneleingang war jetzt die volle Wucht des Sturms sichtbar, der in heftigen Böen abgerissene Äste und andere Bruchstücke vorbeijagte.

Beruhige dich. Tief durchatmen.

Ein plötzlicher Anflug von Frustration überkam sie. Genervt von sich selbst und dieser verdammten Angst zog sie die Schultern zurück und drang tiefer in die unheimliche Schwärze vor, ohne auf die Welle des Unwohlseins zu achten. Sie versuchte, sich zu konzentrieren, auch wenn ihre Gedanken sich so haltlos anfühlten wie die Sträucher und Äste, die der Sturm aus ihrer Verankerung riss.

Aus der Tiefe des Tunnels ertönte ein Rascheln, begleitet von einem Wimmern, das nach Pearl klang.

Unruhe erfasste Molly.

Sie schob sich vorwärts, jetzt allein von dem Gedanken getrieben, Pearl zu helfen. Die Frau könnte gestürzt sein, sich verletzt haben …

Als sie um eine Kurve bog, blieb sie erschrocken stehen. Im Halbdunkel stand ein Mann mit langem, ungepflegtem Bart und irrem Blick über Pearl, die mit dem Gesicht nach oben regungslos zu seinen Füßen lag.

Er richtete seine Pistole auf Molly. „Fallen lassen", befahl er.

Molly zögerte.

„Na los doch", fügte er hinzu.

Sie bückte sich und ließ den Colt zu Boden gleiten.

Sie erkannte ihn nicht, aber er sah aus wie viele der Männer, die in Creede schürften – zerschlissene Kleidung, die roch, als wäre sie lange nicht abgelegt worden, und ein wachsamer Blick, in dem ein Hauch von Wahnsinn lag.

Als sie wieder aufrecht stand, fragte Molly mit fester Stimme: „Wer sind Sie?"

„Das spielt keine Rolle. Ihr zwei gehört nicht hierher."

„Sie auch nicht." Sie blickte auf Pearl hinunter. „Haben Sie sie verletzt?"

„Nicht absichtlich." Er winkte mit seiner Waffe. „Setzen."

Molly ging in die Hocke und ließ sich auf dem unebenen, steinigen Boden nieder. Sie ordnete ihren Rock und Unterrock über ihren gebeugten Knien und strich mit ihren verschwitzten Handflächen über den Stoff. Dabei suchte sie nach einem Lebenszeichen von Pearl. Atmete sie?

Pearls Brustkorb hob und senkte sich leicht.

Molly stieß einen Seufzer der Erleichterung aus.

Pearl war am Leben − noch. Das gab ihr Hoffnung. Sie richtete ihre Aufmerksamkeit auf den Mann, der die Waffe hielt. „Sind Sie ein Schürfer? Ich glaube nämlich, dass den Krupins dieser Claim gehört, und das würde Sie zu einem Dieb machen."

„Nur weil sie sagen, dass ihnen dieser Claim gehört, heißt das noch lange nichts."

Molly versuchte eine neue Taktik. „Sie sollten uns gehen lassen."

Er ging nicht darauf ein.

„Lassen Sie mich Pearl hier rausbringen, dann können Sie verschwinden." Ihre Nerven waren zum Zerreißen gespannt.

Pearl bewegte sich. Der Mann trat von ihr weg, die Waffe immer noch auf sie beide gerichtet.

„Darf ich wenigstens nach ihr sehen?", flehte Molly.

Er zögerte, doch schließlich nickte er.

Aus dem Augenwinkel sah Molly den Colt auf dem Boden, wo sie ihn hingelegt hatte. Konnte sie ihn greifen und schießen, bevor er es tat? Unwahrscheinlich.

Sie kroch zu Pearl hinüber und berührte sanft das Gesicht der Frau. Pearls Augenlider flatterten, auf ihrer Stirn bildete sich eine Beule.

„Pearl, geht es dir gut?"

Die Frau öffnete ihre Augen und starrte den Mann an, der sie beobachtete.

„Kannst du dich setzen?", fragte Molly.

Pearl nickte und Molly half ihr auf.

„Nine Toes Bishop, was in aller Welt machen Sie hier?", tadelte Pearl.

Er umkreiste sie, bis er sie von vorne sehen konnte.

Pearl berührte die Beule auf ihrer Stirn und schnitt eine Grimasse. „Stecken Sie in Schwierigkeiten oder sind Sie nur davon überzeugt, dass es hier drin Gold gibt?"

„Gibt es welches?", fragte er in einem fast anklagenden Tonfall.

„Haben Sie sich mal umgesehen?" Pearls Gesicht verzog sich vor Abscheu. „Dieser Claim hat sich als Sackgasse entpuppt. Sind Sie ein weiterer Narr auf der Suche nach dem Bluebird?"

„Und was wissen Sie schon darüber?"

„Dieser Claim ist es ganz sicher nicht." Pearl bedeutete Molly, sie loszulassen.

„Und was ist mit einem anderen?", fragte er.

„Mein Mann ist seit über zwei Jahren auf der Suche und hat noch nie auch nur eine Spur solcher Reichtümer gefunden, wie der Bluebird sie angeblich haben soll. Es tut mir leid, dass ich Sie enttäuschen muss. Aber ich muss Sie bitten, zu gehen. Das ist mein Claim."

„Nur, wenn Sie ihn im letzten Jahr auch bearbeitet haben, was ich nicht glaube, also haben Sie keine Handhabe, mich rauszuschmeißen."

„Dann lassen Sie uns beide gehen und Sie können bleiben", sagte Pearl.

Ein Schauer lief Molly den Rücken hinunter. Was, wenn nicht Marcus und Jim den Mann getötet hatten, den sie letzte Nacht gefunden hatte? Was, wenn dieser Mann der wahre Schuldige war?

„Sind Sie allein hier?", fragte Molly.

„Ich bin mit Pedro gekommen, aber der ist verschwunden."

Molly runzelte die Stirn. „Meinen Sie Pedro Elizondo?"

Der Mann sah sie misstrauisch an. „Ja."

War Pedro der tote Mann? Sie hoffte inständig, dass es nicht so war. Sie kannte den Mexikaner zwar noch nicht lange, aber sie wünschte ihm ganz sicher nicht, dass er ermordet und achtlos irgendwo in der Wildnis verscharrt wurde.

Mister Bishop krümmte sich ächzend und presste eine Hand auf seine Seite, bevor er sich wieder aufrichtete.

Molly erblickte einen roten Fleck auf dem Stoff seines elfenbeinfarbenen Hemdes. „Sind Sie verletzt?"

Ohne Vorwarnung sank er auf die Knie und kippte um. Für einen langen Moment bewegten sich weder sie noch Pearl.

„Ist er zu seinem Schöpfer gegangen?", fragte Pearl schließlich.

Molly näherte sich wachsam und stupste ihn an. Als er nicht reagierte, nahm sie ihm vorsichtig die Waffe aus den Fingern und fühlte nach dem Puls. „Er lebt."

Blut sickerte durch seine Kleidung in der Nähe seiner linken Hüfte. Sie zog den Stoff weg.

„Wurde er angeschossen?", fragte Pearl.

„Sieht so aus. Was sollen wir tun?"

Pearl fluchte leise vor sich hin. „Ich schätze, wir können ihn nicht hierlassen. Und wenn wir über Nacht bleiben, könnte er sterben, wenn wir seine Wunde nicht säubern."

„Aber was ist, wenn er derjenige ist, der Pedro getötet hat?"

Pearl fixierte Molly. „Glaubst du, der Mann, den ihr gefunden habt, war Pedro?"

„Es könnte sein. Vielleicht hat Pedro während eines Streits auf Mister Bishop geschossen."

Pearl stieß sich von der Wand ab und kam zu Nine Toes' träger Gestalt hinüber. „Ach, verdammt", murmelte sie. „Pack seine Waffe weg. Wir müssen ihn wohl selbst hier rausschleppen."

Kapitel Sechzehn

Jake brachte Fernando in einem Kiefernwäldchen zum Stehen, dankbar, dass sie hier vor dem Sturm etwas geschützt waren.

Ivan hielt mit seinem Pferd neben Jake. „Wir sollten hierbleiben und abwarten. Ich habe keine Lust, vom Blitz getroffen zu werden."

„Einverstanden." Von Jakes Hutkrempe lief das Wasser in Rinnsalen herunter. Er stieg ab und suchte den am besten geschützten Bereich, den er finden konnte, wobei er seinen Regenmantel schüttelte, damit er nicht an seiner Kleidung kleben blieb.

Ivan holte Essen aus seinen Satteltaschen und die beiden hockten sich auf einen Baumstamm, der ihnen als Bank diente.

„Was, glaubst du, hat Pedro getan, dass man ihn umgebracht hat?", fragte Jake.

Ivan kaute auf einem Stück Trockenfleisch herum. „Ich wette, es gab mindestens ein halbes Dutzend Männer, die Streit mit ihm hatten. Es überrascht mich nicht wirklich, dass das kein gutes Ende genommen hat. Man erntet, was man sät." Ivan blähte seine Brust auf und seufzte. „Er war fest entschlossen, den Bluebird zu finden, aber wer von uns ist das nicht."

„Denkst du, er hat ihn gefunden?"

Ivan zuckte mit den Schultern, beobachtete Jake aber mit seinem guten Auge. „Ich habe das Gefühl, dass du auch ein paar Geheimnisse hast."

Jake sah auf Pearls selbstgebackenes Brot in seiner Hand hinunter und beugte sich darüber, um es vor dem Regen zu schützen.

„Versprich mir einfach etwas", sagte Ivan.

Jake begegnete dem intensiven Blick des Schürfer-Piraten, während der Regen auf sie niederprasselte.

Ivan lehnte sich vor. „Wenn es hart auf hart kommt, ziehst du dich zurück."

Jake verstand, was er sagte – dass kein Reichtum der Welt es wert war, sein Leben zu riskieren –, aber er wusste auch, dass es schwer sein würde, loszulassen, wenn er so nahe dran war. Das berauschende Gefühl der Suche nach dem Unbekannten würde nur erfüllt werden, wenn er den Schatz endlich fand. Es war ein Spiel, das Jake schon oft gespielt hatte, und er konnte nicht leugnen, dass er die Herausforderung mochte.

„Könntest du das, Ivan?"

Der Mann murmelte einen Fluch und schüttelte den Kopf.

„Das habe ich mir gedacht."

MOLLY STÖHNTE, als sie den bewusstlosen Körper von Nine Toes Bishop mit Hilfe des Seils über den Vorsprung hinunterließ.

„Ich habe ihn!" Pearls Stimme hallte von unten herauf.

Molly trat aus der Enge des Tunnels, wo sie ihre Füße verankert hatte, und wurde sofort vom Regen durchnässt. Sie war sich nur am Rande darüber bewusst, dass ihre Aufmerksamkeit nicht mehr ihrer Angst vor dunklen, engen Räumen galt. Eine Ablenkung zu haben half eindeutig. Vielleicht hatte sie ein Mittel gegen ihre Panik gefunden.

Langsam kletterte sie die Strickleiter hinunter, wobei sie darauf achtete, sich nicht mit dem Seil zu verheddern, das noch immer um ihre Taille befestigt war. Als sie Pearl erreichte, hatte die Frau bereits Nine Toes' rechten Arm über ihre Schultern gelegt. Molly stützte ihn auf der gegenüberliegenden Seite ab und gemeinsam zerrten sie ihn den Weg hinunter, sodass seine Beine über den nassen, schlammigen Boden schleiften. Der Schmerz in ihrem Knöchel war kaum noch spürbar.

Zweimal hielten sie an, um zu verschnaufen. Keiner von beiden sprach; Molly hatte nicht die Kraft dazu. Gemeinsam kämpften sie sich voran, nur ein Ziel vor Augen: so schnell wie möglich zur Hütte zu kommen.

Als sie endlich auftauchte, zwang Molly sich, den Weg zu Ende zu gehen und Mister Bishop nicht genau dort fallen zu lassen, wo sie standen. Immerhin hatte er Pearl niedergeschlagen und sie mit einer Waffe bedroht. War er all diese Mühe wert? Und war es in Anbetracht seiner Wunde wirklich die beste Lösung, ihn durch Schlamm und Regen zu schleifen?

Dumpfes Bellen von Grom begrüßte sie, als sie die Veranda erreichten, und Mister Bishop regte sich, stotterte und murmelte unzusammenhängend. Er entglitt Mollys Griff und fiel auf die Holzplanken.

„Stehen Sie auf, Nine Toes", forderte Pearl. „Wir sind fast da."

Mit einem letzten kräftigen Ruck zogen Molly und Pearl ihn zur Tür. Sobald Pearl sie öffnete, stürmte Grom heraus und sprang kläffend auf sie zu. Molly streckte ihren freien Arm aus, um das Tier zurückzuhalten.

Drinnen angekommen, schnappte sich Pearl einen Stuhl und ließ Nine Toes los. Er sank auf den Sitz, aber Molly blieb an seiner Seite, damit er nicht hinunterfiel.

„Ich ziehe das Bett ab und lege eine Decke darüber", sagte Pearl und machte sich eilig daran.

Grom winselte aufgeregt und versuchte, Mollys Gesicht abzulecken, als sie sich vorbeugte. Das Wasser rann ihr von Gesicht und Kleidung. Noch immer prasselte der Regen auf das Dach; es klang wie eine Kakophonie von Schüssen.

Pearl kam zurück und gemeinsam hievten sie Nine Toes' schwere Gestalt vom Stuhl und schleppten ihn zum Bett.

„Wir müssen ihm die nassen Sachen ausziehen", sagte Pearl. „Wir wollen doch nicht, dass er sich erkältet."

Gemeinsam streiften sie und Pearl dem Mann das Hemd über den Kopf, zogen ihm die Stiefel aus, dann die Hose. Unter seiner langen Unterwäsche, die ebenfalls durchnässt war, befand sich ein heller, roter Fleck auf der linken Seite.

Pearl seufzte. „Das muss alles weg."

Molly machte sich bereit und nickte. Während der Gedanke, Jake bis auf die nackte Haut auszuziehen, sehr verlockend war, verspürte sie keinerlei Lust, Nine Toes Bishop im Adamskostüm zu sehen.

Pearl schnappte sich eine weitere Decke. Als sie den nassen Baumwollstoff über seine Arme und noch tiefer hinunter zogen, blinzelte Molly, um nichts zu sehen. Pearl breitete rasch die Decke über Nine Toes' Intimbereich, während Molly zum Fußende des Bettes sprang und das Kleidungsstück über seine Füße zog. Sie ließ es auf den Boden fallen. Pearl untersuchte die Wunde an Nine Toes' Seite.

„Sieht nicht so aus, als ob die Kugel noch drin wäre", sagte sie. „Wahrscheinlich hat sie ihn nur gestreift. Hol mir etwas Wasser und die Karbolsäure aus der Kommode. Dort sollten auch Nadel und Faden sein."

Molly suchte die Sachen zusammen und holte einen frischen Lappen. Während die ältere Frau die Wunde säuberte und nähte, machte Molly ein Feuer im Ofen. Grom ließ sich widerwillig auf dem Boden nieder, beobachtete jede Bewegung von Molly und wedelte heftig mit dem Schwanz, wann immer sie in seine Nähe kam.

Pearl verband die Wunde und deckte Nine Toes mit weiteren Decken vom Hals bis zu den Füßen zu.

„Zieh dir die nassen Sachen aus, Molly. Du sollst dir auch nicht den Tod holen."

Pearl hatte recht. Kurz bevor Molly das Feuer angezündet hatte, hatten ihre Hände aufgehört, so zu funktionieren, wie sie sollten. Das war, gelinde gesagt, lästig gewesen. Molly war erstaunt, dass Pearl es geschafft hatte, den Faden ins Nadelöhr einzufädeln und Nine Toes' Wunde zu schließen.

Sie und Pearl entledigten sich ihrer Blusen und Röcke, die nicht mehr ganz so schwer vor Nässe waren wie beim Betreten der Hütte, und zogen sich trockene Kleidung an. Erschöpft ließen sich beide auf einen Stuhl am Küchentisch fallen, um sich endlich auszuruhen.

Über Pearls linkem Auge hatte sich eine violette Beule gebildet.

„Geht es dir gut?", fragte Molly und deutete auf die Stelle, an der Nine Toes Pearl mit dem Gewehrkolben getroffen hatte.

Pearls Schultern sackten hinunter. „Ich werde es überleben."

„Meinst du, er wird es schaffen?" Molly blickte auf Nine Toes' leblosen Körper, dessen Brust sich kaum hob und senkte.

Pearl beobachtete ihren Patienten mit finsterer Miene. „Nach all der Mühe sollte er das besser."

„Glaubst du, er hat Pedro getötet?"

„Wenn er es getan hat, wissen wir wenigstens, dass Jake und Ivan nicht in Gefahr sind."

Doch Pearls Erklärung beruhigte Molly nicht. Was war mit den beiden Schürfern, Marcus und Jim, die sie und Jake getroffen hatten? Was, wenn sie es gewesen waren, wie Jake von Anfang an vermutete?

Ihr Blick blieb an Nine Toes hängen. Sobald er erwachte, würde sie ihn fragen, was genau passiert war. Sie war sich nicht sicher, wie lange sie es in der Hütte mit all ihren Gedanken und Sorgen um Jake und Ivan aushalten konnte. Doch sie unterdrückte den Drang, ihnen zu folgen … vorerst.

Jake erwachte vor dem Morgengrauen mit steifen Gliedern auf seinem Bett aus feuchten Kiefernadeln. Er und Ivan waren gezwungen gewesen, in dem Waldstück zu nächtigen, in das sie sich vor dem Sturm geflüchtet hatten. Zum Glück hatte der Regen aufgehört, auch wenn noch immer dicke, schwere Wolken den Himmel bedeckten.

Ivan stöhnte auf. „Ich werde langsam zu alt für so etwas."

„Vielleicht solltest du unten in Arizona mit dem Schürfen anfangen."

Ivan gluckste. „Mag sein, aber vielleicht solltest du besser selbst darüber nachdenken. Du hast einen guten Grund, in den Süden zu gehen."

Jake musste schmunzeln. Konnte er den Bluebird und all sein Potenzial für eine Frau aufgeben? Oder konnte er nicht irgendwie alles haben?

Frustration flammte in ihm auf, um sich dann ebenso schnell wieder zu verflüchtigen. Würde er es nicht bereuen, wenn er sich an Molly Rose band? Gleichzeitig löste der Gedanke daran, sie gehen zu lassen, ein Flattern der Verwirrung in seiner Brust aus. Verdammt! Das Leben wäre so viel einfacher, wenn er sie nie kennengelernt hätte.

Er und Ivan trödelten nicht und machten sich bald auf den Weg zum Fundort der Leiche. Als sie den letzten Aufenthaltsort von Marcus und Jim umrundeten, entdeckte Jake kein Zeichen ihres Lagers. Bei näherer Betrachtung fand er nur die ausgewaschenen Überreste einer Feuerstelle. Jake führte Fernando zu der Mulde im Boden, in der Molly über Pedro gestolpert war. Es sollte kein Problem sein, die Leiche zu finden, der Regen hatte sie wahrscheinlich freigelegt. Aber als er die Stelle erreichte, war nichts zu sehen.

Jake stieg ab, ließ Fernandos Zügel fallen und lief systematisch den Boden ab, trat gegen Steine und mögliche Vertiefungen und suchte nach einem Kopf, einer Hand oder einem Fuß.

Nichts.

Ivan, der in der Nähe auf und ab ging, blickte auf. „Bist du sicher, dass das die richtige Stelle ist?"

Jake nickte langsam. An der Grabstelle befand sich noch immer eine Vertiefung und die Grasnarbe war umgewühlt. Er war sich sicher, dass dies die richtige Stelle war. Er kehrte zu seinem Pferd zurück, schnappte sich eine Schaufel und grub an mehreren Orten.

Immer noch nichts.

Jake hielt inne und suchte die Umgebung ab.

„Muss ich mir Sorgen machen, dass du den Verstand verloren hast?", fragte Ivan.

„Vielleicht habe ich das. Oder vielleicht haben die beiden Goldsucher die Leiche ausgegraben und mitgenommen."

„Warum in aller Welt sollten sie das tun?"

Jake wischte sich mit dem Ärmel den Schweiß aus dem Gesicht. „Damit sie nicht wegen Mordes gefasst werden."

Es war früher Nachmittag, als Molly Nine Toes mit einem feuchten Tuch das Gesicht abwischte und er seine Augen öffnete.

„Wie fühlen Sie sich?", fragte sie.

„Als wäre Dynamit in mir explodiert." Er stöhnte und versuchte, sich zu erheben. Molly drückte ihn wieder hinunter.

Das Geräusch von Pferden, die sich dem Haus näherten, ließ sie aufmerken. Ein Blick zu Pearl in der Küche bestätigte, was sie beide dachten. Molly ging zur Haustür und öffnete sie. Jake und Ivan stiegen soeben von ihren Pferden.

Sie rannte zu Jake, schlang die Arme um seinen Hals und küsste ihn.

Er grinste an ihrem Mund. „Ich habe dich auch vermisst, Chigger."

Sie küsste ihn noch einmal, ohne sich darum zu kümmern, dass Ivan und Pearl Zeuge dieser offensichtlichen Zurschaustellung ihrer Zuneigung wurden. Als sie sich schließlich von Jake löste, legte er einen Arm um ihre Taille und beließ ihn dort.

„Warum bekomme ich nicht auch so eine Begrüßung?“, grummelte Ivan zu seiner Frau.

„Wir haben ein Problem“, antwortete Pearl, ohne auf die Bemerkung einzugehen. Sie stemmte die Hände in die Hüften. „Nine Toes Bishop ist bei uns. Er wurde angeschossen.“

„Was zum Teufel ist mit dir passiert?“, fragte Ivan, ging schnell zu Pearl und berührte ihre Stirn. Die Beule hatte sich tief violett gefärbt und der Bluterguss unter der Haut wanderte langsam um ihr Auge herum.

„Er war in dem Tunnel, zu dem wir gehen sollten“, sagte Molly. „Nine Toes hat Pearl niedergeschlagen, dann ist er selbst zusammengebrochen. Wir mussten ihn hierherschleppen.“ Sie legte den Kopf schief und sah Jake an. „Er sagte, er sei mit Pedro unterwegs gewesen. Habt ihr die Leiche gefunden? Es war Pedro, nicht wahr?“

„Ja“, antwortete Jake, „aber wir haben nichts gefunden. Die Leiche wurde weggeschafft. Was hat Nine Toes noch gesagt?“

„Er ist gerade aufgewacht.“ Pearl schmiegte sich in Ivans Arme. „Ich bin froh, dass du wieder da bist. Wir sollten direkt mit ihm reden. Er hatte Fieber. Es ist noch nicht klar, ob er durchkommt.“

Ivan nickte. „Wir bringen die Pferde unter und sind gleich da.“

Jake drückte Molly einen weiteren Kuss auf den Mund, ließ sie los und führte Fernando zum Stall. Noch leicht benommen von der Berührung blickte sie ihm nach. Sie freute sich von Herzen, ihn zu sehen. Wie war es nur möglich, dass sie nach so kurzer Zeit schon so sehr an ihm hing?

„Ist Pedro wirklich tot?“, röchelte Nine Toes. Geschwächt von seiner Wunde war er kaum in der Lage, seinen Kopf vom Kissen zu heben.

„Das kann man wohl sagen", antwortete Jake, die Arme vor der Brust verschränkt, während er am Fußende des Bettes stand. Er kannte Nine Toes zwar nicht gut, aber er wusste, dass der Mann in letzter Zeit in Begleitung von Pedro gesehen worden war. „Hast du ihn erschossen?"

„Nein. Ich wurde selbst angeschossen." Zorn zeichnete sich auf dem aschfahlen Gesicht des Verwundeten ab, dessen struppiger Bart bis zum Hals hinunterwuchs.

„Sag mir, was passiert ist."

„Wir waren in dem Tal nördlich von hier. Wir hatten einen Streit mit zwei anderen Schürfern über das Territorium und es wurde hässlich. Ich bin weggerannt, aber es fiel mir nicht leicht, wegen meines Rheumas und weil ich den einen Zeh durch die Gicht verloren habe. Ich hatte angenommen, dass Pedro direkt hinter mir wäre, aber ich habe ihn danach nicht mehr gesehen." Er hielt inne, um sich zu räuspern, was ihn wieder vor Schmerz zusammenzucken ließ. „Ich bin auf den alten Tunnel gestoßen und habe mich dort versteckt. Da haben Pearl und Molly mich gefunden."

„Warum hast du sie geschlagen?", knurrte Ivan.

Jake unterdrückte einen Anflug von verzweifelter Wut. „Und du hast die Frauen mit einer Waffe bedroht." Als Molly ihm erzählt hatte, was passiert war, hatten sich eisige Ranken des Schreckens um seine Eingeweide geschlungen.

Nine Toes schluckte reflexartig und deutete auf die Frauen, die sich in der Nähe aufhielten. „Woher sollte ich wissen, dass sie nicht zu diesen Männern gehörten?"

„Warum sollten Marcus und Jim Pedro erst begraben und dann wieder ausgraben?", fragte Ivan.

„Ich weiß es nicht."

Jake bedachte ihn mit einem scharfen Blick. „Was hattest du mit Pedro hier zu suchen?" Bei allem, was hier in letzter Zeit vor sich ging, war es nur eine Frage der Zeit, bis einer dieser Schürfer das Gebiet um den Chigger und die beiden anderen

Claims, die Jake anmelden wollte, entdeckte. Ihm blieb nicht mehr viel Zeit.

Nine Toes seufzte. „Schürfen. Was sonst?"

„Er sucht nach dem Bluebird", sagte Pearl.

„Das ist kein Verbrechen", verteidigte sich Nine Toes mit hervorquellenden Augen.

„Aber es hat ein Verbrechen gegeben." Jake hob seinen Hut und fuhr sich frustriert mit der Hand durch die Haare. „Pedro ist tot."

„Vielleicht hat ihn sein Partner getötet."

Jake runzelte die Stirn. Pedro arbeitete allein. Die Tatsache, dass er sich in letzter Zeit mit Nine Toes abgegeben hatte, war schon seltsam genug. „Wer ist sein Partner?"

„Ein Kerl namens Charlie."

„Hast du diesen Charlie schon mal getroffen?", fragte Ivan.

„Nein. Aber Pedro wollte mich einbeziehen, wenn wir was finden."

Na, da komme ich mir ja wie ein egoistischer Mistkerl vor. Jake warf einen Blick auf Molly, die links von ihm stand. Wie sie nach seiner und Ivans Rückkehr in seine Arme gestürzt war, hatte sich so richtig angefühlt, als wäre er endlich heimgekommen an den Ort, an den er wirklich gehörte. Die Vorstellung, jeden Tag so von Molly Rose begrüßt zu werden, war verlockender, als er es sich jemals hätte vorstellen können … wie sie ihre Arme um seinen Hals legte, ihn küsste und ihn mit diesem besonderen Leuchten in ihren Augen anschaute, mit dem sie ihn vorhin bedacht hatte. Aber angesichts der zunehmenden Gewalt wollte er ihre Sicherheit nicht aufs Spiel setzen, und wenn er die Claims auf ihren Namen eintrug, würde er genau das tun. Er musste den Kurs beibehalten und seinen ursprünglichen Plan weiterverfolgen.

Ein Klopfen an der Tür ließ sie alle aufschrecken.

Pearl öffnete und Robert starrte sie an.

Kapitel Siebzehn

„**B**ist du dir sicher, dass es Pedro war?" Robert beobachtete die Pferde in dem winzigen Korral, während er neben Jake stand und die Sonne sich dem westlichen Rand der Berge näherte.

„So sicher, wie ich nur sein kann."

„Die Goldsucher, die du getroffen hast, hießen Marcus und Jim?"

Jake nickte. „Kennst du sie?"

„Gewissermaßen. Ich habe gehört, dass Winston ein paar Männer ausgestattet hat. Das könnten sie gewesen sein."

Jake dachte über diese Möglichkeit nach. „Warum zum Teufel sollte er das tun? Er ist doch genauso an Lannigan gebunden wie du."

„Ich vermute, aus demselben Grund, aus dem ich den Chigger nicht auf meinen Namen gemeldet habe. Er versucht, seine Interessen getrennt zu halten."

„Lannigan wird das nicht einfach so hinnehmen."

Robert drehte sich zu ihm um. „Du glaubst, er hat Pedro umbringen lassen?"

„Marcus und Jim könnten es getan haben, aber vielleicht steckt auch jemand anderes dahinter."

„Hast du den Chigger gefunden?"

„Ja. Er sieht gut aus. Ich habe Proben genommen, die ich in die Stadt bringen kann."

„Hast du sonst noch was gefunden?"

„Ich habe weiter oben noch einen Claim abgesteckt." Eine Lüge fühlte sich besser an, wenn sie ein Körnchen Wahrheit enthielt. Das hatte Jake in seiner Zeit als Schmuggler gelernt.

„Soll ich mit dir zum Meldeamt gehen?" Roberts Tonfall war leicht, aber Jake entging die verborgene Schärfe nicht.

Jake spielte mit. „Wenn du willst."

Robert beobachtete ihn. „Ich denke, ich werde morgen in dieses Tal steigen."

„Nicht allein. Falls du es noch nicht bemerkt hast, hier ist es nicht gerade sicher."

„Also schön." Robert atmete aus und lachte. „Zurzeit sind alle ziemlich nervös."

„Sogar du?" Jake musterte ihn aus den Augenwinkeln. „Wie geht's Bridget?"

Robert schüttelte den Kopf und stützte sich mit den Armen auf dem Geländer ab. „Wir hatten einen Streit. Ich würde sagen, mit uns ist es so gut wie vorbei."

„Kommst du damit klar?"

Robert ließ den Kopf hängen. „Verdammt, nein", murmelte er vor sich hin. „Mich hat es schlimm erwischt."

Jake klopfte Robert auf die Schulter. Das gleiche Dilemma hatte auch ihn ereilt, aber es gab keinen Grund, es laut auszusprechen. Er wusste, was er tun musste, um am Ende alles wieder in Ordnung zu bringen, sowohl mit dem Chigger – der möglicherweise die begehrte Bluebird-Ader war – als auch mit Molly. Aber im Laufe der Jahre hatte er oft genug erlebt, wie sich seine Pläne in Luft auflösten. Es gab keine Erfolgsgarantie. All das konnte ihm leicht durch die Finger gleiten.

Er sehnte sich danach, Molly in den Schuppen zu zerren und alles auszukosten, was sie ihm anzubieten hatte, bevor sie einen

Grund dazu hatte, ihn zu verachten, aber das würde ihn zu einem egozentrischen Schuft machen, und er hatte sich die ganze Zeit solche Mühe gegeben, der Gute zu sein.

Um das Thema von ihrem Liebesleben abzulenken, sagte Jake: „Lass uns den Tunnel überprüfen, in dem Nine Toes sich versteckt hat."

„Warum?"

„Ich habe nur so eine Ahnung."

MOLLY SAß am Küchentisch und schrieb in ihr Tagebuch, während Pearl ein Hemd flickte. Grom lag ihr zu Füßen und Nine Toes schlief unruhig in ihrem Bett. Ivan, Jake und Robert waren zu dem Tunnel zurückgegangen, in dem sie Nine Toes gefunden hatten.

Molly hielt mit ihrem Bleistift über dem Papier inne, als sie das Geräusch eines sich nähernden Pferdes hörte. Ihr Blick begegnete Pearls, in deren Augen sich die gleiche Sorge spiegelte.

Molly stand auf und zog die Vorhänge an beiden Fenstern zu. Vielleicht würde der Reiter vorbeireiten, wenn er dachte, dass niemand zu Hause war. Es war eine lächerliche Hoffnung. Im Umkreis von mehreren Meilen gab es keine andere Hütte. Warum sollte ein Reiter nicht anhalten?

Sie holte gerade ihren Colt, als Grom aufstand und zu bellen begann. Pearl schnappte sich die Schrotflinte und stellte sich neben sie.

Das Pferd hielt draußen und Schritte ertönten, als der Reiter die Veranda hinaufstieg und an die Haustür klopfte.

„Ist jemand da?", fragte eine vertraute weibliche Stimme.

Molly legte ihre Waffe ab und hob den Riegel an, der die Tür blockierte. Als sie sie öffnete, starrte sie verblüfft auf die Frau mit ihren blauen Augen und den geröteten Wangen, die ihr gegenüberstand.

Bridget Lannigan.

Die Laterne, die Jake in der Hand hielt, warf Schatten an die Wände des Tunnels. Als er das Ende des Schachts erreichte, verbreiterte sich der Gang und er hob die Laterne höher, um Wände und Nischen abzusuchen.

Robert trat hinter ihm hervor und zeigte auf etwas. „Sieh mal, da drüben."

Jake näherte sich und ging in die Hocke.

„Das müssen Proben sein", sagte Ivan neben ihnen.

Zwei Jutesäcke enthielten Erzstücke.

„Glaubst du, Nine Toes hat die hier versteckt?", fragte Robert.

„Vielleicht." Jake schnappte sich die Säcke. „Lass ihn uns fragen."

Jake folgte Robert aus dem Tunnel. Hinter dem Eingang leuchtete das letzte Licht des Tages. Als Robert die Schwelle überquerte, ertönte ein Schuss und er stürzte.

Jake ließ die Säcke fallen, zog seine Waffe und blieb kurz vor der Schwelle stehen. „Robert? Bist du verletzt?"

„Ja." Er lag auf der Seite, das Gesicht abgewandt. „Er hat mich am Oberschenkel getroffen."

„Kannst du nach hinten rutschen? Ich gebe dir Deckung."

Ivan stand Jake gegenüber und hatte seine Waffe ebenfalls gezogen. Auf Ivans Nicken feuerten er und Jake eine Salve von Schüssen auf einen Salbeistrauch ab, die wahrscheinlichste Position des Angreifers.

Als Robert in den Schutz des Ganges zurückgekrochen war, hielten Jake und Ivan inne und luden nach.

„Ich gehe da raus", sagte Jake und verschwand, bevor die beiden Männer ihn aufhalten konnten. Er duckte sich und sprang von der Kante. Wenn er die Strickleiter genommen hätte, hätte er dem Angreifer den Rücken zugekehrt. Er zuckte vor Schmerz zusammen, als seine Füße auf dem Boden aufschlugen, und rollte nach vorne, wobei er seinen Hut verlor. Im Stehen zog er eine zweite Pistole und drückte sich an den Berghang, während er sich demjenigen näherte, der sie mit Blei löchern wollte.

Eine Bewegung im Gebüsch erregte seine Aufmerksamkeit. Er gab mehrere Schüsse ab und duckte sich hinter einen Felsvorsprung. Ein paar Fuß von ihm entfernt peitschten Antwortschüsse in die Erde.

Er feuerte zurück und bemerkte einen Schatten weiter hinten. Vielleicht hatte er den Täter getroffen.

Für einen langen Augenblick wartete Jake und lauschte.

Dann verließ er sein Versteck, schätzte den Standort des Schützen ab und rannte darauf zu. Zerbrochene Zweige, umgeknickte Sträucher und ein deutlicher Stiefelabdruck fielen ihm ins Auge, zusammen mit verbrauchten Patronenhülsen, die den Boden bedeckten. Wer immer hier gewesen war, war geflohen.

Jake entdeckte etwas anderes. Er kniete nieder und hob eine runde Tabakdose auf, die so klein war, dass sie in seine Handfläche passte. Er kannte nur einen Mann, der eine solche Dose besaß – James Winston.

MOLLY KLAPPTE IHREN MUND ZU. „Was machst du denn hier, Bridget?"

„Darf ich reinkommen?"

Pearl lehnte ihre Flinte an die Wand und schob Molly sanft zur Seite. „Natürlich dürfen Sie."

Bridget trat ein, hielt aber inne, als Grom sein Fell sträubte und sie anknurrte. Bridget zog ihre Reithandschuhe aus und streckte dem Hund die Hand entgegen. „Na, du bist aber ein lieber Hund", säuselte sie.

Grom ließ sich davon nicht einlullen und wich zwei Schritte zurück.

Bridget richtete sich auf und ließ ihren Blick von Molly zu Pearl schweifen. Sie trug weder Hut noch Haube und ihr Haar war von dem Ritt lose und zerzaust. Ihre Bluse war dreckverschmiert und Staub bedeckte ihren dunklen Baumwollrock. „Ich bin auf der Suche nach Robert."

„Wie kommst du darauf, dass er hier sein könnte?", fragte Molly, ohne seine Anwesenheit zu bestätigen. Vielleicht hatte er versucht, von ihr wegzukommen.

Bridget zögerte. „Ich bin ihm gefolgt, aber er war zu schnell. Ist er hier vorbeigekommen?"

„Das ist er", antwortete Pearl. „Er wird gleich mit Ivan und Jake zurückkehren."

Bridget nickte, dann schweifte ihr Blick zum Bett. „Ist der Mann krank?"

„Er wurde angeschossen." Pearl winkte sie zu sich an den Tisch. „Kommen Sie, ich mache Ihnen eine Tasse Kaffee." Sie lachte in sich hinein, während sie sich abwandte. „Ich glaube nicht, dass wir jemals so viele Besucher hatten."

Molly schob den Riegel wieder vor die Tür, während Pearl Tassen auf den Tisch stellte und sie füllte.

Als alle saßen, sagte Bridget: „Ich wusste nicht, dass du hier bist, Molly. Nachdem du die Ranch verlassen hast, sagte Robert, dass er dich in dein Hotel zurückgebracht hätte."

„Das hat er auch."

„Hat Robert dir gesagt, dass du hierherkommen sollst?"

„Nein." Molly fiel kein guter Grund zu lügen ein. „Ich bin mit Jake McKenna gekommen."

„Archie hatte also recht", rief Bridget. „Er hat gesagt, du wärst mit McKenna durchgebrannt, aber ich habe es nicht geglaubt. Ich dachte, du wärst schlauer."

Molly hielt eine scharfe Erwiderung zurück.

Bridget fuhr fort, scheinbar ohne sich ihrer Unhöflichkeit bewusst zu sein. „Gibt es einen Grund, warum du dich hier verbarrikadiert hast? Mein Pferd steht am Anbindepfosten. Ich sollte mich darum kümmern." Sie hielt inne und blickte dann auf die Beule auf Pearls Stirn. „Hat Sie jemand geschlagen, Mrs Krupin?"

„Das ist eine lange Geschichte", antwortete Pearl und stand dann auf. „Ich werde mich um das Pferd kümmern."

„Ich sollte mitgehen", sagte Molly.

Pearl schüttelte den Kopf. „Ich komme schon zurecht." Sie tätschelte Mollys Arm. „Ich beeile mich."

„Lass die Tür offen", sagte Molly, als Pearl nach draußen ging. Auf diese Weise würden sie wenigstens hören, wenn sie etwas brauchte oder um Hilfe rief.

Molly lenkte ihre Aufmerksamkeit wieder auf Bridget. „Es hat einen Mord gegeben."

„Was?"

„Ein Mann namens Pedro Elizondo. Kanntest du ihn?"

„Nein. Glaubst du, der Mann, der es getan hat, ist noch da draußen?"

„Vielleicht."

Bridget verstummte und Molly nippte an ihrem Kaffee. „Warum bist du hier? Hat dein Vater dich geschickt?"

Tränen füllten Bridgets Augen. „Ich kann verstehen, warum du das denkst, aber nein, ich bin nicht im Auftrag meines Vaters hier. Ich bin hier, weil ich mit Robert sprechen muss. Ich bin hier, weil ich ihn liebe, und er mir nicht glaubt." Ihre Stimme wurde von einem Schluchzen unterbrochen. „Und ich möchte, dass er das weiß."

Unter Bridgets Tränen kühlte sich Mollys Ärger ab und hinterließ ein zwiespältiges Gefühl. Sie sollte die Frau trösten, aber liebte Bridget Robert wirklich? Würde er sie eines Tages heiraten? Wenn das der Fall war, würde Molly gezwungen sein, ein Leben lang mit ihr auszukommen. Vielleicht war es an der Zeit, ihr gegenüber ein wenig Wärme und Akzeptanz zu zeigen.

„Ich schätze, du kannst hier warten und mit Robert sprechen, wenn er das möchte."

Bridget wischte sich die Nase und die Tränen ab, die ihr übers Gesicht liefen. „Danke", stieß sie hervor.

———

IM SCHUTZ der Dunkelheit trugen Jake und Ivan Robert auf ihren Schultern zurück zur Hütte. Als sie sich näherten, flog die Tür auf. Zu Jakes Überraschung drängten sich Molly und Bridget Lannigan im Eingangsbereich. Beide stürmten nach vorne.

„Robert, was ist passiert?", fragte Molly.

„Großer Gott!", rief Bridget aus. „Dein Bein blutet."

Roberts Blick blieb auf Bridget haften. „Was machst du denn hier?"

„Ich musste dich sehen." Bridget starrte auf den Blutfleck auf seiner Hose. „Ich konnte die Dinge nicht so lassen, wie sie nach unserem Streit waren." Sie hob ihren Blick zu ihm. „Ob du es glaubst oder nicht, Robert, du bist mir wichtig."

Ivan und Jake hievten Robert auf die Veranda. In der Hütte angekommen, setzten sie ihn auf einen Stuhl.

Pearl ließ das Kartoffelschneiden sein und stand vom Tisch auf. „Was in aller Welt ist denn passiert?"

„Es ist nicht so schlimm, wie es aussieht." Robert schüttelte den Kopf und schnitt eine Grimasse. „Du hättest nicht herkommen sollen, Bridget."

Bridget wirkte erschüttert, ein Blick, den Jake noch nie bei einer Lannigan gesehen hatte.

Pearl wischte sich die Hände an ihrer Schürze ab und winkte sie alle weg. „Ihr geht jetzt besser alle, damit ich mich um ihn kümmern kann."

„Nein", mischte sich Bridget ein. „Ich bleibe hier."

Molly wandte sich an Jake. „Du bist doch nicht auch verletzt, oder?"

„Nein." Er verließ die viel zu vollgestopfte Hütte und trat auf die Veranda. Molly folgte ihm, als er die Stufen hinabstieg und zur Rückseite des Hauses ging.

„Wie ist Robert angeschossen worden?"

„Wir hatten einen Besucher."

„Wen?"

Er betrat den Schuppen, schlug ein Streichholz an und entzündete die Lampe, die neben dem Eingang hing. „Wenn ich raten müsste? Winston "

„Warum sollte er auf euch schießen?"

Jake kehrte zum Korral zurück. „Wenn ich das wüsste. Wir haben zwei Säcke mit Erzproben in dem Schacht gefunden. Vielleicht hat Nine Toes sie für Winston dort gelassen. Oder vielleicht hat Pedro sie dort deponiert." Er führte Fernando und Cinnamon in den Schuppen.

„Nine Toes hat also befürchtet, dass Pearl sie finden würde? Hat er sie deshalb geschlagen?" Molly legte frisches Heu in jede Box, während Jake die Wassertröge füllte.

„Vielleicht. Wenn er aufwacht, werde ich ihn fragen."

„Glaubst du, dass der Schütze noch da draußen ist?"

Jake begann, Fernando abzubürsten. „Das bezweifle ich. Ich glaube, wir haben ihn verscheucht. Aber bleibt wachsam."

Sie hörten auf zu reden. Molly beobachtete Jakes gleichmäßige Bewegungen, während er sich um sein Pferd kümmerte, und Sorge wühlte in ihrem Bauch. Pedro war bereits tot und nun war auch Robert angeschossen worden.

„Vielleicht sollten wir alle einfach von hier verschwinden", sagte sie.

Jake legte die Bürste beiseite und sah sie an. „Ich werde nicht zulassen, dass dir etwas zustößt."

„Aber was ist mit dir? Und Robert?"

Er trat dicht an sie heran und wickelte eine Strähne ihres Haares um seinen Finger. „Was glaubst du, warum Bridget hier ist?"

„Sie ist gekommen, um Robert zu sehen."

„Sie hat nicht versucht, Informationen aus dir herauszubekommen?"

Molly schien verblüfft. „Daran habe ich nicht gedacht, aber ich habe ihr auch nichts erzählt."

Jake nickte. „Du weißt doch, dass Winston ein Auge auf sie geworfen hat."

Sorge überzog ihr hübsches Gesicht. „Glaubst du, dass er deshalb auf Robert geschossen hat?"

„Könnte sein." Es wäre gut, wenn sie so bald wie möglich zurück in die Stadt kämen, aber er bezweifelte, dass Robert heute Nacht noch reiten konnte.

„Ich glaube, sie liebt ihn wirklich", sagte Molly. „Sie war sehr aufgewühlt, als sie hier ankam, und wollte Robert unbedingt finden, um ihn zur Vernunft zu bringen."

Jake spürte, wie Molly zitterte, also nahm er seinen Mantel ab und legte ihn um ihre Schultern. Sie schlüpfte in die Ärmel und lächelte. „Danke."

Jake seufzte. „Ich habe nicht die geringste Ahnung, wo wir alle schlafen sollen." Obwohl ihn nichts glücklicher machen würde, als Molly an seiner Seite zu haben.

Nicht zum ersten Mal machte die Romantik der Situation ihm Gewissensbisse. Welche Absichten hatte er Molly gegenüber? Spielte er mit dem Feuer?

Er hatte nicht viel darüber nachgedacht, wohin das alles führen könnte. Er genoss Mollys Gesellschaft, genoss die unheimliche Anziehungskraft, die sie auf ihn ausübte, genoss, wie sehr er sich darauf freute, sie zu sehen.

Aber hatte sie nicht die Wahrheit verdient?

Er fühlte sich nicht ganz wohl mit seinem heimlichen Plan, die neuen Claims nur unter seinem Namen anzumelden, aber er schob das Unbehagen beiseite. Die Suche nach dem Bluebird hatte eine dunkle Wendung genommen, und Jake wollte verdammt sein, wenn er Molly – oder Robert – deswegen verlieren würde. Trotzdem wollte er nicht, dass der Claim in den Händen anderer landete – den Händen gieriger, unmoralischer Leute wie Shep Lannigan oder James Winston. Was Jake anging, so würde er von beiden Männern alles nehmen, was er konnte.

Aber seine Unehrlichkeit in Bezug auf die Claims – die nach Pedros Tod nur Mollys Schutz diente – bedeutete nicht, dass er sie über ihre potenzielle Liebesaffäre täuschen sollte.

„Ich glaube langsam, dass ich dir einen schlechten Dienst erweise", sagte er, „und das wollte ich niemals tun."

„Ich weiß nicht, was du meinst."

Er sprach das aus, was schon immer seine Wahrheit gewesen war. „Ich habe nicht die Absicht, mich lange zu binden, wie es bei einer Frau wie dir das einzig Richtige wäre."

Sie kniff die Augen zusammen. „Wer sagt das? Du?"

„Molly –"

„Woher willst du wissen, was das Beste für mich ist?" Ihre ruhige Stimme konnte den schneidenden Ton darunter nicht ganz verbergen. „Hat Robert etwas gesagt?"

Jake schüttelte leicht den Kopf und runzelte die Stirn, als er merkte, dass ihm die Kontrolle über die Situation entglitt wie ein Fisch, der sich nicht fangen lassen wollte. Er war plötzlich nervös, und das gefiel ihm gar nicht.

„Ich habe nie Interesse an einer Heirat bekundet." Mollys gerötetes Gesicht verriet ihre Verlegenheit trotz ihrer defensiven Haltung, und Jake bereute sofort, dass er das Thema angesprochen hatte.

„Wenn dich diese Sorge bedrückt", fuhr sie fort, „dann kannst du sie getrost abschütteln. Ich habe Wichtigeres vor."

Ungeduld piesackte ihn wie eine lästige Stechmücke. „Was zum Beispiel?"

„Ich habe vor, die Welt zu bereisen. Mir ist bewusst, dass ich dafür nicht Mann und Kinder zu Hause zurücklassen könnte. Um ehrlich zu sein, wäre mir ein Ehemann im Moment nur im Weg."

Jake hatte auf seinen Reisen einige Frauen kennengelernt, die selbstständig und abenteuerlustig waren und sich nicht von einem

Mann kontrollieren lassen wollten – und das an Orten, an denen die Regeln für Frauen viel strenger waren als in den Staaten. Und obwohl er sie bewundert hatte und sogar irgendwie faszinierend fand, war ihm ihr Wohlergehen egal gewesen. Es stand ihnen frei, ihr Leben so zu leben, wie sie es wollten, oder die gesellschaftlichen Regeln zu umgehen, wenn es ihnen beliebte.

Aber dieses zierliche Ding weckte Gefühle in ihm, die er lieber nicht hätte. Sie inspirierte ihn dazu, von einer Zukunft voller Hoffnung und Wunder zu träumen. Wachsendes Unbehagen durchströmte ihn wie heiße Melasse, erhitzte ihn von Kopf bis Fuß und erfüllte ihn mit der Angst, dass ein wichtiges Teil des Puzzles seines Lebens fehlen würde, wenn sie auf dieser Welt war und er nicht an ihrer Seite. In seiner Brust breitete sich ein Schmerz der Einsamkeit aus, den er seit seiner Zeit im Waisenhaus nicht mehr gespürt hatte. Er bohrte ein Loch in sein Herz, das – so unglaublich es auch schien – nur von ihr ausgefüllt werden konnte.

Er war so verblüfft über das Ausmaß seiner Reaktion auf ihre einfache Aussage, keinen Ehemann zu wollen, dass er sie nur sprachlos anstarren konnte.

Als sie die Schuppentür aufriss und floh, wollte er sie zurückrufen. Er wollte sie küssen, um den Strudel der Emotionen zu ersticken, er wollte sie festhalten, den Duft ihrer Haut einatmen und spüren, wie sie sich an ihn drückte. Er wollte sich in ihr verlieren. Mit jedem Tag, der verging, wollte er das mehr und mehr.

Er taumelte, als hätte man ihm einen Schlag in den Magen versetzt, und stützte sich mit einer Hand auf einem Holzpfosten ab.

Man muss sein Herz so lange brechen, bis es sich öffnet.

Ein verdammt toller Zeitpunkt, um endlich den Sinn hinter Rumis Lehren zu verstehen.

MOLLY UMRUNDETE die Hütte und blieb beim Anblick von Robert und Bridget stehen, die auf den Stufen der Veranda saßen und sich innig umarmten. Sie war zwar froh, dass Roberts Verletzung anscheinend nur geringfügig war, dennoch durchzuckten sie Empörung und verzweifelter Neid, als sie sah, wie die beiden sich so leidenschaftlich umschlangen.

Beinahe hätte sie einen kindlichen Laut des Ekels von sich gegeben, aber sie war keine zehn mehr. Ihr Bruder war ein Mann, und er hatte Wünsche und Sehnsüchte wie jeder andere männliche Vertreter seiner Spezies. Daher auch ihre Verärgerung.

Sie wollte, dass Jake sie genauso sehr begehrte.

Und offensichtlich tat er das nicht.

Sie zögerte, wusste nicht, was sie tun sollte. Das mit den Lippen verschmolzene Paar versperrte ihr den Weg in die Hütte, und die dunkle Nacht lud nicht gerade dazu ein, im Wald herumzuwandern. Ihre einzige Möglichkeit war, zu Jake zurückzukehren, aber ihr Stolz hielt sie davon ab. Während sich ihre Unentschlossenheit hinzog, ballte sie die Fäuste und fragte sich, ob es in der Nähe etwas gab, auf das sie einschlagen konnte.

Das war die einzige Erklärung dafür, warum sie genau das tat, als Jake von hinten kam und eine Hand um ihren Arm legte.

Sie versetzte ihm einen ordentlichen Schlag.

„Au." Er taumelte zurück und hielt sich eine Hand vors Auge. Sein Hut lag auf dem Boden.

„Jake, es tut mir leid." Sie schüttelte ihre Hand, um den Schmerz zu lindern, der durch ihre Knöchel zuckte. „Aber warum musst du dich auch so an mich heranschleichen?"

„Ich wollte mich entschuldigen."

Er nahm die Hand von seinem Gesicht und sie sah ein gefährliches Leuchten in seinen Augen.

„Wofür?" Sie ließ sich nicht einschüchtern. „Du bist mir nichts schuldig."

Mit pantherhaften Reflexen packte er ihr Handgelenk und zog sie zurück in den Schatten, weg von dem Licht, das aus den

Fenstern an der Vorderseite der Hütte strömte. Sicherlich hatten Robert und Bridget sie gehört. Molly erwartete, dass sie jeden Moment auftauchen würden.

Jake drückte sie gegen die Hüttenwand und seine Lippen fanden die ihren. Dies war kein zahmer Kuss – es war eine Verheißung, die ihr die Luft aus den Lungen stahl, ein heißblütiger und ungestümer Akt voller Sehnsucht, Verlangen und körperlichem Begehren.

Sein Mund senkte sich ganz über ihren und seine Zunge strich über ihre Lippen, was ihre Erregung blitzartig in die Höhe schießen ließ. Sie schlang ihre Arme um seinen Hals und er presste jede Faser von ihr an seinen Körper, sodass ein Beben von ihren Brüsten bis hinunter zu ihrem Bauch lief. Sein Verlangen war spürbar und hart gegen sie gedrückt. Trotz eines Anflugs von Angst bog sie ihren Rücken durch, um den Kontakt zu intensivieren.

Sie vergrub ihre Finger in seinem Haar und verschlang hungrig seinen Mund, schmeckte seine salzige Haut und atmete die Erde, den Wind und die Sonne ein, die er in sich aufgenommen hatte.

Seine Hände glitten unter ihre Jacke, während seine Lippen ihren Hals liebkosten. Sie spürte, wie seine Finger an ihren Seiten hinunterstrichen, um ihre Hüften zu drücken. Sein Mund wanderte zu einer ihrer Brüste, die immer noch von Kleidung bedeckt war, und er badete sie in Aufmerksamkeit.

Sie konnte kaum atmen.

Wenn es sich schon so anfühlte, wenn sie durch mehrere Lagen Stoff getrennt waren, wie würde es dann erst sein, wenn nichts zwischen ihnen war?

Sie wollte das – sie wollte ihn –, aber Sorge begann ihr ins Ohr zu flüstern. Wenn sie das tat, würde es kein Zurück mehr geben. Jake würde sie nicht heiraten. Das hatte er soeben gesagt, und sie hatte ihm sogar zugestimmt. Aber da war noch etwas anderes, eine Erkenntnis, die sie bis zu diesem Augenblick nicht hatte wahrhaben wollen. Es war nicht ihr Ruf, um den sie sich sorgte, sondern das Risiko eines gebrochenen Herzens.

Was, wenn ich Jake nicht loslassen kann? Was würde dann aus mir werden?

Ein Geräusch in der Hütte durchschnitt die sinnliche Trance, in der sie sich befanden.

Jake vergrub das Gesicht an ihrem Hals und schlang seine Arme um sie. Molly drückte ihn fest an sich, während ihr Herz verunsichert pochte.

Er legte seine Lippen an ihre Schläfe und sagte leise: „Das ist ein Problem, auf das ich keine Antwort habe."

Ihr Mund suchte den seinen.

Jake umfasste ihr Gesicht mit beiden Händen und lehnte seine Stirn gegen ihre. „Bist du Jungfrau, Molly?"

„Natürlich bin ich das."

„Und du solltest es bleiben – für deinen Mann."

„Ich habe dir doch schon gesagt, ich will keinen Ehemann."

„Du bist sehr jung. Vertrau mir, das wirst du."

Sie seufzte, aber es war eher ein Knurren. „Bist du eine achtzehnjährige Frau?" Als er nicht antwortete, fuhr sie fort: „Nein, das bist du nicht. Also hör auf, so zu tun, als wüsstest du, was das Beste für mich ist."

Jake stützte sich mit einer Hand an der Wand ab und blieb dicht vor ihr, während sich sein Kiefer anspannte. Sie hob den Arm und strich mit den Fingerspitzen über seine Wange, streifte die rauen Bartstoppeln. Sie mochte ihn in diesem rohen, männlichen Zustand. Sie mochte ihn wirklich sehr.

Sein Blick begegnete ihrem. „Ich werde dich heiraten müssen, das weißt du."

Winter durchflutete ihren Körper, vertrieb die Wärme und ließ ihre Glieder und ihr Herz erstarren.

„Den Teufel wirst du tun." Sie stieß sich von der Hüttenwand ab und zwang ihn, einen Schritt zurückzutreten. „Glaubst du, ich spiele mit dir? Glaubst du, ich will dir meinen Körper als Köder anbieten, damit du mich heiratest?"

„Trotzdem sitze ich in der Falle, Chigger."

Sein Blick war fest, was sie nur noch mehr verunsicherte. Sie steckte ihre Hände in die Taschen des Mantels, den er ihr gegeben hatte. Ihre rechte Hand ertastete etwas, das sich wie ein glatter Stein anfühlte.

„Ich bin nicht auf der Jagd nach einem Ehemann", presste sie hervor.

„Ich glaube langsam, dass ich nicht nur eine vorübergehende Schwärmerei für dich sein kann."

Sein ernster Gesichtsausdruck musste ein Trick sein. Sie drehte den Stein in ihrer Hand. „Was willst du damit sagen?"

„Ich werde dich nicht ruinieren. Das wenigstens bin ich Robert schuldig. Wenn Heirat der einzige Weg ist, dich zu bekommen, dann soll es so sein."

„Du hast gerade gesagt, dass du dich nicht binden willst. Hast du den Verstand verloren, seit du den Schuppen verlassen hast?"

Was war nur los mit ihm?

Molly hielt inne, als ihr langsam eine Erkenntnis kam – sowohl was Jakes wahre Natur betraf als auch das, was sie in der Hand hielt. Es war eine Probe. Jake musste sie eingesteckt haben, als sie den Chigger untersucht hatten. Warum hatte er sie ihr nicht gezeigt? Der glatten Textur nach zu urteilen, war es sehr wahrscheinlich ein Klumpen Gold oder Silber. Und zwar ein ziemlich großer.

Warum hatte er ihn versteckt?

Dafür gab es nur eine Erklärung. Er hatte vor, ihn für sich zu behalten.

Sie hatte zwar kein gesteigertes Interesse an all dem, Robert aber schon. Sollte sie es ihm sagen? Sollte sie Jake damit konfrontieren?

Vielleicht hatte er eine völlig plausible Erklärung. Vielleicht aber auch nicht. Vielleicht war das Misstrauen, das alle ihm gegenüber hegten, gerechtfertigt.

„Vielleicht habe ich wirklich den Verstand verloren", gab er zu.

Sie drängte sich an ihm vorbei und umrundete die Hütte

erneut, wobei ihre Gedanken wild durcheinanderwirbelten. Diesmal zögerte sie nicht, als sie sich Robert und Bridget näherte, letztere inzwischen teilweise unbekleidet. Offenbar hatte Robert keine Skrupel, sich mit der Frau, die er begehrte, einzulassen.

Das passt gar nicht zu Robert. Es verstärkte ihre Verwirrung nur noch mehr.

Sie erschraken, als Molly auf sie zustürmte und sich mitten zwischen ihnen hindurchschob, so dass sie auseinandergerissen wurden. Sie betrat die Hütte und knallte die Tür hinter sich zu.

Molly bereute diese Aktion sofort, als Nine Toes von seinem Bett aufschreckte.

Pearl blickte vom Herd auf, Ivan stand neben ihr. Als sie Molly sah, sagte sie: „Der Lauf der wahren Liebe war noch nie reibungslos."

Molly nickte und versuchte, ihre Nerven zu beruhigen. Sie drehte sich so, dass die Krupins nicht sahen, wie sie den Stein aus Jakes Manteltasche zog. Genau wie sie vermutet hatte: In ihrer Handfläche lag ein messingfarbenes Nugget. Schnell ließ sie es zurück in sein Versteck gleiten.

„Ich habe importierten chinesischen Tee." Pearl stand auf und ging in die Küche. „Setz dich und sammle deine Gedanken, während ich dir eine Tasse mache."

Aber Molly konnte den Gedanken, der sie am meisten plagte, nicht abschütteln. Wenn Jake Beweise für einen neuen Claim verheimlichte, war er dann auch nicht ganz ehrlich gewesen, was seine Gefühle für sie betraf?

Kapitel Achtzehn

Jake erwachte bei Tagesanbruch. Seine Nacht im Stall war gar nicht so schlecht gewesen – das Strohlager war erstaunlich bequem. Er war in einen tiefen Schlaf gefallen, was ein Segen war, denn Robert hatte ebenfalls im Stall übernachtet und Bridget hatte sich nicht dazu durchringen können, von seiner Seite zu weichen. Jake hatte sich eine Decke über die Ohren gezogen, um die Geräusche ihrer Schmuserei auszublenden.

Es half auch nicht, dass er eigentlich nur mit Molly allein sein wollte. Aber sie war noch immer verstimmt über ihre hitzige Auseinandersetzung und deshalb in der Hütte geblieben.

Er konnte es ihr nicht verübeln. Er fuhr sich mit der Hand übers Gesicht und dann durch die Haare. Sein Verhalten war auch für ihn neu.

Robert rührte sich und verzog das Gesicht.

„Tut es weh?", fragte Jake leise.

Robert nickte, wobei er versuchte, Bridget, die sich an ihn schmiegte, nicht zu stören.

„Ich denke, du wirst heute nicht reiten können. Wie wäre es, wenn ich in die Stadt gehe und einen Arzt hole, der sich dein Bein ansieht?"

Robert legte den Kopf zurück und starrte an die Decke. „Ich würde sagen, hör auf, mich wie eine zerbrechliche Teetasse zu behandeln, aber es würde Bridget und Molly zweifellos glücklich machen."

Außerdem hätte Jake dann die Möglichkeit, die neuen Claims ohne Publikum anzumelden. Dennoch sprach er die Sorge aus, die ihn plagte. „Kannst du Molly länger als geplant in Creede behalten?"

„Warum?"

„Damit ich sie überzeugen kann."

„Wovon?"

„Mich zu heiraten."

Robert hob den Kopf und starrte ihn an. „Du machst Witze."

Jake blieb stumm.

„Du machst keine Witze", murmelte Robert. „Wann zum Teufel ist das passiert?"

„Ganz ehrlich? Als ich sie das erste Mal gesehen habe." Es stimmte. Schon als er sie aus dem Zug steigen sah, hatte er instinktiv gewusst, dass sein Leben eine entscheidende Wendung genommen hatte; er hatte es nur nicht wahrhaben wollen.

Sichtlich skeptisch fragte Robert: „Wann hast du beschlossen, dass du bereit bist, zu heiraten?"

„Ich gebe zu, es war nie wirklich Teil meiner Pläne. Ich hatte einfach noch nicht die richtige Frau getroffen."

„Und Molly ist diese Frau?"

„Bei dir klingt das wie eine absurde Vorstellung. Sie ist deine Schwester. Du musst doch wissen, wie einzigartig sie ist."

Robert murmelte einen Fluch vor sich hin. Seine Reaktion überraschte Jake. Er hatte gedacht, Robert würde sich freuen, ihn in seine Familie aufzunehmen. Doch er war ja nicht das einzige Problem. „Sie hat sich als ein wenig stur erwiesen."

„Weil sie dich nicht heiraten will, nachdem sie dich kaum länger als eine Woche kennt? Was für eine Überraschung."

„Ich hatte wirklich gedacht, du würdest mich mehr

unterstützen." Er ließ seinen Blick zu Bridget schweifen. „Wenigstens versuche ich, das Richtige zu tun."

Robert hob eine Augenbraue. „Und was soll das heißen?"

Bridget rollte sich von Robert weg und streckte sich, die Augen halb geöffnet. „Wir haben uns gestern Abend verlobt", sagte sie verschlafen.

„Da muss ich mich wohl korrigieren", sagte Jake. Er richtete seine Aufmerksamkeit wieder auf Robert. „Du tust das Richtige. Du bekommst einen guten Mann, Bridget. Ich hoffe, deine Familie wird ihn nicht in der Luft zerreißen." Jake bedauerte die Worte, sobald er sie ausgesprochen hatte.

Robert warf ihm einen scharfen Blick zu. „Du hast in dieser Angelegenheit nichts zu sagen."

Jake atmete aus, um seine Frustration abzuschütteln. „Du hast recht. Verzeihung. Ich wollte nicht respektlos sein, aber sei auf der Hut vor Lannigan. Mit ihm ist nicht zu spaßen."

Bridget musterte ihn. „Ich weiß."

Zum ersten Mal sah Jake in Bridget fast so etwas wie eine reife Frau. Es gab ihm Hoffnung, dass Robert sich nicht auf eine völlig glücklose Beziehung einließ.

Robert seufzte und rieb Bridgets Schulter. „Wenn Molly dich will, dann hast du meinen Segen. Aber ihr beide seid aus dem gleichen Holz geschnitzt. Du kannst sie nicht dazu zwingen, sich zu binden, und du selbst willst das ja auch nicht. Es ist mir egal, was du sagst. Molly braucht einen netten Mann in Tucson, der sich ihrer annimmt. Das wird meine Familie glücklich machen."

„Warum willst du ihr ein Leben aufbürden, das sie unglücklich machen würde? Ich glaube, ich kann ihr etwas Besseres bieten."

„Ich freue mich darauf, das zu sehen."

„Du unterschätzt meinen Charme."

Robert gluckste. „Du unterschätzt meine Schwester."

MOLLY ERHOB sich von der Matratze am Boden, die sie sich mit
Pearl und Grom geteilt hatte. Ivan hatte nur widerwillig neben
Nine Toes geschlafen. Pearl hatte darauf bestanden, da ihn immer
wieder Zipperlein und Schmerzen plagten und es sich für Pearl
nicht gehörte, das Bett mit einem Mann zu teilen, der nicht ihr
Ehemann war.

Bridget war verschwunden und nicht wieder aufgetaucht;
Molly vermutete, dass sie mit Robert und Jake im Stall war.

Alle schlummerten noch und so trat sie leise auf die Veranda
hinaus, um nachzudenken. Der Tag begrüßte sie mit kühler, nach
Kiefern duftender Luft. Hüttensänger flatterten vom Boden in
Sträucher und Bäume und wieder zurück. Ihre leuchtend
azurblauen Federn glitten durch die Stille und der feine
Morgennebel ließ ihre Umrisse verschwimmen, sodass sie das
Gefühl hatte, einen Traum zu betrachten.

Sollte sie Jake nach der Probe in seiner Tasche fragen?

Sie hatte ihm gestern Abend seinen Mantel samt Goldklumpen
zurückgegeben – und Gold war es ganz sicher, deshalb hatte er es
nicht erwähnt.

Vielleicht deutete sie auch zu viel in diese Sache hinein. Sie
verstand nichts von den Feinheiten des Bergbaus und der
Festlegung eines Claims. Vielleicht gab es eine gute Erklärung
dafür.

Sie verschränkte die Arme und kaute auf ihrer Unterlippe,
denn ein größeres Problem zeichnete sich ab.

Ich bin kurz davor, mich in Jake McKenna zu verlieben.

Sie schloss die Augen. Kurz davor? Nein. Es war schon zu spät.

Und während das ihren Plan durchkreuzte, ungebunden zu
bleiben – zumindest fürs Erste –, war es für sie noch viel schwerer
zu ertragen, dass Jake sie niemals wirklich lieben würde … nicht so,
wie sie es wollte.

Das ganze Gerede von einer Heirat entstammte nur seinem
Gefühl der Verpflichtung gegenüber ihrem Bruder und der
überwältigenden körperlichen Anziehungskraft, die zwischen ihnen

beiden bestand. Wie er selbst gesagt hatte, war er nicht der Typ Mann, der sich festlegen wollte. Selbst wenn sie heirateten, würde er es wahrscheinlich bald satt haben. Molly war sich nicht sicher, ob sie das aushalten würde.

Es half auch nicht, dass er die Entdeckung des Nuggets verschwiegen hatte. Das sprach nur für seine selbstsüchtige Einstellung, die er offenbar bisher gut verborgen hatte. Vielleicht hatten alle in der Stadt recht gehabt und sie hatte sich zu sehr von seinem Charme blenden lassen, um es zu erkennen.

Unschlüssig überlegte sie, wie sie weiter vorgehen sollte.

Ein Scharren aus der Hütte verriet ihr, dass Grom rauswollte, also öffnete sie die Tür und ließ den Hund heraus. Er sprang schwanzwedelnd davon.

Als Jake erschien, überschlug sich Mollys Herz in ihrer Brust. Er blieb stehen, um den Hund zu streicheln. Grom war völlig aus dem Häuschen, er drehte sich mit wedelndem Schwanz und wehender Zunge im Kreis und sein Körper vollführte die tollsten Biegungen und Wendungen. Um ehrlich zu sein, reagierte Mollys Inneres beim Anblick von Jake ganz ähnlich, aber sie bemühte sich um eine neutrale Miene.

Musste er auch noch so rau und männlich aussehen? Er hatte sich nicht rasiert, sich wahrscheinlich auch nicht gewaschen, und seine Kleidung sah zerknittert aus, nachdem er darin geschlafen hatte. Molly wusste, dass sie selbst keinen besseren Eindruck machte. Aber das spielte keine Rolle. Sie beobachtete ihn, als wäre sie eine halbverhungerte Kojotin und er die beste Mahlzeit aller Zeiten.

„Morgen, Chigger." Er grinste sie an, als Grom endlich zur Ruhe kam.

Sie zog die Brauen zusammen und behielt ihre ausdruckslose Miene bei. „Guten Morgen."

„Gut geschlafen?"

„Ja." Sie kam die Treppe herunter. „Du bist früh auf."

„Ich dachte, ich starte heute zeitig in den Tag."

Sie blieb vor ihm stehen, die Hände in die Hüften gestemmt. „Was hast du vor?"

„Ich wollte in die Stadt reiten und einen Arzt für Robert holen. Ich glaube, er ist noch nicht dazu in der Lage, selbst auf ein Pferd zu steigen."

Sein Blick wärmte sie. „Ich denke auch, dass er hierbleiben sollte, bis sein Bein verheilt ist. Ich nehme an, dass Bridget bei ihm bleiben möchte."

Jake verengte die Augen und sein Mundwinkel hob sich zu einem Lächeln. „Was wirst du tun, Molly?"

Sie richtete ihren Blick auf das Dickicht jenseits der Hütte, da sie sich nicht konzentrieren konnte, wenn sie ihn anschaute. „Warum bist du so schwierig?"

Aber sie konnte nicht verhindern, dass sich ein Lächeln auf ihr Gesicht schlich. Sie senkte den Kopf, um es zu verbergen, doch er überraschte sie mit einem Kuss. Innerhalb von Sekunden hatte er sie in seine Arme gezogen und sein Mund passte so perfekt auf den ihren, dass sie fast mit ihm verschmolz. Sie genoss seine Nähe und gab sich dem allgegenwärtigen Verlangen hin, ihn zu berühren.

Als er die Umarmung lockerte, seufzte sie. Sie sehnte sich nach so viel mehr.

„Jake, ich habe den Goldklumpen gefunden", sagte sie an seinem Mund.

Würde er sie anlügen? War es ihr überhaupt noch wichtig?

Er zog sich zurück und sie hielt den Atem an, besorgt über seine Reaktion.

Sein Gesicht war eine unleserliche Maske. „Hast du vor, ihn zu stehlen?"

„Natürlich nicht. Warum hast du mir nicht davon erzählt?"

Der romantische Zauber zwischen ihnen begann sich zu verflüchtigen. „Jetzt glaubst du, dass du mir nicht mehr vertrauen kannst, richtig?"

Sie zog sich aus seiner Umarmung zurück, aber er hielt ihre Hände in seinen großen. „Wenn du wissen willst, ob ich deine

Sachen durchsucht habe, lautet die Antwort: nein. Ich habe es gestern Abend zufällig gefunden, als du mir deinen Mantel geliehen hast."

„Die Wahrheit ist, dass du den Konsequenzen dieser ganzen Angelegenheit nicht gewachsen bist – weder was den Chigger angeht noch jeden anderen Claim. Mir wäre es lieber, wenn du nichts damit zu tun hättest. Und ich mache mir Sorgen um Robert. Er und Bridget haben gestern Abend ihre Zukunft besiegelt. Sie werden heiraten."

Molly erstarrte. „Das werden sie?"

„Lannigan wird sich alles nehmen, was sie haben. Und alles was du hast, könnte deinen Tod bedeuten, genau wie Pedros."

Sie dachte über seine Worte nach. „Du willst also all diese Claims für dich beanspruchen? Ich bin vielleicht jung, Jake, aber ich bin nicht dumm. Du glaubst, du hast den Bluebird gefunden, nicht wahr?"

„Vielleicht."

Der Mann, der sie anstarrte, war nicht der charmante und romantische Jake, den er ihr so oft zeigte. Es war der Schakal – Weltenbummler und Salzschmuggler, französischer Spion und Opportunist. Könnten sie ein gemeinsames Leben haben? Sehnsucht durchströmte sie und sie wusste, dass sie es versuchen wollte, egal was die Zukunft bringen würde.

„Dann heirate mich und wir sind quitt", sagte sie.

Seine Augen blitzten vor Überraschung auf. „Ich hätte nicht erwartet, dass du so leicht nachgibst."

„Ziehst du dein Angebot zurück?"

„Nein", sagte er, jetzt vollkommen ernst. „Ich weiß, dass es ziemlich schnell geht, aber ich spiele dir nichts vor. Ich will dich behalten, Molly Rose. Bist du dazu bereit?"

Eine Windböe fegte durch die Schlucht wie ein Atemhauch aus Gottes Mund. Sie wusste sehr wohl, dass sie im Begriff war, von einer Klippe ins Ungewisse zu springen, aber Molly wollte Jake. So einfach war das. Er hatte sich ihr angeboten, und selbst wenn sie nie erfahren würde, warum er bereit war, sein Schicksal mit dem ihren zu verknüpfen, spielte das keine Rolle. Er war gewillt, es zu versuchen. Molly wollte ihm auf halbem Weg entgegenkommen. Sie wollte seine Frau, Partnerin und Freundin werden. Und sie wollte seine Geliebte sein, seine einzige.

„Ja." Ihre Stimme wurde von der Brise davongetragen.

Er trat wieder näher, umschloss mit beiden Händen ihr Gesicht und küsste sie mit unendlicher Zärtlichkeit.

„*Verkaufe deine Klugheit und kaufe Verwirrung.*" Er drückte seine Lippen erneut sanft auf ihre.

„Zitierst du wieder Rumi?" Sie schlang ihre Hände um seine Handgelenke und genoss die exquisite Zurückhaltung seiner Küsse.

„Niemand hat mich mehr verwirrt als du, Chigger."

„Ich hoffe, ich werde dir genügen, Jake."

Er lehnte seine Stirn an die ihre. „Das tust du bereits."

Kapitel Neunzehn

„Bist du sicher?"

Der verblüffte Ausdruck auf Roberts Gesicht hätte Molly nicht überraschen sollen, aber ein Teil von ihr ärgerte sich über den Blick, mit dem er sie bedachte: als ob sie den Verstand verloren hätte, als ob sie ihn enttäuscht hätte.

„Warum siehst du mich an, als hätte ich nicht einen Funken Verstand?"

„Jetzt übertreib mal nicht." Er verschränkte die Arme und lehnte sich an die Absperrung einer Box. „Ich möchte nur, dass du glücklich bist."

„Du glaubst, Jake kann das nicht ermöglichen?" Zwar vertraute sie dem Schakal noch nicht völlig, aber Molly hoffte, dass sie und Jake sich mit der Zeit aufeinander verlassen und einander anvertrauen würden.

Robert schnitt eine Grimasse. „Du bist meine Schwester. Ich bin für dein Wohlergehen verantwortlich. Ma und Pa werden es mir sicher übelnehmen, dass ich dich mit einem so aalglatten Schwätzer bekannt gemacht habe."

Ein Lachen entfuhr Molly. „Jake ist kein Schwätzer, und du hast uns nicht bekannt gemacht."

„Das ist doch Haarspalterei." Er schüttelte den Kopf. „Na schön. Ich sehe, du hast dich entschieden."

„Das hast du auch. Ich habe mich bei unserer ersten Bekanntschaft nicht für Bridget erwärmen können, aber ich werde ihr eine Chance geben, weil sie dir offensichtlich wichtig ist."

Robert sah sie nachdenklich an. „Wer hätte gedacht, dass wir uns unter solchen Umständen verlieben würden? Können wir einem von beiden trauen?"

Ihr Verlangen nach Jake war überwältigend. Sie sehnte sich nicht nur danach, ihren Körper mit seinem zu vereinen, sie hatte vielmehr das Gefühl, dass sie bereits unwiderruflich durch Geist und Seele mit ihm verbunden war, und dass es so sein sollte, eine Art göttliche Fügung. Vielleicht war das auch Roberts Bestimmung mit Bridget.

Mollys Kehle verengte sich. „Können wir es uns leisten, es nicht zu tun?"

JAKE SASS auf der Veranda der Krupins und beobachtete, wie die Natur zum Leben erwachte.

Bald würde er ein verheirateter Mann sein.

Der Gedanke erschreckte ihn nicht so sehr, wie er es sich immer vorgestellt hatte.

Molly war bei Robert im Stall und teilte ihm vermutlich die Neuigkeiten mit. Er hatte ihr angeboten, an ihrer Seite zu sein, aber sie wollte es allein tun.

Es war alles sehr schnell gegangen … vielleicht zu schnell, aber Jake handelte oft aus einem Impuls heraus. Vorausplanung war nie seine Stärke gewesen. *Das werde ich vielleicht ändern müssen.* Er würde Entscheidungen treffen müssen – wann und wo sie heiraten, wo sie leben sollten. Er vermutete, dass Molly im Beisein ihrer Familie heiraten wollte, was für ihn in Ordnung war, aber er hoffte, dass sie danach bereit wäre, mit ihm zu reisen. Es gab immer noch Orte, die er unbedingt sehen wollte, Länder wie Schottland, Spanien und Italien. Wenn hier in Creede in den nächsten Monaten alles gut lief – wenn der Bluebird sich bewährte –, dann würden sie genug Geld haben, um alles zu tun, was sie wollten.

Er und Molly würden sich zusammensetzen und die Einzelheiten besprechen müssen. In der Zwischenzeit sollte er so schnell wie möglich in die Stadt zurückkehren und die neuen Claims anmelden, schon allein, um sich und Molly eine Zukunft zu sichern.

Ein Mann auf einem Pferd näherte sich. Jake erkannte Boom sofort. Er stand auf und ging ihm entgegen, als der Mann abstieg.

„Gut, dass ich dich gefunden habe", sagte Boom.

Die Dringlichkeit in der Stimme des großen Mannes beunruhigte Jake. „Was ist los?"

„Ich habe Gerüchte gehört, von denen du wissen solltest."

„Was für Gerüchte?"

Boom schlang die Zügel seines Pferdes um den Anbindepfosten. „Dass Pedro tot ist … und dass du es warst."

Jake atmete ein, aber es war eher ein Zischen. „Warum glaubt man das?"

Boom hielt inne. „Also ist es wahr? Pedro ist tot?"

Obwohl er nicht ganz sicher war, ob er dem stämmigen Russen trauen sollte, beschloss Jake, dass er keine andere Wahl hatte. „Ich habe seine Leiche gefunden, aber sie war verschwunden, als ich sie am nächsten Tag holen wollte." Er spürte den Schock des Mannes und sein Misstrauen. „Boom, ich habe ihn nicht umgebracht. Wenn ich raten müsste, würde ich sagen, dass James Winston dahintersteckt, auch wenn er nicht selbst den Abzug betätigt hat. Nine Toes ist dort drin." Jake nickte in Richtung der Hütte hinter ihm. „Er war mit Pedro zusammen und wurde dabei angeschossen. Er kann für mich bürgen." Zumindest hoffte er das. Der verwundete Schürfer war heute Morgen noch nicht aufgewacht.

Boom rückte seinen Hut zurecht und nickte. „Ich glaube dir. Es ist nur so, dass die Lage in den Bergen verdammt haarig geworden ist. Es kursieren eine Menge Gerüchte. Aus irgendeinem Grund wollte der stellvertretende Marshal hierherkommen, um Nachforschungen anzustellen, aber Lannigan hat ihn aufgehalten."

Zwar war Jake froh darüber, wusste jedoch auch, dass Lannigan nicht versuchen würde, den Schakal zu schützen. „Warum?"

Boom zuckte mit den Schultern. „Vielleicht will er nicht, dass zu viele neugierige Gesetzeshüter hier herumschnüffeln."

Boom hatte wahrscheinlich den Nagel auf den Kopf getroffen. Wenn Jake ein Glücksspieler wäre – und das war er trotz seiner Vorliebe für ein ungebundenes Leben nicht –, würde er Geld darauf wetten, dass Lannigan irgendwie in all das verwickelt war.

„Da ist noch etwas", fügte Boom hinzu. „Dieser mysteriöse Schürfer – Charlie – hat anscheinend verlauten lassen, dass er dich töten will."

Jake hob eine Augenbraue. „Rache für Pedro?"

„Sieht so aus. Dieser mürrische Mexikaner hatte mehr Freunde, als wir dachten."

„Wo ist dieser Charlie?"

„Vielleicht im nächsten Tal. Er ist so listig wie der Teufel und ich konnte ihn noch nicht aufspüren."

Molly kam um die Hütte herum. Robert humpelte neben ihr her.

Als Boom Robert sah, umarmte er ihn überschwänglich. „Ich habe mir Sorgen um dich gemacht, Robbie. Es ist schön, dich zu sehen."

Robert lachte, als der große Russe ihn losließ. „Gleichfalls, Boom."

„Warum humpelst du?"

„Es ist nichts. Wirklich."

Boom bemerkte Molly und lüftete seinen Hut. „Immer wieder ein Vergnügen, Miss Simms."

Ein warmes Lächeln umspielte Mollys Gesicht. „Ich freue mich auch, Sie zu sehen, Boris."

Jake bemerkte die leichte Röte, die sich auf Booms Gesicht stahl. Er konnte den Mann nicht mit gutem Gewissen leiden lassen.

„Boom", schaltete sich Jake ein, „du solltest wissen, dass Miss Simms und ich verlobt sind."

Erstaunen machte sich auf Booms Gesicht breit, dann verzog sich sein Mund zu einem Grinsen. „Das ist eine große Erleichterung." Er sah Molly an. „Ich hatte ganz vergessen, dass ich Ihnen den Hof machen wollte, und habe seit kurzem ein wirklich nettes Mädchen kennengelernt. Sie ist Wäscherin im *Orleans Club*. Ich bin froh, dass Sie nicht auf mich gewartet haben. Jake ist ein gutaussehender Kerl. Ich hoffe, Sie werden zusammen sehr glücklich."

Die Überraschung auf Mollys Gesicht, als Boom seine langatmige Antwort hervorsprudelte, war kaum zu übersehen, aber sie erholte sich schnell. „Vielleicht hat es nicht sollen sein, Boris. Ich hoffe, Sie und Ihre Lady werden ebenfalls sehr glücklich miteinander."

Robert wandte sich an Jake. „Du meinst, ich hätte Boom als Schwager haben können anstelle von dir?"

„Pass auf, was du sagst, Simms", sagte Jake. „So wie es jetzt aussieht, werde ich deinetwegen bald mit einer Lannigan verwandt sein."

Boom runzelte die Stirn, als er zwischen den beiden hin und her blickte. „Das verstehe ich nicht."

„Robert und Bridget sind auch verlobt", erklärte Molly.

„Nun, ich schätze, das ist keine Überraschung", schnaubte Boom. „Sie haben kaum ein Geheimnis aus ihrer Zuneigung gemacht, aber ich glaube, James Winston wird nicht sonderlich darüber erfreut sein."

„Warum nicht?", fragte Bridget und trat auf die Veranda, gefolgt von Pearl und Ivan.

Boom wandte sich an Bridget. „Mein Mädchen sagte, dass Winston Ihrem Vater ein Ultimatum gestellt hat. Entweder Sie werden seine Frau oder er geht."

„Er geht?", fragte Bridget, sichtlich verwirrt.

„Er wird aufhören, für deinen Vater zu arbeiten", sagte Robert.

Bridget runzelte die Stirn. „Warum sollte das eine Rolle spielen?"

„Weil Winston etwas hat, das Lannigan will", murmelte Jake.

Robert warf Jake einen scharfen Blick zu. „Du glaubst, er hat den Bluebird gefunden?"

„Es ist möglich", sagte Jake ausweichend. *Er* hatte ihn bereits gefunden. Möglicherweise. Also musste Winston bluffen.

Molly beobachtete ihn, erzählte aber nichts von den Claims, die er kürzlich abgesteckt hatte.

„Ich gehe zum Chigger", erklärte Robert.

Bridget starrte ihn an. „Mit deinem verletzten Bein kannst du nirgendwohin gehen."

„Es geht mir gut."

Ivan trat von der Veranda. „Was ist dieser Chigger, von dem du da sprichst?"

Jake wechselte einen Blick mit Robert. Die Katze war aus dem Sack. Jetzt gab es kein Zurück mehr.

Robert seufzte. „Ich habe ihn vor ein paar Wochen gefunden. Ich glaube, es könnte der Bluebird sein."

Boom pfiff, während Ivan lachte.

Nine Toes erschien plötzlich an der Haustür, offensichtlich hatte er das Gespräch gehört. Er lehnte sich schwer gegen den Türrahmen. „Ich will auch dabei sein."

Verdammt. Robert hatte soeben den möglicherweise wertvollsten Claim preisgegeben, den Creede je gesehen hatte, und jetzt wollten sie alle ein Stück von dem Kuchen abhaben.

„Es wurde auch Zeit, dass du aufwachst", sagte Jake zu Nine Toes. „Warum waren in dem Tunnel, in dem du dich versteckt hast, zwei Säcke mit Erzproben?"

Nine Toes trat von einem Fuß auf den anderen und runzelte peinlich berührt die Stirn. „Davon wusste ich nichts."

„Hör auf zu lügen."

„Na schön. Pedro hat sie für Charlie dort gelassen. Ich bin zum Tunnel gegangen, um mich zu verstecken, nachdem diese Männer auf Pedro geschossen hatten, und ich … und ich wollte die Proben in die Stadt bringen."

„Wo hat Pedro sie her?"

Ein ernster Ausdruck überzog Nine Toes Gesicht. „Ich weiß es ehrlich nicht."

„Warum wolltest du sie dann untersuchen lassen?", fragte Ivan. „Selbst wenn da etwas von Wert wäre, wüsstest du trotzdem nicht, wo der Claim sich befindet."

„Ja, aber ich hätte Charlie mit meinem Wissen konfrontieren können."

„Hast du eine Ahnung, wo dieser Charlie ist?", fragte Jake.

Nine Toes' Schultern sackten nach unten. „Nicht wirklich."

Jake war sich da nicht so sicher, beschloss aber, es dabei zu belassen. Er sah Molly an. „Du und Bridget müsst zurück in die Stadt."

„Warum?", fragte sie.

„Weil es hier draußen nicht sicher ist."

„Jake hat recht", sagte Robert. „Wir werden in ein paar Tagen nachkommen."

Bevor Molly widersprechen konnte, zog Jake sie beiseite und flüsterte in ihr Ohr: „Du musst zum Amt gehen und die zwei Claims für mich anmelden." Er holte ein Stück Papier hervor, das er in sein Hemd gesteckt hatte, und gab es ihr. „Das hier enthält eine Karte der Claims und eine geografische Beschreibung der beiden Gebiete. Das reicht für die Anmeldung."

Er wusste, es war unvermeidlich, dass Schürfer das Tal des Chigger überschwemmen würden, sobald es sich herumsprach, aber er hatte nicht erwartet, dass dieser Tag so bald kommen würde. Trotzdem war noch genug für alle da und er hatte kein Problem, mit den Männern zu teilen, die es verdienten – außer mit Nine Toes. Der hatte Pearl angegriffen und vielleicht sogar Pedro getötet. Aber Jake würde ihn vorerst in dem Glauben lassen, er sei mit von der Partie. Dem Erscheinungsbild des Schürfers nach zu urteilen, war dieser noch immer geschwächt von seiner Verletzung, und Jake zog den Feind, den man sehen konnte, dem vor, den man nicht sehen konnte.

Jake konnte nur hoffen, dass er die Bluebird-Ader an den richtigen Stellen abgesteckt hatte. Wäre es nicht ironisch, wenn Nine Toes sich am Ende den Apex des ganzen verdammten Dings schnappte? Wenn der Mann mit Winston unter einer Decke steckte, wäre das noch übler. Jake musste dafür sorgen, dass das nicht passierte.

Molly hob ihr Kinn, um Jake in die Augen zu sehen. „Du vertraust mir also deine Claims an?"

„Dachtest du, das würde ich nicht?"

„Um ehrlich zu sein, ist mir dieser Gedanke gekommen."

Jake stellte sich so, dass sie vor den Blicken der anderen geschützt war. „Ich kann dir nicht sagen, unter welchem Namen du die Claims anmelden sollst. Das überlasse ich dir." Aber er hoffte, dass sie wusste, was auf dem Spiel stand.

Ihre Augen funkelten erwartungsvoll.

Ein Grinsen breitete sich auf seinem Gesicht aus. „Ich würde dir ja sagen, dass ich dich liebe, aber das scheint mir verfrüht, und ich bezweifle, dass du darauf hereinfällst."

„Liebe ist keine Voraussetzung für die Ehe."

„Nein, aber du wirst mir deine schenken, bevor dieses Leben zu Ende ist."

„Du bist sehr selbstsicher."

Er schüttelte leicht den Kopf. „Du irrst dich. Es ist keine Selbstsicherheit. Ich erkenne Magie, wenn ich sie sehe."

Ein Lachen entkam ihr. In diesem Moment wusste er, dass sie die Richtige war. Er hatte es schon vorher vermutet, es sich vielleicht ein bisschen zu sehr gewünscht. Aber jetzt wusste er es.

Er wollte sie unbedingt küssen, aber sie hatten ein zu großes Publikum. Er begnügte sich damit, sich näher zu ihr zu lehnen. „Ich nenne den ersten Claim Molly Rose."

Sie wich nicht zurück. „Und den zweiten?"

„Ich glaube, das weißt du."

Ihr Blick wurde ernst. „Sei besser vorsichtig da draußen."

„Sonst was?"

„Sonst werde ich zu einer sehr reichen Frau."

Kapitel Zwanzig

Die Stadt lag im Schatten des späten Nachmittags, als Molly auf Cinnamon Upper Creede erreichte. Bridget schloss auf ihrem Reittier zu ihr auf. Pearl hatte beschlossen, in ihrer Hütte zu bleiben.

„Wirst du nach Hause zurückkehren?", fragte Molly.

Bridget zögerte mit ihrer Antwort. „Ich weiß es nicht." Sorgenfalten zeichneten sich unter der Hutkrempe auf ihrer Stirn ab.

Unerwartet überholte sie ein Tross von über fünfzig Eseln, die alle mit schweren Erzsäcken beladen waren. Molly und Bridget konnten ihre Pferde gerade noch aus dem Weg lenken, als die Tiere geradewegs auf das Bahndepot zusteuerten, wobei mehrere Reiter sie brüllend in Schach hielten.

Molly wurde daran erinnert, wie aufwändig es war, Silber aus den Adern der umliegenden Berge zu gewinnen. Sie musste zwei Claims für Jake anmelden. Da der Tag sich dem Ende zuneigte, hatte sie nur noch wenig Zeit, bevor das Meldeamt schloss. Hinzu kam, dass sie nicht wusste, wo sich das Amt überhaupt befand.

Molly atmete tief durch und traf eine Entscheidung. „Bridget, ich brauche deine Hilfe."

NACH EINEM HARTEN Ritt erreichten Jake und die anderen die Stelle, an der er Tage zuvor mit Molly am Fuße des steilen Taleingangs gelagert hatte. Er bemerkte, dass die Reise Robert und Nine Toes sehr zugesetzt hatte, denn beide Männer erholten sich noch immer von ihren Verletzungen.

„Wir werden hier unser Lager aufschlagen", sagte Jake.

„Sind wir nah dran?", fragte Boom.

Jake nickte, sagte aber nichts weiter, und zum Glück behielt auch Robert die Lage der Ader für sich. Es sollte sich ja keiner heimlich davonschleichen, bevor die anderen auch dorthin gelangen konnten.

Da die Dunkelheit bald hereinbrechen würde, schlugen sie ihr Lager auf, aber Jakes ganzer Körper kribbelte vor Anspannung. Sie wurden beobachtet. Er zog sein Gewehr aus der Tasche und entfernte sich vom Feuer, um die Baumgrenze dahinter besser im Auge zu behalten. Ivan und Boom schlossen sich ihm mit gezogenen Waffen an.

Jake nickte den beiden Männern zu und schlich sich dann leise davon, sodass er mit der Umgebung verschmolz. Das Lager und die Tiere waren wie ein Leuchtfeuer für jeden, der dort draußen war. Er hatte nicht vor, sich schutzlos auszuliefern.

Er hielt inne und lauschte, wie er es in Marokko gelernt hatte. Indem er seinen Geist und seinen Körper zur Ruhe brachte, gelang es ihm, Zugang zu einem weiteren Sinn zu erhalten, neben den fünf, die er tagtäglich benutzte.

Als die Gestalt auf ihn zukam, hatte er das Gewehr so schnell im Anschlag, dass der Mann zurücksprang.

„Nicht schießen, Jake." Die Stimme von Boom hallte durch die Dunkelheit. „Sie werden uns nichts tun."

Zwei Ute-Indianer standen vor ihnen.

Jake senkte langsam sein Gewehr, als Boom hinter ihm

auftauchte. Beide Indianer sahen jung aus, mit langen Zöpfen, die über ihre Schultern hingen.

„Ich kenne sie." Boom begrüßte den Indianer, der Jake gegenüberstand, mit einem Nicken. „Der da ist Coho, und der hier heißt Antelope."

Ivan schloss zu ihnen auf. „Diese Jungs habe ich auch schon gesehen."

„Ihr seid ein bisschen weit weg von zu Hause, oder?", fragte Jake. Das südliche Ute-Reservat war über hundert Meilen entfernt.

„Wir haben eine Erlaubnis", sagte Antelope und holte ein Stück Papier aus einer Ledertasche. Coho tat dasselbe.

In der Dunkelheit musste Jake die Dokumente nah vor sein Gesicht halten, um sie zu lesen. Sie waren von dem Agenten geschrieben, der das Reservat leitete.

Auf dem von Antelope stand: „Dieser Indianer ist in Ordnung."

Das von Coho besagte: „Der hier ist ein verdammter Mistkerl. Nehmt euch vor ihm in Acht."

Jake betrachtete Coho, der breit grinste, und gab den Männern die Papiere zurück.

„Wir jagen Hirsche", sagte Antelope.

„Wie ist es gelaufen?", fragte Jake.

„Gut genug. Wir können bald wieder nach Hause zurückkehren. Wir haben das Fleisch auf der anderen Seite des Hügels geräuchert."

„Ihr kommt besser mit uns", sagte Ivan. „Hier hat es gewisse Vorfälle gegeben und wir würden euch gerne dazu befragen."

Die Ute starrten verwirrt zurück.

„Ich habe Whiskey", mischte sich Boom ein. „Kommt mit zu unserem Lagerfeuer und setzt euch ein bisschen zu uns."

Jetzt hellten sich ihre Gesichter auf und sie stimmten mit einem Lächeln zu. Sie holten ihre Pferde und folgten Jake und den anderen.

Als Nine Toes sie von seinem Platz am Feuer aus kommen sah, stammelte er: „Was zum Teufel?"

Robert, der sich zurückgelehnt hatte, um sein Bein zu entlasten, blickte auf.

„Warum sind sie hier?", fragte Nine Toes.

Antelope und Coho blieben abrupt stehen. Abscheu zeichnete sich auf ihren Gesichtern ab.

„Was hast du getan, Nine Toes?", fragte Ivan.

„Ich kann die beiden nicht ausstehen." Der verletzte Schürfer spannte seinen Kiefer an. „Sie haben mich verfolgt."

Jake warf einen Blick auf die beiden Utes, die noch jugendliche Gesichtszüge hatten. „Ja, sie sehen wirklich furchterregend aus."

„Der da", Antelope verengte seinen Blick, „ist ein unehrenhafter Mann."

Jake bezweifelte das nicht.

„Er hat uns Fleisch gestohlen", fuhr Antelope fort, „und es an andere Schürfer verkauft."

Boom baute sich vor Nine Toes auf. „Was hast du dir dabei gedacht?"

„Niemand kann beweisen, dass ich das getan habe", sagte Nine Toes abwehrend.

„Es ist also wahr?", fragte Jake.

„Ich teile mir kein Feuer mit denen", brummte der alte Schürfer.

„Dann verziehst du dich am besten in die Dunkelheit", antwortete Jake. „Sie bleiben erst einmal hier."

Nine Toes sah weg, zog einen Schmollmund und schlang die Arme um sich, als ob ihn diese Geste kleiner machen würde.

„Ich bringe eure Pferde zu den anderen", bot Jake an und nahm den Ute-Männern, die immer noch verärgert über Nine Toes' Anwesenheit wirkten, die Zügel ab.

Jake führte die Tiere zu dem Grasstück, auf dem die anderen Pferde angepflockt waren. Als Jake die Ponys musterte, bemerkte er eine Markierung auf einem der Sättel, die direkt unter dem Horn eingraviert war. Er kniff die Augen zusammen und beugte sich näher heran, um das Wort auf dem abgenutzten Leder zu lesen – BLUEBIRD.

Als er zu der Gruppe zurückkehrte, die gerade Booms Whiskeyflasche herumgehen ließ, fragte er: „Warum steht ‚Bluebird' auf einem der Sättel?"

Ivan und Boom wurden still, während Nine Toes mitten im Schluck innehielt. Sie alle und auch Robert starrten Jake an.

Coho und Antelope, die nebeneinander saßen, blickten auf die Gruppe, die sich am Lagerfeuer zusammendrängte. Die Flammen knisterten und betonten den dunklen Glanz ihrer Haare und ihre glatten Gesichtszüge.

„Es gibt eine Legende in unserem Volk", antwortete Coho mit gedämpfter Stimme.

Jake hatte zwar schon hier und da etwas davon gehört, aber noch nie von einem Ute. „Erzählst du sie uns?"

Jake ließ sich den beiden Indianern gegenüber zwischen Robert und Nine Toes nieder. Er nahm dem Schürfer den Whiskey ab, wischte die Flaschenöffnung an seinem Hemd ab und nahm einen Schluck. Verdammt, war der stark. Jake sah Boom an, während er den Drang zu husten unterdrückte. Seit wann bekam der stämmige Russe das gute Zeug und teilte es auch noch?

Coho nickte. „Früher, als wir noch frei durch die Berge streiften, lagerte eine Gruppe von uns in einem Tal, das von hohen Granitwänden umgeben war. Sie suchten Schutz vor einer Gruppe von Apachen. Zu ihrer Überraschung fanden sie bereits ein kleines Lager vor, aber sie glaubten nicht, dass es zu ihrem Feind, den Apachen, gehörte. Es gab dort Vorräte, ein Pferd und ein Maultier, aber keine Spur von dem Mann oder den Männern, die es hinterlassen hatten."

„Drei Tage lang hielten die Krieger Ausschau nach diesen anderen, aber sie kamen nicht. Dann stürzte ein Mann von einem hohen Felsvorsprung; es war der Besitzer des Pferdes und des Maultiers. Er hatte Angst vor den Ute-Männern und fürchtete, dass sie ihn töten würden, deshalb hatte er sich versteckt. Doch dann stürzte er und sie entdeckten ihn. Der Mann bot seine gesamten Vorräte im Tausch gegen sein Leben an. Die Ute-Krieger hätten ihn töten können, aber sie beschlossen, es nicht zu tun."

„Sie ließen ihn das Maultier behalten, aber den Rest nahmen sie an sich und schickten ihn fort. Der Sattel gehörte ihm. Sie nannten ihn deshalb Bluebird. Er sagte, das sei der Name seines Pferdes."

„Weißt du, wo das war?", fragte Robert.

„Da ist einer, der noch im Reservat lebt und sich daran erinnert. Er ist derjenige, der mir den Sattel gegeben hat. Es gibt nicht viele Täler mit hohen Wänden auf jeder Seite, also sollte es nicht schwer zu finden sein."

Sie lagerten zufällig direkt neben einem solchen. Jakes Pulsschlag beschleunigte sich schlagartig. Diese Geschichte bestätigte nur noch einmal, dass er die sagenumwobene Bluebird-Ader gefunden hatte. Aber eine Sache nagte an ihm. „Gab es Frauen und Kinder in der Ute-Gruppe?"

„Ja, ich glaube schon", antwortete Coho.

„Wenn das Tal so unzugänglich war, wie sind sie dann hineingekommen?"

„Es gab einen versteckten Pfad, so hat es mir der Älteste erzählt."

Interessant. Ein solcher Pfad könnte sich bei der Gewinnung des Erzes als nützlich erweisen. Jake reichte Robert den Whiskey, und an dem nachdenklichen Ausdruck in den Augen seines Freundes erkannte er, dass dieser dasselbe dachte.

„Ist euch jemand begegnet, der eine Leiche transportiert hat?", fragte Jake.

Antelope nickte. „Gestern. Sie sagten, er sei plötzlich gestorben und sie wollten ihn in die Stadt zurückbringen."

„Kanntet ihr den Toten?"

Coho schüttelte den Kopf. „Er war zugedeckt. Wir konnten ihn nicht sehen."

„Könnt ihr die Männer beschreiben, die ihn transportierten?"

„Ja, wir kannten einen. Er nennt sich Winston."

MOLLY HATTE sich gerade an einen Tisch in Coras Restaurant gesetzt, als Bridget überraschend eintrat. Nachdem sie die Sache im Meldeamt abgewickelt hatten, war Bridget gegangen, um mit ihrem Vater zu sprechen und nach ihrem Bruder zu schauen. Molly hatte nicht damit gerechnet, sie so bald wiederzusehen, vor allem nicht an diesem Abend, obwohl Molly erwähnt hatte, dass sie hierherkommen wollte, nachdem sie sich in Zangs Hotel frisch gemacht hatte.

„Hat dein Vater dich einfach so gehen lassen?", fragte Molly, als Bridget ihr Tuch über die Rückenlehne eines Stuhls legte und sich setzte.

„Er war nicht da. Archie sagte, er sei in die Berge gegangen, um sich um ein Problem zu kümmern."

Molly bemühte sich, ihre Beunruhigung zu verbergen. „Was hat das zu bedeuten?"

„Ich weiß es nicht", sagte Bridget mit besorgter Miene. „Ich fürchte, nichts Gutes."

Cora erschien, ein breites Grinsen auf ihrem ältlichen Gesicht. „Miss Lannigan, es ist mir ein Vergnügen. Und Miss Simms, es ist wunderbar, Sie wiederzusehen. Ich hatte gehofft, dass Sie wiederkommen würden."

„Ich danke Ihnen." Molly lächelte freundlich. „Ich bin froh, hier zu sein."

„Haben Sie Ihren Bruder gefunden?"

„Das habe ich."

Molly bestellte Steak und Kartoffelpüree, Bridget bat um den Rehbraten mit Bratäpfeln.

„Und Kaffee bitte", fügte Molly hinzu.

„Kommt sofort", trällerte Cora im Gehen.

Mabel – die Frau aus Berthas Saloon, die Molly erzählt hatte, Robert sei tot – betrat das Restaurant, sah sich im Raum um und ging dann direkt auf Molly und Bridget zu.

Mabels Blick huschte zwischen den beiden Frauen hin und her und blieb bei Molly hängen. „Ich muss mit Ihnen sprechen, Miss." Mit ihrem zu einem glänzenden, straffen Dutt zusammengebundenen Haar wirkte sie einigermaßen anständig, abgesehen von dem tiefen Ausschnitt ihres einfachen Baumwollkleides. Molly versuchte, nicht hineinzustarren.

„Ja, natürlich." Molly wies auf einen leeren Stuhl. „Bitte setzen Sie sich zu uns."

Bridgets Gesicht rötete sich und in ihren Augen blitzte Ärger auf. Sie hatte ganz offensichtlich etwas dagegen, dass Mabel an ihrem Tisch saß, aber jetzt war es zu spät. Molly hatte die Frau bereits eingeladen.

„Ich glaube kaum, dass wir etwas zu besprechen haben." In Bridgets Stimme lag ein Hauch von Verachtung.

„Vielleicht sollten wir sie erzählen lassen, bevor wir das entscheiden", rügte Molly sanft.

Der Anflug eines Lächelns hob Mabels Mundwinkel, als sie sich mit steifem Rücken am Tisch niederließ. „Ich verspreche, es wird nicht lange dauern, Miss Lannigan. Ihr Ruf sollte davon keinen Schaden nehmen."

Bridgets Antwort war stoisches Schweigen.

„Was können wir für Sie tun, Mabel?", fragte Molly.

Cora unterbrach sie, indem sie Molly und Bridget Kaffee einschenkte. Sie trat zurück und starrte Mabel mit hochgezogenen Brauen an. „Belästigt Sie diese Frau?"

„Nein", versicherte Molly. „Bitte schenken Sie ihr auch eine Tasse Kaffee ein."

Cora zögerte, erledigte jedoch die Aufgabe und ging, bevor Mabel eine Mahlzeit bestellen konnte. Molly ließ es dabei bewenden, denn sie bezweifelte, dass das Freudenmädchen so lange bleiben würde, vor allem, wenn die Atmosphäre am Tisch sich noch mehr abkühlte. Bridget schien zu wissen, dass Robert manchmal bei Bertha zu Gast gewesen war.

Hoffentlich würde Roberts Verlobte nicht wie eine wilde Bergkatze über den Tisch springen und über Mabel herfallen.

„In meinem Beruf höre ich so einiges", sagte Mabel. „An dem Tag, an dem ich Sie gesehen habe, waren Sie mit Jake McKenna zusammen."

Molly nickte. Hatte Jake irgendwo eine Frau wie Mabel? Der Gedanke schmerzte. Doch so sehr sie sich auch bemühte, Molly konnte die Frau nicht verabscheuen. Mabel schien sich in ihrer eigenen Haut viel wohler zu fühlen als Bridget, die oft eine gewisse Steifheit an den Tag legte. Aber Bridget hatte Robert letzte Nacht bei Ivan und Pearl auch einige Freiheiten erlaubt.

Musste eine Frau ihren Mann auf diese Weise an sich binden, damit er sich keine Gesellschaft wie Mabel suchte?

Sie hatte diese Taktik bei Jake versucht und er hatte sie praktisch abgewiesen.

Jetzt, wo sie verlobt waren, sollte sie sich vielleicht mehr Mühe geben. Sie hatte nicht die Absicht, Jake mit irgendeiner Frau zu teilen.

„Ich habe gehört, dass sich zwischen Ihnen beiden etwas anbahnt?" Mabel lächelte. „Keine Sorge! Er war noch nie bei Bertha, außer an dem Tag mit Ihnen, aber ich gebe zu, dass keine von uns abgeneigt wäre, ihn zu empfangen, wenn auch nur für eine Nacht." Sie warf einen Blick auf Bridget. „Ich glaube, Sie waren selbst eine Weile hinter ihm her, nicht wahr?"

Verblüfft blickte Molly zu Bridget, deren Gesicht sich mit einem tiefroten Schimmer überzog.

„So war es nicht, Molly", sagte Bridget leise.

Ein mulmiges Gefühl machte sich in Mollys Magengrube breit. „Wie war es dann?"

„Das würde ich dir lieber unter vier Augen erklären."

„Natürlich", warf Mabel ein. „Ich komme am besten direkt zur Sache, damit Sie beide über Ihre Herzensangelegenheiten reden können. Frauen wie ich haben weiß Gott keins."

Molly riss ihre Aufmerksamkeit von Bridget los. „Das stimmt ganz sicher nicht, Mabel."

Mabel sah Bridget an. „Sie haben Glück, Robert zu haben. Er ist ein guter Kerl."

In der Stimme der Frau schwang ein tief empfundenes Gefühl mit, aber Molly glaubte, auch einen leichten Groll herauszuhören.

Mit aufgesetzter Heiterkeit wandte sich Mabel wieder Molly zu. „Alle Damen in Berthas Saloon waren beeindruckt, dass Sie gleich zu mir hereinmarschiert sind, um mit mir zu sprechen. Es hat mich nicht überrascht, dass Sie Roberts Schwester sind."

„Aber was Sie mir über meinen Bruder erzählt haben, war falsch", sagte Molly, die noch immer eine Erinnerung an diesen stechenden Schmerz in ihrem Herzen spüren konnte.

„Das tut mir leid, aber ich bin froh, dass es nicht stimmt." Mabel blickte sich um, dann senkte sie ihre Stimme. „Was ich Ihnen jetzt sage, könnte mich in Schwierigkeiten bringen, aber ich sage es trotzdem. James Winston ist ein Stammgast von mir, aber vor einigen Nächten war ich nicht verfügbar. Er hat das Mädchen, das mich vertreten hat, ganz schön hart rangenommen, was mir absolut gegen den Strich geht. Also habe ich ihn mit Whiskey abgefüllt und zum Reden gebracht. Er sagte mir, er wolle Shep Lannigan einen großen Auftrag wegschnappen. Außerdem hat er vor, Sie zu heiraten." Sie starrte Bridget an.

Bridget warf Mabel einen kühlen Blick zu. „Ja, ich weiß."

„Auch wenn ich fürchte, dass Sie das direkt in Roberts Arme treiben wird, möchte ich Ihnen raten, es nicht zu tun. Winston ist grausam, und so einen wünsche ich niemandem." Mabel presste ihre Lippen aufeinander. „Nicht einmal Ihnen."

Sie fuhr fort: „Winston hat mir erzählt, dass es einen Schürfer namens Charlie Cohen gibt, der von Shep finanziert wird. Dieser

Charlie soll auf der Suche nach dem Bluebird sein und wird dabei genau beobachtet."

Die Erwähnung des Bluebird weckte Mollys Aufmerksamkeit. „Was ist so besonders an diesem Mann?"

Mabel hielt inne und schaute sich um, um sich zu vergewissern, dass niemand ihr Gespräch mithörte. „Charlie Cohen ist kein Mann. Ihr Name ist Charlotte. Sie ist vor mehreren Monaten in die Stadt gekommen und hat sich mit Shep eingelassen."

„Gehen etwa alle Männer zu Prostituierten?", fragte Bridget scharf.

„Nicht alle", antwortete Mabel kühl. „Außerdem ist ihre Beziehung nicht romantischer Natur. Charlotte kennt Details über den Bluebird, von denen Shep glaubt, dass sie ihm helfen werden, ihn zu finden."

Molly begegnete Bridgets Blick. Bridget wusste, dass der Bluebird höchstwahrscheinlich schon abgesteckt war, weil Molly ihr von Jakes Claims erzählt hatte. War das ein großer Fehler von ihr gewesen? Und hatte sie ihn noch verschlimmert, als sie die Claims angemeldet hatte?

„James Winston wollte vor Shep dort sein", fügte Mabel hinzu. „Er hat einen Mann namens Pedro verfolgt. Er dachte, Pedro würde den wahren Standort kennen, aber Pedro hat Charlotte mit schlechten Erzproben versorgt, damit sie diese an Shep weiterleitet."

„Pedro ist tot", sagte Molly.

„Ich weiß", antwortete Mabel. „Charlotte und Pedro waren verliebt, und jetzt ist sie hinter dem Mann her, der ihn ermordet hat."

„Winston?", fragte Molly.

Mabel schüttelte den Kopf. „Ich weiß nicht, ob er es getan hat oder nicht. Aber im Moment tut das nichts zur Sache, denn Charlotte glaubt, dass es Jake war."

„Es war nicht Jake." Mollys Stimme war leise, aber fest.

Mabel lehnte sich vor. „Nun, wer es war oder nicht war, spielt keine Rolle, wenn diese Charlotte beschließt, die Sache selbst in die Hand zu nehmen. Wo sind Jake und Robert im Moment?"

Molly saß stumm da und umklammerte die Serviette, die auf ihrem Schoß lag. Die Wahrheit, die sie zu kennen glaubte, verschob sich ständig. Alles geschah viel zu schnell. Es irritierte sie, dass Mabel so hilfsbereit war. Was, wenn sie mit Winston zusammenarbeitete statt gegen ihn?

„Sie sind in den Bergen", antwortete Bridget.

„Weißt du, wo genau?", drängte Mabel.

Molly runzelte die Stirn und fing Bridgets Blick ein. „Nein. Sie könnten überall sein."

Cora erschien mit zwei Tellern voller Essen.

Mabel nahm einen Schluck Kaffee und wartete mit dem Sprechen, bis Cora wieder weg war. „Sind sie mit noch jemandem zusammen?"

„Ivan Krupin, Boris Orlov und Nine Toes Bishop", antwortete Bridget.

Mabel nickte leicht. „Glauben Sie, dass sie alle vertrauenswürdig sind?"

„Jemand hat Robert angeschossen", erwiderte Bridget mit unverhohlenem Ärger in der Stimme, „und sie waren es nicht. Hat Winston es getan?"

Mabel zuckte mit den Schultern. „Vielleicht auch diese Charlotte." Sie räusperte sich und stand auf. „Nun, ich lasse Sie beide mal in Ruhe essen. Wenn ich noch etwas höre, werde ich es Sie wissen lassen."

„Danke", sagte Molly.

Mabel schritt um die Tische herum, wobei ihr zitronengelber Rock hin und her schwang, und verließ das Restaurant.

Bridget schnitt energisch ihr Fleisch, die Augen niedergeschlagen.

„Ich weiß, dass du sie nicht magst", sagte Molly, „und ich glaube langsam, dass du recht hast."

Bridget sah auf und erstarrte.

„Aber zuerst schuldest du mir eine Erklärung wegen Jake."

„Es ist nichts passiert."

„Aber er hat dir nachgestellt?" Schon als sie die Worte aussprach, ergaben sie für Molly keinen Sinn. Jake war Bridget gegenüber bei jeder ihrer Begegnungen völlig gleichgültig gewesen.

Bridget legte Gabel und Messer beiseite und tupfte sich mit der Serviette die Mundwinkel ab. „Nein. Es war eher so, dass ich ihm nachgestellt habe."

„Hast du mich deshalb immer vor ihm gewarnt?"

Bridgets Gesichtsausdruck entspannte sich und wurde von Bedauern erfüllt. „Ich habe dich gewarnt, weil ich tatsächlich nicht glaubte, dass er so aufrichtig und loyal ist, wie du es gerne hättest." Sie griff wieder nach ihrer Gabel und schob das Essen auf ihrem Teller hin und her. „Um ehrlich zu sein, hat er nie Interesse an mir gezeigt … kein bisschen. Ich will nicht lügen – das hat mich damals ziemlich gekränkt."

„Aber jetzt bist du mit meinem Bruder zusammen. Hast du noch immer Gefühle für Jake?"

Bridget schüttelte den Kopf. „Nein, habe ich nicht. Und das ist die reine Wahrheit."

Molly schaute aus dem Fenster und beobachtete, wie Männer, Wagen und Maultiere, schwer beladen mit Säcken voller Erz, vorbeizogen. In ihrer ganzen Kindheit war Vertrauen nie ein Thema gewesen, selbst nachdem sie in den Brunnen gefallen war. Jetzt war jeder, den sie in dieser Stadt kennenlernte, eine Herausforderung für ihr Vertrauen in die Menschen. „Weiß Robert davon?"

„Ja. Deshalb haben wir uns vor ein paar Tagen gestritten. Weißt du, ich bin nicht stolz darauf, aber mein Vater hat mich dazu angestiftet, Männer für ihn an Land zu ziehen."

„Männer wie Jake und Robert?"

Bridget nickte. „Ich habe mich bis über beide Ohren in Robert verliebt, aber das hat mich ziemlich überrascht. Ich versuche, das Richtige zu tun. Du kannst mir vertrauen, Molly."

Zweifel lasteten schwer auf Mollys Herz, und das nicht nur wegen ihres Bruders und der Frau, die ihn vielleicht liebte oder auch nicht. Hatte Bridget Jake richtig eingeschätzt? War der Kampf um seine Loyalität einer, der wahrscheinlich nie gewonnen werden würde?

„Ich hoffe es." Aber im Moment hatte sie keine andere Wahl. „Wir müssen zurück in die Berge reiten und Robert und Jake suchen", sagte Molly, als sie ihr Essen beendet hatten. „Ich mache mir Sorgen, dass Winston – oder dein Vater – sie zuerst finden könnten."

„Ich kann Pferde besorgen", sagte Bridget mit aufrichtiger Miene.

„Und ich werde Vorräte auftreiben."

Kapitel Einundzwanzig

Im Dunkeln zu klettern erwies sich als schwieriger, als Jake es sich vorgestellt hatte. Der mondlose Himmel ließ die Schatten undurchdringlich wirken. Außerdem trug er mehr Ausrüstung als zuvor, aber er wollte sichergehen, dass er alles dabeihatte, was er brauchte. Trotz der kühlen Nachtluft rann ihm der Schweiß den Rücken hinunter, während er sich bemühte, so leise wie möglich zu sein, um die anderen Männer im Lager nicht zu stören.

Allein zu gehen war seine einzige Option gewesen. Auf keinen Fall würde er Nine Toes zum Bluebird führen. Sie würden sicher bald nachkommen, aber wenigstens hätte er dann ein paar Stunden Zeit für sich.

Er knüpfte ein Seil um einen Baumstamm und zog kräftig daran, um sicherzugehen, dass es halten würde. Das war sein Sicherheitsnetz für den Fall, dass er von weiter oben herabstürzte. Er legte seinen Mantel ab und hängte ihn an einen Ast, dann warf er seinen Rucksack über die Schulter, aus dem Hacke und Schaufel schräg herausschauten. Nur ein Colt steckte im Holster an seiner Hüfte.

Methodisch bewegte er sich nach oben, einen Handgriff und einen Fußtritt nach dem anderen. Er dachte mit Staunen daran, dass er vor ein paar Tagen mit Molly hier entlanggekommen war. Damals hatte er keine Bedenken gehabt, aber jetzt fühlte er sich ein bisschen schuldig, als er sich daran erinnerte, wie bleich sie ausgesehen hatte, als sie diesen steilen Anstieg gemeistert hatte. Er nahm sich vor, von nun an mehr auf ihr Befinden zu achten.

Unter dem gedämpften Funkeln der Sterne am Himmel erklomm er den Grat und kletterte über ein Geröllfeld, wobei er eine kleine Steinlawine auslöste.

Verdammt.

Das hatten die anderen wahrscheinlich gehört.

Er hielt inne, um Atem zu schöpfen und aus seiner Feldflasche zu trinken, dann ging er zügig weiter ins Tal zu den Claims, die er abgesteckt hatte, und zu Roberts Chigger-Ader. Er hörte den Gewehrschuss erst, als es schon zu spät war.

„Bleiben Sie genau da stehen, McKenna."

Shep hatte ihn schließlich doch noch eingeholt.

MOLLY RITT SO SCHNELL, wie sie sich in der Dunkelheit traute, Bridget hinter ihr. Sie hielten erst an, als sie die Hütte der Krupins erreicht hatten, durch deren Fenster goldenes Licht schien.

Molly stieg ab und führte ihr Pferd zum Korral, wo Wasser und Hafer warteten. Sie hoffte, dass die Tiere, die Bridget erworben hatte, schnell fressen und trinken konnten.

Bridget tat es ihr nach, doch sie nahmen die Sättel nicht ab, da Molly die Absicht hatte, die Nacht durchzureiten.

„Keine Bewegung."

Molly zuckte zusammen, als sie eine ihr unbekannte weibliche Stimme hörte. Eine Frau stand in den Schatten und richtete eine Waffe auf sie.

„Wer sind Sie?", fragte Bridget eilig.

Molly wich einen Schritt zurück, aber die Frau schüttelte leicht den Kopf.

„Oh, nein. Sie kommen mit mir." Die Frau wedelte mit ihrer Pistole. „Wir gehen jetzt alle in die Hütte."

Molly hob die Hände, ebenso wie Bridget, ging vorsichtig um das Gebäude herum und auf die Veranda. Sie betraten die Hütte, die Frau mit der Waffe hinter ihnen. Am Tisch saß Pearl, an einen Stuhl gefesselt und geknebelt.

„Pearl?" Erschrocken eilte Molly zu ihrer Freundin. „Bist du in Ordnung?"

Die Frau schloss die Tür und trieb Bridget zu ihnen.

„Was ist hier los?", fragte Molly. „Wer sind Sie?"

Hellbraunes, von grauen Strähnen durchzogenes Haar in einem lockeren Zopf umrahmte ein überraschend jugendlich wirkendes und hübsches Gesicht. Dennoch musste die Frau in ihren Vierzigern sein.

„Ich rede hier."

Dann dämmerte es Molly. „Sind Sie Charlotte Cohen?"

„Wie kommen Sie darauf?"

„Ich habe von Ihnen gehört. Warum halten Sie Pearl als Geisel fest?"

Charlotte hob die Pistole. „Sagen Sie mir, was ich wissen will, und ich lasse Sie alle in Ruhe."

„Und was wäre das?", fragte Bridget.

„Wo ist der Mann, der sich der Schakal nennt?"

Bridget lehnte sich gegen den Tisch. „Wir wissen es nicht. Warum suchen Sie nach ihm?"

„Er hat jemandem wehgetan, der mir etwas bedeutet hat."

„Sind Sie sich da sicher?", fragte Molly.

Charlottes Gesicht wurde bleich. „So sicher, wie ich nur sein kann."

In der Stimme der Frau lag der leiseste Hauch eines Zweifels und Molly griff ihn auf. „Ich kann Ihnen mit absoluter Sicherheit sagen, dass der Schakal Pedro Elizondo nicht ermordet hat."

Charlottes Augen wanderten zu Mollys Gesicht. „Woher wissen Sie das?"

„Weil ich bei ihm war, als Pedro getötet wurde. Ich weiß, die Leute sagen, es war Jake McKenna, aber viel wahrscheinlicher war es ein Mann namens James Winston."

„Winston?" Verwirrung huschte über Charlottes Gesicht.

Molly trat einen kleinen Schritt vor. „Sie kennen ihn, nicht wahr?"

Charlotte verengte ihren Blick.

„Bitte nehmen Sie die Waffe herunter und setzen Sie sich." Molly kam noch ein Stück näher. „Wir können darüber reden."

Charlotte zögerte, aber zu Mollys Überraschung und Erleichterung ließ sie die Waffe sinken. Molly trat vorsichtig vor und nahm der Frau die Waffe aus der Hand, dann legte sie sie auf den Boden in der hinteren Ecke, wo Pearl saß. Molly schnappte sich ein Messer aus der Küche und sägte an dem Seil, das Pearls Hände fesselte, während Bridget das Tuch aus Pearls Mund herauszog. Als Pearl frei war, rieb sie sich die Handgelenke und atmete tief durch.

Molly ging zu Charlotte und führte sie zu einem Stuhl. Sie und Bridget setzten sich, während Pearl ihre Knöchel von den Seilen befreite.

„Ich bin Molly Rose Simms und das ist Bridget Lannigan. Wir würden Ihnen gerne helfen, wenn Sie uns lassen."

Charlottes Augen wanderten zu Bridget. „Lannigan, sagten Sie? Sind Sie mit Shep Lannigan verwandt?"

„Ja", antwortete Bridget. „Er ist mein Vater. Darf ich fragen, ob Sie für ihn arbeiten?"

Molly fragte sich, ob sie wirklich Schmerz in Bridgets Stimme hörte oder ob sie sich das nur eingebildet hatte, weil sie hoffte, dass sich Lannigans Tochter wirklich zum Besseren verändert hatte.

Charlotte presste die Lippen zusammen und blinzelte, als würde sie ihre Vertrauenswürdigkeit einschätzen. „Er hat mich nie erwähnt?"

Bridget schüttelte den Kopf.

„Ich schätze, es ist kein Geheimnis. Als ich in die Stadt kam, hatte ich kein Geld. Mittlerweile ist mir klar, dass Shep das ausgenutzt hat."

„Auf welche Weise?", wollte Molly wissen, aber Charlotte antwortete nicht.

Bridget beugte sich vor. „Er glaubt, Sie wissen, wo der Bluebird ist, nicht wahr?"

Bei der Erwähnung des mythischen Claims erstarrte Charlotte. Hatte Bridget die Frau gerade zu sehr unter Druck gesetzt?

Bridget wurde milder. „Was für eine Art von Vereinbarung haben Sie denn?"

Charlotte verschränkte die Arme fest vor der Brust und atmete sichtlich frustriert aus. „Damals dachte ich, es wäre ein gutes Geschäft, aber ich habe bald gemerkt, dass ich zu viel abgetreten habe. Er setzte Tag und Nacht Leibwächter auf mich an, um sicherzustellen, dass ich nicht aus der Reihe tanze."

„Männer wie James Winston?", fragte Molly.

„Ja."

„Haben Sie einen Vertrag unterschrieben?" Bridget sprach trotz der gespannten Atmosphäre in der Hütte ruhig. Molly empfand eine neue Wertschätzung für die Verlobte ihres Bruders, die so behutsam versuchte, der Frau Informationen zu entlocken.

Charlotte seufzte und ließ die Schultern hängen. „Ja."

„Ich nehme an, Sie haben ihn bei sich. Kann ich ihn sehen?"

Misstrauen trübte Charlottes Augen. „Ich wüsste nicht, warum ich ihn gerade Ihnen zeigen sollte."

„Ich habe das Gefühl, dass etwas damit nicht stimmt. Ich kann Ihnen vielleicht helfen, Miss Cohen."

Die Frau überlegte, dann griff sie in ihre Umhängetasche und kramte darin herum, bis sie das Dokument gefunden hatte. Sie reichte es über den Tisch.

Bridget überflog das Papier.

„Ich muss zugeben, dass ich die Aufteilung neunzig zu zehn bedaure", sagte Charlotte. „Damals hatte ich nicht viel Verhandlungsspielraum. Als ich Pedro traf und er mir sagte, was der Bluebird wirklich wert sein könnte, wurde mir klar, welchen Fehler ich gemacht hatte."

„Hat Pedro deshalb versucht, alles Wertvolle, das Sie gefunden haben, zu verstecken?", fragte Molly. „Wollte er den Claim selbst anmelden, nachdem Sie ihn gefunden hatten?"

Charlotte leckte sich nervös über die Lippen. „So etwas in der Art."

Bridget hob den Blick und holte tief Luft. „Die Bedingungen dieses Vertrags sind grauenhaft – die schlimmsten, die ich je gesehen habe –, aber es wird Sie freuen zu hören, dass er ungültig ist."

„Wie das?", fragte Charlotte erstaunt.

„Ich habe schon mehrere solcher Verträge für meinen Pa aufgesetzt und war bei den Unterzeichnungen dabei. Solche Transaktionen finden gewöhnlich in der First National Bank statt und werden von Charles Henderson, dem Direktor, bezeugt. Er und mein Vater sind gute Freunde. Aber für diesen Vertrag gibt es keine Zeugen. Wenn Sie ihn einem Richter vorlegen, könnten Sie damit ein sehr starkes Argument gegen seine Gültigkeit vorbringen. Ich glaube sogar, dass Sie gewinnen könnten."

Der Schock ließ Charlottes Gesicht erstarren. „Glauben Sie das wirklich?"

Bridget nickte knapp. „Ich kann mir nur nicht erklären, warum mein Vater das getan hat. Er musste doch wissen, dass das im Falle eines späteren Rechtsstreits keinen Bestand haben würde."

„Dann müsste er dafür sorgen, dass der Claim auf seinen Namen lautet", sagte Pearl.

Molly sah Charlotte an. „Er muss geplant haben, dass er den Bluebird selbst anmeldet, nachdem Sie ihn gefunden haben. Mit einem ungültigen Vertrag hätten Sie keinen Regressanspruch."

„Molly hat recht", sagte Bridget. „Er hatte nie die Absicht, Ihnen einen Anteil zu geben."

Charlottes Augen blitzten zornig auf und erinnerten Molly daran, dass die Frau vielleicht immer noch einen Rachefeldzug gegen Jake führte. Es würde helfen, wenn sie ihr Vertrauen gewinnen könnten.

„Warum glaubt Shep Lannigan, dass Sie den Bluebird finden können?", fragte Molly.

Charlotte dachte lange darüber nach. „Es ist eine hübsche Geschichte", sie nickte und ihr Lachen zerriss die Stille, „und jetzt sagen Sie mir, dass Shep ihn mir nicht wegnehmen kann. Na gut, ich erzähle sie Ihnen.

Ich habe meinem Vater nie nahegestanden, als ich noch klein war. Ich wuchs in Ohio bei einer Tante auf, weil meine Mutter früh starb und mein Vater nach Westen ging, um sein Glück zu suchen. Eines Tages, als ich erwachsen war, tauchte er wieder auf, und wir hatten ein paar Jahre, bevor er starb. Er erzählte mir die haarsträubendsten Geschichten über seine Erlebnisse in den Bergen auf der Suche nach Silber und Gold. Aber an eine Geschichte erinnere ich mich ganz besonders. Sie ging ungefähr so:

Er saß hoch oben auf einem Felsvorsprung fest, weil Indianer kamen. Sie schlugen ein Lager auf und er konnte nur warten und hoffen, dass sie ihn nicht finden würden, obwohl seine Ausrüstung und seine Tiere unten im Tal waren. Während er also in der Falle saß, machte er einen unglaublichen Fund – eine dicke Ader, die nur Gold enthalten konnte, da war er sich sicher."

Ein verschmitztes Lächeln zupfte an ihrem Mund. „Wer in dieser Gegend spricht nicht mit gedämpfter Stimme vom Bluebird? Wer träumt nicht davon, ihn zu finden?"

„Sie kennen den genauen Ort?", fragte Bridget.

„Ich habe die Informationen, die mir mein Pa gegeben hat, aber er konnte nie mehr dorthin zurückkehren, und mittlerweile ist mir klar, dass seine Erinnerung wahrscheinlich lückenhaft war. Aber Pedro hat mir geholfen. Ich weiß, dass ich nah dran bin."

„Wie wäre es, wenn wir Sie begleiten?", fragte Molly, die das Wissen um Jakes Claims für sich behielt. Es gab sowieso keine Garantie, dass einer von ihnen der Bluebird war. Und falls doch, war sich Molly nicht sicher, wie Charlotte auf die Nachricht reagieren würde. Es war wohl das Beste, die Frau im Auge zu behalten.

„Warum?", fragte Charlotte.

„Ich habe eine Idee, wo dieser Felsvorsprung Ihres Vaters sein könnte."

Charlotte beäugte sie misstrauisch. „Was wollen Sie damit sagen?"

Zu spät versuchte Molly, ihre Spuren zu verwischen. „Die Zeit drängt, Charlie. Wenn Sie sich einen Anteil am Kuchen sichern wollen, müssen wir sofort losreiten."

„Ich will den ganzen Kuchen haben." Charlotte stieß die Worte wütend hervor.

„Ich würde sagen, die Zeit dafür ist vorbei", sagte Pearl, „aber lasst uns losreiten, damit wir Ihnen zumindest mehr als zehn Prozent verschaffen können."

Molly hoffte, dass ihre Entscheidung im Meldeamt die Richtige gewesen war.

Kapitel Zweiundzwanzig

S hep richtete sein Gewehr auf Jake. „Lassen Sie den Holster fallen."

Er glaubte nicht, dass Shep ihn wirklich erschießen würde … aber ganz sicher war er sich nicht. Die Verlockung von Reichtum konnte den Verstand eines Mannes ganz schön vernebeln. Jake schnallte seinen Pistolengürtel ab und ließ ihn auf den Boden fallen.

„Dachten Sie wirklich, ich würde davon nichts mitbekommen?", fragte Shep.

„Es war einen Versuch wert", sagte Jake. Es war sinnlos, es abzustreiten. „Es sind eine Menge Dinge hinter Ihrem Rücken passiert."

„Ohne Zweifel." Shep machte eine Kopfbewegung in Jakes Richtung. „Treten Sie zurück."

Langsam entfernte sich Jake fünf Schritte von seiner Waffe. „Wie haben Sie mich gefunden?"

„Archie hat es mir gesagt."

Woher zum Teufel wusste Archie davon? War es Molly gewesen? Und wenn ja, hatte sie es freiwillig oder unter Zwang verraten?

Jake hatte es geschafft, seine Überraschung zu verbergen, aber er machte keinen Hehl aus der Drohung in seiner Stimme. „Sie sollten die Mädchen lieber aus dem Spiel lassen."

„Und welche Mädchen wären das?"

Jake runzelte die Stirn. War Lannigan absichtlich begriffsstutzig oder stellte er sich einfach nur dumm?

„Nun, zum einen Ihre eigene Tochter", sagte Jake.

„Bridget ist loyal. Dachten Sie etwa, Sie könnten sie mit Ihrem Charme um den Finger wickeln?"

„Es schien eine Zeit zu geben, in der Sie dachten, sie könnte das mit mir machen. Aber das ist vorbei. Jetzt hat sie ein Auge auf Robert geworfen und aus irgendeinem verdammten Grund ist er bereit, sich mit ihr einzulassen."

„Jeder Mann wäre glücklich, Bridget zu haben, aber ich werde sie nicht einfach so hergeben. Machen Sie sich nichts vor, selbst wenn Sie Interesse an ihr gezeigt hätten, hätte das nie zu etwas Dauerhaftem geführt."

„Ich schätze, Robert hat diese Information nicht erhalten."

„Robert hat einen Zweck erfüllt, aber er verhält sich nicht so, wie er sollte."

„Vorsicht, Shep", sagte Jake. „Sie klingen langsam wie das Monster, für das alle Sie halten."

„Ich bin nur ein guter Geschäftsmann, das ist alles."

Jake konnte sich ein spöttisches Lachen nicht verkneifen. „Das ist völliger Blödsinn. Sie sind ein Lügner und ein Betrüger. Sie nehmen, was Ihnen nicht gehört."

„Sie sind immer noch verärgert wegen dem Shanghai, aber das gibt Ihnen keinen Anspruch auf den Bluebird."

„*Ihnen* gibt es erst recht keinen." Jake wurde ernst. „Verraten Sie mir, wie Sie das machen? Wer fälscht den Papierkram im Meldeamt?"

„Das ist eine gewagte Anschuldigung, mein Sohn, selbst für jemanden, der sich der Schakal nennt. Seien Sie vorsichtig, sonst finden die Beweise den Weg zu Ihnen zurück."

Mist. Eine Ranke der Angst wand sich durch Jakes Bauch. Lannigans Drohung war ernst gemeint.

„Zeigen Sie mir lieber, was Sie gefunden haben", fügte Shep hinzu.

Widerwillig schnappte sich Jake seine Tasche, entfernte sich von seiner Waffe und stieg weiter ins Tal hinab.

MOLLY FÜHRTE DIE KLEINE GRUPPE AN, Charlie bei sich auf dem Pferd, da sie selbst keines hatte. Pearl folgte auf ihrem Maultier und Bridget bildete das Schlusslicht. Sie ritten im Dunkeln und Molly hatte Mühe, nicht vom Weg abzukommen.

Sie hielt ihr Pferd an und wartete, bis Bridget und Pearl sie eingeholt hatten. „Ich bin mir nicht sicher, ob das der richtige Weg ist. Es ist so dunkel, dass es schwierig ist, etwas zu erkennen."

„Möchtest du zum Glen Valley?", fragte Pearl.

„Ich weiß nicht, wie der Ort heißt, an dem Robert den Chigger abgesteckt hat."

„Es hört sich für mich so an, als wäre es das. Ivan und ich haben uns mal dort umgesehen. Wir haben zwar nichts Wertvolles gefunden, aber –"

„Warum reiten wir dann dorthin?", fragte Charlie.

„Das heißt nicht, dass es dort nichts zu entdecken gibt", fuhr Pearl fort. „Haben Sie eine Ahnung, wie schwer es ist, in diesen Bergen anständige Adern zu finden?" Pearl schüttelte den Kopf, offensichtlich genervt von dieser Frau. „Wie lange suchen Sie schon nach dem Bluebird? Einen Monat oder zwei? Es gibt Männer in dieser Gegend, die schon seit Jahren suchen, und die wissen, was sie tun." Pearl hielt inne und stieß ein irritiertes Schnaufen aus. „Ich kenne einen einfacheren Weg in dieses Tal."

Molly weinte fast vor Erleichterung. „Es gibt einen anderen Weg?" Sie wollte nicht noch einmal diese tückische, steile Wand aus Granit erklimmen. „Kannst du ihn in der Dunkelheit finden?"

„Ich glaube schon", antwortete Pearl. „Lass mich die Führung übernehmen."

Dankbar ließ Molly ihr Pferd hinter Pearls Maultier herlaufen.

DIE SUCHE nach dem alternativen Eingang zum Tal erwies sich als schwierig. Doch nach drei Fehlversuchen fand Pearl ihn schließlich. Sie führten ihre Pferde zu Fuß unter einem niedrigen Felsüberhang hindurch. Als sie den schmalen Pfad hinter sich gelassen hatten und in das Tal eintraten, erkannte Molly, dass Jakes Claims mit diesem Durchgang viel einfacher zu erreichen waren.

Das Knacken eines Zweiges ließ die Pferde tänzeln und an den Zügeln zerren. Während Molly versuchte, ihr Tier zu beruhigen, hob Charlie ihr Gewehr.

„Ich schieße!", rief sie.

„Pearl, bist du das?", rief eine Männerstimme aus dem Schatten.

Pearl drängte sich an Charlie vorbei. „Ivan?"

Er trat heraus, die Waffe im Anschlag, zusammen mit Robert, der an seiner Seite humpelte.

„Bleiben Sie stehen", forderte Charlie.

„Das ist mein Mann. Nehmen Sie die Waffe runter!"

„Was tust du hier?", fragte Ivan.

„Nach dem Bluebird suchen, was sonst?" Pearl schlang ihre Arme um ihn.

Als Charlie Robert bemerkte, hob sie wieder ihre Waffe. „Sie waren in diesem Tunnel."

Robert spannte sich an, bewegte sich aber nicht. „Sie sind diejenige, die auf mich geschossen hat?"

„Da drinnen waren Proben, die mir gehörten."

Bridget stürmte hinter Molly hervor, aber Robert stieß mit seiner Verlobten zusammen, sodass sie beide zu Boden gingen, während Charlie ihre Waffe entsicherte.

Pearl schrie auf.

Wutentbrannt versetzte Molly Charlie einen Schlag gegen den Kiefer und heulte auf, als Schmerz durch ihre Hand bis in ihren Arm schoss. Im Fallen schwang Charlie ihre Pistole, traf Molly mit dem Lauf an der Wange und ließ sie nach hinten taumeln.

Während Molly versuchte, sich wieder zu fangen, kroch Robert über den Boden und riss Charlie die Waffe aus den Händen. Sowohl Ivan als auch Pearl packten die Frau und hielten sie fest.

Robert trat zurück und blickte Molly und Bridget an. „Wer zum Teufel ist das?"

„Ihr Name ist Charlotte Cohen", sagte Bridget. „Mein Pa hat sie angeheuert, um den Bluebird zu finden."

„Gibt es irgendjemanden, den dein Pa nicht angeheuert hat?", fragte Robert, dessen Wut ihn wie ein Mantel umhüllte. Er verlagerte das Gewicht auf sein verletztes Bein und zuckte zusammen.

„Ich bereue nicht, auf Sie geschossen zu haben", spie Charlotte, die sich immer noch gegen Pearl und Ivan wehrte. „Sie halten sich besser fern von allem, was mir gehört."

Robert zog Molly auf die Beine und warf ihr einen Blick zu, der ausdrückte: *Diese Frau ist verrückt.* Vielleicht hatte er recht. Charlotte hatte nun schon zweimal versucht, ihren Bruder zu verletzen. Wer wusste schon, was passieren würde, wenn sie Jake fanden.

„Sie lassen uns keine Wahl, Charlotte", sagte Molly und versuchte, ihre Nerven zu beruhigen. „Wir müssen Sie fesseln."

Sie holte ein zusammengerolltes Seil von ihrem Sattel. Nur mit vereinten Kräften konnten sie die sich windende, fluchende Raubkatze festhalten, während Robert ihr Hände und Füße fesselte.

Molly trat zurück, um zu Atem zu kommen. „Wo ist Jake?"

„Er hat das Lager irgendwann in der Nacht allein verlassen", sagte Robert. „Ivan hat sich an diesen Durchgang erinnert und wir sind kurz vor euch hier angekommen."

Der Schmerz in Mollys Hand war plötzlich verschwunden und wurde von eisiger Angst verdrängt, die durch ihre Adern floss. „Hast du James Winston gesehen?"

„Nein. Warum?"

„Ich habe das Gefühl, dass er nach dir sucht. Wir sollten zum Chigger gehen."

Ivan sah Charlotte an, die sich auf dem Boden wand. „Was sollen wir mit ihr machen?"

„Ich schätze, wir nehmen sie mit", antwortete Robert, aber seine Stimme verriet seinen Widerwillen. „Ivan, hilf mir, sie auf das Maultier zu heben."

Die beiden Männer legten Charlie bäuchlings über den Sattel.

„Ihr nichtsnutzigen, verkommenen Bastarde", schrie sie. „Ich *werde* mir den Bluebird holen, verdammt noch mal. Ihr habt kein Recht darauf."

Robert trat von der unberechenbaren Frau zurück. „Was zum Teufel ist mit ihr los?"

„Offenbar war ihr Vater der legendäre Goldsucher, der die Ader vor Jahren gefunden hat, nachdem er vor Indianern auf einen Felsvorsprung geflüchtet war", sagte Molly. „Vorhin wirkte sie nicht so verrückt. Ich dachte, wir wären zu ihr durchgedrungen."

„Hat sie einen Vertrag mit Lannigan?", fragte Robert.

„Hat sie, aber er ist wertlos", antwortete Bridget. „Dafür hat mein Vater gesorgt."

„Ich kann euch hören!", spie Charlie.

„Warum beruhigen Sie sich nicht endlich?", verlangte Molly. „Ich hatte vor, Ihnen einen benachbarten Claim zuzugestehen, aber Sie benehmen sich wie eine Wahnsinnige."

Molly holte ein Kopftuch aus ihrer Satteltasche und band es Charlie grob über den Mund, um den schlimmsten Lärm der Frau zu dämpfen. „Es tut mir leid, wirklich, aber Sie hätten meinen Bruder oder Bridget umbringen können, um Himmels willen."

Charlie schrie und versuchte, sich von dem Maultier zu rollen. Robert holte mehr Seil und band sie an dem Tier fest.

Bridget nahm Charlies Waffe an sich und Molly zog den Colt Lightning aus ihrer Ausrüstung.

„Los geht's", sagte Robert.

In einer Reihe betraten sie das verborgene Tal, während die Morgendämmerung den Himmel grau färbte.

JAKE HIELT INNE, um zu Atem zu kommen, als ein Sonnenstrahl über die Bergspitze kletterte und ihn blendete.

„Nicht stehen bleiben." Lannigan stieß ihn von hinten an.

Sie standen an der steilen, nach Osten gerichteten Felswand, wo Robert den Chigger abgesteckt hatte. Und wenn es in der Stadt für Molly gut gelaufen war, dann sollte Jake jetzt stolzer Besitzer von zwei Claims in dieser Gegend sein. Die große Frage war nur, wie weit Lannigan bereit war zu gehen, um sich das zu nehmen, was seiner Meinung nach ihm gehörte.

Jake nahm sich vor, einen verdammt guten Anwalt zu finden, wenn er wieder in der Stadt war – vorzugsweise einen, der nicht aus Creede stammte, um Lannigans Einfluss zu entgehen – und seine Claims so schnell wie möglich zu sichern, um das zu vermeiden, was mit dem Shanghai passiert war.

„Zeig mir die Ader, verdammt noch mal", forderte Shep.

Jake verkniff sich eine Erwiderung und blickte nach oben. Sein Auge erfasste eine rasche Bewegung am oberen Hang. Um Lannigan nicht zu alarmieren, bewegte Jake sich langsam vorwärts. War es Freund oder Feind?

Eine Explosion sprengte den Fels über ihm. Instinktiv duckte sich Jake und rannte los. Ein zweiter ohrenbetäubender Knall riss ihm die Füße weg und er rollte und rutschte mehr als zehn Yards, bevor er das Gleichgewicht wiederfand.

Felsen und Geröll regneten auf ihn herab. Shep war nirgends zu sehen, aber Jake wartete nicht auf ihn.

Ein drittes donnerndes Grollen ließ alles dunkel werden.

DREI DYNAMITEXPLOSIONEN ERSCHÜTTERTEN DEN BERG. Fassungslos sahen Molly und die anderen zu, wie eine Lawine aus Steinen und Geröll den Berghang hinunterrutschte.

Jake!

Molly ließ die anderen zurück und rannte den Hang hinauf. Das Gewehr war etwas sperrig zu tragen, aber sie wollte es nicht zurücklassen. Sie hob ihren Rock an und kletterte. Ihre Beinmuskeln brannten und der Schweiß rann ihr den Rücken hinunter.

Von Zeit zu Zeit blieb sie stehen, um sich zu orientieren und zu verschnaufen, und sah, dass Robert und Bridget nicht weit hinter ihr waren, wobei Robert trotz seines verletzten Beins recht gut vorankam. Noch weiter hinten waren Pearl und Ivan und überraschenderweise auch Charlie. Offenbar hatten sie sie losgebunden.

Molly lief weiter – sie wollte nicht, dass einer von ihnen sie überholte.

Um Charlotte Cohen würden sie sich später kümmern müssen.

Als Molly den schlimmsten Teil des Trümmerfeldes erreichte, rutschte sie auf dem wackeligen Untergrund immer wieder aus. Ihre Knie waren von Schürfwunden übersät und ihre Knöchel schmerzten.

„Jake!" Sie hielt nach irgendwelchen Lebenszeichen Ausschau. „Jake!"

Sie kletterte weiter über das Geröll, während die Sonne auf sie herabbrannte.

Vielleicht ist er nicht hier.

Sie hoffte, dass es so war, aber sie musste weitersuchen. Was, wenn er begraben war? Sie begann, die Trümmer nach Anzeichen eines Körpers oder Kleidung abzusuchen. Sie war sich ziemlich sicher, dass sie sich in der Nähe der Stelle befand, wo sie und Jake den Chigger gefunden hatten, wo er wahrscheinlich das Goldnugget entdeckt hatte.

Sie bewegte sich horizontal über das Trümmerfeld, weil die Steinlawine einen Körper vermutlich nach unten gedrückt hätte, und suchte verzweifelt das Geröll ab.

Der Rücken eines vornüber gebeugten Mannes tauchte auf. Zur gleichen Zeit ertönte ein Schuss ganz in der Nähe. Sie schrie auf und duckte sich, kroch aber weiter auf die Gestalt zu. Als sie eine Vertiefung im Boden erreichte, hörten die Schüsse auf, wahrscheinlich hatte der Schütze sie aus den Augen verloren. Verzweifelt kletterte sie zu dem Mann und zerrte an seinen Schultern, um ihn umzudrehen.

Shep Lannigan.

Blut bedeckte sein Gesicht und befleckte sein Hemd, aber seine Brust bewegte sich. Er war am Leben.

Molly spähte nach oben und fragte sich, wo der Schütze war. Der Drang, weiterzugehen und Jake zu finden, war fast überwältigend, aber sie wollte nicht erschossen werden. Als sie hinter sich blickte, konnte sie weder Robert noch Bridget sehen.

Molly schüttelte den Mann, der bewusstlos neben ihr lag. „Mister Lannigan, wachen Sie auf." Sie zögerte einen Moment, dann gab sie ihm einen Klaps auf die Wange. „Wachen Sie auf, Sir. Ich kann Sie nicht hier lassen, und tragen kann ich Sie schon gar nicht."

Ein weiteres Schütteln entlockte dem Mann ein Stöhnen.

„Sind Sie verletzt, Mister Lannigan?"

Er öffnete die Augen. „Was zum Teufel …" Er richtete den Blick auf sie. „Was machen Sie denn hier?"

Molly ignorierte die Frage. „Können Sie sich aufsetzen?" Sie packte ihn am Arm und zog ihn in eine sitzende Position.

Er legte eine Hand an seinen Kopf. Molly wich von ihm zurück und hielt nach dem Schützen Ausschau.

„Geben Sie mir Ihre Waffe", forderte Lannigan. Seine Benommenheit war verschwunden, und er sah sie mit klaren Augen an, die Hand nach ihrer Waffe ausgestreckt.

„Nein." Sie wich weiter zurück und richtete den Colt auf ihn.

„Sie brauchen keine Angst vor mir zu haben."

Sie glaubte ihm nicht. „Wo ist Jake?"

Sie sah das leiseste Flackern des Zögerns in Lannigans Augen.

„Ich weiß es nicht", antwortete er.

Sie vermutete, dass er es doch wusste. „Was haben Sie getan? Sind Sie für die Explosionen verantwortlich?"

„Nein, das war ich", sagte eine andere Stimme.

James Winston stand vor ihnen.

ALS JAKE ZU SICH KAM, blickte er in einen kornblumenblauen Himmel. Auf dem Rücken liegend wähnte er sich in Marokko, wo ihn ein weiterer Tag in der unbarmherzigen Sahara erwartete, heimlich belauert von Schakalen, die sich jederzeit auf ihn stürzen könnten. Als er seine Arme und Beine bewegte, entkam ihm ein Stöhnen und seine Erinnerung kehrte zurück.

Creede. Shep Lannigan. Der Bluebird.

Und, am wichtigsten: *Molly Rose Simms.*

Er rollte sich auf die Seite und wischte sich über den Mund. Blut blieb an seiner Hand kleben. Jemand hatte Stücke aus dem Berg gesprengt. Er stemmte sich auf die Beine und stellte trotz der Schmerzen fest, dass nichts gebrochen war.

Er suchte die mit felsigen Trümmern übersäte Gegend ab, während er Staub von seinem Hemd klopfte, das mit noch mehr Blut befleckt war. Nachdem er in einiger Entfernung seinen Hut gefunden hatte, begann er zu klettern, wobei er sich geduckt hielt und nach demjenigen Ausschau hielt, der das Dynamit deponiert hatte. Ob Nine Toes irgendwie einen Weg ins Tal gefunden hatte?

Er hievte sich auf einen Felsvorsprung und ging in die Hocke. Als er sah, was die Sprengung freigelegt hatte, erstarrte er.

Groß und dick funkelte die Ader wie eine verführerisch drapierte Frau, die über alle Maßen schön war. Jake starrte völlig fassungslos darauf.

„Allmächtiger Gott", sagte Nine Toes.

Jake hatte sein Kommen nicht bemerkt. Der Goldsucher fiel auf die Knie, als würde er sich dem Altar des Reichtums zu Füßen werfen. Jake starrte auf die außergewöhnlichste Ader, die er je gesehen hatte, unfähig zu sprechen.

Damit hatte er nicht gerechnet. Er bezweifelte, dass irgendjemand von ihnen damit gerechnet hatte, selbst der Goldsucher, den die Utes vor so langer Zeit gefangen genommen hatten. Der Mann musste gewusst haben, dass er eine brauchbare Ader gefunden hatte, aber wenn er geahnt hätte, was sich wirklich hier befand, hätte er wahrscheinlich all diese Indianer eigenhändig umgebracht, anstatt davonzulaufen.

Es war ein ganz und gar unvorstellbarer Fund.

Unfassbar … unglaublich … unerklärlich …

Robert und Bridget erschienen, dicht gefolgt von Ivan und Pearl.

Was sie sahen, ließ sie alle innehalten und die Frauen den Atem einziehen.

„Was zum Teufel?" Robert konnte die Ehrfurcht in seiner Stimme nicht verbergen.

„Es gibt ihn wirklich", sagte Ivan leise, und dann mit mehr Begeisterung: „Gelobt sei der Herr, es gibt einen Gott!"

Nine Toes störte den feierlichen Augenblick mit lautem Weinen.

Boom schloss atemlos zu ihnen auf. „Ihr starrt ja alle auf etwas, als wäre es Jesus Christus persönlich." Er verstummte, als sein Blick auf die Ader fiel. „Ich will verdammt sein. Das ist Gold. Und zwar verdammt viel davon."

„Es gehört mir, ihr Hurensöhne!"

Jake riss seinen Blick von dem Spektakel los und sah sich einer wild blickenden Frau gegenüber, die er nicht erkannte und die direkt auf sie zuging. Sie schob sich an Jake vorbei und warf sich vor die Ader.

„Mein Pa hat sie gefunden", schrie sie. „Ich habe den rechtmäßigen Anspruch."

„Nein, haben Sie nicht", sagte Shep Lannigan aus einigen Fuß Entfernung und beantwortete damit die Frage, ob er die Explosionen überlebt hatte – hatte er.

Molly lief hinter Shep her, was Jakes Sinne sofort in Alarmbereitschaft versetzte. Er stand auf und merkte erst jetzt, wie hypnotisiert er von der Macht des Goldes gewesen war – sie alle –, aber jetzt musste er hellwach sein. Erstaunlich, wie schnell sich an einem so abgelegenen Ort wie diesem eine Menschenmenge gebildet hatte. Der wirkliche Ernst der Lage wurde ihm erst bewusst, als er James Winston sah, der mit einer Pistole im Anschlag hinter Molly herging.

„Unser Vertrag ist wertlos", sagte die Frau zu Lannigan und zeigte dann auf Bridget. „Das hat sie mir gesagt."

Shep warf einen kühlen Blick auf seine Tochter. Als er die Menge erreichte und die goldhaltige Ader sah, verwandelte sich sein stoischer Ausdruck in Schock.

Molly drängte sich zwischen Shep und Robert und murmelte dann: „Oh mein Gott."

„Hier sind zu viele Leute, verdammt", sagte Winston und fuchtelte mit seiner Waffe herum. „Tretet alle zurück."

Jake musste Winston zugestehen, dass er der Einzige war, der nicht sabbernd wie ein Trottel vor dem Fund stand. Winston umrundete die Menge und baute sich vor der Ader auf.

„Sie gehört nicht dir, Winston", spie die Frau und sah zu ihm auf, noch immer über der Ader ausgestreckt.

„Da bin ich anderer Meinung", antwortete er.

„Sie gehört keinem von Ihnen", sagte Jake. „Ich habe diesen Claim bereits abgesteckt. Genau dort, wo Sie stehen, um genau zu sein, und er wurde bereits beim Meldeamt hinterlegt." Er wusste, dass die Koordinaten in dieser Gegend lagen, nahe genug.

„Bockmist", erwiderte Winston.

„Ich habe noch zwei weitere Claims, gleich den Hang hinunter." Jake deutete mit einem Kopfnicken in die Richtung.

„Eigentlich, Jake, hast du nur einen", sagte Molly.

Verwirrt ließ er seinen Blick zu ihr wandern und ein ungutes Gefühl machte sich in seinem Magen breit.

„Dir und mir gehört der Chigger, der weiter unten am Hang liegt, wie du gesagt hast. Der daneben, der Molly Rose, und dieser hier, der Bluebird, gehört zwei Personen."

Er hatte sich immer eingebildet, ein gutes Urteilsvermögen in Sachen Frauen zu haben, und er war sich so sicher gewesen, dass sie ihn nicht betrügen würde. Aber offensichtlich hatte sein Glück ihn gerade verlassen und er hätte gelacht, wenn es ihn nicht wie ein Messer durchbohrt hätte.

„Und wem bitte schön?", fragte er.

„Mir und Bridget."

PANIK ERFASSTE MOLLY. Sie hatte nicht mit Jakes verletztem Gesichtsausdruck gerechnet, als sie ihm mitteilte, wem die beiden anderen Claims gehörten. *Seine* Claims.

Sie hatte versucht zu helfen und jetzt hatte sie vielleicht alles, wofür Jake – und Robert – gearbeitet hatten, unwiderruflich zunichtegemacht. Sie musste es erklären.

Bridget, die links von ihr stand, starrte sie an. „Was?"

„Perfekt", sagte Winston, den Blick auf Bridget gerichtet. „Wir können in ein paar Tagen heiraten."

Robert trat einen Schritt vor. „Das kannst du dir abschminken, du dreckiger, eierlutschender Hund."

Molly hielt ihren Bruder am Arm fest, damit Winston ihn nicht erschoss.

„Hören Sie auf mit dem Unsinn, James", sagte Shep. „Miss Simms hat das Richtige getan."

„Ich habe vor, Robert zu heiraten", sagte Bridget.

„Und ich habe vor, Jake zu heiraten." Molly suchte in Jakes Augen, dessen Gesicht zerschrammt und blutverschmiert war, nach der Andeutung irgendeines Gefühls. Aber alles, was sie darin fand, war Leere, ohne einen Hauch von Zuneigung. Der Mann, den sie liebte, war verschwunden; alles, was blieb, war der Schakal.

„Es tut mir leid", sagte sie flehentlich. „Ich habe es getan, um dich zu schützen, um den Claim zu schützen."

Er wandte den Blick von ihr ab und die Zurückweisung traf sie wie ein Schlag auf die Wange.

Winston richtete die Waffe auf Lannigan. „Sie werden das in Ordnung bringen."

„Ich weiß nicht, wovon Sie reden", antwortete Shep.

„Sie werden den Claim *ändern*."

„Stimmt das, Papa?", verlangte Bridget zu wissen. „Hast du Claims manipulieren lassen?"

„Das ist alles nur ein Gerücht", sagte Shep. „So etwas ist illegal."

Jake schüttelte sichtlich angewidert den Kopf.

„Genau deshalb habe ich es getan", mischte sich Molly ein, ihre Aufmerksamkeit immer noch auf Jake gerichtet.

Der Schakal – der Hüter ihres Herzens – warf ihr einen Blick zu, wachsam und kalt.

„Ich wusste, wenn ich deinen Namen darauf setze, würde Lannigan ihn dir wegnehmen", fuhr sie eilig fort. „Du bekommst meine Hälfte."

„Und die andere Hälfte hast du ihm übergeben." Jake deutete mit einer knappen Geste auf Shep.

„Nein! Ich habe sie Bridget gegeben, denn wenn sie Robert wirklich liebt, wird sie nicht zulassen, dass ihr Vater ihr den Claim wegnimmt." Molly sah Bridget an.

Schock und Unentschlossenheit spiegelten sich in Bridgets blassen Wangen und geweiteten Augen.

Eine Flut von Tränen drohte Molly zu überrollen. Vielleicht hatte sie sich geirrt. Sie hatte alles aufs Spiel gesetzt, und jetzt kam heraus, dass sie sich gewaltig verkalkuliert hatte.

„Du kannst meine Hälfte haben, Jake", flüsterte sie, aber dem leeren Blick in seinen Augen konnte sie entnehmen, dass er glaubte, alles sei verloren. Sie hielt sich an einer anderen Wahrheit fest. „Dieser Claim deckt vielleicht nicht die ganze Ader ab. Vielleicht ist es nicht einmal der Apex."

Alle Augen richteten sich auf sie. Sie konnte die Aufmerksamkeit auf ihrer Haut spüren, als hätten die Hände aller sie gerade gepackt.

Charlie schoss nach oben; in ihren Augen blitzte wilde Erkenntnis auf.

„Jesus, Maria und Josef", rief Nine Toes und warf sich südlich des Bluebird auf den Boden, als wolle er mit seinem Körper einen Claim abstecken.

Charlie schmiss sich auf ihn und die beiden begannen, um den Besitz zu kämpfen.

„Du bist ein verrücktes Weibsbild", schrie er und zog sie an den Haaren.

„Du bist ein Großmaul und ich werde dich umbringen, als Rache für Pedro!" Sie versetzte ihm eine schallende Ohrfeige.

Molly sprang zurück, um nicht von der Klippe gestoßen zu werden, während die beiden rauften wie zwei wilde Tiere, die sich um ihre frisch erlegte Beute stritten.

Jake sprintete zur Nordseite des Bluebird und begann eilig, Steinhaufen zu errichten. Innerhalb von Sekunden hatten sich alle bis auf Molly und Bridget zerstreut. Sogar Winston hatte es aufgegeben, alle mit seiner Waffe zu bedrohen, um sich nördlich von Jakes plötzlichem neuem Claim einen Zugang zu sichern.

Molly sah entsetzt zu, wie Robert geradewegs nach oben kletterte, ohne irgendeine Sicherung. Er hangelte sich waagerecht hinüber, um die Lage der Ader in dieser Höhe zu ermitteln.

Pearl, Ivan und Boom stiegen tiefer und blockierten hastig rechteckige Flächen mit Steinen. Shep kletterte an Jake vorbei, dann an Winston und beobachtete Roberts Fortschritt. Sie peilten beide dieselbe Stelle an. Robert rutschte aus und konnte sich gerade noch halten, bevor er vom Berg stürzte.

„Robert!" Bridgets Hand flog zu ihrem Mund.

Molly hörte auf zu atmen.

„Das ist Wahnsinn", sagte Bridget, und in ihrer Stimme lag Panik.

Da Robert für den Moment wieder in Sicherheit war, entlud sich Mollys eigene Panik in Wut auf die andere Frau. „Liebst du meinen Bruder? Ich kann es nämlich nicht sehen."

„Das weißt du doch." Bridget presste abwehrend die Lippen zusammen.

„Dann biete deinem Vater die Stirn!"

Bridget zögerte und blinzelte mehrmals hintereinander. Ihre Wangen leuchteten rot. Sie holte tief Luft. „Das werde ich."

Gott sei Dank.

Eine Last fiel von Molly ab.

Wenn der Bluebird-Claim hielt, was er versprach, würden sie und Bridget eine der lukrativsten Adern in der Umgebung von Creede besitzen. Sie hoffte nur, dass Jake und Robert nicht in den Tod stürzten, bevor sie und Bridget die goldgierigen Narren heiraten konnten.

Nachdem Nine Toes die Oberhand über Charlie gewonnen hatte, saß er nun auf ihr, umfasste ihre Kehle und würgte sie. „Ich habe Pedro nicht umgebracht. Es waren zwei andere Schürfer." Er hatte Mühe, sie unter Kontrolle zu halten. „Ich will dich nicht töten, also lass uns das regeln. Wir werden uns den Claim teilen, verdammt noch mal."

Molly trat näher heran. „Nimm den Vorschlag an, Charlie."

Die Frau hörte endlich auf, sich gegen Nine Toes zu wehren. „Gut", sagte sie mit zusammengebissenen Zähnen.

Als Nine Toes sie losließ, spuckte sie ihm ins Gesicht.

„Zweifellos der schlechteste Deal, den ich je gemacht habe", murmelte er und stand auf. „Und jetzt beweg deinen Arsch, Weib, und hilf mir, diesen Claim abzustecken."

Kapitel Dreiundzwanzig

Es war mitten am Nachmittag, als Molly neben Robert auf der Veranda des Hauses von Henry und Esme Patterson stand. Sie glättete mit den Händen ihren frisch gewaschenen Wollrock und strich über ihr Haar, um sich zu vergewissern, dass alles in dem Dutt steckte, an dem sie über eine Stunde lang gearbeitet hatte. Ungeduldige Frustration war zurzeit ihr ständiger Begleiter.

Robert hatte ihr gesagt, dass Henry der beste Ansprechpartner für all ihre Fragen im Zusammenhang mit dem Bluebird sei, und er hatte ein Treffen für sie arrangiert. Bridget hatte sie nicht begleitet, vermutlich aus Rücksicht auf Mollys *Jake*-Problem. Es war nämlich so, dass er sie weder sehen wollte noch auf ihre wiederholten Besuche bei seiner Hütte reagierte; selbst alle an ihn adressierten Nachrichten ignorierte er. Seit dem verrückten Vorfall im Bluebird Valley, wie man es jetzt nannte, waren zwei Tage vergangen. Sie betete, dass Henry ihr helfen konnte, den Schlamassel, in dem sie sich jetzt befand, zu bereinigen.

Robert klopfte und kurz darauf öffnete Esme Patterson die Haustür.

„Molly, meine Liebe." Esme zog sie in eine Umarmung, die

264

Molly sehr begrüßte. „Es wird alles gut. Sie werden sehen. Mein Henry wird Ihnen helfen."

Molly lehnte sich zurück, zwang ein Lächeln auf ihr Gesicht und unterdrückte den Drang zu weinen.

Esme wandte sich Robert zu, der sich herunterbeugte, damit sie ihn auf die Wange küssen konnte. „Es ist schön, Sie zu sehen, Robert."

„Ganz meinerseits, Esme."

„Kommen Sie herein. Es gibt Erfrischungen im Salon. Ich muss nur schnell Henry aus seinem Arbeitszimmer schleifen."

Robert führte Molly in den Salon. An einer Wand stand ein Klavier, daneben ein gepolsterter Schaukelstuhl. Molly nahm auf dem blauen Samtsofa Platz. Auf dem Couchtisch gegenüber stand ein Tablett mit einem silbernen Kaffeeservice, rosenverzierten Keramiktassen und einem Teller mit Keksen und Kuchen. An der Wand hing ein Porträt der Pattersons – eine junge Esme auf einem Pferd und ein sehr gut aussehender Henry an ihrer Seite. Molly musste lächeln, weil das Bild so viel Liebe und Abenteuerlust verströmte.

Gleichzeitig traf sie der plötzliche Verlust von Jake – ihrer eigenen Liebe und ihres Abenteuers – hart.

Was, wenn sie das niemals wieder kitten konnte?

Henry trat ein, das Haar zerzaust, das Hemd zerknittert und die Ärmel bis zu den Ellbogen hochgekrempelt. „Schön, Sie beide zu sehen."

„Ich muss mich für sein Aussehen entschuldigen", sagte Esme und folgte ihm. „Er hat hart gearbeitet, seit die Neuigkeit des Bluebird bekannt wurde."

„Danke, dass Sie mich empfangen", sagte Molly.

Henry und Esme setzten sich auf die Stühle ihnen gegenüber. „Sie haben da einen enormen Fund gemacht, junge Dame", sagte Henry mit Bewunderung in der Stimme.

Molly nickte nur, unschlüssig, wie viele Details über den Ursprung der Claims sie tatsächlich verraten sollte. Stattdessen kam sie gleich auf ihr Problem zu sprechen. „Ich möchte Jake meinen Anteil geben. Werden Sie mir helfen?"

Henry musterte sie mit scharfem Blick, während Esme Kaffee einschenkte und jedem von ihnen eine Tasse reichte, die er jedoch ablehnte.

Molly begann auf ihrem Sitz hin und her zu rutschen, als hätte sie sich irgendwie ungebührlich benommen.

Henry warf einen Blick auf Robert und konzentrierte sich dann wieder auf sie. „Ich habe eine ungefähre Vorstellung davon, was da draußen passiert ist, und ich verstehe, warum Sie die Dinge wieder in Ordnung bringen wollen, indem Sie Jake die Hälfte des Bluebird-Claims überlassen, aber ich möchte Ihnen davon abraten."

Molly runzelte die Stirn. „Warum?" Sie stellte Untertasse und Tasse auf ihren Knien ab. Hatte jeder in dieser Stadt eine Abneigung gegen Jake?

Henry lehnte sich in seinem Stuhl zurück und verschränkte die Arme. „Sie und Bridget Lannigan befinden sich im Moment in einer einzigartigen Lage. Ich zweifle nicht daran, dass viele gegensätzliche Interessen an Ihnen zerren, und das wird sich im Laufe der nächsten Tage sicher noch verschärfen. Aber wenn der Bluebird hält, was er verspricht, wie die meisten Leute glauben, dann ist es von größter Bedeutung, einen kühlen Kopf zu bewahren.

Shep Lannigan und Jake McKenna kommen nicht gut miteinander aus. Wenn die beiden bei der Erschließung dieser Ader die kritischen Entscheidungen treffen dürfen, wird das in meinen Augen nur dazu führen, dass am Ende niemand Erz daraus gewinnen kann."

„Wie kommen Sie darauf?"

Henry seufzte. „Ich habe das schon einmal erlebt, und zwar mit weit weniger lukrativen Claims als dem Ihren. Anwälte werden eingeschaltet und der Rechtsstreit zieht sich über Monate, manchmal Jahre hin. Und während dieser Zeit wird jeglicher

Fortschritt verhindert. Jeder leidet darunter. Es ist einfach ein aussichtsloses Unterfangen."

Henry lehnte sich vor und stützte seine Ellbogen auf die Knie. „Sie sind ein kluges Mädchen, Molly. Das hat Robert auch gesagt." Er nickte ihrem Bruder zu. „Behalten Sie den Claim. Wenn Bridget einwilligt, können Sie beide das Gebiet zum Vorteil aller Beteiligten erschließen."

Molly dachte über den Ernst der Lage nach. Sie hätte sich nie träumen lassen, dass sie jemals in eine solche Situation geraten würde, und Henry appellierte an ihr Gewissen, an ihr Verantwortungsgefühl für das große Ganze. Der Bluebird war die größte Erzader, die je in Creede gefunden worden war, und sie gehörte zwei Frauen. Die ganze Stadt war in Aufruhr, seit diese Nachricht die Runde gemacht hatte.

Molly würde lügen, wenn sie das nicht auch ein bisschen aufregend fände.

Sie wusste jedoch, dass es ihre Beziehung zu Jake nur noch mehr belasten würde, wenn Sie ihm den Claim vorenthielt. War es das Risiko wert?

Aber wenn Jake sich einmischte und alles vermasselte, wäre das nicht viel schlimmer? War das nicht der Grund, warum sie die Claims überhaupt auf ihren und Bridgets Namen eingetragen hatte? Sie hatte seine Interessen schützen wollen. Das konnte sie immer noch tun, auch wenn er zu stur war, um ihr jemals zu verzeihen.

Sie nahm einen Schluck von ihrem Kaffee und nickte. „Ich werde es tun."

Henry lächelte. „Sehr gut. Zunächst einmal: Ich weiß, dass Sie den Claim im Hinsdale County gemeldet haben, aber Sie sollten ihn auch in Rio Grande und Saguache einreichen. Das wird Ihre Position rechtlich stärken. Ich kann Ihnen dabei helfen. Als Nächstes müssen wir den Landvermesser losschicken, um einen offiziellen Bericht zu erstellen, und es müssen Erkundungsschächte gegraben werden. Die Proben sollten so schnell wie möglich untersucht werden. Ich kenne zwei Investoren im Osten, die sehr interessiert sind, und ich kann Ihnen bei den Verhandlungen helfen. Und drittens müssen Sie und Bridget ein Unternehmen gründen."

Das alles klang überwältigend. Molly stellte ihren Kaffee auf dem Tisch ab und verschränkte die Hände.

Robert drückte sanft ihren Arm. „Du schaffst das, Molly." Er lächelte. „Ich bin sehr stolz auf dich."

„Wirklich? Dabei wirkt mein Verhalten so, als hätte ich den Schakal verführt, um ihn zu bestehlen."

„So bist du nicht."

„Tatsächlich, Molly", sagte Esme, „sprechen die meisten voller Bewunderung von Ihnen. Bisher haben Männer die Minen in dieser Stadt beherrscht. Dass zwei junge Frauen so ziemlich jedem Goldsucher, Vagabunden und Schurken im Umkreis von fünfzig Meilen den begehrten Bluebird vor der Nase weggeschnappt haben, ist eine Leistung, die es wert ist, gefeiert zu werden."

„Aber es war Jake, der ihn gefunden hat, ausgehend von Roberts vorherigem Fund des Chigger. Es ist nichts Bewundernswertes daran, dass ich ihn den beiden weggenommen habe."

„Dann sorgen Sie dafür, dass in Zukunft alles seine Richtigkeit hat", sagte Henry. „Ich habe Vertrauen in Sie."

Esme lächelte. „Das haben wir alle."

MOLLY STAND im Büro des Prüfers und wartete. Die Tür öffnete sich. Sie warf einen Blick über die Schulter und als sie Jakes Blick begegnete, schlug ihr das Herz bis zum Hals. Er hielt inne, sichtlich überrascht, sie zu sehen, zog aber seinen Hut und trat trotzdem ein.

Seit ihrem Treffen mit Henry waren zwei Wochen vergangen und Jake war ihr weiterhin aus dem Weg gegangen. Es war offensichtlich, dass er sie nicht mehr heiraten wollte. Allerdings hatte er es ihr noch nicht direkt ins Gesicht gesagt und aus irgendeinem verrückten Grund gab ihr das einen Funken Hoffnung.

Da sie in letzter Zeit nie wusste, wann sie ihm begegnen würde, achtete sie immer darauf, gut auszusehen, und das war auch heute der Fall. Sie trug ein marineblaues Kleid, das ihrer Figur schmeichelte, und hatte sich einen Hut auf ihr gewelltes Haar gesetzt.

Er warf seinen Stetson auf einen Tisch, setzte sich auf einen Hocker, verschränkte die Arme und beobachtete sie. Er hatte sich gehen lassen, sein dunkles Haar war länger geworden und die Stoppeln hatten sich zu einem Bart verdichtet. Schatten hingen unter seinen melassefarbenen Augen. Er schlief nicht gut, da war sie sich sicher.

Molly wappnete sich, indem sie ihr Kinn hob – etwas, das sie in den letzten Tagen als Besitzerin des berühmten Bluebird-Claims oft hatte tun müssen. „Hörst du jetzt auf, wie ein Kind zu schmollen, und sprichst mit mir?"

„Du hältst mich für ein Kind?"

Sie schluckte gegen die Trockenheit in ihrer Kehle an. „Wohl kaum."

In letzter Zeit, wenn sie sich gelegentlich in seiner Nähe aufgehalten hatte, hatte sie gemerkt, was für ein Grobian er im Grunde war. Seine Unnahbarkeit und sein mürrisches Verhalten erinnerten sie daran, dass er der Schakal war – Schmuggler, Spion, Herumtreiber. Nichts als ein Schurke.

Was hatte sie sich nur dabei gedacht?

Und doch war es zum Verrücktwerden, dass er jedes Mal, wenn sie ihn traf, noch umwerfender aussah.

Sie ärgerte sich immer wieder darüber, wie sie für ihn schwärmte, aber das tat der verzweifelten Sehnsucht, die sie empfand, keinen Abbruch. Nur ihr Stolz hielt sie davon ab ihn anzuflehen. Falls sie doch noch zusammenkommen sollten, würde sie ihre Selbstachtung bewahren. Nach allem, was geschehen war, war das die einzige Möglichkeit.

Und wenn sie nicht zueinanderfänden, würde sie über ihn hinwegkommen. Sie würde reisen und die Welt auf eigene Faust erkunden, und dann würde sie nach Tucson zurückkehren und heiraten.

Warum war sie also noch hier?

Wegen des Bluebird natürlich. Sie hatte ihren Eltern telegrafiert und ihnen mitgeteilt, dass sie ihren Besuch verlängern wollte, wobei sie die Einzelheiten vorerst für sich behielt. Sobald alles geregelt war, würde sie ihnen die Neuigkeiten verkünden.

„Hier wegen deiner Proben?", fragte er.

Sie nickte knapp. Auf allen Claims im Bluebird Valley, dessen früherer, weniger bekannter Name Glen Valley schnell in Vergessenheit geraten war, waren Erkundungsschächte abgeteuft worden, die nun den gesamten Berghang bedeckten. Der Wert der geförderten Erzproben wurde langsam bekannt. Wenn man den Gerüchten Glauben schenken durfte, wartete jeder in der Stadt sehnsüchtig auf die Ergebnisse von Mollys und Bridgets Claims, und zwar nicht nur vom Bluebird, sondern auch vom Molly Rose. Wenn die Schätzung hoch ausfiel, würde das den Wert aller benachbarten Claims steigern.

Die Investoren harrten mit angehaltenem Atem aus. Molly hatte schon mehr von ihnen abgewehrt, als sie zählen konnte. Einige hatten sie und Bridget unerbittlich bedrängt, sofort zu verkaufen – zu lächerlich niedrigen Preisen –, mit dem Argument, dass sie als Frauen ohnehin nichts damit anzufangen wüssten. Gott sei Dank gab es Henry Patterson, der ihnen half, das alles zu bewältigen.

Viele Anwälte waren inzwischen im Bluebird Valley involviert, da jeder darauf bedacht war, seine Claims vor den Machenschaften Shep Lannigans oder eines anderen zu schützen. Zum Glück hatte der Sheriff eingegriffen und mehrere Angestellte des Meldeamtes ersetzen lassen. Letztendlich gab es jedoch nicht genug Beweise, um Lannigan etwas anzuhängen. Molly vermutete, dass diese Tatsache wie ein Splitter in Jakes Haut steckte. Nur einer von vielen, wie es schien, wobei sein Verhalten vermuten ließ, dass sie in diesen Tagen die Ehre hatte, der größte Splitter von allen zu sein.

Die Tür öffnete sich erneut und Robert und Bridget traten ein. Alle begrüßten sich schweigend.

„Ist die Prüfung beendet?", fragte Bridget in die peinliche Stille hinein.

„Mister Mathers sagte, er kommt gleich", antwortete Molly.

Wieder öffnete sich die Tür und Ivan und Pearl drängten sich herein, zusammen mit Boom und seiner Liebsten, einer kleinen, flachsblonden Frau mit breiten Hüften und rosigen Wangen. Molly schob sich an die Wand, um mehr Platz zu schaffen, auch wenn sie sich dadurch weiter von Jake entfernte.

Molly glaubte nicht, dass noch eine weitere Person in das Foyer des Prüfungsbüros passte, aber sie wurde eines Besseren belehrt, als Shep Lannigan, James Winston, Nine Toes Bishop und Charlotte Cohen darauf bestanden, sich Zutritt zu verschaffen.

Sie schielte zu Jake, der sie weiterhin im Auge behielt, aber sie konnte wirklich nicht sagen, ob sein Blick Verlangen oder Verärgerung ausdrückte.

Pearl drängelte sich zu ihr durch. „Hat er sich wieder beruhigt?", fragte sie leise.

Molly schüttelte leicht den Kopf.

Pearl schenkte ihr ein wissendes Lächeln. „Hast du versucht, ihn zu verführen?"

Molly lehnte sich näher heran, aus Furcht, dass jemand mithören könnte. „Nein, natürlich nicht. Du warst diejenige, die mich vor den Gefahren eines solchen Versuchs gewarnt hat."

„Das war damals", flüsterte Pearl. „Wenn du ihn willst, musst du ihn dir holen, und der sicherste Weg dahin ist eine körperliche Beziehung. Du wirst ihn in der Hand haben."

Molly runzelte unentschlossen die Stirn. Zwar vertraute sie auf

Pearls Weisheit, dennoch überwog die Unsicherheit. Sie war alles andere als zuversichtlich, dass sie Jake mit ihren weiblichen Qualitäten von sich überzeugen konnte, und er würde ihren Annäherungsversuchen zweifellos skeptisch gegenüberstehen, jetzt, da sie seinen Claim hatte.

Ihre Haut war schweißnass. Sie wischte sich mit einer Hand über den Nacken. Der überfüllte Raum rief Erinnerungen an die Panik hervor, die sie im Brunnen, in Pedros Tunnel und in Pearls verlassener Mine empfunden hatte.

Der Wunsch zu fliehen stieg in ihr auf. Ihr Herz pochte in ihren Schläfen, ihr Brustkorb schmerzte und ihre Atmung ging flach.

„Was ist los?", fragte Pearl. „Du siehst nicht gut aus."

„Mir ist ein bisschen flau im Magen." Sie begann, sich in Richtung Tür zu schieben. „Ich brauche frische Luft."

„Molly?", fragte Bridget, aber Molly ignorierte sie.

Sie hielt den Kopf gesenkt, um keinen Blickkontakt mit Lannigan oder Winston aufzunehmen, die am Eingang standen, und öffnete die Tür gerade so weit, dass sie hinausschlüpfen konnte. Sobald sie frei war, atmete sie mehrmals tief durch und legte eine Hand auf ihre Brust, um sich zu beruhigen. Die Berge warfen in der späten Nachmittagssonne lange Schatten, wodurch die Luft sich abgekühlt hatte. Sie fühlte sich schon besser.

„Bist du krank?"

Molly drehte sich nicht um, als sie Jakes Frage hörte. „Nein", antwortete sie über ihre Schulter. „Ich brauchte nur eine Pause von diesem überfüllten Raum."

„Sieht aus, als wären wir eine Herde, die sich im Einklang bewegt."

„Woher wussten alle, dass die Proben heute fertig sein würden? Bridget und ich haben uns gut überlegt, wem wir es erzählen."

Jake stellte sich ihr gegenüber. „Du und Bridget seid die Berühmtheiten der Stadt. Ihr werdet fast täglich in der Zeitung erwähnt."

Molly hatte davon gehört, sich aber nicht die Mühe gemacht, nachzusehen. „Bist du deshalb so wütend auf mich?"

„Weil du berühmt bist und ich nicht?"

Sie nickte.

Er gab ein humorloses Lachen von sich. „Nein, natürlich nicht."

„Was ist es dann, Jake? Bitte sag es mir." So viel zu ihrem Stolz. Aber ohne ihn ging sie langsam zugrunde. Als sie in seine Augen blickte, in denen sich ihr eigener Schmerz und ihre Verwirrung spiegelten, wusste sie, dass sie ohne ihn nicht leben konnte. Es würde nicht mehr lange dauern, bis sie mit dem Betteln begann.

Er antwortete nicht sofort und Molly wartete mit einem Knoten im Magen. Sie wollte es wirklich wissen, aber gleichzeitig befürchtete sie, von ihm zu hören, dass er sie nicht liebte – nie geliebt hatte – und jetzt, wo er es erkannt hatte, seinen eigenen Weg gehen wollte.

„Ich werde nicht lügen: Ich war fassungslos, dass du mir meinen Claim direkt unter der Nase weggeschnappt hast."

„Das ist nicht wahr", sagte sie eilig.

„Doch, ist es." Seine Augen verengten sich und sein Blick wurde versonnen. „Ich war schon immer ein Opportunist. Der Spieß wurde noch nie umgedreht, zumindest nicht von jemandem, der mir etwas bedeutet."

„Jake –"

„Zum ersten Mal in meinem Leben wurde mir die eine Sache bewusst, die mir gefehlt hat … die eine Sache, die mir wichtig ist. Und das ist Loyalität."

„Ich habe dir gesagt, warum ich es getan habe. Du sagtest, du wolltest mich heiraten. Wenn …", sie stockte, „falls wir heiraten, wird alles dir gehören. Bridget hat ihren Anteil nicht an ihren Vater abgetreten. Sie und Robert werden ihn behalten. Sie haben immer noch vor zu heiraten."

„Wie dem auch sei, ich bin nicht überzeugt, dass sich alles so nahtlos fügen wird."

Er drohte ihr zu entgleiten. „Hast du noch nie jemandem vertraut?"

„Ich wollte dir vertrauen. Und ich nehme an, das war mein Fehler, nicht deiner. Ehrlich gesagt, bin ich beeindruckt, dass du das durchgezogen hast."

Alles in Molly drängte danach, seine Andeutung zu widerlegen, dass sie das die ganze Zeit geplant hatte. Nichts könnte weiter von der Wahrheit entfernt sein, aber die Worte verfingen sich in ihrer Kehle.

Bridget verließ das Büro des Prüfers mit einem breiten Grinsen im Gesicht. Sie überreichte Molly ein Zertifikat.

Nach mehreren Treffen mit den Pattersons und Gesprächen mit Robert hatte Molly viel über die Geschichte des Bergbaus in Creede gelernt und, noch wichtiger, darüber, was den Bluebird so besonders machte. Als sie die Ergebnisse der Untersuchung überflog, erkannte sie sofort, dass sie alle Erwartungen übertrafen.

Aufregung durchströmte sie und sie konnte das Lächeln nicht unterdrücken, das sich, dem von Bridget gleich, auf ihrem Gesicht ausbreitete. Da sie vor Jake nichts verbergen wollte, las sie die Ergebnisse laut vor.

„Die Proben enthielten einen feinkörnigen Amethystquarz mit einer beträchtlichen Menge Gold, fast acht Prozent Blei und auch Zink." Sie holte tief Luft. „Einige der Proben wiesen fast dreitausend Unzen Silber pro Tonne auf."

„Verflucht noch mal", murmelte Jake mit ungläubigem Tonfall.

Molly blickte auf, wollte ihre Freude mit ihm teilen, aber er wandte sich ab und verschloss sich vor ihr. Als er das Büro des Prüfers wieder betrat, erstarb die letzte Neuigkeit, die sie ihm mitteilen wollte, auf ihren Lippen.

„So habe ich ihn noch nie gesehen", sagte Robert. „Hast du ihm erzählt, was der Gutachter gesagt hat?"

„Nein." Und mit einem Schlag verflog ihr kurzzeitiges Glücksgefühl.

Kapitel Vierundzwanzig

Jake kippte ein weiteres Glas Whiskey hinunter, während er im *Orleans Club* Faro spielte. In den letzten zwei Wochen war er nirgends öfter gewesen als hier. Allein in seinem kleinen Haus zu sitzen – nicht weit von Zangs Hotel entfernt, in dem, wie er wusste, Molly ihr hübsches Haupt zur Ruhe bettete – nagte an ihm wie ein tollwütiges Tier, und so suchte er jeden Abend Ablenkung durch Alkohol und Glücksspiel.

Robert tauchte aus der Menge auf, nahm den Platz neben Jake ein und bot ihm eine Zigarre an. Jake nahm sie.

„Ich hätte dich nie für einen stolzen Gockel gehalten", sagte Robert.

Jake winkte die Kellnerin heran. „Und ich dich nie für einen solchen Waschlappen." Die vollbusige, schwarzhaarige Frau zwinkerte ihm zu und beugte sich zu ihm herunter, um seine Bestellung aufzunehmen. „Noch einen Whiskey für mich und einen Sarsaparilla für diesen geprügelten Hund."

„Kommt sofort, Süßer." Sie sorgte dafür, dass er einen Blick in ihren Ausschnitt werfen konnte, bevor sie ging.

Verachtung lag in Roberts Miene. „Ich war zu nett. Du bist nur ein Stück Pferdescheiße." Er strich ein Streichholz an der

Tischkante entlang und zündete seine Zigarre an. Eine zweite reichte er Jake.

Rauchschwaden stiegen nach oben und hingen in der Luft, genau wie die Spannung zwischen ihnen.

„Du vergräbst also dein Gesicht lieber bei einer Frau wie der da?", fragte Robert und deutete in Richtung des verschwundenen Freudenmädchens.

Jake schlug seinen Hut zurück. „Ich weiß, es ist schwer zu glauben, aber ich halte mich zurück. Nicht so wie du mit Mabel."

„Das ist längst Vergangenheit, ich bin jetzt verlobt."

„Ja, mit der Tochter des Teufels."

„Was genau macht dich so wütend?"

Jake hielt inne, während das kokette Saloonmädchen seinen Drink und die Limonadenflasche am Rande des Faro-Tisches abstellte, bevor sie davonschlenderte. Es gab nur eine Frau, die ihn in seinen Gedanken verfolgte, und heute Nachmittag hatte sie in ihrem dunklen Kleid unerträglich verführerisch ausgesehen. Es hatte jede ihrer Kurven zur Geltung gebracht. Nun, das stimmte nicht ganz, aber sein Verstand leistete gute Arbeit, um die Lücken zu füllen.

Jake nahm einen Schluck Feuerwasser und sagte dann: „Was im Bluebird Valley geschieht, ist eine Farce, und das weißt du."

„Wie meinst du das?"

„Lannigan wird ihn sich unter den Nagel reißen. Alles, was er braucht, sind fünfzig Prozent. Bridget wird früher oder später nachgeben."

„Nein, das wird sie nicht."

„Ich bin kein Dummkopf, Robert. Ich weiß von dem Gutachten. Ich weiß, dass der Bluebird-Claim der Apex ist. Wir alle haben Claims in dessen Umgebung abgesteckt – Lannigan, Winston, du, ich, die Krupins, diese verrückte Cohen-Frau –, aber das ist egal. Wer den Bluebird hat, wird den ganzen Berg besitzen. Es kann Monate oder sogar Jahre dauern, bis alles vor Gericht geklärt ist, aber dieser Claim wird sich durchsetzen."

„Was wirst du also tun?", wollte Robert wissen. „Abhauen?"

„Ich denke darüber nach." Jake sackte in seinem Stuhl zusammen.

„Warum löst du nicht das Versprechen ein, das du meiner Schwester gegeben hast, und heiratest sie? Wir beide können Molly und Bridget helfen, damit fertig zu werden. Was zum Teufel ist los mit dir?"

Was zum Teufel *war* mit ihm los?

Er hatte Molly gegenüber von Loyalität gesprochen und er konnte nicht leugnen, dass ihr Handeln ihn zutiefst verletzt hatte, sodass er selbst über die Intensität der Gefühle schockiert war. Nächtelanges Trinken und Verleugnen hatten diese Ausflucht jedoch abgenutzt und eine Wahrheit zu Tage gefördert, die ihn bis ins Innerste erschütterte.

Er wollte Mollys Liebe.

Nach dem Tod seiner Eltern, nach der Isolation im Waisenhaus und dem Horror, schon in jungen Jahren auf sich allein gestellt zu sein, hatte er nie wahrhaben wollen, wie wichtig Liebe war.

Er hatte Molly begehrt, von der ersten Sekunde an, und diese Begierde war in seinen Augen Rechtfertigung genug für eine Heirat gewesen. Aber sein Herz wollte etwas anderes, etwas, dessen er sich bis zu dem Moment auf dem Berg, als sie ihn verraten hatte, nicht völlig bewusst gewesen war. Er wollte ihre Seele – nackt und unverhüllt und nur für sich. Er wollte sie so sehr, dass es ihm den Atem raubte und ihn fast in die Knie zwang.

Und er hatte Angst, dass Molly nicht dasselbe für ihn empfand. Dass sie vielleicht nie dasselbe fühlen würde.

„Es ist einfacher so", murmelte er in sein Glas. Alkohol war die einzige Medizin, die das Elend in seinem Bauch auslöschen konnte.

„Du bist ein Feigling", stieß Robert hervor. Er stand auf, drängte sich zwischen die Männer und Barmädchen und war schnell verschwunden.

Jake nahm sein Spiel wieder auf, fest entschlossen, nicht mehr an die Familie Simms zu denken.

Und er wusste, dass das unmöglich sein würde.

„Mein Sohn, du musst mit mir kommen."

Jake blickte vom Faro-Tisch auf.

Henry Patterson sah ihn aus sorgenvollen Augen an. „Du hängst in letzter Zeit so tief in deinem Glas, dass du nicht mehr klar denken kannst. Komm schon." Henry bedeutete ihm, aufzustehen. Seine Stimme war streng. „Lass uns gehen."

Jake gehorchte und folgte dem älteren Mann in einen weniger überfüllten Nebenraum. Er versuchte, sich zu konzentrieren, obwohl der Alkohol seine Sinne trübte, was ja von Anfang an sein Ziel gewesen war. Aber verdammt noch mal, so sehr er sich auch anstrengte, nicht einmal das flüssige Gold konnte Molly Rose aus seinen Gedanken vertreiben.

„Setz dich." Henry wies Jake zu einem gepolsterten Stuhl. Normalerweise versammelten sich hier Männer, um zu trinken und zu rauchen, aber Henrys entschlossenes Auftreten deutete darauf hin, dass es sich nicht um eine freundschaftliche Zusammenkunft handelte.

Jake ließ sich auf das Möbelstück sinken. „Es ist viel zu spät für dich, Henry. Esme wird dir den Kopf abreißen."

Henry kniff die Augen zusammen. „Es war Esme, die mich geschickt hat. Es gibt nicht viel in dieser Stadt, wovon diese Frau nichts hört. Sie liebt dich, weißt du. Wie einen Sohn."

Jake fühlte sich zurechtgewiesen. „Ich weiß."

Boom erschien und schloss die Tür hinter sich. Jake nickte dem stämmigen Russen zu. Da Boom jetzt mit einem Mädchen aus dem *Orleans Club* ging, besuchte er das Etablissement momentan wahrscheinlich häufiger als sonst.

„Schön, dass Sie gekommen sind, Boris", sagte Henry.

Boom setzte sich neben Henry auf eine Couch, die schon bessere Tage gesehen hatte; der elfenbeinfarbene Stoff war von

Rauch und verschütteten Getränken verfärbt. Orlov sah Jake an, Enttäuschung zeichnete sich in seinen Zügen ab. „So habe ich dich noch nie gesehen. Der Schakal gerät nie vom Weg ab."

Jake fühlte sich plötzlich von beiden Männern in die Enge getrieben. Verärgert unterdrückte er den Drang, den beiden zu sagen, sie sollten von der nächsten Klippe springen.

„Sie liebt dich", sagte Henry.

Jake lachte. „Und von wem redest du?"

„Sie hat den Claim angemeldet, um dich zu schützen."

„Hat sie dir das gesagt? Sie hätte ihn in den letzten Wochen jederzeit auf mich überschreiben können."

Henry seufzte. „Das wollte sie, aber ich habe ihr davon abgeraten."

Jake stockte.

Das war ihm neu.

„Ich kenne deine Vergangenheit mit Shep", fuhr Henry fort. „Es zeugt von bemerkenswerter Einsicht, dass Molly Rose den Bluebird-Claim auf diese Art gemeldet hat. Aber es wird dich freuen zu hören, dass sie dabei keine Hintergedanken hatte – sie hat einfach nur versucht, das zu tun, was sie zu dem Zeitpunkt für richtig hielt." Henry holte tief Luft. „Es ist wichtig, mit dem Bluebird umsichtig umzugehen, denn dieser Claim könnte eine der wichtigsten Entdeckungen sein, die jemals im Creede-Distrikt gemacht wurden. Um ehrlich zu sein, Jake, bist du nicht die richtige Person, um diese Entscheidungen zu treffen."

„Blödsinn", murmelte er, verbot sich dann aber jede weitere Erwiderung. Trotz allem war Henry der letzte Mensch, mit dem er sich auf einen Schlagabtausch einlassen wollte.

Henry verzog den Mund und lachte. „Sie ist ein kluges Mädchen, und sie hat einen ziemlichen Einfluss auf Bridget Lannigan. Ich bezweifle, dass du die Situation mit so viel Finesse meistern würdest."

Jake knirschte mit den Zähnen. „Warum bin ich hier, Henry?

Damit ich mir anhören kann, dass ich froh sein soll, um ein Vermögen betrogen worden zu sein?"

„Nein. Du steckst da mit drin, ob es dir gefällt oder nicht", sagte Henry mit offenkundiger Verärgerung. „Und ich kann dir nicht vorschreiben, wem du dein Herz schenken sollst, aber wenn ich es könnte, würde ich dir raten, die Sache nicht zu vermasseln, indem du das Mädchen gehen lässt. Doch eigentlich haben wir ein anderes Problem." Henry warf einen Blick auf Boom. „Shep ist dabei, das Tal einzukreisen, und das können wir nicht zulassen."

Kapitel Fünfundzwanzig

Jake stieg vor dem Haus der Pattersons von seinem Pferd ab. Ein kleiner Junge nahm die Zügel und führte das Tier weg. An diesem Abend veranstalteten die Pattersons eine Party zu Ehren der Bluebird-Mine, oder zumindest der zukünftigen Mine. Sie hatten mehrere Jungen angestellt, um die Gäste bei der Ankunft zu empfangen. In den letzten zehn Tagen war Henry nicht sehr gesprächig gewesen, was die Details von Investitionen, Übernahmen und Firmengründungen betraf, und da Jake weder mit Molly noch mit Robert sprach, konnte er diese nicht fragen. Vielleicht war er wirklich nur ein Feigling, wie Robert ihm vorgeworfen hatte.

Aber Jake hatte Henrys Auftrag ausgeführt und einen möglichen Rückschlag für das Bluebird Valley verhindert. Es schadete auch nicht, dass dies Shep Lannigan einen Dorn tief in die Haut treiben würde. Der Gedanke zauberte ein Lächeln auf Jakes Lippen.

Jake hatte beschlossen, endlich mit Molly zu sprechen, und zwar nicht nur über den Bluebird. Er hatte mit seinen nächtlichen Saufgelagen aufgehört und was blieb, war ein Loch von der Größe des Grand Canyon. Wenn sie ihn noch haben wollte, würde er alles nehmen, was sie ihm geben konnte, auch wenn es am Ende nur Zuneigung und keine Liebe war.

Damit konnte er leben.

Die Alternative war ein Leben ohne sie und die quälenden Visionen dieser Zukunft hatten ihn in den letzten Nächten immer wieder aufschrecken lassen, schweißgebadet und verzweifelt.

Jake zupfte an seiner besten Jacke, während ein leichter Windhauch sein Haar zerzauste, über dem er keinen Hut trug. Er hatte sich das unordentliche Gestrüpp aus dem Gesicht rasiert, weil er nicht daran interessiert war, einen Bart zu pflegen. Jetzt war er entschlossen, diesen Abend zu nutzen. Mit ihr.

Als Jake sich unter die anderen Gäste mischte und auf die Veranda zuging, sah er sich plötzlich James Winston gegenüber.

„Nett von dir, dass du dich vom *Orleans Club* losgerissen hast, McKenna."

Jake musterte den Mann kühl. „Ich hatte noch keine Gelegenheit, das zu sagen, also lass mich eines klarstellen: Wenn du noch einmal eine Waffe auf Miss Simms richtest, werde ich mehr tun, als dich nur zu verprügeln." Jake trat näher und fügte mit leiser Stimme hinzu: „Und niemand wird jemals deine Leiche finden."

Für eine Sekunde blitzte so etwas wie Angst in Winstons Augen auf. Jake war sich immer noch sicher, dass Winston etwas mit dem Tod von Pedro Elizondo und dem anschließenden Verschwinden der Leiche zu tun hatte, aber wie bei den meisten Umständen, die Winston und Lannigan betrafen, konnten keine Beweise erbracht werden. Pedros Überreste waren nie aufgetaucht und in der Stadt kursierten Gerüchte, der Mexikaner hätte die Gegend verlassen. Jake bezweifelte nicht, dass Winston selbst das Gerücht in die Welt gesetzt hatte, aber es war von vielen bereitwillig angenommen worden, auch von Charlotte Cohen, die angeblich in Pedro verliebt gewesen war.

Jake entfernte sich von Winston und betrat das Haus. Esme

empfing ihn im Salon. Er beugte sich hinunter, damit sie ihn umarmen und ihm einen Kuss auf die Wange drücken konnte.

Sie strahlte. „Es ist schön, dich zu sehen, Jake."

„Ich danke euch für die Einladung, Esme."

„Du bist in unserem Haus immer willkommen. Zweifle nie daran." Sie blickte mit einem Glitzern in den Augen an ihm vorbei. „Molly Rose sieht heute Abend besonders bezaubernd aus."

Jake drehte sich um und starrte sie an. Die Frau seines Herzens stand neben Robert und Bridget im Salon und trug ein waldgrünes, schnörkelloses Kleid. Es stand ihr gut. Sie lächelte, während sie sich mit ihrem Bruder unterhielt, und einen Moment lang war Jake wie gebannt.

„Ich glaube, sie wird dich überraschen." Esme trat neben ihn und hakte sich bei ihm unter, so wie sie es an jenem Abend auf Lannigans Party getan hatte.

„Das hat sie bereits", antwortete er.

Esme kicherte und führte ihn ins Getümmel der Gäste, die sich im Raum drängten. Shep Lannigan stand in der Ecke und beobachtete das Geschehen mit teilnahmslosem Gesichtsausdruck.

Jake blieb abrupt stehen, als Charlotte Cohen aus der Menge trat und ihm und Esme den Weg versperrte. Sie sah sehr vorzeigbar aus, ihr Haar war gebürstet und hochgesteckt und sie trug ein einfaches gelbes Kleid, aber Jake beobachtete sie immer noch mit wachsamem Blick.

„Ich hatte noch keine Gelegenheit, mich bei Ihnen zu bedanken", sagte Charlotte. „Wie ich hörte, waren Sie es, der den Bluebird gefunden hat."

Jake nickte knapp. Er kannte keinen Schürfer, der dankbar dafür war, dass ein anderer den Claim absteckte, hinter dem er selbst her war. Er hatte den Shanghai an Shep verloren und dann hatte er den Bluebird an Molly verloren. Dankbarkeit war beide Male das Letzte gewesen, was ihm in den Sinn kam. Er schämte sich plötzlich, dass er Molly mit Leuten wie Lannigan in einen

Topf warf. Tief in seinem Inneren wusste er, dass das ungerecht war.

„Ich konnte ihn nicht finden", fuhr Charlotte fort. „Wenn Sie und Robert Simms nicht gewesen wären, wäre keiner von uns heute hier."

Jake wehrte ab. „Sie irren sich. Wir sind wegen Molly Rose hier."

„Ja. Sie wird am Ende alles in Ordnung bringen."

Charlotte entfernte sich und trat an die Seite eines Mannes, den Jake zuerst nicht erkannte, aber bei näherem Hinsehen traute er seinen Augen kaum. Es war Nine Toes Bishop, ganz herausgeputzt und wie ein Gentleman gekleidet.

Esme entschuldigte sich und Jake ging weiter auf Molly zu. Schließlich blickte sie in seine Richtung und entdeckte ihn, aber das erhoffte Begrüßungslächeln blieb aus. Ihre Augen wirkten eher, als würden sich Gewitterwolken darin zusammenbrauen. Er konnte es ihr nicht wirklich verübeln, auch wenn er gehofft hatte, dass ihr Ärger auf ihn während ihrer Entfremdung nachgelassen hatte. Der Gedanke war unlogisch, aber Jake lernte gerade, dass die Liebe keinen vernünftigen Regeln folgte.

Ivan und Pearl verstellten ihm den Weg.

„Wie schön, dich hier zu sehen", sagte Ivan, der ihn mit seinem guten Auge aufmerksam musterte.

Jake schluckte seine Frustration über die erneute Unterbrechung hinunter und wandte seine Aufmerksamkeit dem Paar zu. „Wie geht es euch beiden?", fragte er.

„Wir machen uns Sorgen um dich", sagte Pearl.

„Das ist nicht nötig. Es geht mir gut." Nicht wirklich, aber damit musste er ihnen nicht die Ohren volljammern.

„Das große Los zu ziehen, kann Menschen ganz schön verändern." Pearl warf einen Blick auf Molly.

„Sicher bist du hier, um mir zu sagen, dass ich mich ihr gegenüber wie ein Idiot benommen habe", sagte Jake, „und damit hättest du recht."

Ivan gluckste. „Ich war auf deiner Seite. Pearl hingegen war seltsam stolz auf dein Mädchen, auch wenn sie sich das größte Stück vom Kuchen geschnappt hat."

„Ich habe es dir doch schon gesagt", entgegnete Pearl mit harter Stimme, „Molly hat es sich nicht geschnappt. Ich habe das Gefühl, dass alles aus einem bestimmten Grund passiert ist, und ich vermute, dass wir diesen Grund heute Abend erfahren werden."

„Ich bitte um Ihre Aufmerksamkeit." Henrys Stimme erhob sich über das Geschnatter und der Raum wurde still, als sich die Aufmerksamkeit aller auf den Gastgeber richtete. Jake warf einen Blick in Mollys Richtung, doch sie hatte sich bereits neben Esme gestellt. Beide beobachteten Henry, während er sprach.

„Esme und ich freuen uns, dass Sie alle hier sind", fuhr Henry fort. „Wir hielten es für angebracht, den jüngsten Durchbruch in Creede zu feiern – nämlich die Entdeckung der heiß begehrten und berüchtigten Bluebird-Ader. Ich weiß, dass viele von Ihnen die Einzelheiten bereits kennen, daher werde ich Sie nicht mit einer Wiederholung dessen langweilen, wie es dazu gekommen ist. Stattdessen haben wir aufregende Neuigkeiten zu verkünden. Und dafür möchte ich Miss Molly Rose Simms bitten, ein paar Worte zu sagen."

Molly lächelte warm, schüttelte seine Hand, als sie mit ihm den Platz tauschte, und wandte sich dann an den Raum. „Danke, Henry."

Eine leichte Röte kroch über ihre Wangen und Jake konnte erkennen, dass sie nervös war. Er wünschte sich nichts sehnlicher, als zu ihr zu gehen und sie irgendwie zu unterstützen, aber er blieb, wo er war, und wartete zusammen mit allen anderen.

Während Molly zu sprechen begann, begab sich Bridget von einem zum anderen und verteilte an jeden ein Stück Papier.

„Einige von Ihnen wissen es vielleicht noch nicht, aber der Landvermesser hat bestätigt, dass der Bluebird-Claim, der mir und Bridget Lannigan gehört, der Apex der Bluebird-Ader ist. In dem Bemühen, den Abbau in diesem Gebiet zu beschleunigen, haben

Miss Lannigan und ich die *Bluebird Mining Company* gegründet. Wir hoffen, dass jeder, der in diesem Gebiet Claims besitzt, seinen Besitz zusammenlegt und Partner des Unternehmens wird. Auf diese Weise werden alle Inhaber von Claims von einer gemeinsamen Infrastruktur profitieren, die alle potenziellen Bedenken hinsichtlich der Überschneidung von Claims und des Erzabbaus in dem Gebiet ausräumen wird. Bridget gibt einen Prospekt an alle weiter, die derzeit einen Claim in diesem Gebiet besitzen. Wir laden Sie ein, darüber nachzudenken und hoffentlich der BMC beizutreten."

Jake nahm den Zettel von Bridget entgegen und überflog den Inhalt.

Was zum Teufel?

„Diese Anteile sind absurd", brüllte Shep vom anderen Ende des Raums her.

Jake las sie noch einmal: Robert Simms – 20 %, Charlotte Cohen – 20 % und Jake McKenna – 20 %. Die Investoren erhielten 10 % und die restlichen 30 % sollten gleichmäßig unter allen verbleibenden Claim-Inhabern am Osthang des Bluebird Mountain verteilt werden.

„Bridget sollte mindestens fünfzig Prozent bekommen", forderte Shep.

Nachdem sie die Informationen über das Unternehmen verteilt hatte, stellte sich Bridget neben Molly. „Nein, Papa. Molly und ich waren uns einig, dass keiner von uns einen Anteil an der Firma haben soll. Wir haben den Claim nicht gefunden. Das war Jake McKenna." Bridget richtete ihren Blick auf Jake. „Und er hat ihn gefunden, weil Robert zuvor den Chigger abgesteckt hat."

„Während er für mich gearbeitet hat, möchte ich hinzufügen", schrie Shep fast schon.

„Nun, wie dem auch sei, du hast nichts dazu beigetragen, ihn zu finden."

„Warum bekommt Charlotte dann einen so hohen Prozentsatz?", verlangte Shep zu wissen.

„Es war ihr Vater, der die Ader vor Jahren entdeckt hat", erwiderte Molly. „Wäre er noch am Leben, hätte er ein Anrecht darauf, aber da er es nicht ist, erhält seine Tochter seinen Anteil."

In der Menge entbrannten Gespräche, als alle versuchten, sich einen Reim auf die Verkündung zu machen. Jake wollte fragen, warum Molly nicht in der Firma war – warum sie alles aufgegeben hatte –, aber Shep erhob seine Stimme über den Lärm und riss erneut die Aufmerksamkeit an sich.

„Ich habe selbst eine Ankündigung zu machen", sagte er. „Wir alle wissen, dass der einzige Weg ins oder aus dem Bluebird Valley ein versteckter Pfad im Südosten ist, wenn man nicht über einen steilen Pass auf der Westseite kraxeln will. Und das ist der Schlüssel, um das Erz zeitnah und kostengünstig abzutransportieren. Mir gehören jetzt die vierzig Hektar vor diesem Zugang. Ich verlange einen höheren Anteil, sonst wird Ihr Unternehmen teure und gefährliche Seilbahnen bauen müssen, um zu dieser Ader zu gelangen."

Im Raum brach eine Kakophonie aus nervösem Geschnatter und Gezänk aus.

„Sie irren sich", sagte Jake, aber seine Worte gingen in dem Lärm unter.

„Was hast du gesagt?", fragte Molly und starrte ihn an.

Jake erhob seine Stimme. „Shep irrt sich."

Der Raum wurde wieder still und Jake richtete seinen Blick auf Lannigan. „Ihnen gehört nicht das ganze Land am Eingang zum Tal."

„Und ob!", erwiderte Shep.

„Sie haben ein winziges Stückchen im Osten übersehen."

Lannigan grinste. „Das spielt keine Rolle. Ohne mein Land werden Sie das Tal nie erreichen."

Jake lenkte seine Aufmerksamkeit wieder auf Molly. „Es wird funktionieren. Ich habe letzte Woche das angrenzende Stück gekauft. Boom und ich haben es uns angesehen. Wir können das

Gebiet im Umkreis sprengen und werden genug Platz haben, um Gleise zu verlegen. Lannigan hat nichts in der Hand."

Dankbarkeit stand in Mollys Augen. Wäre der Raum nicht voller Menschen gewesen, hätte Jake sie in seine Arme gezogen und geküsst.

Weitere Diskussionen wurden laut, als die Gäste zu erörtern begannen, was das alles zu bedeuten hatte. Ohne seinen Blick von Molly abzuwenden, drängte sich Jake durch die Menge, bis er vor ihr stand.

„Warum hast du mir nicht gesagt, dass das dein Plan ist?", fragte er.

„Weil du ein sturer, dickköpfiger Mann bist und mir nicht zuhören wolltest." Ihre Augen blitzten auf – trotzig und verletzt. Er hatte es verdient.

„Es tut mir leid. Ich hatte sowieso vor, mich bei dir zu entschuldigen, sogar vor deiner großen Ankündigung."

Sie sah ihn an, die Augen von Misstrauen umwölkt.

„Warum hast du dich aus der Firma herausgenommen?", fragte er. „Es hätte dir Unabhängigkeit verschafft. Mit dem Geld könntest du reisen, wohin du willst, so wie du es dir vorgestellt hast."

„Ja, aber es ging mir nie ums Geld. Es war nie meine Absicht, es dir zu stehlen, Jake. Du hast ein Anrecht auf deinen Anteil."

„Was wirst du jetzt tun? Weggehen?"

„Gibt es einen Grund für mich, zu bleiben?"

Er hoffte, dass er die Erwartung, die sich in ihren Augen spiegelte, nicht falsch verstand. Er hoffte, dass sie auch nur ein Zehntel von dem empfand, was er für sie fühlte.

In einem war er sich sicher – er würde sie nicht kampflos gehen lassen.

„Ja", sagte er und nahm ihre Hand.

Während die Aufmerksamkeit aller von den Neuigkeiten über die *Bluebird Mining Company* abgelenkt wurde, bahnte er sich einen Weg durch die Menschenmenge und zog Molly mit sich. Sie verließen das Haus, wo Jake einen der Jungen anwies, sein Pferd zu holen. Nachdem dieser das Tier aus dem Stall gebracht hatte, warf er ihm eine Münze zu.

Jake zog seine Jacke aus und legte sie Molly über die Schultern, um sie zu wärmen, dann half er ihr auf Fernando. Er setzte sich hinter sie und schlang seine Arme um sie, während er die Zügel in die Hand nahm.

„Wohin reiten wir?", fragte sie über ihre Schulter.

„Zu Zangs Hotel."

Sie schüttelte den Kopf. „Bring mich lieber zu dir."

Das brauchte sie ihm nicht zweimal zu sagen.

Kapitel Sechsundzwanzig

Jake spornte Fernando zum Galopp an und ließ ihn erst in den Trab übergehen, als sie sich seinem Häuschen auf der Main Street näherten. Er lenkte das Pferd hinters Haus, sprang ab, griff nach Molly und fing sie auf, als sie mit einem überraschten Aufschrei aus dem Sattel glitt.

Als sie in seinen Armen lag, küsste er sie. Sie wich nicht zurück, sondern reckte sich ihm entgegen.

Der Geschmack ihrer Lippen steigerte sein Verlangen nur noch mehr. Noch nie hatte er etwas so lange erwartet wie das hier.

Er wusste, wohin das führen würde, und dieses Mal würde es keine Zurückhaltung geben. Morgen würde er sie zum Gericht schleppen und es legal machen.

Sie drückte sich dicht an ihn, ließ ihre Hände von seinem Haar über seinen Nacken zu seinen Schultern gleiten, während er ihr zeigte, was sie ihm bedeutete, sie mit seinem Mund brandmarkte, ihre Lippen und Wangen und die weiche Haut ihres Halses kostete.

„Bitte hör dieses Mal nicht auf", flüsterte sie.

Er sah sie an. „Auf keinen Fall."

Mit dem stillen Versprechen, sich gleich um Fernando zu kümmern, ergriff er ihre Hand und führte sie hinein.

„Ich muss mich dafür entschuldigen, dass die Wohnung so unordentlich ist." Er hatte sich in letzter Zeit nicht um den Haushalt gekümmert. Hätte er auch nur geahnt, dass Molly heute Abend bei ihm sein würde, hätte er aufgeräumt.

„Das ist mir egal." Sie streifte seine Jacke ab, umfasste seinen Nacken und küsste ihn heftig.

Jake ließ seinem Begehren freien Lauf und wurde mit Mollys Seufzen und Stöhnen belohnt, während ihre Finger an der Krawatte an seinem Hals nestelten. Er half ihr, sie abzunehmen, zog sein Hemd über den Kopf und warf es zu Boden. Dann versuchte er, ihr das Kleid über die Schultern zu schieben, aber es war widerspenstig. Er knabberte an ihrem Hals, während seine Hände auf ihren Rücken wanderten und versuchten, das Kleidungsstück aufzuknöpfen.

Er kämpfte erst mit einem Knopf, dann mit dem nächsten, aber die verdammten Dinger wehrten sich gegen seine Bemühungen.

Sie lachte; ihr Atem ging heftig an seiner Brust. „Du könntest einfach meine Röcke anheben und mich so nehmen."

„Nein", knurrte er. „Du verdienst etwas Besseres. Außerdem bin ich mir ziemlich sicher, dass ich verrückt werde, wenn ich dich nicht gänzlich sehe."

Sie trat einen Schritt zurück und legte ihre Hände auf seine Unterarme. Er blickte ihr in die Augen und versuchte, seine Frustration zu zügeln. Trotz der Dunkelheit, die sie umhüllte, nahm er ihr Gesicht in all seinen schönen Konturen wahr. Es war kein lüsterner, koketter Blick, der ihm begegnete, auch Angst oder Beklemmung lagen nicht in ihren Augen. Stattdessen strahlte ihr Ausdruck vor … Freude. Er hatte kein anderes Wort dafür. Voller Demut über ihre Reaktion wusste er, dass er verdammt viel Glück hatte, sie zu haben.

Ein Lächeln umspielte ihren Mund und ließ ihre Augen aufleuchten. Sie drehte sich um und gab ihm vollen Zugang zu den lästigen Knöpfen. Er machte sich an die Arbeit, aber die Minuten zogen sich hin, während er versuchte, das Kleid dazu zu bringen, sich für ihn zu öffnen.

„Ich dachte, du hättest vielleicht mehr Erfahrung mit solchen Dingen", sagte sie leise über ihre Schulter.

Er lachte und hielt inne, um ihren Nacken zu küssen. „Nichts davon war jemals von Bedeutung. Ich verspreche dir, dass ich besser darin werde."

Das Kleid gab nach und Jake schob es sanft über ihre Arme und über ihre Hüften, bis es schließlich als Bündel tiefgrünen Stoffs zu ihren Füßen lag. Immer noch von ihm abgewandt, schälte Molly sich aus ihren Unterröcken. Alles, was übrig blieb, waren Unterhemd und -höschen.

Sie wandte sich zu ihm um und kaute auf ihrer Unterlippe, bevor sie zu seiner Überraschung das dünne Stück Stoff über ihren Kopf hob. Er saugte den Anblick ihrer entblößten Brüste in sich auf – perfekt in jeder Hinsicht. Er legte seine Hände auf ihre Hüften, wobei seine Brust die ihre streifte, und folgte den Kurven ihres Gesäßes, ihrer Oberschenkel, Knie und Waden, während er ihr die Unterhose auszog.

Er genoss den Anblick ihrer völlig nackten Gestalt, sonnte sich in ihrem Duft und presste seine Lippen auf ihren Unterleib. Sie atmete scharf ein und vergrub ihre Hände in seinem Haar. Sein Mund kletterte nach oben, ohne von ihr abzulassen, und als er mit seinen Lippen eine Brust bedeckte, krallten sich ihre Finger in seine Kopfhaut und zerrten schmerzhaft an seinen Haaren, aber er beachtete es nicht. Er saugte, bis sich ihr Rücken krümmte und ihr Atem schwer wurde, dann wechselte er zur anderen Brust und wiederholte die gleiche süße Folter.

Langsam erhob er sich und küsste sie lange und innig, erkundete ihren Mund, während er sie mit einer Hand an sich drückte und mit der anderen eine Brust umfasste. Er biss ihr leicht in den Hals und spürte, wie ihre Beine nachgaben. Da führte er sie zum Bett und ließ sie erst los, als sie die Kante erreichten.

Ihre Brust hob sich in schnellen Atemzügen und ihre Hand

wanderte zu seiner Hose. Er gehorchte und zog erst seine Stiefel, dann seine Hose aus, wobei er sich an ihren verführerischen Kurven kaum sattsehen konnte.

Als ihr Blick nach unten glitt, erinnerte er sich daran, dass sie noch nie mit einem Mann zusammen gewesen war. Sie würde seine Erregung vielleicht ein wenig abschreckend finden. Er beugte sich vor, legte seine Hände auf ihre Wangen und küsste sie sanft.

„Du kannst mir jederzeit sagen, dass ich aufhören soll", murmelte er gegen ihren Mund.

„Da ist nur eine Sache."

Er hielt inne.

„Ich trage immer noch meine Schuhe."

Er blickte nach unten. Abgesehen davon hatte sich auch ihre Unterhose um ihre Knöchel gewickelt. Er half ihr, sich auf die Bettkante zu setzen, kniete sich dann hin und zog die störenden Teile aus. Immer noch auf den Knien hob er seinen Kopf und ihr Mund fand den seinen.

Jake wollte es langsam angehen, aber die Erregung überwältigte ihn beinahe. Er drückte sie aufs Bett und legte sich auf sie, vorsichtig, um sie nicht zu erdrücken. Dabei widerstand er dem Drang, sich in einem einzigen schnellen Stoß mit ihr zu vereinen.

Er erkundete sie mit seinen Lippen, knabberte erst an ihrem Mund, dann an ihrem Hals, dann an der Vertiefung über ihrem Schlüsselbein. Seine Härte streifte sie und er fragte sich, wie lange er es noch aushalten konnte. Er wanderte weiter nach unten, liebkoste ihre Brüste und führte dann vorsichtig eine Hand zwischen ihre Beine.

Sie keuchte überrascht auf und er verstärkte den Druck. Er hob sein Gesicht zu ihrem und küsste sie, spürte, wie sich etwas in ihr aufbaute. Sie umklammerte bebend seine Schultern und Jake konnte sich nicht länger von ihr fernhalten.

Er schob ihr linkes Bein etwas zur Seite und drang in sie ein – nur ein winziges Stück, um ihr einen Moment Zeit zu geben, sich auf ihn einzustellen. Ihr Atem kam in schnellen Stößen und ihr Mund verschlang seinen, während sie ihm ihre Hüften entgegenhob.

Da glitt er ganz in sie hinein und besiegelte die enge Verbindung.

So viel dazu, es langsam anzugehen.

Er griff nach hinten und legte ihr Bein um seinen Oberschenkel, dann zog er sich ein wenig zurück und stieß einmal, dann noch einmal in sie. Mehr war nicht nötig. Als er den Höhepunkt erreichte, hielt er sie ganz fest, und sie ergab sich gleichzeitig.

Sie war seine Seele. Sie war sein Ein und Alles. Wenn er so wie jetzt mit ihr zusammen sein konnte, für alle Ewigkeit, dann brauchte er nichts anderes mehr. Er sog sie mit einem Kuss tief in sich auf.

Der moschusartige Geruch des Liebesspiels und das süße Aroma ihrer Haut, ihres Haares, ihres Atems umgaben ihn, und seine Erlösung erfüllte ihn mit tiefster Zufriedenheit.

So war es noch nie mit einer Frau gewesen. Noch nie.

Er stützte sich mit einem Unterarm über ihr ab und sah auf ihr Gesicht hinunter.

Sie öffnete die Augen und lächelte, ruhig und zufrieden.

„Ich liebe dich, Molly Rose. Ich will dich nie wieder verlieren."

„Du hast mich nie verloren." Sie berührte seine Wange mit ihren Fingerspitzen. „Und wir waren unvorsichtig. Wir haben nicht darauf geachtet, ein Kind zu vermeiden, wie Pearl es mir geraten hat."

„Das ist mir egal." Er küsste sie. „Lass uns morgen heiraten."

Sie lachte. „Du bist verrückt."

„Vielleicht. Wahrscheinlich. Ich kann ohne dich nicht leben."

„Die Leute werden denken, ich hätte dich nur geheiratet, um deinen Claim zu ergattern." Ihre Finger glitten nach unten, um mit den Haaren auf seiner Brust zu spielen.

Jake presste sich an sie, um weiterhin in ihr zu bleiben.

„Alles, was ich habe, gehört dir, Molly. Es tut mir leid, dass ich an dir gezweifelt habe."

Sie schlang ihre Beine um ihn. „Ich bin froh, dass du das nicht mehr tust. Und ja, ich werde dich heiraten, obwohl ich keine Ahnung habe, wie ich das meinen Eltern erklären soll."

„Ich helfe dir." Er stahl sich einen weiteren Kuss.

„Ich liebe dich auch, Jake."

Er verstummte und sah sie wieder an. „Du musst es nicht sagen, wenn du es nicht ernst meinst."

Sie stieß einen frustrierten Seufzer aus und drückte ihn weg. „Du bist so ein unmöglicher Mann."

Er hielt sie fest. „Ich lasse nicht zu, dass du dieses Bett verlässt."

Sie hob ihr Gesicht zu seinem und begann, seine Wangen, seine Nase und sein Kinn mit Küssen zu bedecken. „Dann sag mir noch einmal, dass du mich liebst."

„Ich weiß etwas Besseres." Sein Körper reagierte sofort. „Ich werde es dir zeigen."

Eine Zeit lang sprachen sie nicht mehr miteinander.

MOLLY LAG IN JAKES ARMEN, ihr nackter Körper an seinen geschmiegt. Er hatte das Bett nur einmal verlassen, um Fernandos Sattel abzunehmen und das Pferd zu versorgen.

Dreimal hatte er sie geliebt und Molly fragte sich, ob er es vor Tagesanbruch erneut tun würde. Sie fühlte sich schläfrig und glücklich und kuschelte sich enger an ihn. Seine Finger strichen über ihren Kopf und verfingen sich in ihrem Haar, das ihr offen über den nackten Rücken fiel.

Jake zog die Decke weiter über sie.

Molly wusste nicht, was die Zukunft bringen würde, aber in dieser Nacht war eine große Last von ihr abgefallen. Solange sie Jake hatte, war alles andere unwichtig. Sie würden alle Hindernisse, die sich ihnen in den Weg stellten, meistern.

„Woher wusstest du von Shep und dem Land?", fragte sie.

„Henry und Boom haben mich eingeweiht. Esme hatte gehört, was Shep vorhatte, und so habe ich den Besitzer der nächstgelegenen Parzelle ausfindig gemacht und ihm ein Angebot unterbreitet."

„Warum in aller Welt hat er an dich verkauft? Er muss von dem Bluebird und dem potenziellen Wert des Tals gewusst haben."

„Ich habe ihm zwanzigtausend geboten, und er hat es angenommen."

Molly hob den Kopf. „Woher hast du so viel Geld?"

„Ich hatte ein bisschen was beiseitegelegt."

„Ist davon noch etwas übrig?"

Jake fuhr mit dem Daumen über ihre Unterlippe. „Nein."

„Warum hast du das getan, wenn du doch so wütend auf mich warst?"

„Weil es meine Aufgabe ist, dich zu beschützen. In meinem Ärger habe ich das aus den Augen verloren. Ich verspreche, es nie wieder zu tun."

Molly kletterte auf ihn und gab so den Blick auf ihre Brüste frei. Seine Augen wanderten nach unten und seinem konzentrierten Blick nach zu urteilen, hatte sie seine volle Aufmerksamkeit. Sein offenkundiges Gefallen an ihrem Körper ermutigte sie dazu, zu erforschen, wie sie ihn sonst noch erregen könnte.

Und so begann Runde vier.

Kapitel Siebenundzwanzig

Am nächsten Morgen betrat Jake Coras Restaurant, schaute sich im Raum um und ging auf den Tisch zu, an dem Robert saß. Während er näher kam, nickte er seinem alten Freund zu und nahm schließlich den Stuhl ihm gegenüber ein.

„Danke, dass du dich mit mir triffst", sagte Jake.

Cora erschien und schenkte dampfenden schwarzen Kaffee in zwei Tassen ein. „Es ist wirklich schön, Sie beide wieder zusammen zu sehen." Sie grinste. „Das Übliche?"

Jake nickte. „Danke, Cora."

Sie zwinkerte ihm zu und verließ den Raum.

Robert lehnte sich in seinem Sitz zurück. „Meine Schwester ist gestern Abend von der Feier im Haus der Pattersons verschwunden. Ich nehme an, dass du etwas damit zu tun hattest."

Jake nippte an dem bitteren Gebräu. „Ich habe mich in ihr geirrt, und das tut mir leid."

„Hat sie dir verziehen?"

Die Nacht, in der er sie in seinen Armen gehalten hatte, in der er sie mit all seiner Kraft geliebt hatte, pulsierte noch immer in seinen Adern. In den frühen Morgenstunden hatte er sie zurück zu

Zang begleitet. Seitdem hatte er sie nur noch vermisst. „Ich bin dankbar, dass sie es getan hat", sagte er mit belegter Stimme.

Cora kam wieder und stellte zwei Teller auf den Tisch, auf denen sich Spiegeleier, Kartoffeln, Steaks und Brötchen türmten. „Guten Appetit."

Jake stürzte sich darauf. Es war die erste anständige Mahlzeit, die er in den letzten Wochen zu sich genommen hatte, und jetzt, wo die Dinge zwischen Molly und ihm endlich in Ordnung waren, war sein Hunger wiedergekehrt, und zwar auf mehr als nur Essen. Er würde zu Molly gehen, sobald er und Robert fertig waren.

„Wir müssen den Papierkram für die *Bluebird Mining Company* diese Woche abschließen." Robert beugte sich über seinen Teller und steckte sich eine Gabel voll Ei in den Mund, von der das Eigelb tropfte.

„Was denkst du, wie wird diese Partnerschaft mit Charlotte Cohen laufen?"

Robert hob eine Augenbraue. „Ich denke, wir sollten es Molly überlassen, mit ihr umzugehen. Charlie scheint das Gefühl zu haben, ihr etwas schuldig zu sein. Ich bin mir nicht sicher, warum. Aber sie ist Bridget gegenüber eher misstrauisch, wahrscheinlich wegen Shep und allem, was er ihr angetan hat. Sie hatte einen Vertrag mit ihm, aber den habe ich einem Anwalt gezeigt. Er kann leicht für ungültig erklärt werden."

Jake schnitt sein Steak. „Und was ist mit Shep? Wird er mitspielen?"

„Daran arbeitet Bridget."

„Und du vertraust ihr?"

Robert warf ihm einen finsteren Blick zu. „Ja, das tue ich. Wir sind *alle* mal vom Weg abgekommen, aber gemeinsam können wir das durchstehen."

Jake hielt inne und ein Lächeln bildete sich auf seinen Lippen. „Dann führen wir also jetzt ein Bergbauunternehmen. Wir werden allerdings Kapital brauchen."

„Henry hat zwei Quellen in New York City, mit denen er verhandelt."

Nachdem Jake das Essen auf seinem Teller verputzt hatte, wischte er sich mit einer Stoffserviette den Mund ab. „Ist das zu glauben? Dass wir jetzt Mehrheitseigentümer der Bluebird-Mine sind und tatsächlich eine Chance haben?"

Robert lächelte schelmisch, was Jake an ihre ersten gemeinsamen Tage erinnerte, als sie mit Fleiß und Köpfchen die Berge durchkämmt hatten und Glück ganz oben auf ihrer Wunschliste stand.

„Das wird ein Heidenspaß", sagte Robert.

„Ich muss dich um einen Gefallen bitten."

Robert warf seine Serviette auf den Tisch. „Und der wäre?"

„Sei an meiner Seite, wenn der Richter morgen in die Stadt kommt."

Robert schnaubte. „Du hast keine gottverdammte Geduld."

„Wenn es um deine Schwester geht? Nein."

„Und was ist mit meinen Eltern?"

„Sobald wir mit der Mine alles ins Rollen gebracht haben, bringe ich sie nach Tucson und kläre die Sache mit deinem Vater."

Robert lachte. „Es wird ihnen nicht gefallen, aber sie kennen Molly, also werden sie wohl kaum überrascht sein. Aber ich bin mir sicher, dass meine Mutter mir eine Standpauke halten wird, weil ich dich überhaupt in die Nähe meiner Schwester gelassen habe."

„Du weißt, dass ich sie liebe, oder?"

„Und das ist der einzige Grund, warum ich euch morgen heiraten lasse."

MOLLY STARRTE auf den goldenen Ring an ihrer linken Hand, während sie auf dem Bett saß und das Licht der Öllampe auf dem Nachttisch einen sanften Schein verbreitete. Jake lag ihr gegenüber, den Kopf mit ein paar Kissen gegen das schmiedeeiserne Kopfteil gestützt, und beobachtete sie. Er gefiel ihr so – nackt wie am Tag seiner Geburt, der muskulöse Oberkörper noch immer verschwitzt von ihrem Liebesspiel, auch wenn ein Laken ihn von der Taille abwärts bedeckte.

Sie hatten beschlossen, ihre Hochzeitsnacht in ihrem Zimmer bei Zang zu verbringen, da das Bett größer war.

Jake legte seine Hand um ihre Wade und begann die Haut zu streicheln, was eine sofortige Reaktion in ihrem Unterleib und an anderen empfindlichen Stellen auslöste. Jake brauchte sie nur anzuschauen und sie konnte seine Berührungen förmlich spüren.

Molly konnte den Seufzer der Zufriedenheit nicht unterdrücken.

„Glücklich?", fragte er.

„Ja." Sie rückte den durchscheinenden Stoff des Tuches zurecht, das Pearl ihr zur Hochzeit geschenkt hatte. Es war ziemlich aufreizend, den Blicken nach zu urteilen, mit denen Jake ihren Körper betrachtete. Pearl hatte sie angewiesen, es nur anzulegen, wenn sie nichts darunter trug. „Bist du es?"

„Mehr als du dir jemals vorstellen kannst."

Sie widerstand der Versuchung, sich ihm an den Hals zu werfen. Aber wenn er weiter mit ihr sprach, als wäre sie ein seltenes Juwel, würde sie ihm ihre ganze Leidenschaft zeigen.

„Ich habe nachgedacht", sagte er.

Sie streifte das Tuch von ihren Schultern. „Worüber?"

Er zischte, als sie sich entblößte. „Lass mich meine Gedanken aussprechen, bevor du mich ablenkst."

Sie warf den Stoff auf den Boden. „Ich gebe dir zehn Sekunden."

„Wenn sich die Lage hier beruhigt hat, möchte ich mit dir weggehen." Seine Hand begann von ihrer Wade zu ihrem Knie zu gleiten.

„Wohin?"

„Irgendwohin, weit weg."

Seine Finger fanden ihr Ziel und sie keuchte auf. Er setzte sich auf, legte die andere Hand an ihren Hinterkopf und küsste sie, hungrig und fordernd.

Er unterbrach den Kuss. „Du willst die Welt sehen, und ich will derjenige sein, der sie dir zeigt."

Ein breites Lächeln erschien auf ihren Lippen und ein ausgelassenes Kichern entschlüpfte ihr. „Also gut, Schakal, zeig's mir."

Epilog

Konstantinopel
Ein Jahr später

Molly schlängelte sich über den belebten türkischen Basar, umgeben von Männern in Turbanen und weiten Hosen und Frauen in seidenen Gewändern. Molly trug ähnliche Kleidung, einschließlich eines Schleiers, der ihr Gesicht verhüllte. Auf ihren Reisen mit Jake hatte sie sich einen gesunden Respekt vor den örtlichen Gepflogenheiten angeeignet und tat ihr Bestes, um sich so gut wie möglich anzupassen.

Konstantinopel – Istanbul oder *Stamboul,* wie es von Ausländern manchmal genannt wurde – war ziemlich fortschrittlich, was die Behandlung von Frauen anging. Da die Briten stark vertreten waren, wurden westliche Frauen hier eher toleriert als an anderen Orten des Nahen Ostens.

Sie zwängte sich an einem mit Teppichen beladenen Esel vorbei und betrat Demirs Bäckerei.

„*Merhaba, Bayan* McKenna", sagte Demir hinter seinem Tresen und grinste. „Was kann ich heute für Sie tun?" Er war stolz auf seine Englischkenntnisse.

„*Merhaba*", antwortete Molly. „Ich brauche dein bestes Baklava, Demir."

„Es ist mir ein Vergnügen." Demir packte mehrere Portionen des lockeren Gebäcks in eine Schachtel.

Molly bezahlte, nahm ihren Schatz und bedankte sich bei ihrem türkischen Freund. Es war ihre Überraschung für Jake, denn heute – am zweiten Juni – war ihr erster Hochzeitstag.

Sie verließ den Basar und folgte einer schmalen Gasse bis zu der winzigen Wohnung, die sie und Jake inmitten eines belebten Viertels traditioneller türkischer Häuser bewohnten.

Vor sechs Monaten hatten sie Creede verlassen und mehrere Wochen in Tucson bei ihren Eltern und Evie verbracht, dann waren sie nach Texas gefahren, um Tante Molly und Onkel Matt sowie ihre Cousins und Cousinen und andere Onkel und Tanten zu besuchen. Anschließend waren sie nach New York City und dann nach London gereist. Jake hatte sie nach Paris mitgenommen, wo sie ihre Französischkenntnisse einsetzen konnte, und schließlich waren sie mit dem Orient-Express nach Konstantinopel gefahren und hatten auf dem Weg dorthin München, Wien und Budapest besucht.

In der Türkei wollte Jake für längere Zeit bleiben und Molly hatte nichts dagegen einzuwenden. Die Weltstadt Istanbul war auf eine Weise exotisch und fremd, die sie in ihren Bann zog. Es faszinierte sie, dass sie sich über zwei Kontinente erstreckte – Asien und Europa –, getrennt durch die Meerenge am Bosporus. Sie war bezaubert von der muslimischen Kultur und beeindruckt von der flachen Kuppel der Hagia Sophia, einem Wunderwerk der Baukunst aus der Frühzeit der Stadt, als diese noch Byzanz hieß.

Sie liebte es, den Sonnenuntergang über dem Marmarameer zu beobachten und in den örtlichen Restaurants fremdartige, aber köstliche türkische Gerichte zu probieren, am liebsten Dolmas – Weinblätter mit Gemüsefüllung. Ihren Wissensdurst befriedigte sie durch Opernbesuche, wobei ihr bisheriger Favorit Mozarts *Die Entführung aus dem Serail* war, in der es um ein Liebespaar ging, das nach einem Seeräuberüberfall voneinander getrennt wird, und durch die Lektüre der Entdeckungsreisen von David Livingstone in Afrika. Jake hatte versprochen, dass ein Besuch dieses Kontinents ihr nächstes Abenteuer sein würde.

Doch Molly war sich bewusst, dass die Neuigkeiten, die sie ihm mitzuteilen hatte, ihre Pläne wahrscheinlich ändern würden, und das nicht nur in negativer Hinsicht.

Sie hoffte, er würde sich genauso freuen wie sie.

Sie betrat ihre gemeinsame Wohnung und wartete darauf, dass er von seinem Geschäftstermin zurückkehrte.

Dumpfes Poltern kündigte Jakes Eintreten an. Er schleppte einen großen, zusammengerollten Teppich durch die Tür und lächelte, als Molly ihr Buch beiseitelegte und vom Sofa aufstand, um ihm zu helfen.

„Ich nehme an, das Treffen ist gut gelaufen?", fragte sie.

„Wir werden Teppichhändler, Chigger."

Sie schloss die Tür, während er seine Ware auf den Boden fallen ließ. „Hast du mir ein Muster mitgebracht?"

„Es ist unser Hochzeitstag und ich weiß, dass du dir schon lange einen gewünscht hast." Er schob den Küchentisch und die Stühle zurück und rollte den Teppich aus.

Als er das kunstvolle rötliche Muster enthüllte, konnte Molly ihre Begeisterung kaum zügeln. „Oh Jake, ich liebe ihn." Sie half ihm, den rechteckigen Teppich zu richten, und trat dann zurück, um das Geschenk zu bewundern.

Jake stellte sich hinter sie, schlang einen Arm um sie und küsste ihren Hals. „*So würde ich in meiner Liebe zu dir sterben: wie Wolkenfetzen, die sich im Sonnenlicht auflösen.*"

Molly seufzte. Sie konnte ihm nicht widerstehen, wenn er Rumi zitierte, und er wusste das.

„Rot ist ein Symbol des großen Mysteriums", murmelte er und sein Atem kitzelte ihr Ohr. „Rot ist in einer Rose, einem Rubin, in dem Blut, das durch unsere Adern fließt. Es ist das Feuer im Ofen und der Glanz eines Sonnenuntergangs. Es ist die Wurzel von allem, was ist. Die Liebe wird in all seinen Schattierungen von Karmesin bis Scharlachrot dargestellt."

Sie warf einen Blick über ihre Schulter. „Warte mal. Ich dachte, Blau sei deine Lieblingsfarbe."

Er hob ihre linke Hand zu seinem Mund und knabberte leicht an der Innenseite ihres Handgelenks. „Hör auf, meinen Verführungsversuch zu ruinieren."

„Tut mir leid, aber ich muss dir zuerst etwas mitteilen." Sie löste sich aus seinen Armen und sah ihn an. „Ich bin schwanger, Jake."

Seine Augen leuchteten vor Freude auf und befreiten sie von einer Last der Sorge. „Bist du dir sicher?"

Sie nickte.

Er zog sie in seine Arme und küsste sie, seine Berührung war sanft, fast ehrfürchtig. Er ließ seinen Blick zu ihrem Bauch schweifen und legte seine große Hand darauf. „Ich liebe dich, Molly. Nichts ist wichtiger als du und dieses Kind. Wenn du Konstantinopel verlassen willst, brauchst du nur ein Wort zu sagen. Sollen wir nach Arizona zurückkehren?"

Molly wusste, dass er sich Sorgen machte, weil er sie so weit von zu Hause weggebracht hatte, und es stimmte, dass sie mehr Heimweh verspürte, als sie erwartet hatte. Aber mit ihrem Mann zusammen zu sein, war ihr wichtiger als alles andere.

„Nein." Sie legte ihre Hand auf seine. „Mein Platz ist bei dir. Wir werden das Kind hier bekommen. Mama und Papa haben gesagt, dass sie uns besuchen wollen – das wäre die perfekte Gelegenheit für sie. Sie sagten sogar, sie würden Evie eine Zeit lang bei uns lassen. Sie würde uns mit dem Säugling eine große Hilfe sein und wir könnten ihr die wunderbaren Reichtümer Europas und Asiens zeigen."

Er küsste sie langanhaltend.

„Du vermisst doch nicht die Aufregung in Creede, oder?", fragte sie.

„Nein. Ich habe meine Anteile zum richtigen Zeitpunkt an

Robert verkauft, auch wenn ich bedaure, dass der Silberpreis so drastisch gefallen ist."

„Ich weiß, aber er und Bridget waren klug und haben in Pferde und Rinder investiert. Sie werden es überleben."

Jake kniete sich so hin, dass er sich seinem zukünftigen Nachwuchs gegenübersah. „Und ich vermute, dass sich der Silberkurs irgendwann wieder erholen wird. Robert hat viel mehr Geduld als ich."

Molly konnte das nur bestätigen, wenn sie an ihre überstürzte Heirat dachte, aber nichts in ihrem Leben war je wahrhaftiger und richtiger gewesen.

„Bevor ich mich für den Teppich bedanke", sie fuhr ihm mit der Hand durchs Haar, „solltest du wissen, dass ich Baklava gekauft habe."

Er stöhnte auf. „Du stellst mich vor unmögliche Entscheidungen."

„Und wenn ich sage, dass ich dir das Gebäck im Bett serviere?" Sie zog eine Augenbraue hoch. „Ohne einen Fetzen Kleidung am Leib?"

Er stand auf, umfasste mit den Händen ihren Hintern und küsste sie innig. „Dann werde ich dir die ganze Nacht lang Rumi zitieren."

„Ich will singen, wie der Vogel singt, ohne mich darum zu kümmern, wer es hört oder was er denkt."

Jake sah sie amüsiert an. „Seit wann liest du Rumi?"

„Ich lerne schnell, Schakal."

Sein Lachen erfüllte sie mit Liebe, und der intensive Blick seiner dunklen Augen weckte in ihr den Wunsch, ihn an diesem Ort zu treffen, der von Verlangen, Sehnsucht und tiefstem Hunger erfüllt war.

Er führte sie ins Schlafzimmer. „Glaube mir, das weiß ich."

VIELEN DANK, dass Sie *Verliebt in Colorado* gelesen haben. Wenn Ihnen die Geschichte gefallen hat, wäre ich sehr dankbar für eine Rezension. Das hilft anderen Lesern dabei, neue Bücher zu entdecken. ~ Kristy

---

MELDEN Sie sich für Buchneuigkeiten zu Kristys deutschem Newsletter an: kmccaffrey.com/GermanNewsletterSignUp

Nachwort der Autorin

Das Bergbaugebiet Creede liegt in den San Juan Mountains im südlichen Teil von Colorado. Die San Juans werden manchmal als die „Alpen" Nordamerikas bezeichnet, mit hohen, schroffen Gipfeln, die von tiefen Tälern getrennt sind. Die Landschaft ist geprägt von Fichten-, Kiefern-, Tannen- und Espenwäldern, weiten Wiesen voller Wildblumen, rauschenden Bergbächen und glitzernden Seen. Das Gebiet ist auch reich an wertvollen Metallen – Gold, Silber, Kupfer, Blei und Zink.

Bei frühen Erkundungen in den 1870er Jahren wurden silberhaltige Erze gefunden, die 1889 in einer großen Entdeckung durch Nicholas C. Creede mündeten. Im August 1889 schürften Creede und seine Partner – E. R. Naylor und G. L. Smith – am Campbell Mountain, als sie den Holy Moses Claim entdeckten. Der Bergbauboom in Creede begann im Herbst 1890, als sich die Nachricht verbreitete, dass der Holy Moses für 70.000 Dollar an Investoren aus Denver verkauft worden war. Hunderte von Prospektoren strömten auf den Campbell Mountain und den nahe gelegenen Bachelor Mountain, wo die Amethyst-Ader entdeckt wurde, die sich zur ergiebigsten Erzader des Creede-Distrikts entwickelte.

In den Anfangsjahren von Creede wurde das Gebiet oft als „Niemandsland" bezeichnet, da Teile des Bergbaulagers in den Countys (Bezirken) Saguache, Hinsdale und Rio Grande lagen. Aufgrund dieser Verwirrung war es notwendig, Bergbau- und Grundstücksansprüche in allen drei Bezirken anzumelden. Und obwohl jeder Bezirk um die Kontrolle über die potenziellen Reichtümer von Creede kämpfte, wollte keiner die Gerichtsbarkeit übernehmen oder Polizeischutz gewähren. Das Problem wurde im März 1893 durch ein Gesetz der Legislative von Colorado gelöst, bei dem aus Teilen aller drei Bezirke das „County of Mineral" gebildet und eine provisorische Stadtverwaltung eingerichtet wurde.

Als die Erzsucher in den frühen 1890er-Jahren ihre Claims absteckten, gab es viele Fälle von Claim-Diebstahl, sich überschneidenden Grenzlinien und Grenzverschiebungen. Die Folge waren Rechtsstreitigkeiten, die oft zur Einstellung der Abbauaktivitäten führten, bis die Fälle vor Gericht geklärt werden konnten. Der Rechtsstreit zwischen der *Last Chance Mining and Milling Company* und der *Del Monte Mining Company* ging bis vor den Obersten Gerichtshof der Vereinigten Staaten und verzögerte die Produktion in diesen Minen um mehrere Jahre.

Von 1891 bis 1899 hatten die Minen der Amethyst-Ader den größten wirtschaftlichen Einfluss auf den Creede-Distrikt, wobei der Großteil des Gewinns aus hochgradigen oxidierten Erzen im südlichen Teil stammte. (Oxidierte Erze sind vorzuziehen, da sie ohne weitere Verarbeitung direkt zu Schmelzhütten transportiert werden können.) Der größte Teil des Wertes wurde durch Silber erzielt. Im Jahr 1892 belief sich die geschätzte Gesamtproduktion der Minen im Creede-Distrikt auf 4.215.800 $, wovon mehr als die Hälfte auf die Amethyst-Mine zurückging.

Im Jahr 1893 versetzte eine Silberpanik der Wirtschaft von Creede einen verheerenden Schlag. US-Präsident Grover Cleveland versuchte, die Wirtschaftskrise zu lösen, indem er den Sherman Silver Purchase Act aufhob, der 1890 als Reaktion auf eine große Überproduktion von Silber in den westlichen Minen verabschiedet worden war. Das Gesetz verpflichtete das US-Finanzministerium, Silber mit Banknoten zu kaufen, die entweder durch Silber oder Gold gedeckt waren. Dieses Gesetz war für Creede und andere Silberminenstädte von entscheidender Bedeutung, da es den Silberpreis stabilisierte.

Die Panik von 1893 brachte den Silberbergbau in Creede zwar nicht völlig zum Erliegen, aber sie führte zu einem erheblichen Rückgang der Produktion. Der Dollarwert des 1894 geförderten Silbers betrug nur 31 % des Wertes von 1893, aber 1898-1899 war er wieder auf etwa 60 % des Wertes von 1893 angestiegen.

Anmerkungen der Autorin

Für dieses Buch habe ich vielen Menschen zu danken. Die Autorin Ann Charles kontaktierte mich, nachdem sie mehrere meiner Bücher gelesen hatte, und wurde nicht nur ein Fan, sondern auch eine Freundin und Mentorin. Sie hat diesen Roman, als er noch als Manuskript vorlag, freundlicherweise als Beta-Leserin gelesen und mir dabei unerschütterliche Unterstützung und Begeisterung entgegengebracht. Ein großes Dankeschön an meine Korrekturleserinnen: Marcia Montoya, Tanya Brown, Janet Lessley, Judy Tucker und Sandra Brown (die das Buch sogar zweimal gelesen hat), und ein besonderer Dank an Deborah Dunham, die mich mit ihrer ausführlichen Korrektur auf viele grammatikalische Verbesserungsmöglichkeiten aufmerksam gemacht hat. Eines ist sicher: Eine Autorin lernt immer dazu.

Meine Lektorin Melissa Maygrove hat wieder einmal großartige Arbeit geleistet, indem sie meine Gedanken präzisiert und auf Unstimmigkeiten in der Geschichte hingewiesen hat. Ich hatte im Laufe dieser Reihe mehrere Lektoren, aber von Melissa habe ich am meisten gelernt.

Dieses Buch war ein Weckruf für mich, was den Umgang mit Technik angeht. Ich verlor eine frühe und fast vollständige Version dieser Geschichte, als meine externe Festplatte versagte. Zu meinem großen Leidwesen hatte ich keine Sicherungskopie. Es war mein 22-jähriger, IT-bewanderter Sohn Sam, der mir durch diese Krise half, indem er versuchte, die Daten wiederherzustellen (was ihm letztendlich nicht gelang), und mir Tipps gab, wie ich meine Dateien besser verwalten könnte. Nachdem ich das gesamte Manuskript noch einmal neu geschrieben hatte, ging die Geschichte ein zweites Mal verloren, aber zum Glück hatte ich diesmal ein Backup. Ich bin natürlich froh, dass das Buch endlich fertig ist und veröffentlicht werden kann, bevor wieder ein Computergnom zuschlägt.

Natürlich muss ich auch meinem Mann ein großes Dankeschön aussprechen. Seine unermüdliche Unterstützung macht es mir möglich, eine Karriere als Schriftstellerin zu verfolgen, und sein Ideenreichtum hat mir bei so manchem Handlungsproblem geholfen; sein Blickwinkel hat mir oft eine andere Perspektive eröffnet. Außerdem bringt er mich jeden Tag zum Lachen.

Und schließlich ein großes Dankeschön an die Leserinnen und Leser. Schreiben findet meist in einem geschlossenen Raum statt, aber erst wenn sich ein Leser auf die Geschichte einlässt, wird dem Werk Leben eingehaucht. Am Ende ist es die Freude, die wir in diesem Leben teilen, die den Unterschied ausmacht. Ich hoffe, meine Arbeit bringt ein wenig Freude in Ihre Tage.

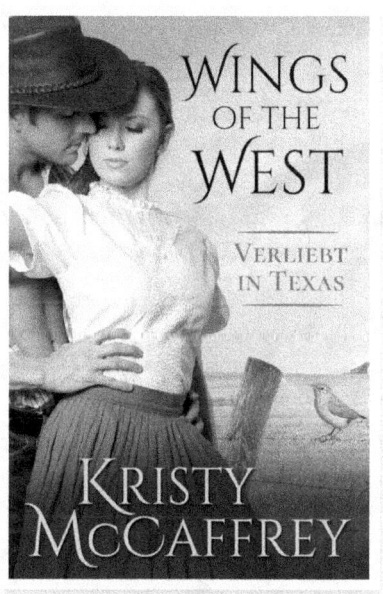

Verliebt in Texas
Wings of the West: Buch 1

Zehn Jahre sind vergangen, seit ihr Zuhause überfallen, ihre Eltern ermordet und Molly Hart entführt wurde. Nachdem sie den Großteil ihrer Kindheit bei den Kwahadi-Comanche verbracht hat, kehrt sie endlich heim nach Texas. Sie findet jedoch nichts weiter vor als ein verfallenes Anwesen. Mit Schaudern entdeckt sie ihren eigenen Grabstein und trifft auf Matt, der ihr schon früher viel bedeutet hat. Entschlossen, das Rätsel ihrer Vergangenheit aufzuklären, beschließt Molly, den Mörder ihrer Eltern zu suchen. Dabei setzt sie nicht nur ihr Leben, sondern auch ihre Liebe zu Matt aufs Spiel ...

Getrieben von den Dämonen der Vergangenheit steht Matt Ryan vor den Überresten der Hart-Ranch. Zehn Jahre lang hat er als Soldat und Texas Ranger sein Leben aufs Spiel gesetzt, stets auf der Suche nach Gerechtigkeit für den grausamen Mord an einem kleinen Mädchen. Nun kehrt er, seelisch und körperlich angeschlagen, zurück an den Ort, wo alles begann. Dort trifft er überraschend auf eine Frau mit denselben blauen Augen wie das Mädchen, das er nie vergessen konnte. Für ihn ist klar: Um jeden Preis will er Molly zu ihrem Glück verhelfen, auch wenn er dafür riskieren muss, sie ein zweites Mal zu verlieren …

„… McCaffreys Westernromane zeichnen sich durch ein realistisches Setting und die detailgetreue Darstellung historischer Ereignisse aus." ~ Romantic Times BOOKclub

„Ich bin ein großer Fan von Western-Liebesromanen und dieses Buch ist wirklich außergewöhnlich. Ein schöner Auftakt zu einer tollen Serie." ~ The Romance Studio

„Attraktive, verwegene Helden, starke Heldinnen und eine ausgezeichnete Story machen diesen Roman zum bleibenden Lesegenuss." ~ The Best Reviews

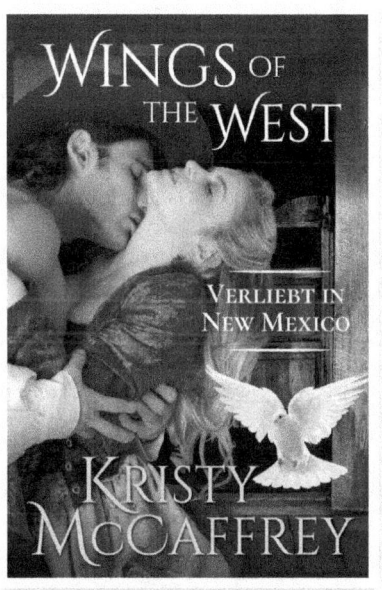

Verliebt in New Mexico
Wings of the West: Buch 2

Ex-Deputy Logan Ryan ist überrascht, als er Claire Waters inmitten einer quirligen Stadt am Santa Fe Trail wiedersieht. Denn die Frau, an die er sich erinnert, ist verschwunden. An ihre Stelle ist eine betörende Bardame getreten, die ihn in die größten Schwierigkeiten bringen kann. Als Claire in ein gefährliches Netz aus Intrigen gerät, versucht Logan, sie zu beschützen. Doch er erkennt nicht, dass seine Vergangenheit die größte Bedrohung für sie darstellt.

Claire würde am liebsten vor Scham im Boden versinken, als sie auf den Stufen des „White Dove Saloon" mit Logan Ryan zusammenstößt. Sie lässt zu, dass er das Schlimmste von ihr denkt. Dabei verschweigt sie, dass sie nur als Bardame arbeitet, weil ihre Mutter, die Besitzerin des Saloons, verschwunden ist. Deshalb kann sie es sich auch nicht leisten, sein Hilfsangebot abzulehnen. Verzweifelt bemüht, ihr Leben in Ordnung zu bringen, begibt sie sich mit ihm auf die Reise und stellt dabei fest, dass die Versuchung, Logan ihr Herz zu öffnen, sie in größte Gefahr bringt.

„… eine wundervolle Beschreibung des Sangre-de-Cristo-Gebirges, von Las Vegas im späten 19. Jahrhundert und der Ranch der Ryans. Die Rezensentin fühlte sich beim Lesen in diese Zeit und an die beschriebenen Orte versetzt." ~ Love Romances

„Ms McCaffrey schreibt aus dem Herzen … definitiv eine Leseempfehlung." ~ The Romance Studio

„Wenn Sie Liebesromane, die im Wilden Westen spielen, mögen, dann sollten Sie dieses Buch lesen." ~ Romance Junkies

Verliebt am Grand Canyon
Wings of the West: Buch 3

Eine Liebe am Grand Canyon

Am Grand Canyon stellt sich Emma Hart einer ungewissen Zukunft – und der Begegnung mit Texas Ranger Nathan Blackmore.

Im Jahr 1877 reist Emma Hart zu dem erst kürzlich entdeckten rauen, zerklüfteten Grand Canyon. Geplagt von Visionen sucht sie dort nach Antworten zu der Tragödie in ihrer Vergangenheit, dem Verrat in der Gegenwart und nach einer Zukunft, die so fern und unerreichbar scheint und trotzdem ihr Herz zum Klingen bringt. Mit übersinnlichen Fähigkeiten begabt und begleitet von ihrem Krafttier, einem Spatz, will Emma die Traditionen der Hopi erkunden und muss sich dabei dem buchstäblich jahrhundertealten Bösen stellen.

Texas Ranger Nathan Blackmore folgt Emmas Spuren bis zum Colorado River und ist fassungslos, als er sieht, dass sie den Fluss mit einem Kanu erkunden will. Für ihn ist klar, dass sie diese Reise auf keinen Fall allein antreten wird. Doch während der Fahrt auf dem Fluss zu einem Ort, an dem die Zeit stillzustehen scheint und selbst der kleinste Stein große Kreise zieht, muss er eine Entscheidung treffen. Entweder er akzeptiert das Unbekannte, die Welt jenseits der unseren, und stellt sich den Dämonen seiner Vergangenheit, oder er wird die Frau, die er inzwischen mehr liebt als sein Leben, für immer verlieren.

Ein (über)sinnlicher historischer Western-Liebesroman vor der atemberaubenden Kulisse des Grand Canyon.

„Die Leser werden die Geschichte lieben …" ~ RT BookReviews

„McCaffreys Geschichten sind historisch akkurat … ein phänomenaler Lesegenuss, ich lege das Buch allen ans Herz, die historische Liebesromane mit dem gewissen Extra mögen." ~ Jonel Boyko, Reviewer

„Die Legenden der Hopi und Havasupai haben in McCaffrey eine neue Stimme gefunden. Ihr mitreißender Stil machte die mystische Reise ihrer Protagonistin in ein anderes Reich glaubhaft. Ich konnte das Buch nicht mehr aus der Hand legen und habe es an einem Abend gelesen." ~ City Sun Times

Verliebt in Arizona
Wings of the West: Buch 4

Kopfgeldjäger Cale Walker ist nach Tucson gereist, um J. Howard „Hank" Carlisle auf Bitten seiner Tochter Tess zu suchen. Hank hat Cale unter seine Fittiche genommen, bevor ein Streit die beiden entzweite und Cale durch einen Puma-Angriff beinahe ums Leben kam. Er wurde von einer Gruppe Nednhi-Apachen gerettet, die seine Wunden für ein mächtiges Omen hielten. Deshalb führte man ihn in die Kunst eines *di-yin* ein, eines Schamanen. Um Hank zu finden, muss Cale sich zu den Dragoon Mountains begeben und sich mit zwei Welten auseinandersetzen, die nicht länger im Gleichgewicht sind. Doch er hat noch ein viel größeres Problem – sich in das Herz einer jungen Frau zu schmuggeln, die entschlossen ist, das Leben an sich vorbeirauschen zu lassen.

Zwei Jahre lang hat Tess Carlisle versucht, die seelischen und körperlichen Wunden eines tödlichen Angriffs durch einen der Männer ihres Vaters zu heilen. Dem Brauchtum ihres mexikanischen Erbes folgend, hat sie ihre Fähigkeiten als *cuentista* verfeinert, eine Erzählerin und Bewahrerin der Traditionen. Doch seit dem Angriff hat sie keinen Kontakt mehr zu ihrem Vater und befürchtet das Schlimmste. Tess weiß, dass es gefährlich werden kann, sich erneut in Hank Carlisles Welt zu wagen. Ihre einzige Hoffnung ist Cale Walker. Einem Mann wie ihm ist sie noch nie begegnet. Entschlossen, sich auf eine Reise zu begeben, die sie direkt in die Arme ihres Angreifers führen könnte, sammelt sie all ihren Mut und stählt ihr Herz. Doch Cale weckt in ihr sehnsuchtsvolle Gefühle, denen sie längst abgeschworen hatte: Liebe.

„Fiese Bösewichte, jede Menge Action, eine starke Heldin, überraschende Wendungen, ein sexy Cowboy und eine sinnliche Liebesgeschichte – dieser historische Western-Liebesroman bietet von allem und für alle etwas." ~ Janna Shay, InD'tale Magazine

„… ergreifend und fesselnd … kaum aus der Hand zu legen." ~ Chanticleer Book Reviews

Als Kind hat Kristy McCaffrey sich selbst häufig Geschichten erzählt. Schon bald wurde offensichtlich, dass sie eine Neigung zum Schreiben verspürte. Sie ist mit Science-Fiction, Fantasy und den Legenden um König Artus aufgewachsen und übertrug diese Vorliebe für Mythen schon bald auf das Schreiben eigener Westernromane. Nach einer Ingenieurausbildung entschied sie sich dafür, Hausfrau und Mutter zu werden und nebenbei Romane zu schreiben. Sie und ihr Ehemann leben in der Wüste von Arizona, wo ihre vier Kinder nach und nach flügge werden. Kristy ist fest davon überzeugt, dass man dem Leben mit Neugier, Mitgefühl und Dankbarkeit begegnen sollte, möglichst mit Hund an der Seite. Sie schläft gerne lange aus, mag mexikanisches Essen und Yoga im Pyjama.

Wenn Sie regelmäßig über Neuerscheinungen informiert werden wollen, können Sie Kristys englischsprachigen Newsletter (kmccaffrey.com/subscribe) abonnieren oder besuchen Sie ihre englische Webseite (kmccaffrey.com) oder ihren Blog, um mehr über ihre Arbeit zu erfahren. Sie finden sie außerdem auf

Facebook (facebook.com/AuthorKristyMcCaffrey), Instagram (instagram.com/kristymccaffreybooks) und TikTok (tiktok.com/@kristymccaffrey).

MELDEN Sie sich für Buchneuigkeiten zu Kristys deutschem Newsletter an: kmccaffrey.com/GermanNewsletterSignUp

www.ingramcontent.com/pod-product-compliance
Lightning Source LLC
Chambersburg PA
CBHW061326170626
46817CB00001B/327